Harry Mulisch

archibald strohalm

Roman

Aus dem Niederländischen
von Gregor Seferens

Carl Hanser Verlag

Die Originalausgabe erschien 1952 unter dem Titel
archibald strohalm bei De Bezige Bij in Amsterdam.

Die Übersetzung dieses Buches wurde gefördert vom
Nederlands Literair Produktie- en Vertalingenfonds.

1 2 3 4 5   08 07 06 05 04

ISBN 3-446-20464-4
© 1951 Harry Mulisch Amsterdam
Alle Rechte der deutschen Ausgabe:
© 2004 Carl Hanser Verlag München Wien
Satz: Satz für Satz. Barbara Reischmann, Leutkirch
Druck und Bindung: Friedrich Pustet, Regensburg
Printed in Germany

*Symbole werden Zimbale in der
Stunde des Todes –*

Gerrit Achterberg

1 Auch die Eule schaute hinaus auf den Platz. Einst, in sternlosen Nächten, auf einem Turmumgang, den schwarzen Wind um den Kopf, hatte sie geschnarcht, gepustet und gekreischt, mitten durch die Angst von Kindern und sich mutig stellenden Eltern hindurch; doch viel war von dieser Vergangenheit nicht geblieben. Glasig vor sich hin starrend, mit Heu gefüllt, schaute sie durch Archibald Strohalms Dielenfenster auf den alten, verstummten Platz. Früher war er vielleicht einmal das Zentrum der Stadt gewesen; eine Fleischhalle aus der Renaissance und eine romanische Kirche standen dort. Es gab keine Bäume, und die glatten Häuser aus hellem Stein warteten auf wer weiß was. Auf diesem Platz, gegenüber der Kirche, befand sich Archibald Strohalms Haus; jeden Samstagnachmittag konnte man ihn von drei bis vier Uhr aufgewühlt am Fenster sitzen sehen.

Archibald Strohalm war sein Name, und er selbst hatte ihn eigentlich zum ersten Mal gehört, als er schon zur Schule ging und sein Lehrer einmal in spektakulärem Tonfall »Archibald Strohalm!« gesagt hatte. Vermutlich hatte er sich schlecht benommen – nasse Löschpapierkugeln an die Decke gespuckt, die dort wochenlang hängenblieben –, als der Lehrer eine Gebärde verzweifelter Ergebenheit machte und zur Erklärung seines Tuns diesen Namen aussprach. Er tat dies in einem Tonfall, welcher den Beschimpften getroffen aufblicken ließ, mit schräg gelegtem Kopf und leicht vergrößerten Augen. Es war, als sei ihm plötzlich die Wahrheit offenbart worden. Eigentlich erschrak er ein wenig darüber, ein kleiner Schrecken irgendwo in seiner Brust; doch durchfuhr ihn auch ein prickelndes Gefühl, ein kitzelndes Vergnügen mit einer Neigung zum Kichern ... Nach jenem Tag hatte der Lehrer es noch häufiger gesagt, wobei sein Timbre immer nuancierter wurde. Schließlich rief er den Namen zu oft, so daß die Klasse über das Ritual nicht mehr lachte, und dann hörte er damit auf. Doch jedesmal hatte Archibald Strohalm das Gefühl prickelnder Erwartung durchströmt, zusammen mit einer Art religiöser Kicherlaune, und deshalb bedauerte er es, daß der Lehrer seine Beschwörungen einstellte.

Später, als er das Realgymnasium besuchte, stellte er sich manchmal vor den Spiegel in seinem Schlafzimmer und schaute sich minutenlang regungslos ins Gesicht. Dann nannte er seinen Namen und ließ ihn in sich nachhallen; anschließend nickte er seufzend. Oder wenn er zufällig im Vorbeigehen sein Spiegelbild sah, deutete er verträumt mit dem Zeigefinger darauf und murmelte monoton: »*Archibald Strohalm ...*« Und er empfand so sehr das Gefühl, daß dieser Name zu ihm gehörte, daß er sogar meinte, Fremde wüßten bei seinem Anblick von selbst, wie er hieß: Archibald Strohalm – mit Neonbuchstaben in ihrem Geist. Er dachte an Menschen und ihre Namen: jeder Dorus eine dorische Säule, jeder Gijs ein langer Lulatsch mit rötlichem Haar und blasser Haut, als schlafe er jede Nacht im Papierkorb. Er konnte sie auf einen Kern reduzieren, diese Namen, doch seinen eigenen Namen umgab immer ein dunkler Glanz, den er nicht einordnen konnte, in dem sich aber eine Erwartung verbarg ... Noch später wiederum, nachdem er seine Abschlußprüfung gemacht hatte und eine kurze Zeit viel tat und dachte, da entdeckte er auch die Menschen, die nie zu ihrem Namen gekommen waren; und andere, die weit über ihn hinausstiegen. Und er dachte:

Der Sprung aus dem Namen, darum geht es, der Sprung auf eine neue und höhere Ebene von Möglichkeiten: in einen neuen Namen ...

Und außerdem: Auch die Gottheit hat einen Namen. Doch wie die Kabbalisten lehren, kann der nicht ausgesprochen werden, selbst wenn man ihn kennen würde. Das Leben, so wie es ist, voll und leer, das ist ihr Name – soviel kann man sagen, mehr nicht; das ist nicht viel, vielleicht aber schon zuviel, Religionen, Philosophien: Pseudonyme werden wir sie nennen. Und Religionsstifter, Philosophen, wir werden sie »Decknenner« nennen.

Wer wird bestreiten, daß Archibald Strohalms Gewohnheit, jeden Samstag von drei bis vier aufgewühlt am Fenster zu sitzen, merkwürdig und ungewöhnlich ist? Viel mehr als das war nicht auffällig an ihm, aber es wird sich als ausreichend erweisen. Gedanken über Namen und die Gottheit hegte er schon seit langem nicht mehr. Recht distanziert, doch ohne Protest, war er Einwohner des alten, gottesfürchtigen Städtchens, aus dem das Mittelalter immer noch nicht verschwunden zu sein schien. Daß er alleine wohnte, das Essen selbst kochte und seine Socken stopfte (obwohl letzteres vielleicht die Putzfrau erledigte, die einmal in der Woche kam), hatte zunächst Aufsehen erregt. Doch weil er einer normalen Arbeit nachging, sich nicht lächerlich kleidete, keine merkwürdige Frisur hatte und auch sonst einen anständigen Eindruck machte, beruhigten sich die Gemüter wieder. Später, wenn er auf dem Weg zum Fall aus seinem Namen ist, wird man ihn höchst anstößig finden, und Herr Blaas wird ihn dann bei einer sich ergebenden Gelegenheit als »äußerst unheilvoll« charakterisieren, und schließlich wird er ihn auch einen »Kommunisten« nennen – kaum etwas wissend über Archibald Strohalms wirkliche, kosmische Unanständigkeit.

Jeden Samstag, während die drei Schläge der Turmuhr

noch über dem Platz hingen, kam Ouwe Opa mit seinem fahrenden Kasperltheater. Seit Menschengedenken war das so. Bliebe er einmal fort, würde man denken, nichts sei mehr sicher auf Erden. Die Kinder konnten jubeln, wie sie lustig waren, ihre Eltern grüßten ihn mit unverkennbarer Ehrfurcht, manche verbeugten sich, und alle verspürten große Scheu, wenn sie ihn sahen. In den Wohnzimmern sprach man nie anders als respektvoll von ihm, und wer es wagte, profan zu werden, der wurde hart bestraft. Manche behaupteten sogar, er sei heilig, und verglichen ihn mit Franz von Assisi oder Minister Colijn. Ouwe Opa nannte man ihn, doch das war nicht sein Name, obwohl Theodoor – der sein Sohn war – ihn auch so ansprach. Man könnte es allenfalls als Pseudonym bezeichnen. Abgesehen davon, daß er – wie sein Name schon sagte – sehr alt war, hatte er, losgelöst von seinem tatsächlichen Alter, noch etwas besonders Uraltes an sich: ein undefinierbares, abstraktes Uraltertum umgab ihn. Man war geneigt zu sagen, er sei auf irgendeine unerklärliche Art und Weise das Uraltertum selbst. Das Ganze war sehr seltsam, und alle empfanden es auch so, ohne ihr Gefühl in Worte kleiden zu können.

Archibald Strohalm konnte sich über all das nur noch ärgern. Aber vielleicht war er durch seinen Haß sehr viel enger mit Ouwe Opa verbunden als die anderen durch ihre Ehrfurcht. Manchmal, im Büro, zerknüllte er plötzlich die Blätter in seinen Händen und betrachtete zitternd das Bild von Ouwe Opa in seinem Geist. Die berechnende Würde des weißen Barts, die hellblauen Augen und auch die Demut seiner Nachbarn, all das machte ihn wütend; am meisten aber erregten seine Wut die jubelnden Kinder, die Ouwe Opa in den Untergang führte. Und manchmal, wenn er mit an die Decke gerichteten Augen im Bett lag, rief er: »Verflucht! Verflucht!« Worauf die Verwunderung über sich selbst folgte. Verwunderung darüber, daß er sich von einem Schaubudenbesitzer so in den Bann schlagen ließ. Verwunderung darüber, daß er sich nur dann wirklich lebendig fühlte, wenn er samstags am Fenster saß und sich über das Geschehen auf dem Platz erregte, der für den Verkehr gesperrt war. Und dann erfaßte ihn ein schwebendes Gefühl, als verbärgen sich hinter dieser Erregung ganz andere Dinge, die sich jetzt noch nicht zeigten, die das aber bestimmt irgendwann tun würden, woraufhin dann deutlich würde, daß es nie um Ouwe Opa gegangen war.

An allen Samstagen, die er in dem Städtchen lebte, hatte Archibald Strohalm das Duo mit seinem Kasperltheater auf den Platz kommen sehen. Beim ersten Mal wohlwollend und fröhlich, doch dann mit wachsender Entrüstung und zuletzt schäumend vor Wut. Fangen spielend und Murmeln werfend waren die Kinder oft schon um zwei auf dem Platz. Später gesellten sich auch viele Eltern zu ihnen. Wenn um Punkt drei der quietschende Karren um die Ecke bog, erklang lautes Jubeln. Die Kinder rannten dem Karren entgegen und umtanzten die beiden Männer. Sie nahmen sich bei den Händen, bildeten einen Kreis und sprangen singend um den Kasten herum, der sich langsam zur Mitte des Platzes bewegte. Anfangs hatte man Anstoß daran genommen, daß nicht Theodoor den Karren schob, sondern dies Ouwe Opa überließ. Später erzählte man sich, er habe Tbc gehabt, und da verzieh man ihm und sah wohlwollend zu, wenn er den Kindern den Kopf streichelte oder ihnen die Hand gab. Manche beteiligten sich nicht am Singen und Springen, sondern sahen devot zu Ouwe Opa und seinem Sohn auf. Sie durften sich an besonders lobenden Blicken von Ouwe Opa erfreuen – zum großen Ärger von Archibald Strohalm. Verflucht! Was war das für eine Mentalität, die Ouwe Opa dazu veranlaßte, diesen ungesunden Gesichtern den Vorzug vor der Freude der anderen zu geben! Wütend ging er dann hinter seinem

Fenster auf und ab und wäre dem Greis am liebsten zu Leibe gerückt.

Einmal hatte er ein Gespräch belauscht, das Theodoor mit dem Jungen von gegenüber genau unter seinem Fenster führte. Damals fehlte nicht viel, und Archibald Strohalm hätte die Scheibe zertrümmert.

»Na, Boele, bist du auch wieder da? Du heißt doch Boele, oder?«

»Ja, Herr Theodoor, Boele Blaas. Und ich bin sechs Jahre alt. Und ich wohne in Nummer 53. Dort, neben der Kirche.«

»Fein hast du das gesagt. Erschreckt dich das, was Ouwe Opa vorführt, Boele?«

»Ja, Herr Theodoor. Es ist immer so ...«

»So *ernst*, Boele?«

»Ja, Herr Theodoor. So ernst, was Ouwe Opa vorführt. Ouwe Opa ist sehr weise, sagt Papa.«

»Der Glaube ist eine gute Sache, Boele. Gewiß, Ouwe Opa ist sehr, sehr weise. Er ist der weiseste Mann, den es gibt. So weise wirst du nie werden, und dein Papa auch nicht.«

»Warum sagt er nie was, Herr Theodoor?«

»Ouwe Opa muß immer sehr angestrengt darüber nachdenken, was er euch diesmal wieder Schönes und Ernstes zeigen will; und er macht sich Sorgen, ob ihr alle sittsam genug seid, ob ihr auch immer alles erduldet und erträgt und nie rebelliert, denn er liebt euch mit unendlicher Güte. Finden alle Jungs die Vorstellung so schön ernst wie du, Boele?«

»Ja, Herr Theodoor. Außer Bernard, glaube ich. Aber das ist kein netter Junge. Er lacht über alles.«

»Oh, das wird Ouwe Opa ihm schon noch abgewöhnen. Lachen ist Unwissen, Boele Blaas. Lachen ist gotteslästerlich.«

Mit einer Vase, das erste, was ihm zwischen die Finger kam, begann Archibald Strohalm, an das Fenster zu klopfen. Erschreckt wich Theodoor zurück. Boele betrachtete den Mann hinter der Scheibe mit großen Augen. Das war ein Wilder, der dort in dem Zimmer mit einer Vase gegen die Scheibe rumste. Theodoor faßte sich rasch.
»Wer ist der Herr?«
»Herr Strohalm.«
»Wie heißt er?«
»Herr Strohalm, Herr Theodoor.«
»Strohalm? Heißt er wirklich so? Was für ein verrückter Name!«
»Ein verrückter Name?«
»Ja, *Strohalm* ist doch ein verrückter Name. Da muß man doch lauthals lachen, Boele, über so einen verrückten Namen!«

Theodoor brach in schallendes Lachen aus. Verwundert sah Boele ihn an, und dann murmelte er den Namen leise vor sich hin: »Strohalm…«, und fing auch an zu lachen, erst zaghaft, dann laut. Der verrückte Herr Strohalm stand jetzt wie eine Schaufensterpuppe mit einer Vase hinter der Scheibe. Hand in Hand, beide lachend, gingen sie hinaus auf den Platz.

Bernard war zehn Jahre alt. Die hochstehenden kurzgeschnittenen Haare Theodoors bezeichnete er als »Klobürste«, und das ging natürlich eindeutig zu weit. Die anderen mochten ihn nicht besonders, weil er mit ihnen, von wenigen Ausnahmen abgesehen, nichts zu tun haben wollte. Für ihn waren sie Blödmänner und Hosenscheißer. Außerdem hatten ihre Eltern ihnen verboten, mit ihm zu spielen, weil sein Vater sonntags nicht zur Kirche ging, sondern im Garten arbeitete oder halbnackt ein Sonnenbad nahm. Ouwe Opas Vorstellung fand Bernard langweilig, doch weil es nichts Besseres gab, ging er dennoch jedesmal hin. Ein wenig flegelhaft, die Hände in den Hosentaschen, schlenderte er um das Kasperltheater herum und trat nach kleinen Steinchen.

Ouwe Opa baute sein Theater stets an der gleichen Stelle auf: mitten auf dem Platz, mit der Rückseite genau gegenüber dem Kirchenportal. Auch das ärgerte Archibald Strohalm in hohem Maße. Schreiend drängelten sich die Kinder zusammen, und manche gingen so dicht heran, daß sie steil nach oben schauen mußten und kaum etwas sahen. Während er die Blicke und Verbeugungen der Eltern entgegennahm, begab Ouwe Opa sich zur Rückseite seines Kasperltheaters: stark gebeugt, weil er immer zusammengekrümmt in dem kleinen Raum hocken mußte, um für sein Publikum unsichtbar zu bleiben. Mühsam kroch er hinein. Einige Minuten später, wenn das Gerumpel in dem Kasten aufgehört hatte, löste sich die Ungeduld in tiefe Seufzer und Geflüster auf, sobald die ausgefransten Vorhänge sich mit einem Ruck öffneten und das Spiel in der ehrfürchtigen Stille des alten, erwartungsvollen Platzes seinen Anfang nahm.

Sogar wenn er flüsterte, verfügte Ouwe Opa über eine sehr weit tragende Kopfstimme. Deshalb, und auch aufgrund der vollständigen Ruhe im Auditorium, drang jedes Geräusch aus dem Puppentheater durch ein geöffnetes Oberlicht zu Archibald Strohalm herein. Obwohl die Vorstellungen jeden Samstag bis in die Details anders waren, brachten sie doch immer denselben Komplex von Ansichten zum Ausdruck. Denn es handelte sich um einen Komplex von Ansichten, den Ouwe Opa zum Ausdruck brachte. Er war nämlich kein reiner Künstler: weniger, weil er auch noch eine Knallerbsenfabrik besaß, wie man sich erzählte, sondern wegen des weltanschaulichen Einschlags, den sein Werk hatte. Bei seiner Arbeit ging er von einer psychischen Vollkommenheit aus und arbeitete nicht auf sie hin. Ein Künstler war er also eigentlich ganz und gar nicht.

Künstler oder nicht, rein oder nicht, das ließ Archibald Strohalm kalt. Auch die Ansichten interessierten ihn kaum. Es war die Form, in der Ouwe Opa sie präsentierte, die seine Wut von Woche zu Woche anwachsen ließ, so sehr, daß sich in ihm eine Explosivität anstaute, die ausreichte, um Berge zu versetzen. Er sprach mit niemandem über all dies. Auch seine Schwester, die er einmal im Monat in Leiden besuchte, wußte von nichts, sosehr er auch daran gewöhnt war, ihr alles zu erzählen. Das hier ging keinen etwas an, das war geheim. Nicht weil andere darüber vielleicht gelacht hätten, empfand er es als ein Geheimnis, sondern wegen der Dinge, die sich dahinter verbargen und die auch für ihn selbst noch geheim waren. Auch gegenüber seiner Freundin in Amsterdam bewahrte er Stillschweigen. Ansonsten gab es niemanden, dem er es hätte sagen können, wenn er gewollt hätte. Seine Arbeit wurde dadurch in Mitleidenschaft gezogen. Dann und wann mußte er sich eine Zurechtweisung von Ballegoyen, seinem Vorgesetzten, anhören. Einmal hatte er darauf geantwortet: »Es wird nicht wieder vorkommen, Ouwe Opa.« Es war, als würde er von Ouwe Opa und seinem Kram vollkommen in Beschlag genommen; sein tägliches Leben verblaßte, und nur samstags von drei bis vier gab es ihn: *Archibald Strohalm* – hinter seinem Fenster hin und her rutschend, hinter seinem Namen, grimassenziehend und sich dann und wann in ohnmächtiger Wut den Schädel raufend, so daß seine Haare wild revoltierend über Ohren und Stirn hingen ... Und als Ouwe Opa sich wie Galle über all seine Gedanken und Träume ausgebreitet hatte, da begann der Ausbruch von Archibald Strohalm.

Das war im Dezember. Schon seit einiger Zeit befiel ihn bereits morgens eine nervöse Spannung, wenn ihm klar wurde, daß Samstag war. Diesmal war sie etwas heftiger als sonst, doch ansonsten unterschied sich dieser Samstag nicht von anderen, und das Stück, welches Ouwe Opa aufführte, gehörte nicht einmal zu den verabscheuenswürdigsten.

Es fror seit gut einer Woche, aber es hatte immer noch nicht geschneit. Dennoch sah Archibald Strohalm von seinem Fenster aus, daß es kalt war; vielleicht am Licht, das gräulich und hart war. Die Kinder, in Schals und Mützen eingepackt, hatten sich die Zeit des Wartens auf Ouwe Opa mit Nikolausliedern verkürzt, und vor allem das Lied *Laßt uns froh und munter sein* hatte Archibald Strohalm gerührt, weil er die Melodie so schön fand und weil er die Kinder mochte. Als Ouwe Opa kam, sangen sie *Nikolaus komm' in unser Haus*, denn was sonst hätten sie singen sollen. Ouwe Opa nickte währenddessen freundlich zu allen Seiten, wobei der Bommel seiner Pudelmütze, die er auf dem Kopf trug, vor und zurück hüpfte. Diese Mütze, und vor allem den Bommel obendrauf, fand Archibald Strohalm scheußlich. Er betrachtete ihn mit zusammengekniffenen Augen und hielt ihn aus irgendeinem Grund für ein unheilverkündendes Ding – er selbst sollte ihn später Boris Bronislaw gegenüber als »apokalyptischen Bommel« bezeichnen. Den Kindern schien nichts aufzufallen, und nur Bernard stand irgendwo abseits und grinste frech.

Theodoor legte Holzblöcke vor die Räder, und Ouwe Opa verschwand in seinem Kasten. Inzwischen hatten sich auch viele Eltern auf dem Platz eingefunden, die Väter mit ernsten Bürogesichtern, die Frauen vornehm in ihren Korsetts. Das Kasperltheater überragte sie, und Archibald Strohalm sah die gelben Bilder auf den Wänden: der Kasperl links, rechts Gretel und in der Mitte der Tod ...

Die Vorhänge öffneten sich mit einem Ruck, und Kasperl und Gretel traten auf. Archibald Strohalm beugte sich vor und stützte sich mit zitternden Händen auf die Fensterbank.

»Sag mal, Gretel«, fragte Kasperl, »glaubst du an ein Jenseits?«

Es war vollkommen still auf dem Platz, so als schwiege die ganze Welt. Einzig diese Frage durfte gestellt werden.

Gretel glaubte nicht daran. Dann folgte eine kurze, in sanften Farben gehaltene Debatte darüber, inwiefern ein solcher Glaube wünschenswert sei, die damit endete, daß Kasperl ihn für wünschenswert hielt und Gretel nicht. Das Ganze war eine bemerkenswerte Typisierung einer Debatte. Einige Momente später entfernte Kasperl sich, und kaum war er weg, da tauchte der Tod auf, laute Schreie ausstoßend und alle paar Sekunden wie ein bleiches Gewächs aus dem Theater hervorschnellend, worüber niemand lachte. Nur mit ihrem Unglauben ließ es sich erklären, daß Gretel mit derart bestürzten Gebärden das Feld räumte. Kasperl trat auf und hieß den Tod herzlich willkommen. Wegen seines Glaubens fürchte er sich nicht vor dem Tod, ließ er das Publikum vielsagend wissen – im Gegenteil: Er liebe ihn sehr. Ob der Tod Gretel oder ihn vielleicht holen wolle? Dann solle er ihn, Kasperl, doch bitte mitnehmen. Hohoho, nein, der Tod war aus einem ganz anderen Grund gekommen; ihre Stunde habe noch nicht geschlagen. Er habe Gretel hochmütig sprechen gehört und wolle ihr nun etwas erzählen, für dessen Wahrheit er mit seinem Leben einstehe. Um die Wette riefen Kasperl und der Tod nach Gretel, doch sie versicherte nachdrücklich, daß sie nicht kommen werde. Dies ist nicht nur aus psychologischen, sondern auch aus anatomischen Gründen verständlich, weil Ouwe Opa ja nur zwei Hände hatte. Die Bühne leerte sich, und hinter den Kulissen erhob sich das Gekreische der bemitleidenswerten Frau, das aber sogleich aufhörte, nachdem ihr Mann und der Tod beschwörend auf sie eingeredet hatten. Dann erzählte der Tod seine Geschichte, die jetzt auch auf der Bühne aufgeführt wurde.

Fassen wir uns kurz. Auf der Bühne erschien ein Versicherungsvertreter in Begleitung einer Frau, mit der er ehelich verbunden war. Sogleich fingen sie an zu streiten. Was nun folgte, war schrecklich.

»Ich habe Lust...«, hob der Versicherungsvertreter mit verzerrter Stimme an, »ich habe Lust...« Wozu? Nein, nicht dazu; solche Sachen kommen in einem Stück für die Jugend nicht vor. »Ich habe Lust... dir mit einem Beil ins Gesicht zu hacken!« Er nickte ihr entschlossen zu, um so seine außergewöhnliche Lust dazu noch einmal zu unterstreichen. Außerdem fügte er noch hinzu: »Einmal, zweimal, dreimal!«, und er holte ein Beil zum Vorschein, mit dem er ihr einmal, zweimal, dreimal ins Gesicht hackte, so daß die Frau wimmerte und entseelt zu Boden sank.

Das war der erste Teil der Geschichte des Tods. Er hinterließ einen tiefen Eindruck. Ein Mädchen weinte. Einige Jungen zitterten. Andere schauten kreidebleich zu, mit kaltem Schweiß auf den Gesichtern.

Wie lieblich hingegen war der zweite Teil! Ein Beerdigungsunternehmer kam auf die Bühne, erneut in Begleitung der Ehefrau. Ein Streit ließ nicht lang auf sich warten. »Ich habe Lust...«, hob der Beerdigungsunternehmer an – beruhigte sich dann aber wieder. »Nein, meine Liebe!« sagte er und richtete sich auf. »Das führt zu nichts, ins Nichts für dich. Ich möchte dich um Entschuldigung bitten. Ich bin an allem Schuld. Ich flehe dich an, verzeih mir!« Er sank vor ihr auf die Knie.

»Lieber Gatte!« erwiderte seine Frau. »Es sei dir alles verziehen. Im übrigen ist eigentlich alles meine Schuld. Wir sind beide schuldig!« Vor lauter Glück brachen sie in

Schluchzen aus, sie umarmten sich und sangen zweistimmig ein Dankeslied, das wie folgt lautete:

Wüst, rüde, roh, rauh ist das Leben,
Übel droht auf allen Wegen,
Unheil, Elend, Leid.
Doch er, der von allen Wegen
den Unrat fort kann fegen,
der ist gut in Ewigkeit.

Daß Ouwe Opa mit einer Stimme zweistimmig singen konnte, macht seine Meisterschaft ganz offensichtlich. Draußen ertönten Applaus und Jubel.

»Doch hohoho!« kreischte der Tod hinter den Kulissen. »Damit ist die Geschichte noch nicht vorbei, Gretel! Denn als sie gestorben waren ...«

Ein roter Bühnenhintergrund mit Blitzen darauf wurde in die Höhe gezogen, und Hals über Kopf taumelte der Versicherungsvertreter ins Blickfeld, kreischend und jammernd und schreiend, so daß einem der Atem stockte. Wild und mit höhnischem Lachen sprang der leibhaftige Tod um ihn herum und hackte ihm immer wieder mit einem Beil ins Gesicht, ohne daß es dem toten Versicherungsvertreter vergönnt gewesen wäre, zu sterben ...

»Bis in alle Ewigkeit! Der Beerdigungsunternehmer aber ...«

Ein sternenübersäter, elfenbeinfarbener Bühnenhintergrund ging in die Höhe, und ausgestattet mit transparenten silbernen Flügeln schwebte der Beerdigungsunternehmer durch den Himmel. Süße Melodien erfüllten das Firmament, und um ihn herum tanzte ein märchenhafter Engel, der ihm mit einer wunderschönen Pfauenfeder Kühlung und Seligkeit zufächerte ...

Und in diesem Augenblick, jetzt, hier, plötzlich, in

einem Augenblick, sprang Archibald Strohalm hoch, riß die Augen auf und brüllte, während er die Arme spreizte und sich auf die Zehen stellte:

»Jetzt ist es soweit!«

Anschließend raste er, weder Stuhl noch Tisch schonend, zum Zimmer hinaus, gefolgt vom laut bellenden Moses, der wie eine Kugel aus seinem Körbchen sprang und hinter sich die kleinen Teppiche schwungvoll durch die Luft wirbelte. Mit einem unglaublichen Lärm stürmten sie durch die Diele nach draußen, und es war, als verlasse die ausgestopfte Schleiereule ihren Ast über der Garderobe, um in einer Wolke aus Staub und Gekreisch hinter ihnen her über den Platz zu fliegen.

»He!« brach es aus Archibald Strohalms Kehle, als er, mit plötzlich in all seinen Gliedern erwachender Angst, an der hintersten Reihe des Publikums zum Stillstand kam. Seine Stimme fegte über die Menschen hinweg, schallte gegen die Kirchenmauern und erfüllte die kalte Luft auf dem Platz. Moses' fiebriges Kläffen hüpfte hin und her, alles und jeden für seinen Feind haltend, verebbte jedoch unsicher angesichts des Fehlens jeglicher Aggression.

Mit entsetztem Schweigen wandten sich alle Gesichter zu Archibald Strohalm um. Der Engel hielt an und sank langsam nach unten. Der Beerdigungsunternehmer erstarrte in seiner himmlischen Seligkeit; mit einem Ruck kippte sein Kopf nach vorn, und seine Arme krümmten sich, als wollten sie etwas Großes und Dickes umfassen. Verwildert stand Archibald Strohalm in dem Hochspannungsfeld. Die Stille gerann zu einer steinharten Substanz.

»He!«

Wenn er jetzt keine Antwort bekam, dann würde er die Welt in Stücke schreien.

»Was soll das bedeuten?« hörte man aus Theodoors geöffnetem Mund. »Still, Köter!« befahl er dem Hund.

Ouwe Opas Sohn stand mitten unter den Zuschauern und hatte gerade anfangen wollen, mit einer gelbkupfernen Dose Geld einzusammeln.

»Daß jetzt Schluß ist! Mit euch ist es aus und vorbei! Glaubt nicht, ihr könntet ewig damit weitermachen, diese Kinder ungestraft und gegen Bezahlung zu verstümmeln!«

Jetzt verschwand der Beerdigungsunternehmer rasch aus dem Blickfeld, und aus dem Kasperltheater war Gepolter zu hören; der Kasten wackelte sogar ein wenig, und dann trat Ouwe Opa ans Tageslicht.

»Mein Herr«, sagte er, die Pudelmütze auf dem Kopf und um den Zuschauerhalbmond herumgehend, »wer sind Sie?«

»Strohalm!« Archibald nickte drohend. »Und Sie sind ein Verbrecher! Ich fordere Sie auf, diesen Platz augenblicklich zu verlassen und nie wiederzukommen! Was denken Sie sich dabei? Was wollen Sie mit diesem widerlichen Brimborium erreichen? Etwas Gutes? Nein, Sie sind nicht nur ein greiser Idiot mit einem langen Bart! Ich habe sie beobachtet; seit einem Jahr ärgere ich mich schwarz über Sie, dort, hinter dem Fenster! Jetzt ist Schluß, jetzt greife ich ein!«

»Ich kenne Sie nicht«, sagte Ouwe Opa, mit hüpfendem Bommel den Kopf schüttelnd, und blieb einige Meter vor Archibald Strohalm stehen. »Sie haben nicht das Recht, über mich zu urteilen. Und außerdem mangelt es Ihnen an Respekt vor meinem Bart.«

»Was interessiert mich Ihr Bart? Ihr Bart ist mir scheißegal! Ihr Bart kann mir gestohlen bleiben! Da schauen Sie, was! Ihr Bart interessiert mich nicht die Bohne, nicht die Bohne! Ihr Bart ... das will ich Ihnen noch kurz sagen ... Ihr Bart ... ach was, hören Sie mir doch bloß auf mit Ihrem Bart. Sie sind wahnsinnig! Es geht überhaupt nicht um Ihren Bart; Sie wollen doch nur vom eigentlichen Thema ablenken. Aber darauf fall ich nicht rein! Sie sind ein Verbrecher, schreiben Sie sich das mal bloß hinter die Ohren. Darum geht es. Und für einen Moment bin ich noch bereit anzunehmen, daß Sie in bester Absicht handeln, für einen Moment will ich das annehmen. Lassen Sie sich also gesagt sein: Was Sie da tun, ist ein faschistisches Prozedere! Entsetzen und Rührung waren vielleicht im Mittelalter ein guter Weg zum Glauben, doch heute –«

»Sie sind der einzige Weg«, unterbrach Ouwe Opa ihn kühl. »Früher, heute und für alle Zeit. Sie sind der heilige Weg. Aber ich möchte Sie bitten, den Mantel des Schweigens darüber zu breiten.«

»Den Mantel des Schweigens darüber breiten? Ich werde Ihnen gleich etwas breiten!« schrie Archibald Strohalm und schüttelte die Faust.

»Es ist nicht gut«, fuhr Ouwe Opa unbeirrt fort, »diese lieben Kinder hinter die Kulissen schauen zu lassen. Das ist eher etwas fürs stille Kämmerlein.«

»Ha! Genau! Das stille Kämmerlein! Das ist typisch für Sie! Unbewußtheit und Unwissenheit sind Ihr Element – Dunkelheit und finsterer Ernst! Ihre Auffassungen können das Tageslicht nicht ertragen! Meine aber sehr wohl, und darum erkläre ich hier – coram populo, wenn Sie wissen, was das bedeutet –, daß der heutige Weg *das Lachen* ist.« – *Wie komm ich darauf, woher hab ich diesen Gedanken, was bedeutet das?* – »Und Sie, Sie können nicht lachen, höchstens so ein ekelhaftes Augurenlachen, wenn Sie wissen, was das bedeutet!«

Er begann sich unsicher zu fühlen, und durch das Schimpfen verschwand dieses Gefühl nicht. Außerdem fror er auf einmal, so ohne Mantel in der kristallenen Eiseskälte. Der Eindruck, er handele nicht selbst, sondern werde gehandelt, stellte sich mit aller Schärfe bei ihm ein: Er war kein Subjekt, sondern Objekt, er stand im Akkusativ, war leidendes Objekt. Was meinte er mit dem Weg des Lachens, von dem er sich hatte reden hören? Doch da war noch etwas anderes, etwas, das kurz in ihm auftauchte, ein Gedanke, der für einen Moment seine stinkende Spitze in ihn bohrte, um gleich wieder zu verschwinden: daß er auf einem falschen Fundament baute, daß schon der Anfang falsch gewesen war, daß er eine von vornherein verlorene Sache in Angriff nahm ...

»Wahrscheinlich kann ich besser Latein als sie«, sagte Ouwe Opa, »und ich bin auch längst noch nicht an dessen Ende angekommen. Und was Ihre Ideen über das Lachen angeht, so kann ich Ihnen versichern, daß sie lächerlich und hochgradig gotteslästerlich sind. Ich werde Ihnen übrigens jetzt den Beweis für die Richtigkeit meines Prozedere liefern – um Ihren dümmlichen Ausdruck zu benutzen.«

Er wandte sich an die Kinder und die wenigen Eltern, die in starrem Erstaunen vom einen zum anderen blickten. Mit erhobener Stimme fragte Ouwe Opa:

»Glaubt ihr an das Jenseits?«

»*Ja!!*« jauchzte es himmelwärts.

»Sie sehen ja«, wandte er sich an Archibald Strohalm.

»Wie, Sie sehen? Was soll ich sehen? Wollen Sie etwa behaupten ... wollen Sie behaupten, daß ... daß Sie damit einen Beweis erbracht haben?«

»Gewiß.«

Archibald Strohalm wurde rot. Suchend gestikulierte er wild um sich herum, als habe er sich in einem riesigen Kaugummifaden verheddert, konnte aber keine Worte für sein Entsetzen über eine derartige Dummheit finden.

»Habt ihr heute morgen auch schon an das Jenseits geglaubt?« rief er schließlich der Menge zu.

»*Ja!!*«

»Nun steht es fest«, sagte Ouwe Opa. »Hier wohnen nur gläubige Menschen.«

»Aber ... glauben Sie denn im Ernst, Sie könnten jemanden, der nicht religiös ist, mit Ihrem System von Ihren Auffassungen überzeugen?«

»Die Frage ist, ob jemand, der nicht religiös ist, einmal angenommen, es gibt ein solches Wesen, dies je werden kann. Sie drücken sich ungenau aus, mein Herr, Sie müssen besser aufpassen. Sie meinen: Ob ich einen Ungläubigen gläubig machen kann? Zweifellos.« Ouwe Opa sprach ruhig und belehrend, wobei er mit den Fingern wie mit einem Kamm durch seinen Bart fuhr, und mit seinem Übergewicht machte er Archibald Strohalm ganz klein.

Dieser sah ihn giftig an und richtete sich an die Menge:

»Gibt es hier jemanden, der vor der Aufführung nicht an ein Jenseits glaubte?«

»Ja«, ertönte es gleich neben ihm. Es war ein flegelhafter Junge, der dies sagte.

»Gut. Und glaubst du jetzt an ein Jenseits?«

»Ich nicht, Herr Strohalm«, lachte Bernard.

»Lach nicht!« rief Theodoor und rasselte verstört mit seiner Gelddose.

»Was sagen Sie jetzt?« wandte Archibald Strohalm sich an Ouwe Opa.

Es war für Archibald Strohalms Reputation nicht von Vorteil, daß er sich in seinem seltsamen Kampf gegen Ouwe Opa Bernards bediente, denn dessen Vater ging sonntags nicht zur Kirche, sondern arbeitete statt dessen im Garten oder nahm halbnackt ein Sonnenbad. Die Eltern runzelten die Stirn, und auch die Kinder begannen zu murren. Doch alle verstummten, als Ouwe Opa sagte:

»Es ist natürlich völlig unmöglich, jemanden mit einer oder auch hundert Vorstellungen positiv zu beeinflussen, Herr Strohalm. Vor allem, wenn zu Hause wahrscheinlich entgegengesetzte Einflüsse herrschen.«

Und nachdem Ouwe Opa diese Worte gesagt hatte, beruhigte sich Archibald Strohalm. Er wurde ruhiger und ruhiger, bis er sehr ruhig geworden war.

»Dann werde *ich* meine Vorbereitungen treffen«, kündigte er sehr langsam an, »um Ihnen demnächst zu beweisen, daß ich mit meinem Prozedere jemanden mit einer einzigen Aufführung positiv beeinflussen kann. Und zwar: diesen Jungen. Ich werde ein paar Monate brauchen, bis ich soweit bin. In der Zwischenzeit haben Sie freies Spiel und können nach Vermögen handeln. Sollte es Ihnen doch noch gelingen, gebe ich mich geschlagen. Leben Sie wohl, Greis; leben Sie wohl, meine Damen und Herren, lebt wohl, Jungen und Mädchen – auf Wiedersehen!«

Langsam, bedächtig und sehr geschmeidig schritt Archibald Strohalm mit erhobenem Haupt über den Platz, gefolgt von Moses mit erhobenem Schwanz; er betrat sein Haus und schloß hinter sich sorgfältig die Tür, würdevoll stieg er die Treppe hinauf, ging feierlich durch den Flur und trat in sein Arbeitszimmer. Mit einem Gefühl, als werde er die ganze Zeit beobachtet, nahm er vorsichtig auf einem Stuhl Platz, verschränkte die Arme, runzelte die Stirn, schloß die Augen und schaute in sich hinein, wobei jetzt ein vertrauensvolles Lächeln seinen Mund umspielte.

Draußen hatte man zu johlen begonnen. Das Kasperltheater fuhr quietschend davon, und vor dem Haus versammelten sich Gruppen von Kindern, die pausenlos schrien:

»Blöder Strohalm! Blöder Strohalm! Blöder Strohalm!«

2 Boris Bronislaw war ein Maler. Seine Erscheinung, sein Werk, sein Leben, all das hielt man in dem Städtchen, wo er seit kurzem wohnte, für monströs. Unerhörte Geschichten über ihn machten die Runde. Man sprach von Trunkenheit und Mißhandlungen, flüsterte von Vergewaltigungen und unbezahlten Schulden. Die Idee, die diesem Boris Bronislaw zugrunde lag, war die von einem Urmenschen, ungeschlacht und behaart, ein Kerl wie ein Baumstamm. Doch die Natur war mit dieser Idee von Boris Bronislaw nicht einverstanden gewesen. Mit Soldatenstiefeln hatte sie ihn zusammengetreten, hatte ihn nach links und nach rechts geknüppelt, hatte ihn im Gewitter ihrer Wut zerbrochen und verrenkt. Und so war Boris Bronislaw bucklig, krummbeinig und langarmig entstellt. Doch jeder sah in diesem ramponierten Körper sofort den Höhlenbären jagenden Neandertaler aus dem Pleistozän, der ihm als Idee zugrunde lag. Denn er war nicht klein von Gestalt, wie es die Opfer von Mutter Natur häufig sind, sondern übertraf den Durchschnitt an Größe und überragte Archibald Strohalm mit Nase und Kinn.

Obwohl er ihn schon oft mit Riesenschritten und wedelnden Lianenarmen durch die Straßen hatte stapfen sehen, hatte Archibald Strohalm ihn erst vor kurzem kennengelernt. Um halb sechs aus dem Büro kommend, die Aktentasche unter den Arm geklemmt, sah er schon von weitem eine Gruppe von Menschen am Grachtenufer stehen. Dieser Magnet beschleunigte seine Schritte.

In der Tiefe schwamm ein junger schwarzer Hund im Kreis und wiederholte unerschütterlich seine vergeblichen Versuche, das steile Ufer hinaufzuklettern. Er richtete sich ein wenig im Wasser auf, krabbelte mit den Vorderpfoten ein kleines Stück die Steine hoch, rutschte wieder zurück und zog, das Eisflies auf dem Wasser zerbrechend, erneut einen Kreis. Einer der Zuschauer stocherte bereits mit einem Stock im Wasser herum, wohl mit der Absicht, den Ertrinkenden daran hochklettern zu lassen. Graues Dämmerlicht hatte sich über die Stadt gesenkt, und schon bald würde nichts mehr zu erkennen sein. Archibald Strohalm schaute in die Tiefe und lauschte mit einem Ohr dem, was neben ihm gesagt wurde.
»Er schafft es nicht.«
»Nein.«
»Ein trauriger Anblick, nicht?«
»Das kann man wohl sagen.«
»Finden Sie nicht?«
»Dochdoch.«
Archibald Strohalm schaute zur Seite, um zu sehen, wer da sprach. Herr Blaas, sein Nachbar von gegenüber. Dieser lächelte, als er ihn sah, und lupfte seinen Hut. Archibald Strohalm tat es ihm nach.

Doch dann ruderte ein monströses Individuum sich orangutanartig einen Weg durch die Menge, die unangenehm berührt Platz machte. Denn der Herannahende war ein Sadist, ein Vergewaltiger und Schuldner.

»Was ist das hier für ein Theater?« fragte Boris Bronislaw. »Ein Hund im Graben?« Verärgert starrte er ein paar Sekunden auf das schwächer werdende Tier.

Dann sprang er. Plötzlich verschwand sein absurder Körper in der Tiefe und plumpste mit viel Getöse in die Gracht. Eine Wassersäule spritzte in die Höhe, überflutete den Hund, und die Eissplitter flogen den Zuschauern ins

Gesicht. Herablangende Arme hoben das Tier gleich darauf in die Höhe.

»Ziehen!« rief der bis zur Brust im Wasser stehende Boris Bronislaw und ergriff den Stab des herumstochernden Mannes.

Dieser sah sich zögerlich um. Es war Archibald Strohalm, der Herrn Blaas seine Aktentasche in die Hand drückte, den Stock ergriff und zu ziehen begann. Noch jemand faßte den Stock: Bernards Vater. Dieser Mann war ein Heide und Exhibitionist. Da fiel dem Stockhalter plötzlich ein, daß er dringend nach Hause mußte, und ein paarmal hüstelnd entfernte er sich, doch nicht ohne hier und da lächelnd zu grüßen. Doch während Archibald Strohalm und Bernards Vater horizontal über der Ufermauer hingen, kletterte der Riese bereits aus dem Wasser. Triefend betrat er das Ufer; den Hut lupfend grüßten die Menschen einander und waren verschwunden.

»De profundis!« lachte Bernards Vater.

»Gute Arbeit«, nickte Archibald Strohalm. Dann bekam er den Hund in die Arme gedrückt, und der Maler trat und schlug das Wasser aus seinen Kleidern. Archibald Strohalm ging einen Schritt zurück und hielt das zitternde Tier von sich ab, um Nase und Mantel zu schützen. Gerade als er ihm das Tier wieder überreichen wollte, murmelte der Maler einen kurzen Gruß und machte sich klatschnaß und mit schmatzenden Schuhen auf den Heimweg.

»Hallo!« riefen Archibald Strohalm und Bernards Vater zugleich. Archibald Strohalm redete zuerst: »Sie vergessen den Hund!«

»Den Hund?« wiederholte Boris Bronislaw sich umdrehend. »Was soll ich mit dem Hund? Ich hab schon eine Schildkröte. Verdammt noch mal! Soll ich dich mal kurz in die Gracht werfen, du widerlicher Kotzbrocken?«

»Was?« stotterte Archibald Strohalm. »Aber jemand muß sich doch um das Tier kümmern, sonst wird es krank!« Langsam näherte sich Boris Bronislaw wieder.

»Wie wär's, wenn du das tätest?« schlug er vor. »Na? Was würdest du davon halten, wenn du das einfach tätest, elender Schuft?«

Damit war die Sache geregelt, und Bernards Vater nahm Boris Bronislaw mit nach Hause, wo er sich trocknen konnte. Nachdem er den beiden bedeppert hinterhergesehen hatte, hob Archibald Strohalm seine Aktentasche vom Boden auf und bemutterte das bibbernde Tier zu Hause. Auch ein Körbchen mit Decken darin kaufte er für den Hund und gab ihm den Namen Moses – das bedeutet: »aus dem Wasser gezogen«.

Nach diesem Ereignis hatte er nicht mehr mit Boris Bronislaw gesprochen. Warum ging er jetzt, am Abend dieses revolutionären Tages – nachdem er geschlafen und geduscht hatte –, in die Kneipe, die dafür bekannt war, daß dort Künstler verkehrten? Er wußte es nicht. Nein, wirklich, er wußte es nicht ... Ach, er wußte es ganz genau; sehr genau wußte er es: Irgendwie gehörte er nun zu Boris Bronislaw, und er zwang sich dazu, es in Gedanken auszusprechen. Er spürte, daß bald merkwürdige Dinge passieren würden, über die jetzt noch ein Nebel gebreitet war. Er dachte an heilige und große Männer, die in die Einsamkeit gezogen waren, wie man es in Biographien lesen kann. Eine unbekannte Welt wartete hier oder dort auf ihn, in der Verbannung und Seligkeit angesagt waren und wo die Uhr Außenseitertum und heiligen Rausch schlug. Jawohl, mein Herr, feierlich lächelnd und mit gemessenem Schritt war Archibald Strohalm aus der Gesellschaft getreten!

Es war eine obskure Kneipe, die eigentlich nicht zu dem Städtchen paßte. Als Archibald Strohalm zwischen den

Vorhängen an der Tür hindurch eintrat, drehten sich mißtrauische Gesichter zu ihm um. Langsam durchquerte er den schmalen Raum, in dem der schale Geruch von Rauch und Bier hing. Gegenüber der Theke, an einer Reihe von Tischen, die entlang der Wand standen, saßen undurchsichtige Existenzen in langen, ausgefransten Mänteln. Andere standen in einer Ecke beisammen. An der Theke wurde gepokert. Am Ende des Schlauchs saß Boris Bronislaw und kehrte den Anwesenden seinen gewaltigen Rücken zu. Archibald Strohalm nahm seinen Hut in die Hand und ging zu ihm hin. Er blieb hinter ihm stehen und sah ihm über die Schulter. Der Maler hatte eine Zeitung vor sich liegen und löste das Kreuzworträtsel. Mit einem Bleistift zählte er Kästchen. Archibald Strohalm berührte seinen Rücken.

»Herr Bronislaw ...«

Boris Bronislaw erstarrte kurz; dann quoll ein asthmatisches Donnerlachen aus ihm hervor.

»Herr Bronislaw«, wiederholte er aufschauend, nachdem er sein Gelächter abrupt beendet hatte. Sein linkes Auge zuckte nervös und bewegte dabei auch noch die halbe Wange. »Ich bin kein Herr, mein Herr! Augenblick mal ...«, sagte er, »kenn ich dich nicht?«

»Ich bin Strohalm.«

»Stimmt. Der Kerl, der mich aus dem Schlamm gezogen hat und der ...« Seine Augen leuchteten kurz auf. »Setz dich kurz zu mir.«

»... und der?« fragte Archibald Strohalm, als er ihm gegenübersaß. »Was wollten Sie sagen?«

»Kein Gesieze!« bestimmte Boris Bronislaw. »Das Sie ist eine Mauer. Alle Mauern müssen umgerissen werden.« Immer noch mit dem Auge zuckend, schaute er wieder auf sein Kreuzworträtsel.

»Einverstanden«, lächelte Archibald Strohalm. Was war

mit dem Maler los? Die kräftigen Dinge, die er sagte, kamen in so einem erschöpften Ton aus seinem Mund.

»Nenn mir mal einen intellektuellen Beruf mit fünf Buchstaben.«

Archibald Strohalm wedelte zählend mit den Fingern.

»Autor«, sagte er.

»Sieben horizontal ... A-U-T-O-R. Stimmt.« Er trug das Wort ein. »Anderes Wort für Teufel. Fünf Buchstaben. Der zweite ein A, der letzte ein N.«

»Satan?« fragte Archibald Strohalm.

»Stimmt. Du bist ein As.« Er trug es ein und wandte sich um. »Berend!«

Berend kam und nahm Boris Bronislaws Glas. Auf seinen Armen blaue Anker und durchbohrte Herzen.

»Für den Herrn auch eine alte Klara?«

Archibald Strohalm nickte mit einem wohlwollenden Lächeln. Boris Bronislaw strich die Wörter in der Liste durch, warf den Bleistift auf den Tisch und lehnte sich zurück, während sein Blick über die Zeitung glitt. Dann geschah etwas. Plötzlich saß er bewegungslos da und las mit zusammengekniffenen Augenlidern einen kurzen Artikel. Er sah auf und schaute haarscharf an Archibald Strohalm vorbei.

»Den wievielten haben wir heute?« fragte er geistesabwesend. Archibald Strohalm wollte antworten, doch Boris Bronislaw zog die Zeitung zu sich heran und legte den Zeigefinger unter das Datum. Er sah Archibald Strohalm an – oder besser gesagt: Er sah nichts, nur seine Augen hingen in denen von Archibald Strohalm, als bräuchte er einen Halt für seine Gedanken. So saß er sekundenlang da, die Finger auf der Zeitung, die vor seiner Brust lag.

Als ob er seinen Gast plötzlich bemerkte, schlug er die Augen nieder und schob die Zeitung von sich weg. Er fummelte eine Zigarette hervor, tauchte sie einen Zentimeter tief in den Genever und steckte das feuchte Ende in den Mund; mit seinem Feuerzeug zündete Archibald Strohalm sie an. Pfeifend inhalierte der Maler und legte seine Unterarme auf den Tisch.

»Ja ...«, sagte er abwesend und rollte die Zigarette mit seiner Zunge von einem Mundwinkel in den anderen. »Und, mein Herr-eh ...«, hob er erschöpft an, als spreche jemand anders diese Worte.

»Strohalm«, sagte Archibald.

»Strohalm. Welchem Anlaß habe ich diesen Besuch zu verdanken?« Die Zigarette wippte zwischen seinen Lippen; mit großen Zähnen biß er darauf herum.

»Tja«, sagte Archibald Strohalm und kam in Bewegung; er kratzte sich mit einer Hand den Kopf, während er mit der anderen nach seinem Taschentuch suchte, das er nicht brauchte, »ich komm Sie – dich einfach mal so besuchen.« Er rieb mit dem Taschentuch zuerst seine Nase, dann seine Schläfen. Anschließend trank er einen Schluck.

»Einfach so«, nickte Boris Bronislaw. »Du weißt vielleicht, daß ich Maler bin«, sagte er kurze Zeit später, immer noch mit derselben trägen Gleichgültigkeit in der Stimme. »Natürlich weißt du das. In einer bestimmten Periode experimentierte ich um des Experimentes willen. Das Experiment um des Experimentes willen!« Boris Bronislaw hob einen rhetorischen Arm in die Höhe; man hätte den Eindruck haben können, er lebe auf, doch es war deutlich, daß er sich selbst verstehen wollte. Vielleicht verstand er sich selbst nicht. »Weißt du, ein Mensch experimentiert ständig, denn was bleibt ihm anderes übrig, aber damals tat ich es einzig um des Experimentierens willen – wie ein Pierrot, der auf der Bühne geht, ohne sich fortzubewegen. Ich klebte Klopapier auf die Leinwand, nagelte alte Schuhe darauf fest und verstrich die Farbe mit meinen Haaren, oder aber ich nahm keine Farbe, sondern Marmelade und Erbsensuppe und Kuhmist. Warum? *Einfach so!* Um des Experimentes willen. Ich glaube, meine Mutter hat mich zu früh zur Sauberkeit erzogen. Ich fand Nachfolger. Wir nannten uns die Einfachsoisten. In einem Manifest verkündeten wir die Prinzipien des Einfachsoismus.«

»Haha!« lachte Archibald Strohalm.

»Lach nicht!« rief der Maler und kniff sein linkes Auge zu, um mit dem offengebliebenen um so schärfer sehen zu können. »Das ist nicht zum Lachen. Wenn du mich auf den Arm nehmen willst, Strohalm, der du bist, dann solltest du lieber die Beine in die Hand nehmen! Auf Leute wie dich paß ich ganz genau auf, verdammt genau!« rief er, unruhig auf seinem Stuhl hin und her schiebend. »Raus damit! Was willst du?« Und zu Berend sagte er: »Hau ab, du.«

Der stand neben dem Tisch und machte zum Vergnügen der Anwesenden Grimassen. Mit ulkigen Beleidigungen wandte er sich ab und stimmte in das Lachen der anderen ein, wobei eine kurzatmige Erscheinung hinter der Theke einen gellenden Hustenanfall bekam.

Archibald Strohalm war klein geworden und lachte nicht. Den Kopf zwischen die Schultern gezogen und mit einem Schreck in den Knochen, schwieg er, auch als Boris Bronislaw mit wütendem Blick brummte: »Meinetwegen kannst du auch ersticken.« Dann glitt sein Blick zum Datum der Zeitung, auf dem er dann ruhte. Langsam, breitbeinig kam ein Mann auf ihn zu. Mantel, Sakko, Weste, sie alle waren aufgeknöpft; seine lockere Krawatte hing ihm wie ein Strick um den Hals. Er legte seinen schweren Arm um Archibald Strohalms Schultern und beugte sich mit seinem ganzen Gewicht über ihn.

»Der da, dieser Kerl...«, hob er an und streckte seinen freien Arm in die Richtung des Malers, »immer...«

Weiter kam er nicht. Sein wettergegerbtes Gesicht war dem von Archibald Strohalm ganz nah und hüllte es in Alkoholdunst. Archibald Strohalm packte ihn bei der Schultern, um ihn aufrecht zu halten, doch er selbst hatte nichts, wo er sich hätte abstützen können. Wie eine dunkle, stinkende Drohung hing der Körper über ihm.

»Jetzt hör mir mal genau zu, Meister ...«

So gut er es in dieser Haltung vermochte, nickte Archibald Strohalm ihm ermutigend zu, um nicht den Eindruck zu erwecken, daß ihm Menschen wie er widerlich waren.

»Gottverdammt!« schrie der Kerl plötzlich und schlug auf den Tisch. »Gottverdammt!«

»Schick ihn fort«, sagte Boris Bronislaw.

»Warum?« fragte Archibald Strohalm.

»Hau ab!« brüllte Boris Bronislaw.

Der Kerl vollführte eine heftige Bewegung, um sich aufzurichten.

»Hoppla!« rief Archibald Strohalm, der Stuhl fiel krachend hintenüber, und mit einem Knall landeten die beiden übereinander auf dem Fußboden. Der Mann, der obenauf lag, fluchte und begann um sich zu schlagen. Was war das? Archibald Strohalm unternahm keinen Versuch, unter ihm hervorzukriechen; weil seine Hände unter seinem Körper eingeklemmt waren, verteidigte er sich auch nicht und bekam ein paar Schläge ab. Kurz darauf wurde sein Belagerer von Bronislaw und Berend weggezerrt. Ohne viele Umstände schleiften sie ihn zwischen den Anwesenden hindurch, die schwiegen und gefaßt zusahen, wie der Wirt und der Maler den Mann unter Anwendung schmerzhafter Knüffe wegschafften und vor die Tür setzten. Wahrscheinlich noch auf dem Bürgersteig liegend, begann er, gegen die Tür zu treten. Erst als der Kerl schimpfend fortging, kam wieder etwas Stimmung in die Bude.

Berend bat um Entschuldigung. Archibald Strohalm war sonderbar zumute. Nun hatte etwas angefangen. Die Schläge waren nicht allzu kräftig gewesen; lediglich seine

Schulter schmerzte. Er klopfte seinen Mantel sauber und kämmte sich. Die grelle Angst des Moments, als der Stuhl umkippte; aber danach, wehrlos unter dem um sich schlagenden Wrack, was hatte er danach gespürt? Freude? Lust? Sehr genau spürte er die verdächtige Doppeldeutigkeit, doch sie beunruhigte ihn nicht. Nichts ersehnte er mehr als ein Leben voll solcher verdächtiger Doppeldeutigkeiten!

Boris Bronislaw zeichnete auf den Rand der Zeitung: ein Konglomerat aus krummen Linien, Kreisen und Kreuzen, in denen unerkennbar das Gesicht eines Kindes getroffen war. Es war, als sei der Vorfall von soeben an ihm vorübergegangen, als habe er eingegriffen, ohne daß seine Gedanken ihre ursprüngliche Bahn verlassen hätten. Mit seinen Absätzen trommelte er einen Rhythmus auf den Fußboden; er sog die Luft durch die Zähne und forschte mit der Zunge zwischen den Zähnen, er drückte die Bleistiftspitze kräftig auf die Zeitung und zog eine Linie, die sich bis auf den Tisch durchdrückte. Er betrachtete sie, machte den Riß in der Zeitung noch ein Stück länger und starrte gedankenversunken darauf.

»Weißt du ...«, sagte er, »... ich würde gerne einmal ein Gedicht über die Paarung schreiben. Ein langes Gedicht. Darüber, wie ein geiler Kerl zu einem Weib kommt, mit hohlem Bauch und prickelnden Fingern. Ein wildgewordenes Ameisennest in der Hose. Bälle und Stöcke, und Nebel über der Erde. Und eine Frau mit dicken Hummeln im Blut – ein Tempel umgibt sie. Wie sie beginnen, einander zu durchstreifen, ineinandergleiten; wie dann alles stampft und stöhnt und durchs Weltall wirbelt, bis sie von der Kehle bis zu den Knien aufreißen und ineinanderbrodeln und sich aufsaugen, bis nichts mehr da ist: nur noch ein Baum im Wald, ein Teller auf dem Tisch, eine Kuh auf der Weide ...« – er machte mit dem Bleistift einen Riß in die Zeitung, mittendurch, und sah Archibald Strohalm an. Er hatte ganz ruhig gesprochen, mit den Absätzen trommelnd.

»Aber auf jeden Fall ohne etwas zu verheimlichen. Und im zweiten Teil wuchert ihre Lendenfrucht wie ein prächtiger Parasit. Den dritten Teil lasse ich weg: was nach der Geburt bis zum Tod mit dem Leben passiert, haben andere bereits erzählt. Den zweiten Teil würden die Leute eklig finden. Den ersten würden sie wohl lesen. Bestimmt, Strohalm, und dann würden sie onanieren – weil es für sie *Pornographie* wäre! Gottverdammt«, sagte Boris Bronislaw. »Gottverdammt noch mal!« sagte er.

»Was geht dich das an?« fragte Archibald Strohalm. »Du mußt es so aufschreiben, wie du spürst, daß du es schreiben mußt. Dann ist es gut. Du könntest das Ganze übrigens auch symbolisch erzählen, zum Beispiel in Form einer Allegorie darüber, wie ein großes Werk entsteht, eine Philosophie etwa.«

»Nicht symbolisch«, brummte Boris Bronislaw. »Dein *großes Werk*« – er sagte dies mit einem sarkastischen Unterton – »ist ein Symbol dessen. Du darfst das Ganze nicht auf den Kopf stellen. Ich werde übrigens nichts schreiben, ich werde es *tun*.«

Archibald Strohalm sagte jetzt:

»Soll ich es schreiben?« Er streckte seinen Rücken. »Darum bin ich hier. Ich ... Wir sind verwandt ...«

»Verwandt?« Dann fand so etwas wie ein Erdbeben auf Bronislaws Gesicht statt. »Schlag dir das mal bloß aus dem Kopf!« rief er. »Das symbolische große Werk, wolltest du das beschreiben, Scharlatan? *Tun* mußt du es, Stümper! Laß die Symbole doch zur Hölle fahren! Du willst ein großes Werk *beschreiben*, nicht einmal *tun*, als Symbol eines Gedichts über etwas, das *getan* werden muß! Ich gehe einfach mal davon aus, daß du nicht weißt, was du sagst. Du willst sagen, daß du ein Künstler sein möchtest. Allerdings weißt du nicht, was das ist, Strohalm, du, der du das Symbol für mich bist. Talent, Technik, was?« Er begann zu lachen. »Schauen, was? Aber nicht wissen, was man sehen muß ... Nicht einmal die *Luft* davon hast du zu fassen.«

»Die Luft schon, die Luft schon«, sagte Archibald Strohalm nervös.

»Ach, hör doch auf, Mann.«

Archibald Strohalm fühlte sich beleidigt und wollte das Ganze nicht auf sich beruhen lassen:

»Ich kann natürlich noch keine Beweise liefern, aber ...«

»Mach mich nicht wütend, Kerl.« Boris Bronislaw setzte sich schräg auf seinen Stuhl, die Beine übereinandergeschlagen.

»Bronislaw, wenn ich dir aber doch sage, daß ...«

»Wenn du nicht sofort den Mund hältst, steckst du gleich verkehrt herum in der Erde.«

Mit ausdrucksloser Miene lehnte sich Archibald Strohalm zurück. Jetzt spürte er wieder den Schmerz in seiner Schulter. Etwas in dem Maler war anders geworden; regelrecht unsympathisch war er nun. Mit den Fingern schnipste Boris Bronislaw in die Richtung von Berend, der an ihren Tisch trat und die Gläser wegnahm.

»Ich nicht mehr. Ich verschwinde.« Archibald Strohalm griff nach seinem Hut und wollte aufstehen.

»Einen trinkst du noch mit«, sagte Boris Bronislaw mit erhobener Hand, »ich geb einen aus.« Er nickte Berend zu.

»Warum sollte ich hierbleiben, wenn du mich sowieso nicht zu Wort kommen läßt?«

Der Maler betrachtete seine Hände, die er aneinander rieb. Große, geäderte Hände mit dünner Haut und schönen, zart rosafarbenen Fingernägeln. Er schwieg. Verwundert sah Archibald Strohalm ihn an, schwieg ebenfalls und schaute an ihm vorüber in die Kneipe hinein. Es war ruhiger geworden. Berend stellte Genevergläser zwischen die beiden und sah von einem zum anderen, er spitzte die Lippen und verschwand. Boris Bronislaw schlürfte an seinem Glas und ließ den Alkohol in seinem Mund rotieren. Wieder kniff er die Augen zusammen und scheuerte sich in seinen Kleidern. Dann holte er Luft, um etwas zu sagen; er bemerkte jedoch, daß Archibald Strohalm ihn ansah, zögerte und schwieg. Einige Augenblicke lang starrten sie einander an ...

»Ich kenne einen«, sagte er plötzlich langsam, »und der hatte einen Sohn: ein sieben Jahre altes Bürschchen. Er wohnte im Obergeschoß eines Hauses in Amsterdam, und unten brach Feuer aus. Die Mutter war nicht zu Hause; die Treppe konnten sie nicht mehr benutzen, und zusammen standen sie am Fenster. Die Feuerwehr kam und kam nicht. Unten auf der Straße standen die Nachbarn und riefen, das Kind solle springen. Der Junge traute sich nicht und klammerte sich an seinen Vater. ›Das Laken reißt, das Laken reißt‹, sagte er. Da packte der Vater ihn beim Wickel und warf ihn zum Fenster hinaus. Aber das Laken riß, und er stürzte zu Tode. Kurze Zeit später kam die Feuerwehr mit einem Sprungtuch. Seitdem schläft der Vater einfach auf der Matratze.«

Boris Bronislaw spielte mit Archibald Strohalms Feuerzeug und machte es an und aus – an – aus – an – aus.

»Tja«, sagte Archibald Strohalm, »das sind scheußliche Sachen. Aber er sollte sich mit Dachau und Auschwitz trösten. Dort zwang man die Eltern, ihre Kinder mit Benzin zu übergießen und anzuzünden und dergleichen.«

»... *und dergleichen*«, wiederholte der Maler. Er sah ihn an und nickte. »Wie kommst du eigentlich auf den Gedanken«, fragte er, »daß du ein Künstler oder ein Philosoph oder sonstwas bist? Seit wann hast du das?«

»Seit heute nachmittag«, lachte Archibald Strohalm.

Boris Bronislaw nickte.

»Erzähl, wie ist das passiert?«

Endlich über sich selbst reden zu können! Archibald Strohalm lachte und machte eine Geste.

»Es ist schon sonderbar, aber vielleicht kann ich es dir dennoch erklären.« Er bemerkte, wie leicht es ihm jetzt fiel, den Maler zu duzen. »Nun, heute nachmittag ... nein, nein, so wirst du es nie verstehen; ich muß weiter ausholen. Im vergangenen Jahr ... Nein, so wirst du es auch nicht verstehen, wenn du nicht weißt, daß ich ...« Er trank an seinem Glas und schüttelte den Kopf. »Auf die Art ist alles noch viel verwirrender. Vielleicht ist es am besten, wenn ich am Anfang anfange.«

»Tu das, tu das.«

Und Archibald Strohalm erzählte ironischen Ohren seine Geschichte. Er psychologisierte scharfsinnig, doch das war bedeutungslos. Die Mitbewohner werden als Erklärung für sein unglaubwürdiges Auftreten die *Absicht* nennen: Ouwe Opa zu übertrumpfen. Er selbst war sich der Tatsache bewußt, daß die Ursachen tiefer lagen. Doch die Unsicherheit, mit der er bestimmte Themen und Perioden seines Lebens aufgriff und wieder fallenließ, bewies, daß das Wesen dessen, was sich mit ihm vollzog, auf psychologischem Wege ebensowenig sichtbar werden konnte. Aber auf welchem Weg konnte es sichtbar werden? Nicht auf dem des Verstehens. Vielleicht konnte man es nur zeigen, indem man es tat, oder indem man angab, wo es getan wird. Absicht, Ursache, vielleicht war all dies indifferent und das Wesen lag in noch tieferen Formationen: wie reine Tiefsinnigkeit, in einem so elementaren Spannungsfeld schwebend, daß dort nur mit Taten gesprochen werden kann, weil jedes Wort in die Irre führt und durch unausgesprochene Tempelgeheimnisse ersetzt werden muß, die das grenzenlose Pantheon umhüllen, an das wir grenzen.

Er erzählte, daß er nach dem Abitur Geld von seiner Mutter bekommen hatte, um Jura zu studieren. Er hatte sich nie besonders gut mit ihr verstanden und zog mit Vergnügen aus ihrem Haus. Sie war ein wenig verwirrt vor Trauer, nahm er an. Nachdem sein Vater, der nur noch wie ein Schatten in seiner Erinnerung haftete, gestorben war, begann sie, Geschäfte zu tätigen und Geld zu verdienen, obwohl es aufgrund ihrer Pension nicht notwendig war. Tag und Nacht saß sie an ihrem Schreibtisch und hökerte mit Häusern und Hypotheken, was noch schlimmer wurde, als seine Schwester einen Privatdozenten in Leiden heiratete. Nicht weil sie es so bedauerte, daß es ein Privatdozent aus Leiden war, lachte Archibald Strohalm, sondern weil Jutje nun aus dem Haus ging und nicht mehr für ihn, den jüngeren Bruder, sorgen konnte. Ja, bestimmt, diese Mutter war ein wenig verwirrt vor Trauer gewesen. Oft schlug sie sich wie aus heiterem Himmel mit dem Handgelenk an die Stirn und pfiff dann rasch und leise eine sonderbare, kurze Melodie. Diese: –, und Archibald Strohalm pfiff rasch und leise eine sonderbare, kurze Melodie durch die Kneipe. Woher sie kam, wußte er nicht.

»Rimsky-Korsakow«, sagte Boris Bronislaw. »Sheherazade. Wenn das Schiff auf die Klippen läuft.«

Es war unglaublich; weder er noch Jutje hatten das jemals herausbekommen. Sie waren alle nicht sehr musikalisch zu Hause. Sein Vater vielleicht, aber das wußte er nicht. Möglicherweise war die Melodie ein Signal gewesen, das sie und sein Vater in jungen Jahren benutzten – in einer stillen Straße in Den Haag, wie es sie in den Romanen von Louis Couperus gibt: das Schiff, das auf die Klippen lief. Wo blieb die Zeit? Die wurde in den USA gelagert, aufgekauft von einem amerikanischen König, in großen Tresoren, schwer bewacht ... Seine Mutter und sein Vater. Gespenstisch groß muß ihre Liebe zu ihm gewesen sein, so groß, daß ihre Kinder dieser Liebe sogar im Weg standen. Und wenn man sie nach ihm fragte, dann antwortete sie nur: »Er war ein lebendiger Mann.«

Archibald Strohalm zog zwar nach Amsterdam, doch von einem Studium konnte keine Rede sein. Er brach alle Kontakte ab, sowohl mit seiner Mutter als auch mit Jutje, und richtete sich in Amsterdam mit den Vögeln seines Vaters ein. Der war Biologielehrer gewesen und hatte eine besondere Neigung zur Ornithologie gehabt. Seine Sammlung ausgestopfter Vögel hatte er seinem Sohn vermacht. Die Eiersammlung war Archibald bereits zehn Jahre zuvor in die Hände gefallen, und in einer mondhellen Nacht hatte er sie Stück für Stück aus seinem Schlafzimmerfenster auf die Terrasse geworfen, wo sie leise aufklatschend und aufknallend in federleichte Scherben zerbrachen, so daß die Fliesen alsbald mit einem überirdischen Glanz bedeckt waren ... Wie ein Vogelfänger hauste er zwischen dem Federvieh, dort in der Blutstraat; von den Schränken und von den Mauern, von überall spähten sie umher in ihrer Erstarrtheit: Schleiereulen, Neuntöter, Heckenbraunellen, Kleiber, Wendehälse, Sturmmöven, Golddrosseln, Hakengimpel, Kornweihen, Hohltauben, Kernbeißer, Krammetsvögel – und dort begann er seine Jagd von der einen Frau zur anderen. Getrieben von seinem zügellosen Geschlechtstrieb, streifte er durch die Straßen, auf der Suche nach Brüsten und Beinen, aller Männer Feind, in seinem Kopf fortwährend eine fahle Hitze. Immer wieder fähig zu einer fiebrigen Verliebtheit, besaß er sie von Nacht zu Nacht, und mehr noch. Und manchmal, unter dem Teewärmer ihrer Leidenschaft, spreizte er stöhnend die Finger, wenn der Orgasmus kam, und dann warf er seinen Blick durch das Zimmer, wo die Vögel durch seine Wollust spähten und schwebten.

Im übrigen widmete er sich der Kunst, er las die Meisterwerke der Literatur und unternahm eigene Versuche, die pathetisch und unecht waren. Er malte auch – Archibald Strohalm hob den Finger in Richtung von Boris Bronislaw. Teufel malte er, mit viel Rot und Gelb und manchmal mit dem Gesicht seines Vaters. Das mit dem Teufel war schon seit Jahren eine romantische Liebe. Auf seinem Schreibtisch stand eine Reihe von Mephistobildern, die er aus einer alten Ausgabe des *Faust* geschnitten hatte, und er sammelte Material für einen Essay, der die Entwicklung des Teufelsbegriffs behandeln sollte. Damit verbrachte er seine Tage. Aber dann, nach zwei, drei Jahren, wurde er auf einmal müde. Er kaufte ein Aquarium und stellte einen Totenschädel hinein. Die Augenhöhlen hatte er durchbohrt, und nun schwammen die Fische in den mit Algen bewachsenen Schädel hinein und wieder hinaus und paarten sich in der Schädelhöhle ... Ach ja, einmal hatte er ein Mädchen zu Besuch, das ihn irritierte und mit dem er nicht ins Bett wollte. Das Gespräch kam auf seinen Vater, und sie fragte ihn, auf seine eigene Stirn deutend, ob sein Vater auch so eine flache Stirn gehabt habe. Beiläufig hatte er zum Aquarium geschaut und gesagt: »Nein ... eigentlich nicht ...« Daraufhin war das Mädchen halbtot vor Angst nach draußen gerannt. Ob Bronislaw das nicht lustig finde?

Bronislaw fand es lustig.

Und dann heiratete er Meta, eine Jungfrau, Tochter einer braven Kaufmannsfamilie. Er verkaufte seine Vögel, trennte sich von seinen Teufelsgraphiken und ließ sich aufatmend in Metas Milch und Honig nieder. Brummend ließ er sich in die sinnliche Trägheit ihres üppigen Renaissance-Körpers sinken, bis sie ihn wie ein schwerer Duft vollkommen umhüllte, und er kam zur Ruhe, zu Regelmaß, zu windstiller Häuslichkeit. Seine Mutter wollte nichts mehr mit ihm zu tun haben; solange sie lebte, brauchte er sich keine Hoffnungen auf Geld mehr zu machen, und bald erfüllte er auf einem Bürostuhl seine Pflicht. Musen und Teufel wichen Nikolaus und Osterhase, und allmählich schlummerte er ein. Während des Jahrs ihrer Ehe erzählte er ihr oft von der ekstatischen Betriebsamkeit, die in seinem Zimmer in der Blutstraat geherrscht hatte; nicht aus eigenem Antrieb sprach er davon: Sie bat ihn darum und lauschte ihm dann mit großen Augen. Er erzählte ihr von den Nachmittagen, die er hin und her gehend in seiner toten Voliere verbracht hatte, in der Hand ein illustres Buch, die Worte prüfend vor sich hin sprechend ... »Nun schöpft aus Jammern Lust: das Jammern heilt den Schmerz. Nun ruft aus einem Mund, folgt uns'rem Weheklagen. O weh, o weh, o weh, wohin floh unser Heil!« Doch diesem Teil seines damaligen Lebens lauschte sie weniger begierig als dem anderen mit den Orgien und Bacchanalen, aus denen sie ihn herausgeholt hatte.

»Eines Tages war sie natürlich verschwunden«, berichtete Archibald Strohalm, »und da fiel mir ein, wie hungrig und gierig ihre Augen gewesen waren, wenn ich erzählte. Hörst du mir überhaupt zu?«

»Dieser widerlichen Kleinbürgergeschichte? Ich nehme an, daß es sowieso kaum eine Rolle spielt. Aber beichte ruhig weiter, ich hör dir schon zu. Trauerst du dieser Trulla immer noch nach, Strohalm?«

»Ich habe ihr Weggehen nie betrauert, ich war nur erstaunt. Ich liebe eine Frau, die mir schon seit ich lebe im Traum erscheint, Bronislaw. Darüber darfst du nicht lachen«, sagte er rasch.

»Da kennst du mich aber schlecht.«

»Es ist immer derselbe Traum, und sie ist darin eine Friseuse und schneidet mir die Haare, aber ich bin ihr noch nicht begegnet. Diese Meta, die war nur ein Ersatz. Wir haben uns gegenseitig geholfen, wir waren einander Mittel zum Zwecke, wie bei einem Flaschenzug: Sie half mir hinauf, ich ihr hinunter, oder umgekehrt – wer weiß das schon? Oben ist unten, wenn man auf dem Kopf stehst. Oder weißt du, wie wir stehen?«

Nun tat Archibald Strohalm etwas Sonderbares. Er holte seinen Taschenkalender hervor und notierte: *Oben ist unten, wenn man auf dem Kopf steht.*

»Es kommt auf den festen Punkt an«, sagte Boris Bronislaw. »Es kommt nur darauf an, was als Flaschenzug dient und wo er sich befindet.«

»Archibald Strohalm sah ihn kurz an und schrieb dann hinter die erste Notiz: *(Wo ist der feste Punkt?)*

Er steckte den Taschenkalender ein und bestellte zwei Schnäpse.

»Nach Metas Flucht schlief ich endgültig ein, auch wenn ich im nachhinein das Gefühl habe, mir war immer undeutlich bewußt, daß ich schlief. Ich zog mich an, frühstückte, ging ins Büro, arbeitete, aß zu Mittag, arbeitete, aß zu Abend, entspannte mich ein wenig, ging zu Bett ... mal soundsoviel Tausend. Im vorigen Jahr wurde ich Sekretär einer gemeinnützigen Organisation, die Altenheime betreibt. Und dann trat der Katalysator in mein Blickfeld, dieser Ouwe Opa. Hast du schon mal was von Unterkühlung gehört?«

»Nein, du?«

»Wenn man die Kristalle des Natriumthiosulfats zum Schmelzen bringt, dann entsteht eine sehr klare Flüssigkeit. Man könnte meinen, beim Abkühlen würde die Flüssigkeit wieder auskristallisieren, tatsächlich aber bleibt sie so, wie sie ist. Zu Kristallen wird sie erst wieder, nachdem man ihr einen kräftigen Stoß versetzt, auch wenn inzwischen zwanzig Jahre vergangen sind. Plötzlich entsteht ein Schneegestöber aus Kristallen in der Flüssigkeit, kleine Sterne, die rasch größer werden, die sich berühren, die aneinander und durcheinander wachsen, und zwar so lange, bis sie zu einem bizarren Brocken Natriumthiosulfat geworden sind. Dann lösen sich die heißen Dämpfe wieder. So funktioniert das Ganze, glaube ich.« Er nickte sich selbst zu. »Ein Jahr lang hat Ouwe Opa mich in seinen Bann gezogen, sogar nachts noch, wenn ich im Bett lag. Und heute nachmittag, als er wieder eine Vorstellung gab mit diesem apokalyptischen Bommel auf seiner Pudelmütze, da passierte es. Ich glaube, ich kristallisiere aus.«

»Woran klammert man sich in größter Not?« fragte Boris Bronislaw. »Neun Buchstaben.«

Archibald Strohalm lachte und schwieg.

Boris Bronislaw sah ihn an.

»Du bist ein elender Kerl«, sagte er einen Moment später, »aber es stimmt.« Mit eckigen Druckbuchstaben trug er das Wort ein.

»Es wird etwas geschehen«, lachte Archibald Strohalm. »Wir werden sehen, was. Auf jeden Fall aber werde ich auch anfangen zu schreiben. Alles wird ganz anders werden. Mir ist, als sei plötzlich in allen Dingen eine Heizung eingeschaltet worden.« Vor Freude und Erwartung strahlte er über das ganze Gesicht. »Ich habe vor, eine Geschichte zu schreiben, in der ein Mann dabei ist, eine Geschichte zu schreiben. Und in der Geschichte, die dieser zweite Mann schreibt, ist wiederum ein Mann dabei, eine Geschichte zu schreiben. Und in der Geschichte, die dieser Mann schreibt, schreibt auch wieder ein Mann eine Geschichte ... und so weiter, endlos. Und weißt du, wer der Mann ist, der in der Geschichte des unendlichsten Mannes die Geschichte schreibt? ... Ich.«

Boris Bronislaw verzog grinsend das Gesicht.

»Mein altes Großmütterchen«, sagte er, »würde den Unendlichen Mann *Gott* nennen.«

Archibald Strohalm lächelte. Was gab es jetzt noch zu

sagen? Die Kneipe hatte sich geleert. Die noch Anwesenden knöpften ihre Mäntel zu.

»Und jetzt reden wir über dich«, sagte er. »Wie ...«
Es war, als würde der Maler unter Strom gesetzt.

»Am besten stellst du *keine* Fragen über *mich*«, unterbrach er ihn, während er sich vom Tisch wegdrückte, als wolle er sich verteidigen. Er sah Archibald Strohalm fest in die Augen, doch sein Augenlid zuckte jetzt vollkommen unkontrolliert. »Oder soll ich dir auch alles beichten?« sagte er nach einigen Sekunden. »Das, was ich vorhin ...« Er stockte, und rief: »Was geht dich das an, Kerl!«

»Nimm's mir nicht übel«, sagte Archibald Strohalm. Erschrocken betrachtete er Bronislaws Gesicht. »Ich wußte nicht ...«

Der Maler beugte sich vor und pflanzte die Fingerspitzen beider Hände auf Archibald Strohalms Brust.

»Weißt du, was ein Mensch ist?« fragte er mit nervöser Hast. »Achtzig Prozent Wasser; damit kannst du sechzig Liter Kaffee kochen. Eisen für ein paar Nägel. Einige Kilo Leim. Fett für ein paar Dutzend Stücke Seife. Hundert Gramm Zucker. Eine Packung Salz. Genug Glyzerin, um eine Granate mit Dynamit zu füllen. Das ist ein Mensch – du, ich, Meta und Ouwe Opa. Eine Tasse Kaffee, ein Nagel, ein Tube Pattex, ein Stück Marzipan, ein Stück Seife, ein Karamelbonbon und eine Bombe. Und einen solchen Menschen werde ich heute nacht mit meiner Frau zeugen. Im Ernst. Und weißt du, warum? Und warum mich das so aufregt? Das geht dich verdammt noch mal einen Scheißdreck an!« Mit einem Ruck stand er auf, grabbelte in seiner Hosentasche und warf ein Zweiguldenfünfzigstück auf den Tisch. Mit schweren Schritten und leicht schwankend polterte er durch die Kneipe. An der Tür drehte er sich um.

»Und ich garantiere dir, es wird ein *Junge*!« brüllte er.

»Ein *Junge* wird es, das sag ich dir.« Er verließ das Lokal und warf die Tür hinter sich zu.

Die verbliebenen Gäste blickten von dem sich entfernenden Schatten zu Archibald Strohalm hinüber, dann sahen sie einander an. »Na, dann paß mal auf, daß es ein Mädchen wird«, sagte jemand. Die anderen lachten lustlos, und schließlich standen auch die letzten auf, um nach Hause zu gehen.

»Das ist mir vielleicht einer«, sagte Berend, doch Archibald Strohalm erwiderte nichts. Gegen die Stuhllehne gesunken, fragte er sich, was mit Boris Bronislaw geschehen war. Als sei der Blitz in ihm eingeschlagen, so hatte er geredet. Irgendwo mußte er eine offene Wunde haben, und bestimmt hatte sie etwas mit seiner Frau und dem Kind zu tun. Er versuchte darüber nachzudenken, entdeckte aber nirgends einen Weg, der zur Erklärung führte. Sein Blick fiel auf die Zeitung. Er drehte die Fetzen so, daß er sie lesen konnte, und überflog die Seite. Jede Menge Kriegsvorbereitungen, gestiegene Preise, Gnade für einen Kriegsverbrecher. Und etwas über ein Feuer: ein Bauer war mit seinem Kind verbrannt.

Er bezahlte und verließ die Kneipe. Auf dem Bürgersteig blieb er stehen, rollte seinen Hut zusammen und steckte ihn in die Manteltasche. Dann verschränkte er die Hände auf dem Rücken und spazierte vornübergebeugt durch den menschenleeren Winterabend nach Hause.

Da gibt es etwas, das noch erwähnt werden muß. Als er auf halbem Wege war, kam eine Frau aus einer Seitenstraße und ging mit wiegenden Hüften vor ihm her. Kurze Zeit später schaute sie sich um und erblickte den einsamen Wanderer. Im Schaufenster eines Eisenwarenladens, an dem sie gerade vorüberging, erregte eine wunderschöne Ahle ihre Aufmerksamkeit, und sie blieb, in andächtige Betrachtung vertieft, stehen, bis Archibald Strohalm sie erreicht hatte. Sie ging neben ihm her.

»Na, Schatz«, sagte sie.

Er sah sie an.

»Nein, vielen Dank«, sagte er – aber nicht, weil es hier um *käufliche* Liebe ging ... »Auf Wiedersehen.« Er wechselte die Straßenseite.

3 Die Nachricht von Archibald Strohalms staunenerregendem Vorhaben, Ouwe Opa zu übertrumpfen, hatte sich, von Straße zu Straße, von Haus zu Haus springend, rasch verbreitet, und man konnte sehen, daß die Leute sich eine hämische Bemerkung nur schwer verkneifen konnten, wenn sie ihn zusammen mit Moses im nahe liegenden Wald sahen, wo er vornübergebeugt, die Hände auf dem Rücken, spazierenging und nachdachte. »Guckt so ein Prophet des Lachens?« hätte man ihn gern einmal gefragt.

Archibald Strohalm tat so, als bemerke er nicht, daß die Leute sich mit schrägen Blicken hinüber auf seine schwarze Gestalt solche Dinge zuflüsterten. Aber er sah es, nahm es sich jedoch nicht besonders zu Herzen. Er war aus der Gesellschaft getreten, gewiß. Warum? Nun, um in sie zurückzukehren. So war er auch immer verreist: um wieder nach Hause zu kommen. Wenn er dann wieder zu Hause ankam und mit dem Koffer in der Hand die vertraute Umgebung wiedersah, hatte sich alles verändert. Weil er selbst sich verändert hatte. Die Rückreise war nicht weniger eine Entdeckung des Unbekannten als die Hinreise, und oft war sie noch mehr – eine Entdeckung seiner selbst.

Er hatte gekündigt und lebte genügsam von dem Geld, das seine Mutter ihm hinterlassen hatte – die Frau, die sich immer plötzlich mit dem Handgelenk an die Stirn geschlagen und dann die Melodie von dem Schiff gepfiffen hatte, das auf die Klippen lief. Als er seinem Arbeitgeber, Ballegoyen, über seinen Weggang und den Grund dafür informiert hatte, da war es in dem lederbeschlagenen und getäfelten Zimmer des Vorsitzenden der Wohltätigkeitsorganisation einige Zeit still geblieben. Archibald Strohalm saß. Der Vorsitzende aber stand, einen Orden im Knopfloch, in eleganter, aber dennoch strammer Haltung neben seinem Sessel: ein Bein leicht geknickt, eine Hand auf der Hüfte, die andere auf der Sessellehne. Von meterlangen Seilen gehalten, hing ein triumphierendes Gemälde an der Wand:

Bismarck und Thiers bei den Friedensverhandlungen 1871.

»Ein ›Kasperltheater‹?« brach Ballegoyen das Schweigen, wobei er das Befremden in seiner Stimme hinter dem Ton großer Entrüstung über solch einen Affront verbarg. Und nachdem Archibald Strohalm dies bestätigt hatte, wünschte der Vorsitzende der Wohltätigkeitsorganisation, Archibald Strohalms Ausführungen noch einmal zu vernehmen:

»Ich bilde mir permanent ein, das Wort ›Kasperltheater‹ aus Ihrem Munde zu hören, werter Strohalm. Bestimmt ist irgend etwas mit meinen Ohren nicht in Ordnung. Bitte noch einmal, mein Lieber, bitte noch einmal!«

Archibald Strohalm wiederholte das bereits Gesagte. Ouwe Opa, das mittelalterlich-faschistische Prozedere, der Weg des Lachens, Bernard. Er faßte sich jetzt nicht nur kürzer, er sprach auch tonloser. Jedesmal, wenn er sich all dies vor den Geist rief, hatte er den Eindruck, es sei weiter von ihm fortgetrieben und irrealer geworden. Wofür machte es Platz?

»Ist Ihnen das mit Lachen und dem Kasperltheater *ernst*, werter Strohalm?« fragte der Vorsitzende der Wohltätigkeitsorganisation, als habe er den Mund voll Senf. Er saß jetzt in seinem Sessel, und die beiden sahen einander über den Diplomatenschreibtisch hinweg an.

»Todernst, Herr Ballegoyen.«

Der Vorsitzende der Wohltätigkeitsorganisation schüttelte den Kopf und rüttelte mit dem kleinen Finger in seinem Ohr. Sein Auftreten war nun weniger entschieden.

»Ich werde aus dem Ganzen noch nicht so recht schlau«, sagte er. »Dummes Geschwätz bin ich von Ihnen nicht gewohnt, diese Möglichkeit schließe ich also aus. Allerdings halten manche Sie für einen Sonderling: Sie leben allein, manchmal sieht man Sie mit einer Einkaufstasche ... aber dummes Geschwätz, nein, das paßt nicht zu Ihnen. Aber zum Teufel noch mal«, brüllte er, »Sie wollen mir doch nicht weismachen ...« Er stockte und starrte Archibald Strohalm an.

Es war, als ob dessen kindliche Verwunderung allen Vorwürfen und Fragen eine Tracht Prügel auf den Hintern gäbe und sie wie unartige Jungen in die Ecke stellte. Von diesem Augenblick an war dem Vorsitzenden der Wohltätigkeitsorganisation klar, daß Archibald Strohalm wahnsinnig war, und er konnte ihn nur noch mit schüchternem, unsicherem Blick ansehen. Archibald Strohalm stand. In diesem Stadium des Gesprächs war der Arbeitgeber Thiers ähnlicher als Bismarck.

»Ich bin verblüfft«, ergriff Ballegoyen wieder das Wort, »das muß ich sagen. Wo ist, abgesehen von Ihrem gesunden Verstand – ich meine ... im allgemeinen ... Ihr Herz für unsere Wohltätigkeitsorganisation und unsere alten Menschen? Meldet sich da nicht Ihr Gewissen? Denken Sie doch bloß einmal an das alte Fräulein Z. Spijkervet in Haus *Sarina*! Was soll nun aus ihr werden? Fräulein Z. Spijkervet, und Sie gehen einfach. Pocht nicht Ihr Herz, dort drinnen, in Ihrer Brust? Jahrelang bin ich nun Vorsitzender der Wohltätigkeitsorganisation, und ebenfalls jahrelang habe ich als Hauptmann Ballegoyen im Heer Ihrer Majestät in Willemstad auf Curaçao gedient – aber dergleichen ist mir noch nie untergekommen. Auch nicht im Binnenland unserer Kolonie. Sie sind ein gefallener Mann, Strohalm. Nichtsdestotrotz gehe ich fest davon aus, daß Sie wissen, was Sie tun. Unser Haus in 's-Gravenhage, aufgrund testamentarischer Bestimmungen nur für kultivierte Damen freisinnig-protestantischen Glaubens bestimmt, wird sein Jubiläum in Ihrer Abwesenheit feiern. Nun? Sagt Ihnen das nichts? Protestiert da nicht Ihr höheres Ich? Haben Sie übrigens die Bestellung der achtundvierzig Klosetthandtücher, halbleinen, sechzig mal sechzig, an Herrn Sietsma weitergegeben?«

»Das habe ich erledigt, Herr Ballegoyen.«

Der Vorsitzende der Wohltätigkeitsorganisation nahm seine Brille ab, sah Archibald Strohalm an und seufzte tief.

Mit kurzen Worten regelten sie danach noch die Frage des Gehalts und verabredeten, daß Archibald Strohalm seinen Nachfolger vier Tage einarbeiten sollte. Auf diese Weise hätte das Gespräch ein friedliches Ende nehmen können. Doch als Archibald Strohalm bereits die Türklinke in der Hand hatte, hörte er plötzlich hinter sich Gebrüll:

»He, Hanswurst! Bist du eigentlich vollkommen verrückt geworden?« Ballegoyen stand hinter seinem Schreibtisch und stützte sich mit zwei Fäusten darauf ab. Und dann wuchs seine Wut wie ein Lawine. »Denkst du, du könntest dir alles erlauben? Was glaubst du, wer du bist? Das wird dir noch einmal leid tun, hörst du? Sehr leid tun! Ein Fall für die Polizei bist du! Aber mach ruhig, was du willst, mach nur! Wie eine Kröte wirst du zertreten werden! Wie einen Hund wird man dich prügeln! Wie einen Hund! Raus aus meinem Zimmer, Verbrecher!«

Seine Stimme überschlug sich. Etwas Unerhörtes mußte

in den Vorsitzenden gefahren sein. Er war hochrot und zitterte. Mit immer noch geballten Fäusten trat er hinter seinem Schreibtisch hervor, und Archibald Strohalm schlüpfte durch die Tür, rannte den Flur entlang, die Treppe hinunter und durch das Portal nach draußen.

Auf der gegenüberliegenden Straßenseite blieb er keuchend stehen und wischte sich den Schweiß von der Stirn. Er war erschrocken. Nicht über Ballegoyens Fäuste, auch kaum über seine Worte, sondern möglicherweise über sich selbst, über dasjenige, das all dies in Ballegoyen geweckt hatte. Und auf dem Nachhauseweg schaute er sich ängstlich um. Die Häuser, die Fleischhalle, die Menschen, die Pflastersteine – in allem schien plötzlich eine Drohung zu stecken, verborgen noch, aber fähig, in seiner Gegenwart zu erwachen und Gefahr zu verbreiten.

Am nächsten Morgen fand er in einem Umschlag, der auf seinem Schreibtisch lag, sein restliches Gehalt, und einem beigelegten Brief entnahm er die knappe Mitteilung, daß er nicht mehr zu kommen brauche, daß er auch seinen Nachfolger nicht einarbeiten müsse. Gezeichnet: Ballegoyen. Archibald Strohalm legte die Büroschlüssel, die er besaß, auf die Tischplatte, nahm seinen Schirm, der für den Fall, daß es regnete, an der Garderobe hing, schüttelte der Putzfrau die Hand und ging.

Auf der Straße begegnete er Victor, dem Maschinenschreiber. Er war Archibald Strohalms Freund. Mit der Hilfe des Buchhalters Sietsma hatte Archibald Strohalm immer wieder bewirkt, daß Victor nicht entlassen wurde, womit Ballegoyen dem kecken Schreiber ständig drohte, unterstützt von Fräulein Heiblok, welche die Beratungen durchführte.

»Was ist los, Herr Strohalm? Gehen Sie weg?«

Kurz und mit hochgezogenen Augenbrauen erzählte

Archibald Strohalm seine Geschichte. Ausgelassen schlug Victor dem entlassenen Sekretär auf die Schulter, was dieser sich vergnügt gefallen ließ.

»Ein Kasperltheater! Prächtig! Eine wunderbare Idee!«

»Findest du es nicht eigentlich ein wenig verrückt: ein Kasperltheater?« fragte Archibald Strohalm und sah ihn plötzlich scharf an.

»Verrückt? Ich finde es großartig! Andere Menschen machen dergleichen erst, wenn sie Gott gesehen haben oder so.«

»Es wird nicht bei einem Kasperltheater bleiben. Ich werde mit der Zeit vielleicht überhaupt nicht mehr wissen, wo ich bleibe. Wir werden sehen. Was ist?«

Victors Stimmung war jetzt getrübt.

»Ich denke, meine Tage bei der Wohltätigkeitsorganisation werden nun wohl auch gezählt sein. Jetzt ist die Mehrheit gegen mich ...« Er lachte. »Eigentlich ist es auch sehr viel besser, wenn ich rausfliege! Ich will nach Amerika. Oder soll ich etwa hier versauern?«

»Ich glaube nicht, daß die Chancen dafür sehr groß sind, Victor. Mach's gut! Beeil dich, sonst kommst du zu spät.«

Sie verabschiedeten sich voneinander, und Victor drehte sich noch einmal um, aber just, als Archibald Strohalm sich nicht umdrehte.

Das Geschacher seiner Mutter mit Hypotheken und Grundstücken hatte ein wenig Geld eingebracht, das nach ihrem Tod seiner Schwester und ihm zugefallen war. Seinen Anteil hatte er dazu benutzt, hin und wieder eine kleine Reise zu machen: nach Valkenburg oder in die Ardennen und ganz selten auch etwas weiter weg. Viel war nicht mehr übrig von dem Geld, gerade genug, um ein Jahr davon zu leben. Auf diese Zeitspanne richtete Archibald

Strohalm sein Leben ein. Seine Pension hatte er natürlich verwirkt, und was nach einem Jahr sein würde ... Er hatte das Gefühl, daß nach diesem Jahr nichts mehr kam, als bliebe dann die Zeit stehen.

Die Veränderungen in ihm vollzogen sich vom Boden aus. Der Boden selbst, der locker und treibsandig geworden war, hatte an diesem Samstag Injektionen mit wundersamen Stoffen bekommen, die jenen ähnelten, die man benutzt, um sumpfige Böden zu härten, damit man darauf Straßen und Flugplätze anlegen kann. In den nach Weihnachten versinkenden Tagen wurde er selbst restauriert. Restaurierung des Bauwerks Archibald Strohalm! Ein berühmtes baufälliges Denkmal, ein Mensch, wird in altem Glanz wiederhergerichtet! Das Ganze ging rasch vonstatten.

Die erste Woche verging mit der Liquidation von allerlei Dingen, die aus seinem früheren Leben stammten. An langen Nachmittagen stellte er seinen Schreibtisch, seine Schränke und Kommoden auf den Kopf und brachte den Ofen mit Stapeln von alten Papieren zum Glühen, die er aus einer vagen Hochachtung vor seiner eigenen Handschrift heraus aufbewahrt hatte. Ein paar Briefbündel legte er wieder zurück auf ihren Platz, nachdem er den Anfang einiger Schreiben gelesen hatte: »Liebster Moppel«, »Bester Schatz«, »Mein Vögelchen« und selbst »Kleines Quietschfrieselchen«. Doch ein paar Tage später nahmen auch sie den Weg durch den Schornstein und ringelten sich in den fahlen Winterhimmel, aus dem langsam und wehmütig der erste, stille Schnee fiel. Ach, es war zerhoffte Hoffnung, die verging, und verweintes Leid. Es war ein verrauchendes Inventar der Menschlichkeit – paßt auf!, hier geht Menschlichkeit in Rauch auf ... Man tut gut daran, in diesem Augenblick zu erschauern und zu erzittern, denn schreckliche Dinge stehen bevor.

Die Romane mit Menschlichkeit, die Archibald Strohalm besaß, ließ er von Goudvis abholen, der ein Antiquariat hatte. Dort gehörten sie hin, dachte er –, in die Regale des Antiquariats. Was hatte er noch mit ihnen zu schaffen? Auch ein Gemälde machte er zu Geld. Es war das Porträt eines aufgeblasenen Kerls aus dem Goldenen Jahrhundert: ein rosafarbenes, wohlhabendes Speckgesicht mit blaßblauen Gelatineaugen und einem Lächeln, das um seine Mundwinkel kreiste. »Kauf ihn mir ab«, bat er den Kunsthändler, »diesen lebenssatten Bluthund. Ich verkauf ihn dir.« Der Handel wurde gemacht, und von dem Geld beschaffte Archibald Strohalm sich Papier und eine Schreibmaschine. Am selben Tag rief er bei der Post an und meldete sein Telefon ab, mit dem er zuvor seine Zeitungsabonnements gekündigt hatte.

In diesen Wochen geschah es, daß er eine Persönlichkeit entdeckte, ein schweigsames Individuum von Ausmaßen, die er in dieser Umgebung nicht für möglich gehalten hätte: – den Wald. Ja, das muß ganz bestimmt erzählt werden. Diese Entdeckung hatte nämlich eine Explosion seiner Persönlichkeit zur Folge, und Explosionen wollen gern erzählt werden. Aber das Merkwürdige war, daß diese Explosion, die ihn von der Kehle bis zu den Knien aufriß, trotz allem irgendwie folgenlos an ihm vorüberging ... jedenfalls ohne die Folgen, die man hätte erwarten können. Es stimmt, er ging aus ihr vollkommen verändert hervor – auf eine Weise verändert, die man vielleicht am besten zum Ausdruck bringen kann, indem man sagt, daß seinem Namen die Großbuchstaben genommen wurden. Es ist nicht ganz klar, was das bedeutet, aber irgendwie so etwas muß es sein. Und dennoch war es auf irgendeine Weise *verkehrt* ... Es geht hier um schaudererregende Dinge, über die zu sprechen unsicher ist.

Nicht weit entfernt vom Stadtzentrum und dem Platz,

an dem Archibald Strohalm wohnte, begann der Wald in Form einer breiten Allee und ging dann allmählich in einen Park mit Rotwildgehege über. Um in Kontakt mit der Natur zu sein, hielten sich dort sonntags die Städter auf, hinter Kinderwagen hergehend, in grauen Mänteln und neuen dunkelblauen Anzügen mit braunen Schuhen. Die Kinder hatten Tüten mit Brot dabei und bewarfen damit die gräßlichen Truthähne, die blöden Hühner und die Rothirsche mit ihren sandigen, lauwarmen Schnauzen. Etwas weiter weg, wo die Ausläufer der Bebauung endeten, wurden die Wege sandiger und schmaler, eine leichte Hügelung kam in das Gelände. Hier, auf ihrem eigenen Terrain, bekamen die Bäume Charakter. Sie waren keine Holzstücke mehr, sondern Herrscher mit Gesicht und Gestalt. In schweigendem Einvernehmen standen sie beisammen und kümmerten sich nicht um das, was zu ihren Füßen geschah, wo Moses pinkelte und Archibald Strohalm umherstreifte. Sie sahen nicht hinab, betrachteten nur einander und den Himmel mit seiner Sonne, zu der sie hinwuchsen.

Vornübergebeugt und mit auf dem Rücken verschränkten Händen ging Archibald Strohalm jeden Tag zwischen ihnen hindurch. Mit jäher Gewalt hatte er sie entdeckt; mit der jähen Gewalt, die ihm eigen ist. Auch früher war er im Wald spazierengegangen, um kurz frische Luft zu schnappen. Doch dies wurde an dem Tag zu einem Erlebnis – und damit auch zu einem immer wiederkehrenden Bedürfnis –, als er plötzlich, mitten in einem Schritt stehengelieben war und erschrocken um sich geschaut hatte ... auf einmal sah er, daß alles um ihn herum lebte – lebte, atmete, dachte. Er sah eine große, unsichtbare Kugel, die vibrierte, die dann plötzlich zerplatzte und die Welt gebar: – die Welt, so wie sie ist, mit Pflanzen, Tieren und Menschen ... Von jenem Tag an war alles Dasselbe-anders, worin er ebenso unbeweglich stand wie die Natur um ihn herum, worin er nur mit zurückgelegtem Kopf und halboffenem Mund seinen Blick durch die Kronen gleiten ließ. Das ist übrigens noch nicht die erwähnte Explosion. Die kommt noch.

Er lernte die Seele des Waldes kennen, der jetzt kahl und schwarz war. Er spürte auch seine hochmütige Gleichgültigkeit. Vor allem abends und nachts war es in dem weiter entfernten Teil des Waldes düster, wenn graue Wolken rasch und kaum sichtbar am Himmel dahinzogen und der Wind durch die gespreizten Arme der Bäume keuchte. Dann schien es, als ob etwas nur für sie sichtbares Makaberes, das sich drohend aus der Nacht erhob, sie bis ins Mark erschauern ließ. Es schien, als stöhnten sie vor Angst.

Doch in der Neujahrsnacht durchschaute er sie besser.

»Liebe Schwester! Unerwartet (ganz plötzlich, kann ich wohl sagen) hat es mich erwischt, und zum ersten Mal kann ich nicht zur Feier in Eurem guten Haus kommen. Besuch mich nicht, denn dann bekommst Du es vielleicht auch; möglicherweise ist es ansteckend. Was ich Dir, Deinem Mann und dem Kind wünsche, weißt Du ja. Eigentlich ist jede Stunde Neujahr, jeden Augenblick, aber trotzdem mußt Du morgen abend ein wenig an mich denken, wenn bei Euch alles warm und hell ist. Gib den anderen und dem Spiegel einen Kuß von mir. Dein Äffchen.«

Während die Welt warm und hell – kalt, finster – vor der Uhr saß, ging Archibald Strohalm über die Allee mit ihren leuchtenden Fenstern in seinen Wald: einen Schal um den hochgestellten Kragen seines Wintermantels. Die Seitenstraßen waren menschenleer, und nutzlos brannten die Straßenlaternen im Wind. Wie ein schwarzer Tempel lag der Wald da und sah ihm entgegen, darüber der rötliche Schimmer der nahen, abwartenden Stadt. Die Wipfel der

Bäume zeichneten sich geradlinig von der Glut ab, als seien sie vor kurzem erst beschnitten worden. Als er an dem schräg nach innen geneigten Zaun vorüberkam, schaute ein schemenhaftes Hirschrudel mit einer schnellen Bewegung zu ihm auf, alle zugleich, als ob sie aneinandergebunden wären; die Tiere sahen ihn mit heftiger Fluchtbereitschaft an ... dann beugten sie sich beruhigt zur Erde und durchsuchten mit schlankerem Vorderbein die rauhreifigen Blätter.

Bewegungslos und frostig hing die Luft zwischen den Stämmen. Wo der Wald dichter wurde, mußte Archibald Strohalm langsamer durch die Dunkelheit gehen, die sich ihm entgegenstemmte. Trotzdem ging er ohne zu zögern weiter, weil er den Verlauf der Wege kannte, als hätte er selbst sie angelegt. Außerdem hatte der Frost den Boden versteinert, und es gab kaum mehr einen Unterschied zwischen Wegen und Waldboden. Nur dann und wann, obgleich er wußte, das es unmöglich sein konnte, blieb er plötzlich mit einem Ruck stehen und wich zurück, weil er meinte, kurz vor sich einen Baum zu entdecken.

Er verließ den Weg und ging zu einem Dickicht aus Sträuchern und einigen kleinen Bäumen, die wie eine dunkle Rentierherde mit bizarren Geweihen auf einer Lichtung standen.

Im Sommer mußten sie eine undurchdringliche Mauer bilden. Wie das kolossale geklöppelte Schutzdeckchen auf Jupiters höchsteigenem Ohrensessel ragte aus diesem Ring die Krone einer uralten Kastanie in den rötlichen Himmel. Etwas weiter oben teilte der Stamm sich, und beide Wipfel waren größer als alle anderen Bäume im Wald. Seine doppelte, pharaonische Krone war das überschwengliche Feuerwerk des Lebens selbst. Dort war sein Freund; dort stand sein Freund; Archibald Strohalm besuchte seinen Freund.

Er zwängte sich durch das an seinem Mantel scheuernde

Gebüsch und gelangte in die halbrunde Arena, die vom ungezügelten Dach aus Ästen überkuppelt wurde. Die ersten seitlichen Äste waren selbst noch Bäume, horizontal aus dem Vaterstamm wachsende Bäume, so groß waren sie. Diese wiederum trugen kleinere Bäume, solche wie in den Schonungen an der Allee. Sie wiederum gebaren das Gestrüpp der Äste und Zweige, das sich im Sommer aus explodierenden Knospen zu Blätterpflanzen entfaltete. So war die gesamte Flora in diesem Erzvater enthalten, den Archibald Strohalm Abram getauft hatte – nicht Abraham, sondern Abram: »erhabener Vater!«

Mit der flachen Hand schlug er ein paarmal vertraulich auf die knorrige Rinde seines Freunds. Auf der Rückseite war die Krone nicht von derselben Üppigkeit wie vorne: der Wald, der dort in seiner größten Dichte begann, Mann neben Mann, und dessen am weitesten vorgerückter Pionier er war: der erste – der erstbeste –, dieser Wald, sein Volk, dessen Mächtigste kaum größer waren als ein einzelner Arm ihres Anführers – diese aus seinem Samen gewachsenen Jünger hatten der Rückseite seiner Krone einen Teil des Lichts geraubt, so daß dort gerungen wurde, keuchend, immer schwächer werdend gerungen.

Archibald Strohalm blieb stehen und sah sich um. Er mußte seine Augen anstrengen, aufgrund der Dunkelheit hatten die undeutlichen Konturen die Neigung, zu einem schwarzen Klumpen zu verschmelzen. Nur in der Höhe, vor dem Hintergrund des Himmels, waren die Umrisse scharf, waren die bizarren Äste verkohlte Blitze. Das nackte Gestrüpp des Rings erhob sich in erstarrter Verzweiflung aus der dicken Schicht von Blattresten, die von der Kälte bröselig und fossil geworden war; aber dennoch fühlte Archibald Strohalm sich durch den Kreis um sich herum beschützt.

Er lehnte sich gegen den Stamm und dachte nach. Er

dachte an die Invaliden, Blaas, Ballegoyen, die er nun allein ließ. Er empfand Mitleid mit ihnen, kein sanftes, sondern ein hartherziges Mitleid. Und dann plötzlich: der Kadaver einer Giraffe, die von einem Löwen gerissen wurde. Aber eine Giraffe kann auch mit allen vier Beinen zugleich springen, den Kopf inmitten der Sterne, quer durch die Wüste, zu tausend Oasen ... Moses in der Wüste, aus der Sklaverei in die Einsamkeit, auf göttlichen Befehl, in die Wüste mit Fata Morganas und Amalekitern, sein Körper als Kreuz. Aber er durfte nicht in Fruchtbarkeit und Freiheit zu den Oliven und Segnungen zurückkehren. Natürlich nicht. Auch unter der Erdoberfläche wird Entscheidendes gesagt. Moses, dachte Archibald Strohalm –, Moses aus dem Wasser, und Boris, und ich ... sein Kind ... ich, und Boris, und Moses, und das Kind ... vier mal drei mal zwei in Permutation ... Abraham als der umgekehrte Moses, und Moses, der Gottes Hintern sah: »Und wenn ich meine Hand von dir tue, wirst du mir hinten nachsehen, aber mein Angesicht kann man nicht sehen.« Und als er die Zehn Gebote in Empfang nimmt, steht dort: »Und alles Volk sah den Donner und Blitze und den Ton der Posaunen und den Berg rauchen. Da sie aber solches sahen, flohen sie und traten von ferne« – und Heine fragt: »Und welcher bedeutende Mensch ist nicht ein bißchen Charlatan? Hat doch der liebe Gott selbst, als er auf dem Berg Sinai sein Gesetz promulgierte, nicht verschmäht, bei dieser Gelegenheit tüchtig zu blitzen und zu donnern, obgleich das Gesetz so vortrefflich, so göttlich gut war, daß es füglich aller Zutat von leuchtendem Kolophonium und donnernden Paukenschlägen entbehren konnte. Aber der Herr kannte sein Publikum, das mit seinen Ochsen und Schafen und aufgesperrten Mäulern unten am Berg stand, und welchem gewiß ein physikalisches Kunststück mehr Bewunderung einflößen konnte als alle Mirakel des ewigen

Gedankens.« Und dann steht da: »Sie sprachen zu Mose: ›Rede du mit uns, wir wollen gehorchen, und laß *Gott nicht mit uns reden, wir möchten sonst sterben!*‹« Daß er jedoch sterben würde, schien in Ordnung zu sein. »So blieb das Volk in der Ferne stehen; Mose aber trat an das dunkle Gewölk heran, in dem Gott war.«

Der Frost glitzerte durch die Luft, und in dieser Nacht lehnte Archibald Strohalm sich im Hexenzirkel an den Stamm des Erzvaters Abram. Und während die Kälte in seine Ärmel und in seinen Kragen kroch, spürte er plötzlich, wie er und der Baum ineinander überflossen. Es war, als würde er nach hinten gezogen, als stünde er im Holz. Er fühlte seine Beine in die Tiefe ziehen, in die Wurzeln hinein, durch die monströsen Hauptwurzeln hindurch und dann nach links und nach rechts durch alle Nebenwurzeln und dann durch alle Verzweigungen hindurch bis in die dünnen Haarwurzeln und Wurzelhaare, Dutzende von Metern unter der Erde: durch den ganzen spiegelsymmetrischen Abram hindurch in den Boden gerammt. Und dann, während es in ihm dämmerte, wuchs er auch in die Höhe, sein Rumpf, seine Arme und der Kopf verzweigten sich durch den doppelten Stamm und die gesamte Flora; die Augen und Ohren durch die gesamte Natur. Im letzten Moment mußte er kämpfen, um mit seinen Fingerspitzen in die äußersten Verästelungen zu gelangen, wo er bereits das Ticken des neuen Lebens fühlte. Wenn in diesem Moment ein Spaziergänger vorbeigekommen wäre (es kam keiner), dann hätte Archibald Strohalm ihn vielleicht nicht gesehen, selbst wenn er mit einer Taschenlampe um den Stamm herumgegangen wäre.

Archibald Strohalm rang im Baum um die letzten Ästchen und Rindenstückchen. Er wußte, was daraus wurde. Er kroch und wühlte und floß, und beinah war er da. Bis zur letzten Faser mußte er dieses Wesen in sich aufnehmen.

Dann war er durchdrungen, hatte er es ausgeschöpft, und wie ein Lied fühlte er das neue Leben um sich herum liegen. Wenn dieser Vater, dieser Baum in Ekstase gerät ... schau, ich werde geboren! Au! Aum! Ich werde geboren. Ich geschehe!

würgende Angst die zerschlug
zerspleißend
brach es auf um ihn herum zerfiel
zerriß
Farben sprangen auf
jeden Geruch in ihn hinabspiralend
Töne kullernde Stäbe lachen wiehernd
einen Streifen Stille
breit brennend das Meer stieg es Seligkeit
Ende offen

und Archibald Strohalm: archibald strohalm ... Stern wie eine Atemkugel im Weltall ... Götter, lächelnd einander ohrfeigend ... ein Vogel, der durchs Gras zu einer schwarzen Regenpfütze hüpft und sich flatternd sauberspritzt ... Abflußrohre voller Gestank und Fäulnis ... ein Negerkind, das sich lachend eine halbe Kokosnuß auf den Kopf setzt ... eine Frau, die vor einem Spiegel ihren Rock schürzt und ihre Beine betrachtet ... doch dann: nichts von alldem – Götter und Abflüsse ineinander entworden, Frauen und Vögel aneinander gesättigt, Neger und Sterne aneinander entwußt ...

Dann ertönte ein lauter Knall, der wie eine riesige Kugel über den Wald hinwegrollte, in dem archibald strohalm auf dem Boden lag. Sirenengeheul setzte ein, aus allen Richtungen waren Explosionen zu hören, und in der Ferne schrien kleine Stimmen unter den Raketen.

»Zwölf Uhr! Zwölf Uhr!«

Herr Blaas schrie laut und war außer Rand und Band. Schwankend ging er zu seiner Frau und fiel ihr um den Hals. »Ein frohes neues Jahr!« brüllte er ihr ins Gesicht. »Ein glückliches neues Jahr, Musch!« Auch die übrige Familie kreischte und küßte; nur zwei Onkel und eine Tante konnten sich nicht mehr rühren. Boele wußte nicht, zu wem er hin sollte. Verzweifelt ging er vom einen zum anderen, doch alle waren bereits besetzt. Vollkommen aufgelöst ließ er sich schreiend zu Boden fallen.

»Zu wem soll *ich* denn gehen, zum wem soll *ich* denn gehen?«

Den alten Großvater, der abseits saß, hörte niemand.

»Es hat keinen Sinn«, knurrte er, »das führt zu nichts. Nun schau sich das doch bloß mal einer an.«

»Auf das Vaterland!« brüllte Blaas auf einem Stuhl stehend. Jemand zertrat ein Glas. »Auf mein Geschäft! Auf den lieben Gott! Auf den Teufel! Auf die Juden! Auf Strohalm und sein Kasperltheater!«

Boele schnitt sich mit einer Scherbe ins Bein und jammerte.

»Es hat keinen Sinn«, sinnierte der Greis kopfschüttelnd, »es führt zu nichts.«

Halb bewußtlos ließ Blaas sich auf den Stuhl fallen und zog seine Frau zu sich heran. »Strohalm«, flüsterte er, »Strohalm ...«, er hob einen zitternden Finger – »äußerst dubios, äußerst dubios ...«

Auf dem Platz knallte und heulte es schon seit einigen Augenblicken wie auf einem Schlachtfeld. Brennende Weihnachtsbäume tauchten die Häuser und die johlende Menge in ein gelbes und gefährliches Licht.

Wahrscheinlich war er erst nach einigen Stunden aus seiner Bewußtlosigkeit mit einem Gefühl erwacht, als stünde er auf dem Kopf. Er fing an, seinen Körper zu reiben, der durch die Kälte und all das andere bis in die Knochen steif geworden war. »Steine, Frauen, Sterne, jawohl«, sagte er und wiederholte es pausenlos, wobei er immer noch das Gefühl hatte, auf dem Kopf zu stehen, so daß das Blut gegen seine Schläfen und in seinen Ohren drückte. An Abrams Stamm richtete er sich mühsam auf und stolperte heimwärts. »Steine, Frauen, Sterne, jawohl.« Er war nicht fähig, über das Geschehene nachzudenken; Versuche, sich zu erinnern, prallten an Steinen, Frauen, Sternen, jawohl, ab, die ihn vollkommen erfüllten. Einige Male verweigerten seine Beine ihren Dienst, knickten plötzlich durch, so daß er im Wald auf seine Knie stürzte: zwischen den dunklen Bäumen, die nun tot waren. Zu jedem Schritt mußte er sich zwingen – jetzt dieses Bein nach vorne setzen, so; jetzt das andere nach vorne schwingen; jetzt das linke wieder hochheben ... »Steine, Frauen, Sterne, jawohl!«

Erschöpft ging er nach Hause durch die verlassenen Straßen, in denen verkohlte Weihnachtsbäume lagen. Moses erwartete ihn bereits und sprang mit jungem Bellen an ihm hoch. Archibald strohalm sagte: »Steine, Frauen, Sterne, jawohl« – die unbekannt-vertraute Formel. Fortwährend von dem Hund umsprungen, schleppte er sich die Treppe hinauf und ließ sich in seinem Schlafzimmer aufs Bett fallen. Er schlief bis weit in den folgenden Abend.

Moses' Kläffen weckte ihn. Müde und mit schmerzendem Schädel, die Beine wie aus Holz, stand er auf und ließ ihn hinaus; auf dem Küchenboden waren ein paar kleine Pfützen. Während er das Fressen für den Hund machte, wurde ihm schwindelig, die Küche schrumpfte schwarz zusammen, und er mußte sich rasch hinsetzen. Langsam verschwand des Schwindelgefühl wieder. Er versuchte, sich an sein Abenteuer zu erinnern, doch sofort drehte sich erneut alles um ihn, so daß er an etwas anderes denken mußte.

Nachdem er die Küchentür einen Spalt geöffnet hatte, ging er wieder nach oben. Von Appetit konnte überhaupt keine Rede sein. Schmerzen im ganzen Körper behinderten ihn bei jeder Bewegung. Oft versank er für Stunden in einen unruhigen Halbschlaf, in dem ihm eine Frau im weißen Mantel erschien, die ihm die Haare schnitt. Doch immer, wenn er seine Arme nach ihr ausstreckte, wurde er Dutzende von Meter von ihr fort nach hinten katapultiert, schräg nach oben, und er mußte hilflos zusehen, wie sie verschwand.

Nach ungefähr fünf Tagen hörten die Schmerzen auf, und er verfiel in eine Schwäche, während der er nur annähernd bei Bewußtsein war. Mechanisch zog er sich an, kochte Brei aus der Milch, die jeden Morgen vor seiner Tür stand, und ging durch das Zimmer; oder er stand den ganzen Nachmittag lang am Fenster und schaute hinaus, ohne etwas zu sehen, ohne jeden Gedanken ... Dann wurde er eines Tages gesund und genau wie sonst wach; er nahm seine Arbeit wieder auf, wobei er systematisch alle Gedanken an das Geschehene unterdrückte. Sie wären im übrigen auch nutzlos gewesen, wahrscheinlich sogar schädlich, das bewiesen die Schwindelanfälle zur Genüge.

Einige Wochen später schien ihm, es sei nie etwas passiert, als ob das Ganze eine Geschichte sei, irgendwann einmal ausgedacht und zur Hälfte wieder vergessen. Zu dem Zeitpunkt war seine Einsamkeit bereits vollkommen geworden. Seiner Freundin in Amsterdam, bei der er regelmäßig das Wochenende verbrachte, hatte er einen Abschiedsbrief geschickt. Das war das letzte Mal, daß er sich mit einem Menschen beschäftigte. Besuche machen oder empfangen, das gehörte der Vergangenheit an; auch Bronislaw mied er. Außer mit den Lieferanten sprach er mit niemandem mehr. Wer verwundert vorbeikam, um sich nach seinem Wohlergehen zu erkundigen, der konnte klingeln, bis er schwarz wurde. Briefe beantwortete er ebensowenig, und schließlich waren die Menschen auch aus seinen Gedanken verschwunden. Daß jemand in seinem Geist erschien, gestikulierend, sprechend, und er seinem Benehmen und seinen Ansichten eine Überlegung widmete, das kam nicht mehr vor. Alle waren in ihm gestorben. In der ununterbrochenen Abfolge der Tage und Nächte: das weiße Papier – das war die Einsamkeit; und senkrecht darauf: der Stift – das war archibald strohalm. Doch in seine Einsamkeit traten Visionen und nahmen schneidende Konturen an, alles, was draußen war, übertönend, überstrahlend, tötend – bis er, archibald strohalm, der einzige im Universum war, umgeben nur von dem, was seine angespannte Seele mit der Zeit schuf.

Damit war er ein für das Leben verlorener Mann. Exit archibald strohalm. »Adieu, Idiot!« konnte man in den Gesichtszügen der Menschen lesen, die sahen, wie er vor ihren Augen sich ihnen und dem ihren entfremdete. Öffentlicher Spott brach über ihn nieder. Die Kinder, die sahen, wie ihre Eltern urteilten, machten ihm eine lange Nase oder imitierten seine Art zu gehen: vornübergebeugt und die Hände auf dem Rücken verschränkt.

4 Mit der Zeit bekamen seine Pläne deutlichere Konturen und gingen seine Vorstellungen in Worte über. Und als dieser Prozeß in Gang gekommen war, vergrößerte sich das Loch in seinem Innern, so daß sie hervorbrachen, immer schneller: Es dehnte sich zu einer klaffenden Öffnung aus, die einen wilden Strom passieren ließ. Zwar hatte er von Anfang an gespürt, daß sein Vorhaben über eine Kasperltheatervorstellung weit hinausging – dermaßen weit, daß alles andere dafür aufgegeben werden mußte –, doch es war ihm nicht bewußt gewesen, daß dieser arglose Anfang sich zu einer Ideenflut auswachsen konnte, die jetzt nur ihn überströmte, die dies in Zukunft aber mit vielen, vielen Menschen tun würde. Was gut wäre. Es würde die Menschheit von viel Unerträglichem erlösen. Ha, welch eine Wirkung dieses Wort auf ihn hatte: erlösen!

Erlösen? Mit einem Drang nach Menschlichkeit hatte das nichts zu tun. Die Menschen ließen ihn kalt. Wenn er überhaupt daran dachte, die Menschheit zu erlösen, dann war dies ein sehr abstraktes Menschentum, ein amorpher Haufen, in dem er keine Gesichter erkennen konnte. Und *wovon* sollte er es erlösen? Den Mund vom Schmerz? Das Auge von Dummheit? Wenn er es bloß nicht unglücklicherweise von der Liebe erlöste.

Um genau zu sein: Er war sich selbst das Menschentum. Neben der Arbeit, die er jetzt verrichtete, war alles, was er früher getan hatte, bedeutungslos. Bei Ballegoyen war er ein fleißiger Arbeiter gewesen, doch um fünf Uhr fiel die

Tür hinter ihm ins Schloß, und er hatte bis zum nächsten Morgen Ruhe. Und jetzt? Der Ideenflut war der achtstündige Arbeitstag gleichgültig: Es war noch eine sehr feudale Ideenflut! Daß er um fünf Uhr einen Deckel auf die Öffnung in seinem Innern setzte, daran war gar nicht zu denken; und auch morgens rauschte es lange vor dem Beginn der Arbeitszeit im Büro durch das Loch hindurch. Er hatte kaum Zeit zu essen: Nicht der Notizblock lag neben dem Teller, der Teller stand neben dem Notizblock. Auch sein Schlaf war Arbeit: Ein Traum jagte den anderen, oft schrie er um Hilfe, und er erwachte aufrecht stehend mitten im Zimmer. Und mit der Zeit wurde ihm klar, daß es möglicherweise eine Sache auf Leben und Tod werden könnte, diese Ideeninvasion einzudämmen.

Morgens, wenn er noch nicht wach war, aber auch nicht mehr schlief, genau auf der Schwelle, hatte er wiederholt eine Vision: halb war sie noch Traumbild, doch halb war sie auch schon Gedankenkonstrukt.

Vergnügt spaziert er durch eine stille Landschaft: ein Pfad, ein paar grüne Hügel – man kann sie durch das Fenster im Hintergrund alter italienischer Porträts sehen. Alles ist in gedeckten Farben zur Ruhe gekommen. Doch dann zeichnet sich plötzlich ein Vogelschwarm am Himmel ab: regungslos. Kurze Zeit später lassen die Vögel ihre Eier fallen, weiße, gestreifte, gepunktete, rote, grüne, und er muß wie ein Besessener herumspringen, um sie alle aufzufangen und in wattierte Schachteln zu legen. Hin und wieder fällt eins auf den Boden, und eine stinkende, schwabbelnde Fäulnis ergießt sich daraus; manchmal kullert auch ein toter Vogel heraus. Immer mehr Eier fallen vom Himmel, manche sind klein wie Murmeln, andere haben einen Durchmesser von einem Meter. Wie ein wahnsinniger Jongleur rennt er kreuz und quer durch die Landschaft und hat auf wundersame Weise stets wattierte Aufbewahrungsmöglichkeiten zur Hand: klein wie eine Schachtel für einen Ring, groß wie Bierfässer. Viele Eier fallen nun bereits geblümt und beschleift aus dem regungslosen, eierlegenden Schwarm herab; manche Eier tragen Spitzenkleidchen. Wenn ein großes Ei auf dem Boden zerplatzt, dann ist die Sauerei unbeschreiblich, seine Füße bleiben in dem Matsch stecken, seine Schuhe kleben fest, und er kann sich nicht mehr bewegen. Überall zerbrechen für ein paar Sekunden die Eier auf dem Boden, bis er plötzlich wieder gehen, rennen, im Schweiße seines Angesichts arbeiten kann, um Schlimmeres zu verhindern ... Und auf einmal taucht dann immer eine gigantische weiße Taube auf, deren Flügelspitzen auf dem Horizont ruhen, und im nächsten Moment ist sie wieder verschwunden – ihr Ei aber, das bleibt zurück: langsam und bedrohlich kommt es herab, weiß wie die Sonne, gefährlich wie die Nacht. Zitternd steht er darunter und fängt das Ungetüm auf. Er schwankt, geht hin und her, um nicht sein Gleichgewicht zu verlieren: die Arme ausgestreckt, den Kopf im Nacken, niedergedrückt und mit Widerwillen gegen seine immense Last. Da torkelt er durch die italienische Traumlandschaft, Hügel rauf, Hügel runter, stundenlang; und seitwärts, am Waldesrand, da steht ein Krankenwagen mit wartenden und zigaretterauchenden Sanitätern, auf ihren Armen ein rotes Kreuz als Symbol ...

Einmal erwachte er auf dem Stuhl an seinem Schreibtisch, er mußte im Traum aus dem Bett aufgestanden und durch den Flur ins Arbeitszimmer gegangen sein. Bis spätabends blieb er sitzen, im Schlafanzug, fieberhaft arbeitend. Auch außerhalb des Traums Eier fallen zu lassen, zöge große Gefahren nach sich!

Wie ein Bierkutscher mußte er schuften, um nicht die Gewalt über sie zu verlieren, doch außerdem mußte er über die Leichtfüßigkeit eines Tänzers verfügen. Gedanken, intuitive Erkenntnisse von unglaublichem Kaliber, stolpernd kam alles zum Vorschein, uralte Problematik wurde gelöst, und ekstatisch schrieb, kritzelte, krakelte er das Papier voll. Er wollte etwas ausarbeiten, doch rasch griff er nach einem neuen Blatt, denn schon dämmerte die Erkenntnis von etwas vollkommen anderem herauf. Und kurze Zeit davor: die Lösung des Problems, mit dem er sich am vorigen Tag abgeplagt hatte! Aber noch bevor er sie in seiner selbstentwickelten Stenoschrift hatte notieren können, kam es zu einer hellen Entladung, ein bengalisches Feuer loderte zwischen den beiden Dingen, die vielleicht nur bei den Chaldäern noch nicht voneinander isoliert waren. Klein und mit großem Respekt läßt er es über sich ergehen, doch dann schreibt er schon wieder, mit verkrampften Händen, ehe es wieder verschwindet...

Dies hatte wenig Ähnlichkeit mit dem Philosophen, nach dem man die Uhr stellt. Und überhaupt, was war er? Philosoph, Prophet, Religionsstifter, Mystiker? Alles zugleich? Nichts von alldem? Wenn es irgend etwas gab, über das er nicht nachdachte, dann war es seine Position als Mensch in all diesen Dingen. Er hatte ihnen Ausdruck zu verleihen, das mußte gemacht werden, und der Rest war unwichtig. Über den Einfluß, den seine Entdeckungen auf sein persönliches Leben hätten haben müssen, dachte er nicht nach. Sein Platz in seinem Werk war ein vollkommen unfreiwilliger: von einer bereitwilligen Unfreiwilligkeit einstweilen.

Schon bald hatte er den Plan für sieben Bücher entworfen, in denen er seinen Gedankenkomplex zum Ausdruck bringen wollte; er bezeichnete sie als das »Siebengestirn«. Sie sollten wie Flüsse sein, diese Bücher: wie die Flüsse, von denen ein ominöser Weiser gesagt hat, man könne darin nur einmal baden, weil beständig neues Wasser nachfließt, so daß sie keinen Augenblick lang dieselben bleiben.

So sollten seine Bücher sein: immer anders für den, der wiederholt darin badete: denn je mehr er von sich selbst entdeckte, um so mehr würde er auch in den Büchern entdecken. Denn er kann nur sich selbst sehen, alles ist ihm ein Spiegel. Kein Wunder, denn er *ist* alles, aber oft genug sind die Spiegel von seinem unruhigen Atem beschlagen. Und absolut nichts würde archibald strohalm dem Zufall überlassen, ebensowenig wie das Leben dies tut; und sollte dennoch irgend etwas Zufälliges anwesend sein, dann würde sich das in Anbetracht jener letztendlichen Unfehlbarkeit, die er in sich spürte, im nachhinein als nicht zufällig erweisen, genau wie im Leben auch. Und dann, unter Androhung von Unverständnis und Ausbleiben der Erlösung, würde er zum *Lesen* zwingen, nicht nur mit den Augen, sondern auch mit dem Verstand, und außerdem mit dem Bindegewebe, den Nägeln, den Eingeweiden und dem Skelett ... auf daß seine Bücher ihren wahren Charakter zeigten: daß sie nämlich Novae sind – Sterne, die sich plötzlich unglaublich vergrößern, so daß ihr Licht an Kraft und Helligkeit manchmal um das Hunderttausendfache zunimmt ... Archibald strohalm neigte in dieser Hinsicht nicht dazu, sein Licht unter den Scheffel zu stellen. Aber er war sich auch im klaren, daß jemand, der ein solches Buch lesen wollte, erst einmal eine Woche Urlaub nehmen mußte, um Kräfte zu sammeln; und nach Beendigung der Lektüre müßte man ihn augenblicklich mit Wärmflaschen und einer heißen Zitrone ins Bett stecken.

Doch neben diesen aufmunternden Überzeugungen und Vorhaben muß man den Finger auch auf etwas legen, das archibald strohalm sein Leben nicht selten vergällte. Der Gedanke, für den die Zeit reif ist, lebt ungewußt in allen und bahnt sich an der dünnsten Stelle, am empfindlichsten Fleck einen Weg ins Freie. Archibald strohalm glaubte, eine solche Stelle zu sein. Aber wer sagte ihm, daß nicht noch mehr Individuen herumliefen, die an der entsprechenden Stelle ebenso verschlissen waren? Und was, wenn ihm jemand zuvorkam? Mit lang ausgestreckten Beinen und herabhängenden Armen im Sessel sitzend, dachte er in einer verfluchten Stunde hierüber nach. Er sah wie die Eier, die wegen des anderen Fängers nutzlos geworden waren, alle kaputtfielen, voller Fäulnis und toter Vögel ... Und ganz langsam, aber auch sehr deutlich, wurde ihm bewußt, daß dann der Augenblick für den Krankenwagen gekommen wäre: um vom Waldrand aus loszufahren ...

Anstatt ihn zu doppeltem Arbeitseifer anzuregen, ließ ihn das Bewußtwerden dieser Möglichkeit manchmal stundenlang in Verzweiflung und Unfruchtbarkeit versinken, als sei es bereits soweit.

»Moses!« rief er dann – nicht als Fluch, sondern als Ruf nach seinem Hund, der zu einem wenig schönen, dafür aber besonders lieben Tier herangewachsen war, das nur in seinem Körbchen liegen wollte, wenn es von Kopf bis Schwanz zugedeckt wurde. Wie es sich gehört, waren sie gute Freunde, der Prophet und der aus dem Wasser Gerettete, und während ihrer Spaziergänge durch den Wald hob der erste oft einen Ast vom Boden auf und schleuderte ihn weg, woraufhin der zweite springend hinter ihm herjagte. Manchmal vollführte archibald strohalm zwar die Wurfbewegung, versteckte den Stock jedoch rasch hinter seinem Rücken. Moses rannte ein Stück weit, blieb dann stehen und sah mit schief gelegtem Kopf vor sich hin. Anschließend spähte er nach oben in die Luft. Nach einem verlegenen Blick hinüber zu seinem Herrchen, begann er, nervös auf dem Boden herumzuschnuppern. Lachend warf archibald strohalm daraufhin den Stock über ihn hinweg, und Moses rannte ihm erleichtert hinterher, ohne daß dieses Mirakel ihn im geringsten verwundert hätte.

Nachdem archibald strohalm seinen gequälten Schrei

ausgestoßen hatte, hörte er im Hinterzimmer Geraschel, vom selben Rascheln begleitetes Trippeln, und dann tauchte Moses vor ihm auf, über dessen Rücken noch die Decke lag, so daß er aussah wie ein indischer Prozessionselefant. Er warf die Decke ab, schüttelte sich, wie es seine Gewohnheit war, auf diabolisch-hemmungslose Art, wobei er auf seinen Pfoten schwankte und hin und wieder schon mal verdutzt umkippte.

»Ich habe niemanden, Moses«, sagte archibald strohalm sich vorbeugend, und Moses setzte sich vor seine Knie, »nur dich, mein Hündchen. Ich werde innerlich überflutet, und wenn es mir nicht gelingt, dafür Worte zu finden, passieren möglicherweise schreckliche Dinge, verstehst du, schreckliche Dinge. Doch soweit ist es noch nicht, vorläufig. Wenn ich plötzlich sterbe, Moses, dann ist alles weg. Ich habe Angst, daß ich plötzlich sterbe. Und mit wem sonst könnte ich darüber reden, außer mit dir? Mit Blaas vielleicht? Mit Jutje? Die ist natürlich sauer – seit Silvester habe ich nichts von mir hören lassen. Mit Bronislaw, deinem Retter? Der hat mit sich selbst schon genug zu hadern, wegen seinem Kind, das er natürlich bei dem Brand aus dem Fenster geworfen hat, und wegen seines neuen Kindes, welches eine Inkarnation des ersten ist, denn beide bestehen zu achtzig Prozent aus Wasser. Das Menschliche rührt mich nicht, Moses, das fühle ich allmählich. Aber dich liebe ich. Ich habe einmal gesehen, wie ein Mensch überfahren wurde, und ich habe einmal gesehen, wie ein Hund überfahren wurde. Als der Mensch unter die Straßenbahn kam, da *erschrak* ich nur in einer Weise, als griffe mir jemand in die Lungen. Aber eigentlich ließ es mich kalt, denn er ist nicht schuldlos, denn er ist eben ein Mensch und damit für die Straßenbahn mitverantwortlich. Doch als ich sah, wie der Hund überfahren wurde, Moses, da hatte ich *Mitleid* – schau, nun kommen mir wieder die Tränen ... Weißt du, was Soldaten getan haben? Victor hat es mir erzählt. Sie schnappten sich einen Hund in irgendeinem ostindischen Dorf und fuhren mit ihrem Jeep hinaus auf die Ebene. Dort ließen sie ihn laufen und jagten ihn so lange mit ihrem Wagen, bis sie ihn überfahren hatten. Ja, das haben sie getan. Das hättest du sein können. Komm zu mir auf den Schoß. Ich wünschte, ich wäre Gott, Moses, gottverdammt, ich bin archibald strohalm!«

Dann begann archibald strohalms Brust vor Schluchzen zu beben; er ging mit seinem Mund ganz dicht an Moses' Ohr heran, das wegen des Kitzels wackelte:

»Irgendwas stimmt nicht, irgendwas stimmt nicht ...«

Das Herz lächelt beim Anblick der beiden Freunde, doch was erwartet man von der Freundschaft?

»Moses!« hatte archibald strohalm einmal verwildert gerufen; einmal nur ist es passiert. Und als der Hund schläfrig angelaufen kam, riß archibald strohalm die Decke von seinem Rücken und verprügelte ihn damit, ja, das machte er, wenn auch nur ein einziges Mal, aber er machte es. Er verprügelte ihn mit der Decke, er schlug auf ihn ein, bis das Tier jaulte und mit geknickten Beinen, den Hals über den Boden schleifend, Richtung Wand kroch. Das reicht; mehr soll dazu nicht gesagt werden.

Und manchmal fand er keine Worte für seine innerlichen Überflutungen. Dann war es zu groß für Worte. Dann wühlte und brannte es in ihm, so wie immer, aber es kam nicht heraus, es stieß irgendwo gegen und fiel wieder zurück. Und das Papier starrte ihn leer an. Waren das zerbrechende Eier? Dann wütete er durchs Zimmer wie ein Raubtier im Käfig – leere Hände, leeres Papier. Das war Verrat und lebensgefährlich! Dann holte er sein Koffergrammophon hervor. Sein Lieblingsstück war ein Brocken aus einer Symphonie und enthielt die Zornesparoxysmen eines berühmten Komponisten. Sie begann ganz ruhig: eine liebliche Melodie in den Harfen und Flöten. Doch schon bald erhob sich in den Kontrabässen ein unzufriedenes Murren. Den berühmten Musiker plagte wieder einmal der Rheumatismus links unten im Rücken. Er hatte sich übrigens schon den ganzen Tag über nicht besonders gut gefühlt. Der Schmerz wurde heftiger, denn unabwendbar gesellte sich zu den rebellischen Bässen der Unmut der Hörner, die sich zu einem unheilverkündenden Geholper in den tieferen Registern vereinigten. Dennoch kam die Revolution überraschend; nach einer unerwarteten Stille, die zwei Takte währte, entlud sie sich. In der Zwischenzeit trat nämlich die Zimmerwirtin ein und bat ihren Kostgänger, den berühmten Komponisten, zum soundsovielten Mal um die Miete. Dieser, bis zum Äußersten gereizt, explodierte mit einem fürchterlichen Schlag auf die Trommel, unmittelbar darauf folgte das Jammern sämtlicher zweiundvierzig Geigen und das Gekreisch der Trompeten, Fagotte und Posaunen, um von der Tuba ganz zu schweigen. Welch ein Lärm! Der Künstler hätte die Frau umbringen können (man bedenke: die Schmerzen links unten!), brüllend und faustschüttelnd stach er mit dem Bleistift Löcher in und zwischen die Linien des Notenpapiers. Und dann war alles vorbei. Zack, bum, peng – links und rechts gegen die Töpfe und Pfannen des Schlagzeugs. Finis operis. Mitgerissen erbrach man einen kräftigen Fluch ans Licht des Tages, wenn man es hörte.

Nun, archibald strohalm beschränkte sich nicht darauf. Er war auf einen Stuhl geklettert und dirigierte: mit seinem Füllfederhalter. Den ersten Teil brachte er mit fließenden Wellenbewegungen seiner Arme zum Ausdruck, wobei er hin und wieder durch ein Heben der Augenbrauen den Flöten befahl, sich ein wenig zu mäßigen; den

Bässen hingegen gab er mit einem Finger den Wink, unzufriedener zu murren, und er signalisierte den Hörnern, etwas unheilverkündender zu holpern. Anschließend gebot er dem Orchester mit einem Schwung seines Arms zu schweigen, er krümmte sich zusammen, ging in die Knie und preßte die Ellbogen in seinen Bauch. Dann, nach zwei Takten, federte er auseinander, sprang auf die Zehenspitzen und entfesselte mit großen Augen die unglaubliche Explosion.

»Furioso!« schrie er. »Tempestoso con fuoco tumultuoso marziale!«

Einmal war er bei diesem Manöver vom Stuhl gefallen und auf seinem Füllfederhalter gelandet, der dabei zerbrach, so daß die Tinte auf den Teppich floß. Ein andermal hatte er plötzlich die Vorhänge zuziehen müssen, weil ein Junge grenzenlos erstaunt seine Nase an der Scheibe plattdrückte – Bernard. Sonst aber feuerte er das Orchester mit märchenhafter Technik an. Erzürnt richtete er seinen Zeigefinger auf die Pikkoloflöten, die nur rumlümmelten auf ihren Plätzen. Begeistert ließ er seine Hände in Richtung der Celli vibrieren. Verflucht, der fette Affe am Kontrafagott da hinten konnte doch viel lauter blasen! Natürlich hatte er wieder getrunken. Na warte, wenn wir nachher Pause haben, Bürschchen! Und du da, hinter der Pauke, nun schlag schon zu, Mann! Dir kann's doch egal sein, oder? Hopp, hopp, im Takt meines Füllfederhalters! Trompetet drauflos! Haha! Jüngstes Gericht! Donner und Blitz! Hurra! Jetzt du, Schlagzeug!

Und nachdem dieses um sich geschlagen hatte, ließ in der plötzlichen Stille archibald strohalm seine Arme mit einem Fluch schlaff gegen den Körper baumeln und sank mit rotem Gesicht und erhitzt auf den Stuhl, während die Nadel des Grammophons in den letzten Rillen hin- und herkratzte.

Nach solchen Abenteuern war er wieder fähig zu arbeiten und ging auf die Suche nach Worten für seinen innerlichen Strom, um zu verhindern, daß schreckliche Dinge geschahen, obwohl es hieß, daß es vorläufig noch nicht soweit sei.

Manchmal jedoch lag ein toter Vogel in seinem Garten.

5 Hier sinkt die Zeit in sich zusammen, ein Telegramm kommt an: Wir strudeln hinab in eine tiefe Vergangenheit – mit einem Telefongespräch werden wir wieder hinaufkommen ... Archibald strohalm war gerade dabei, seinen Federhalter wie eine Injektionsspritze zu füllen, als der Telegrammbote klingelt. Verwundert und widerwillig öffnet er die Tür:

WENN ICH NICHT SOFORT VON
DIR HÖRE, KOMME ICH SELBST
ES IST EINE SCHANDE = JUTJE +

Seine Schwester hat ihm einige von Mal zu Mal beunruhigter werdende Briefe geschrieben. Als er merkte, daß sie durch das Ausbleiben von Nachrichten immer ängstlicher wurde, schickte er ihr eine Karte mit der kurzen Mitteilung, sie brauche sich keine Sorgen zu machen, er sei wieder gesund und habe sehr viel zu tun. Darauf hatte sie entrüstet geantwortet – und jetzt das.

Unentschlossen steht er mit dem grünen Blatt in der Diele. Ein unangenehmes Gefühl durchfährt ihn. Er liebt sie sehr, mehr als jeden anderen; schon in seiner Kindheit war er immer mit dem vier Jahre älteren Mädchen zusammen. Auf einmal sieht er sie vor sich: nicht deutlich mit Augen und Lippen, sondern mehr wie eine Farbe: dunkel, mit plötzlichen, hellen Flecken ... Ihre Freundschaft wurde vollkommen, als er fünfzehn war und sich noch mit vagen

Vorstellungen von der Sexualität abplagte. Da erzählte sie ihm, was die Mutter ihm nicht erzählen konnte, wie das alles vor sich ging, ohne viel drum herum zu reden. Dafür war er ihr dankbar, sein Leben lang. Auch nachdem sie schon verheiratet war, organisierten sie regelmäßig gemeinsame Abende mit Theaterbesuch und anschließendem Kaffeetrinken. Der Privatdozent war damit nicht so ganz einverstanden, weil er wußte, daß es zwischen den beiden eine Intimität gab, die ihm mit seiner Frau versagt war. Einmal sah er sie zufällig in einem Restaurant: Sie saßen sich gegenüber, die Ellbogen auf dem Tisch und die Tassen nebeneinander, redend und lachend. Als er an ihren Tisch trat, schauten sie erschreckt auf, als hätte man sie bei einem verbotenen Rendezvous erwischt. Archibald Strohalm grüßte und zog einladend einen Stuhl unter dem Tisch hervor, doch sein Schwager bemerkte es nicht; düster betrachtete er seine Frau, die ihn geistesabwesend anstarrte, als wollte sie sagen: Wer bist du denn nun gleich noch mal?

Archibald strohalm fängt an, das Telegramm langsam zusammenzufalten, so, wie es sich gehört: die Unterkante nach oben, die Seitenränder nach innen, die Umschlagklappe darüber. Zunächst gelingt es ihm ein paarmal nicht, dann versucht er es erneut. Man möchte meinen, er sei ruhig, doch seine Hände zittern. Jetzt die Zeit zurückfließen lassen können: Der Bote nimmt das Telegramm wieder in Empfang, rückwärts radelt er zur Post, die Morsezeichen verschwinden wieder in der Sendeanlage und fliegen zurück nach Leiden, seine Schwester schreibt die Wörter von hinten nach vorn vom Papier fort ... und nichts ist passiert. Wie eine Schlange fühlt er die Erinnerung auf sich zukriechen. Es ist ein Angriff von hinten. Menschen erscheinen in ihm, undeutlich noch, doch bald immer schärfer; Gesichter – wie lang ist das her?

Jutje: eine Schwester. Was ist das für eine Liebe, die man

für eine Schwester empfindet? Jetzt fließt die Zeit doch zurück ... Er sieht sie: verheiratet, als Mädchen, als Kind, doch stets eine Frau. Seine Mutter, die sich immer mit dem Handgelenk gegen die Stirn schlug, war ratlos, als Jutje den Privatdozenten Stokvis heiratete und aus dem Haus ging; mit einem Gefühl der Erlösung gab sie Archibald sein Geld, als auch er auszog – und stürzte sich wie von Sinnen auf die Hypotheken und Grundstücke – und auf die Erinnerung an ihren Mann, den Gottvater ... Das war eine schädliche Liebe. Sowohl den Eskapaden, die Archibald anschließend machte, als auch seiner Heirat mißtraute Jutje, und sie erteilte ihm mütterlichen Rat, wenn er nicht zuhörte. Erst als alles vorbei war, fanden sie einander wieder, und das feierten sie mit Champagner.

Archibald strohalm lehnt sich gegen die Mäntel an der Garderobe; das Telegramm hält er mit beiden Händen vor seiner Brust, wie eine Schale, auf der er die Vergangenheit serviert. Wie konnte er davon ausgehen, daß sie sein Schweigen hinnehmen würde! Hier, dieses Telegramm, nicht nur aus Sorge um ihn wurde es vor einigen Stunden verschickt (unerträglich: in den Gedanken eines anderen sein!), sondern auch in eigenem Interesse. Seit ihrer Heirat braucht Jutje ihn mehr als er sie. Der Privatdozent ist unfruchtbar, und sie hat keine Kinder. Sie hat ihn aus dem Bedürfnis heraus geheiratet, am Leben teilzunehmen. Warum heiratete sie dann einen unfruchtbaren Mann? Stokvis ist ein anständiger Kerl, er hat es ihr vorher gesagt, sie wußte es. Sie liebte ihn; sie heiratete ihn, sich selbst überschätzend, natürlich auch, *weil* er unfruchtbar war. Nicht lange nach seiner Scheidung von Meta, geschah es, daß Archibald ...

Eine Bewegung zwischen den Mänteln in der Diele. Mit fehlerloser Präzision ist nun alles da: die Gesichter, der Geruch des Hauses an der Singel ...

Die Champagnerkorken lagen noch auf dem Kaminsims; der Privatdozent hatte sich nicht an dem Versöhnungsfest beteiligt: Er mußte an diesem Tag zu einem Kongreß. Jetzt saß er am gedeckten Tisch, um den Mund diesen Zug der Entschlossenheit. Ihm gegenüber: Jutje. Am Kopf des Tisches: Archibald, 23 Jahre alt. Zunächst drehte sich das Gespräch um die Erdnußbutter, die zu trocken war; anschließend um die Emanzipation Japans und dann um das Etymologisieren der alexandrinischen Philosophen, die Vorteile von Flanellhosen, die Unfallversicherung und um gewisse Experimente, die in Amerika gemacht wurden. Was für Experimente? Jutje wußte es. Sie schaute unsicher zu ihrem Gatten hinüber, dachte nach, sah ihn wieder an und wandte sich dann unerschrocken an ihren Bruder, der verwundert von einem zum anderen blickte –:

»Ich habe es von einem gehört, der es gelesen hat. Es sind Versuche, weißt du. Sie sind, glaube ich, noch nicht fertig damit, aber sie befinden sich, wie ich glaube, in einem ... in einem weit fortgeschrittenen Stadium ...« Jetzt wurde sie wieder nervös und kratzte mit einem Messer die Krümel auf der Tischdecke zusammen.

»Was sind das denn für Experimente?« fragte ihr Mann.

»Was? Ach, Experimente mit ... Ach ...« Sie schwieg wieder und zog mit der stumpfen Seite des Messers Linien in die Tischdecke.

»Was hast du?«

Jutjes Hände zitterten; sie legte das Messer hin und faltete sie, sich zusammenreißend, in ihrem Schoß ineinander.

»Über Unfruchtbarkeit«, sagte sie plötzlich zu Archibald und fuhr dann rasch fort: »Wenn eine Frau ein Kind haben will und ihr Mann unfruchtbar ist, dann kann sie dort zu einem Büro gehen, wo sie künstlich mit dem Samen junger, kräftiger Männer befruchtet wird, die sich dafür zur Verfügung gestellt haben. Natürlich bleiben sie anonym. Niemand, auch das Büro nicht, weiß, wer der wirkliche Vater ist ... Hier«, flüsterte sie auf einmal, während sie ihr Gesicht langsam hinter ihren Händen verbarg, »hier gibt es so etwas nicht ...«

Bewegungslos saß Jutje da, kerzengerade, die Hände vor dem Gesicht. Archibalds Herz pochte in seiner Brust; er fühlte, wie ein Muskel in seiner Wange zitterte. Erschreckt blickte er zu Stokvis. Der war auf seinem Stuhl kleiner geworden. Er hatte sich nach hinten gelehnt, und sein Blick war starr auf Jutje gerichtet. Der entschlossene Zug um seinen Mund war verschwunden. So blieb es, einen Herzschlag nach dem anderen. Jutje war in ihrer Trauer versunken und konnte ewig so warten auf das, was kommen würde. Archibald spürte, wie ihm schlecht wurde.

»Machs' ruhig ...«, sagte Stokvis auf einmal rauh, ohne die Heiserkeit wegzuräuspern. Er rührte sich nicht. »Machs' ruhig, meinetwegen kannst du es tun, das ist mein Ernst ...« Sich auf die Tischplatte aufstützend, erhob er sich langsam, ohne seinen Blick von Jutjes Händen vor ihrem Gesicht abzuwenden. Schwer beugte er sich vor, als er sagte: »Hauptsache, ich erfahre nicht, wer es ist ... Hauptsache, ich erfahre es nicht ...« Sich über die Stirn reibend, verließ er das Zimmer. »Hauptsache, ich erfahre es nicht ... Hauptsache, ich erfahre es nicht ...«, hörte Archibald ihn murmeln.

Er sprang auf, um ihm zu folgen, doch Jutje hob rasch die Hand und hielt ihn zurück.

»Aber er leidet doch, Jutje!« flüsterte er. Er sah ihr Gesicht vor Tränen glänzen. Langsam nahm er wieder Platz.

»Er geht jetzt zu Bett«, sagte Jutje, während sie in ihrer Tasche herumsuchte. »Das macht er immer, er schläft sofort ein. Wenn er liegt, schläft er. Gott, wie ich bloß wieder aussehe.« Vor dem kleinen Spiegel ihrer Puderdose betupfte sie mit dem kleinen Puderkissen ihr Gesicht. »Wenn er nachher aufwacht, ist er darüber hinweg. Hörst du ihn oben herumgehen? Jetzt legt er sich angezogen aufs Bett, mit einem Taschentuch unter dem Mund.«

Während Jutje sich mit hastigen Bewegungen ihrem Gesicht widmete, saß Archibald schräg auf seinem Stuhl, die Beine übereinandergeschlagen. Das Kinn hatte er bis fast auf die Brust gedrückt, und er sah seine Schwester von unten herauf an. Er schwieg. Das obere Bein wippte regelmäßig auf und ab. Seine Lippen waren wie zum Pfeifen gespitzt, aber er pfiff nicht: Es war nur säuselnde Luft, deren Tonhöhe sich änderte und die eine Melodie ergab.

Stille im Zimmer. Oben nun auch. Jutje zog ihre Lippen nach. Den Mund nah an dem Spiegelchen, spannte sie die Oberlippe und fuhr mit dem Stift darüber. Sie sah Archibald nicht an. Aber dann, als sie ihre Lippen nach innen stülpte und aufeinander rieb, da, während sie das tat, da erstarrten plötzlich all ihre Bewegungen: der Spiegel vor ihrem Mund, ihr Blick in das Glas, die Lippen einwärts gekehrt, so daß ihr Gesicht scharf und listig aussah, als sei ihr ein raffinierter Gedanke gekommen. Mit einem Ruck wandte sie den Kopf zu ihrem Bruder hin und schaute ihn mit großen Augen an: Als sie ihn so dasitzen sah, mit wippendem Bein, nach unten geneigtem Kopf und pfeifend, da verzog sie vor Schreck ihr Gesicht. Archibald verharrte noch kurz in seiner Haltung und fuhr mit dem Pfeifen fort. Plötzlich hörte er auf.

»Was ist?«

Es dauerte einen Moment, bis Jutje in der Lage war zu antworten. Sie hatte eine Geistererscheinung gehabt.

»Es ist ... So wie du dort gesessen hast ... mit dem Bein ... das war Vater!«

»Vater?« Er stellte die Beine nebeneinander.

»Und die Melodie, die du gepfiffen hast, das war Vaters Melodie!«

»Was?«
»Er versuchte sich zu erinnern, was er gepfiffen hatte.
»Genau wie du eben hat er manchmal vor sich hin geschaut. Er schaute Mutter oft so an, wenn sie mit irgend etwas beschäftigt war. Ich empfand dann immer Mitleid mit ihm, Gott weiß warum ...«

Archibald stand auf und gab ihr einen Kuß. Er legte eine Hand auf ihre Wange und drückte ihren Kopf sanft an seine Seite.

»Hast du jetzt auch Mitleid mit mir?«

Jutje machte sich von ihm los und sah in die Kaffeekanne.

»Möchtest du noch Kaffee?«

Er trat ans Fenster. Er sah hinaus und dachte an das nebulöse Bild seines Vaters, an das einzige Ereignis mit ihm, an das er sich erinnern konnte. Es war kein Ereignis im Sinne eines Geschehens, sondern es war ein Schnitt durch die Zeit, in dem alles bewegungslos dastand, versteinert:

Das Wohnzimmer. Seitlich, an der Tür, er selbst. Er sieht sich selbst dastehen, klein, mit dem Rücken an Jutje gelehnt, die auf einem Stuhl sitzt und ihre Arme um ihn gelegt hat. Erstarrt betrachten sie das, was passiert. Auf einem Stuhl unter der Deckenlampe steht ihr Vater. Er hat ein Bein in die Luft gestreckt, seine Arme sind weit gespreizt, entsetzt schaut er nach unten, wo der Stuhl unter seinem Fuß umkippt. Durch die Tür ragt seine Gattin vornübergebeugt ins Zimmer, die Arme voraus ...

Auf der anderen Straßenseite spazierte eine Frau mit einem Kinderwagen vorbei. Darin lag ein Baby, das unaufhörlich ein kleines Ledertier gegen die Lehne des Wagens rammte, wobei es den anderen Arm symmetrisch auf und ab bewegte. Er drehte sich um und ging langsam um den Tisch. Jutje war dabei, abzuräumen. Er setzte sich hin und beobachtete schweigend ihre Bewegungen. Ihr Miene war verschlossen.

»Setz dich doch bitte kurz woandershin, ja«, bat sie ihn, ohne ihn anzusehen, »dann komm ich hier besser voran.«

»Nein.«

Sie sah ihn fragend an.

»Nein?« wiederholte sie. Er sah ihr unverwandt in die Augen. Langsam setzte sie sich hin.

»Ich meine, vielleicht kann ich dir ja ein wenig helfen ...«, sagte er nach kurzer Zeit zögernd. »Ist das wirklich deine feste Absicht, Jutje?«

Sie antwortete nicht; ihr Gesicht bekam einen ängstlichen und fragenden Ausdruck – mehr sich selbst als ihn fragend.

»Ich ...«, hob er wieder an, »ich wußte nicht, daß du dir so sehr ein Baby wünschst. Ich bin ein dummer Esel.« Er rieb sich die Augen. »Sei mir nicht böse«, sagte er.

Jutje brachte ein Lächeln hervor, das er nun fortwährend betrachtete.

»Von wem?« fragte er, lauter als er beabsichtigt hatte.

Im selben Moment begann in ihm etwas zu ticken, regelmäßig, so wie die Uhr im Radio nach den Elfuhrschlägen vor den Nachrichten tickt und die ganze Nation auf das leise Rattern des Uhrwerks wartet, mit dem sich das Läuten ankündigt. Damit hatten begonnen: gefährliche Dinge.

Jutje erblaßte unter dem Puder. Sie rührte sich nicht mehr. Eine merkwürdige Erregung hing in der Luft. Es war deutlich, daß sie darüber noch nicht nachgedacht hatte und von der Frage überrascht wurde. Bruder und Schwester, nun schauten sie tiefer in den jeweils anderen als je zuvor. Der entfernte Stadtlärm wurde leise hörbar. Sie rührten sich nicht und schwiegen.

Gerade weil die laut gestellte Frage zu früh kam, brachte sie Jutje zu dem Entschluß, daß es geschehen würde. Sie mußte ein Kind haben, egal wie. Scheidung? Einen fruchtbaren Kerl suchen, der ihr dann ein Kind machte? Damit würde sie Stokvis in die Schrecken stürzen, in denen sie sich jetzt befand. Von wem? Von Zonderland, dem Freund des Hauses, der jeden Freitagabend vorbeikam, Zigaretten rauchte und von dem Medium Eulalia und der parapsychologischen Gesellschaft berichtete, in deren Ortsverband er ein Vorstandsamt bekleidete? Nackt saß er plötzlich auf seinem Stuhl, durchaus wohlgestaltet, jedoch sehr weiß; wie seine ureigenste Materialisation. Fort mit ihm! Freundlich lachend, mit einer Zigarre in der Hand, erschien Gesenius, Onkel Gesenius, Stokvis' väterlicher Freund; sie selbst hatte in seiner Gegenwart stets das Gefühl, zwölf Jahre alt zu sein. Los, verschwinde! Doch im letzten Moment konnte sie noch sehen, daß seine Haut an den Hüften mit Geschwüren überwuchert war, mit sackförmigen Ausstülpungen, sehr sauber, aber so schrecklich, daß sie sich fast übergeben mußte. Weshalb war er erschienen? Er kam unmöglich in Betracht. Henk Hoenderdos, Student, ein Schüler ihres Gatten, tauchte blitzartig auf. Er lächelte mit vorgeschobener Unterlippe und versuchte wie immer zu flirten. Hübsche Arme hatte er. Aber ... er ... Mach daß du fortkommst, Knilch! Verstört und ärgerlich trat Tjaden Stotijn auf. Er war kritisch. Kritisch gegenüber allem: dem Geist, dem Menschen, der Gesellschaft, der Natur. Zonderland brüllte er an, um dann, dem Gebrüll gegenüber auf einmal kritisch geworden, achselzuckend und verärgert Platz zu nehmen. In seinem letzten, gegenwärtigen Stadium war er der Kritik gegenüber kritisch geworden und sagte fast nichts mehr, außer: »Dürfte ich, bitte, noch eine Tasse Tee haben?« – oder: »Sie entschuldigen mich für einen Moment.« Da stand er, mit stahlblauem Haar auf all seinen mageren Gliedmaßen ... Oh, Tjaden, geh!

So zogen sie vorüber, wie Standbilder, die enthüllt werden, all die Männer, die ein Mensch zu kennen pflegt: Freunde, Bekannte, Nachbarn, Lieferanten, der Klavierstimmer ... eine Odyssee an ihren nackten Körper vorbei, als würde es niemals wieder ein Ende nehmen. Der Schweiß brach ihr aus. Noch nie hatte sie sich so elend gefühlt. So konnte es nicht weitergehen. Wie sollte sie ihnen je wieder unter die Augen treten? Das ging zu weit, Herrgott noch mal ...

Aber ein Kind! Du willst doch schließlich ein Kind! Was willst du nun eigentlich? Willst du kein Kind?

Ja, ein Kind. Ein Kind will ich haben. Meine Brüste wollen ein Kind. Weg mit euren Körpern. Was habe ich mit euren Körpern zu schaffen. Sollen sie doch ruhig abstoßend sein. Es geht nicht darum, wer mir am wenigsten widerwärtig ist, sondern darum, wer der beste Vater für mein Kind ist. Da kamen sie wieder, die Männer. Doch jetzt anders. Im Hintergrund stand ein Kind, das zusah. Sie hatte das Gefühl, als sei ihr Kind bereits da, in ihr, ungeduldig wartend; daß es nur noch eines geeigneten Mannes bedurfte ... weil das nun einmal so geregelt war. Für eine gewisse Zeit brauchte man ihn, pro forma, so wie ein Bahnhofsvorsteher das Abfahrtszeichen für einen Zug geben muß, während er in Wirklichkeit aber mit dem Zug bitterwenig zu tun hat.

Archibald, der ihr in die Augen sah, las ihre Gedanken, als wären die seinen an ihre gekoppelt. Er sah, wie sie gemartert wurde, sah auch die Art dieser Martern. Er selbst dachte nicht, er folgte nur ihren Gedanken. Ihre Augen sahen in die seinen, doch sie sahen ihn nicht. Ihr Gesichtsausdruck war jetzt ruhiger – statt Frau war sie jetzt Mutter. Hatte sie jemanden gefunden? Ihr Gesicht war entspannt. Dann krampfte es sich plötzlich wieder zusammen, eine Schockwelle durch sie hindurchjagend. Auf einmal wußte er, was ihr bei allen fehlte, und sie wußte es im selben Moment: das Vertrauen. Es würde ihr immer fehlen, bei allen.

Doch dann – was war das? Warum sperrten ihre Augen sich plötzlich so weit auf? Was geschah in ihrem Gesicht? Er hielt sich am Tisch fest und zitterte vor Angst. Jetzt *sahen* sie ihn, diese Augen! Nun strömte ihm das Blut zu Kopfe, eine Flut, die aus seinem ganzen Körper nach oben drang. Die Welt stand in hellen Flammen. Seine Lippen bebten und versuchten, etwas zu sagen – vergeblich. Einen Moment noch blieb er gegenüber seiner Schwester sitzen ... dann sprang er auf, so daß der Stuhl hinter ihm auf den Boden knallte. Wie wahnsinnig rannte er weg, schleifte seinen Körper mit fort, der nicht wollte, der nicht gehorchte. Wie ein wildgewordenes Schwein mußte er ihn hinter sich herschleifen, fort, raus aus dem Zimmer, raus aus dem Haus, fort, fort! Jutjes Oberkörper sackte in sich zusammen, und in sich gekauert begann sie vor Verzweiflung und Schrecken leise zu weinen. Er, der Bruder, rannte zu den stillen Orten, wo er vor sich hin sah in der größten Bestürzung, die ein Mensch erleben kann ...

Über solche Höhen (oder durch solche Tiefen – wer kann das schon sagen?) war ihre Liebe gegangen. Erst viele Jahre später, als er schon längst in der Welt der Karikaturen versunken war, wurde ein Kind geboren, das jetzt drei Jahre alt ist.

Archibald strohalm leckt an der roten Marke, klebt das Telegramm zu und nimmt einen Mantel von der Garderobe. Wie ein Lausejunge hat er sie behandelt. Er konnte sich nicht dazu durchringen, ihr alles ausführlich zu schreiben (was hätte er schreiben sollen?) – ein übermächtiger Widerwille hielt ihn davon ab ... alles schön und gut, aber das ist keine Entschuldigung, es gibt eine Grenze. Jetzt hat er die Kraft, etwas zu unternehmen, nachher ist sie wieder verschwunden, und darum zögert er nicht, sondern geht zur Post, um sie anzurufen. Unter gar keinen Umständen will er sie hier haben, überlegt er auf dem Weg dorthin; sie würde sich viel zu sehr erschrecken ... nein, Blödsinn, das ist es nicht. Der Grund ist, daß er die Wärme und das Verständnis, welches sie für ihn empfindet, nicht ertragen würde. Niemandes Wärme und Verständnis könnte er ertragen! Sie würden ihn von seinem schemenhaften Ziel ablenken und ihn ins Menschliche zurückzerren, wo er nichts mehr verloren hat.

Was soll er ihr sagen? Plötzlich überkommt ihn Angst vor dem Gespräch, und seine Schritte werden langsamer. Er *sieht* sie zumindest nicht, das macht ihm Mut. Bei einem Gespräch unter vier Augen würde er den kürzeren ziehen, zweifellos, zur Zeit jedenfalls noch. Bei einem Telefongespräch sind die Augen nicht mit im Spiel, darum ist es so unwirklich, so blutleer und ermutigend. Er denkt sich Sätze aus und spricht sie vor sich hin, schüttelt den Kopf und formuliert neue, so daß hier und da die Leute stehenbleiben, um ihm hinterher zu sehen.

Nachdem er die Tür der Telefonkabine sorgfältig geschlossen hat, legt er sein seit langem unbenutztes Adreßbuch auf das Brettchen, dreht die Zahlen der Vorwahl und dann die Nummer seiner Schwester, wobei er die Ziffern vor sich hin murmelt. Er hört das regelmäßige Rufsignal des Apparats; er erkennt das Geräusch wieder, und eine Erregung macht sich in seiner Brust breit. Auf dem Schreibtisch des Privatdozenten am Fenster klingelt jetzt das Telefon.

»Hallo, hier strohalm«, sagt er, als die Verbindung zustande kommt. »Spreche ich mit Stokvis?«

»Ja, Frau Stokvis am Apparat. Mit wem spreche ich?«

»Mit archibald.«

»Was sagen Sie? Oh, ich warte einen Moment.«

»Auf wen mußt du warten, Jutje?«

»Hallo, mit wem spreche ich? Bist du das, Äffchen?«

»Ja, natürlich, Liebes.«

»Bist du es wirklich? Ich erkenne deine Stimme nicht wieder. Geht's dir nicht gut? Wo bist du?«

»Mir geht es gut, alles in Ordnung. Hier, im Postamt.«

»Ich kann es noch nicht glauben... Sag noch mal etwas!«

»Was soll ich sagen? Bitte, sei mir nicht böse, daß ich dir nicht geschrieben habe. Ich... ich stecke bis über beide Ohren in der Arbeit. So gut?«

»Ich kann es immer noch nicht glauben, daß du das bist! Du bist doch nicht krank? Oder etwa doch?«

Archibald strohalm schweigt niedergeschlagen. Er läßt den Hörer an seinem Kiefer entlang hinabgleiten und schaut in die schwach spiegelnde Glastür der Zelle. Er sieht Menschen herumgehen und vor Schaltern Schlange stehen, wo sie lachen und reden. In dieses Bild hinein spiegelt sich ein großer, zarter Schatten. Seine Augen beginnen zu brennen, und er spürt Tränen in seiner Kehle. Und plötzlich wird ihm die eisige Leere bewußt, die ihn umgibt, so daß sich in seinem Inneren Angst vor ihm selbst breitmacht. Er fühlt an seiner Wange, daß jemand nach ihm ruft.

»Ja, Jutje«, sagt er leise, und nun läuft eine Träne über sein Gesicht, »ich bin sehr krank, ich bin wirklich sehr krank.«

»Äffchen! Was hast du? Doch nichts Gefährliches? Ich komme sofort zu dir –«

»Nein, Jutje«, unterbricht er sie abrupt; und nach einem kurzen Augenblick fügt er hinzu: »... das darfst du nicht tun. Hör mir gut zu: Ich bin gesund und spüre meinen Körper nicht; ich habe nirgendwo Schmerzen...«

»Aber gerade...«

»Du darfst mich nicht unterbrechen, Liebes, das mußt du mir versprechen. Ich ... ich will dir etwas erzählen.«

»Etwas erzählen? Was ist bloß mit deiner Stimme los? Du machst mir angst!«

»Erinnerst du dich noch an Vogelenzang, Jutje?«

»Vogelzang? Warum ... Den emeritierten Professor für astronomische Spektroskopie?«

»Was sagst du? Nein, nein. Ich meine Vogelenzang, den Gärtner, den wir zu Hause hatten, der mit dem glatten rosa Gesicht unter dem weißen Haar.«

»O ja, ich glaube, ich weiß, wen du meinst. Was ist mit ihm?«

»Erinnerst du dich noch genau an ihn?«

»Was? Oh, warte, ja, war das nicht der, der sich oft eine Rose hinters Ohr klemmte?«

»Genau, das war Vogelenzang.«

»Bist du ihm etwa begegnet?«

»Nein, ich will dir etwas von früher erzählen. Hörst du mir zu?«

»Ja, Archibald, ich höre dir zu.«

»Als ich ungefähr sieben war, gingen wir oft gemeinsam zu ihm hin. Er wohnte in einem kleinen Haus auf irgendeiner Blumenzwiebelzucht. Dort erzählte er uns alles mögliche über Pflanzen und die Experimente, die er mit ihnen machte. Einmal nahm er uns mit zu einem Schuppen, und in einer finsteren Ecke hob er eine umgedrehte Kiste hoch, die dort stand. Darunter befanden sich einige Blumentöpfe, aus denen allerlei gespenstische Pflanzen wuchsen: lange, schlaffe, gelblichweiße Stengelschlieren, die über die Topfränder hingen und sich am Boden ineinander verschlängelten. Ich weiß noch genau, was Vogelenzang sagte, als er dort mit der Kiste in der Hand stand. Er sagte: ›Wie findet ihr das, diese Verhöhnung? Oder ist das etwa nicht die Verhöhnung einer Pflanze?‹ Ja, das sagte er wortwört-

lich: eine Verhöhnung. Ich erinnere mich daran, weil ich das Wort damals zum ersten Mal hörte.«
»Ja, jetzt, wo du es sagst, erinnere ich mich schwach. Was war mit diesen Pflanzen?«
»Er erzählte uns damals, daß diese Pflanzen im Dunkeln gewachsen seien und nie Licht gesehen hätten. Alle Pflanzen entwickelten sich dann so. Anschließend holte er von draußen eine kleine, grüne, frische Pflanze und sagte, dies sei die gleiche, und er habe sie am selben Tag gesät; wir könnten daran also erkennen, daß Licht das Wachstum nicht fördere, sondern im Gegenteil bremse. Mit einem Stöckchen zeichnete er einen Stengel in den Staub und erklärte uns, man könne dies auch daran erkennen, daß ein Stengel sich immer zur Sonne hinbiege, weil das Wachstum an der Schattenseite des Stengels größer sei als an der Lichtseite. ›Daran sieht man‹, sagte er, ›daß man auf das hinwächst, was das eigene Wachstum hemmt. Das ist so ähnlich wie bei dem Schmetterling, der in die Flamme fliegt. Aber‹, fuhr er fort, ›es ist gar nicht Sinn der Sache, daß eine Pflanze so groß wie möglich wird. Denn wenn sie im Dunkeln wächst, dann wird sie zwar sehr lang, aber sie bleibt auch blutleer, ohne Chlorophyll, weiß, und sie entwickelt auch nicht die holzigen Strukturen, die sie aufrecht halten müssen. Und warum wird sie überhaupt so lang? Weil sie Licht sucht, bremsendes Licht, sie sucht überall Licht, um wieder grün zu werden. Aber das finden diese Pflanzen hier natürlich nicht, denn, schaut, ich stülpe die Kiste wieder über sie.‹ Als Vogelenzang das tat, fing er an zu lachen. Du fingst an zu weinen, Jutje. Er berichtete uns auch noch, daß diese Verdunkelung *Etiolement* heißt, und auch das habe ich nie vergessen ...«
Es ist still.
»Jutje?«
»Ja, Archibald?«

»Ich bin etiolisiert ...«

Wieder Stille auf beiden Seiten. Das Zeitsignal summt. Archibald strohalm wischt sich eine Träne, die kitzelnd zu trocknen begonnen hatte, von seiner Wange. Er hört etwas.

»Weinst du deswegen, Jutje?«

»Ja ... vielleicht verstehe ich dich. Ich weine darüber genau wie damals, bei Vogelenzang.«

Archibald strohalm öffnet den Mund, um etwas zu sagen, schweigt aber.

»Wie unglücklich du sein mußt, Äffchen ...«, klingt es leise.

»Es ist besser, wenn wir einander für eine Weile loslassen; für uns beide. Ich glaube, daß es besser ist, Schwesterchen, wirklich. Bestell deinem Mann schöne Grüße von mir und ... Tschüs, Jütje.« Er wartet.

»Wie lange?«

»O Gott, mach es mir nicht so schwer! Ich weiß nicht ... Ein halbes Jahr.«

»Ein halbes Jahr ... Exakt ein halbes Jahr?«

»Ja, gut, exakt.«

»Tschüs, Äffchen.«

Er will noch etwas sagen, aber es klickt im Apparat. Sofort legt er den Hörer auf. Als er seine Hand zurückzieht, scheint es ihm plötzlich, als habe das schwarze Ding in Gelee gelegen: ein trüber Glibber umgibt es, es hängt in der Gabel wie ein gehäutetes Tier.

6 Schnee war in diesem Jahr kaum gefallen, aber es hatte sehr oft gefroren. Manchmal, wenn archibald strohalm morgens Abram einen Besuch abstattete, einige Minuten unter seiner Krone stand und dann wieder an die Arbeit zurückkehrte, waren die Bäume mit Rauhreif bedeckt; selbst im März noch. Es schien dann, als seien sie voller Blätter, die vor Schreck bleich geworden waren – ein absurd schönes Bild, durch das die Sonnenstrahlen lila hindurchschienen und wo die Stille unermeßlich war. Später am Tag taute der Reif. Nebel kam auf, der sich archibald strohalm kalt um die Ohren legte; die Bäume wurden kahl und weinten über Verlorenes. Pong, dann und wann, pong, auf den Kopf einer Laterne in der Allee.

Der Wald wurde sein Körper. Nur selten geschah es noch, daß er die Schönheit um sich herum betrachtete, ebenso wie er auch seine Hand nie bewunderte. Wenn er sich umsah, dann mit demselben Gefühl, mit dem man auch die eigene Hand betrachtet: mit derselben Mischung aus Identität und Fremdheit, in der man Quellen der Mystik entdeckt hat. Vornübergebeugt, die Hände auf dem Rücken verschränkt, schaute er meist zu Boden, den Kopf voller Arbeit, und kurvte mit raschem Schritt zwischen den Bäumen hindurch.

Mit den Händen machte er manchmal auch andere Dinge. Kam er an einem Baum vorbei, aus dem ein Stückchen Rinde herausragte, oder an einem Zaun oder irgendwas anderem, dann blieb er stehen, und mit einem Schatten von Bewußtsein preßte er seinen rechten Zeigefinger an einer ganz bestimmten Stelle auf eine scharfe Kante: an der Stelle, wo der Nagel aus dem Fleisch kam, auf der Seite, wo der Daumen ist. Wenn er das nicht tat, würde sein Körper wie Sand zerbröseln. Ein Schatten von Befriedigung war in der Fingerspitze, die ständig nach Erfüllung an Zweigen, Metallstücken, Steinchen verlangte, die er vom Boden aufhob. Es war eine Vereinigung von Mückenlust und Materie, die – so meinte er – in irgendeinem Zusammenhang mit seiner abramischen Erfahrung der Neujahrsnacht stand, über die nachzudenken mit Schwindel bestraft wurde. Oft genug war er auch genötigt, diese Zwangmagie mit seinem rechten Fuß zu vollführen: Pflastersteine, Baumwurzeln und Bordsteine kamen dafür in Betracht; er mußte sie an der Stelle spüren, wo der große Zeh aus der Fußsohle kam.

Meistens sah er beim Gehen zu Boden, auch um nicht auf tote Vögel zu treten. Davon gab es viele in diesem Jahr, immer mehr. Früher waren sie ihm nie aufgefallen, und jetzt wunderte er sich darüber. Irgendwo mußten sie doch bleiben, denn schließlich besaßen sie nicht das ewige Leben! Nie hatte er sich diese Frage gestellt, doch jetzt war ihm klar: Sie lagen einfach auf dem Boden, überall verstreut: unter Büschen, zwischen den Blättern, manchmal auch kopfüber an einem Zweig baumelnd, mit nach hinten gebogenem Kopf und schlaff herabhängenden Flügeln. Nicht selten lagen sie auf dem Weg, ein Wirrwarr von Federn, und trotz der Kälte waren sie oft schon in Verwesung übergegangen. Dann schien es, als ob sie in Gelee gelegen hätten oder in rohem Eiweiß, feucht und klebrig. Behutsam schritt er über sie hinweg, sorgfältig darauf achtend, daß er sie nicht berührte. Am nächsten Tag lagen wieder andere da. Die vom Vortag waren meistens verschwunden. Möglicherweise beschäftigte die Gemeinde einen speziellen Vogelbeseitiger, oder vielleicht erledigten die Kinder das. Ein Kind mit einem toten Vogel in der Hand – ein Porträt der Ewigkeit.

Aber es gab auch Tage, an denen er kaum welche sah; auch sein manuales und pedales Ritual mußte er dann sehr viel weniger häufig vollziehen, und er bewegte sich mit rascher Geschwindigkeit durch den Wald, ohne stehenzubleiben oder vom Weg und seinen Gedanken aufzusehen. Oft schien ihm dabei plötzlich, als bliebe er auf derselben Stelle stehen und drücke den Boden, den Wald, die Erde mit seinen Beinen und sich weg, als lasse er den Globus nach hinten wegrotieren, und dann kam er sich vor wie ein Zirkusseehund auf einem Ball. Er konnte die Welt nach links drehen oder nach rechts, ganz wie er wollte – so sehr war er bereits in der Lage, über die Dinge zu verfügen.

Bei einem dieser Spaziergänge geschah es, daß er den Planeten derart unvorsichtig unter sich zum Drehen brachte, daß Herr Blaas, der auf demselben herumging, sich rasend schnell auf ihn zu bewegte und gegen ihn stieß.

»Können Sie nicht aufpassen?« fragte der Nachbar. Er war gedrungen und recht klein, doch weil er eine kurze Jacke anhatte, sahen seine Beine lang und dünn aus. Seinen Hals umragte ein dunkler Pelzkragen. Darüber befand sich ein schwarzer Demi-Homburg. Zwischen Kragen und Hut war ein Gesicht zu erkennen, unten breit vegetierend, nach oben hin hilfsbedürftig zulaufend.

»Pardon«, sagte archibald strohalm, »ich konnte Ihnen nicht mehr ausweichen. Sie waren so schnell.«

»Ich stand still«, sagte Herr Blaas mit erhobener Stimme.

Archibald strohalm lachte genüßlich.

»Sie sind ein Spaßvogel«, sagte er.

»Paß auf, du komischer Kauz, glaube ja nicht, du könntest dir jeden Scherz mit mir erlauben. Vergiß nicht, wer ich bin. Hundert Leute arbeiten für mich!«

»Und für mich ganze Generationen«, sagte archibald

strohalm; und nachdem er ihm aufmunternd zugenickt hatte, ließ er den Globus wieder rotieren und drehte Herrn Blaas von sich weg.

»Idiotischer Lachprophet!« rief dieser, nachdem er prustend gelacht hatte. »Geh lieber scheinheilig Hunde retten ... und saufen ... mit deinem Freund, diesem Bolschewiken! Oder besuch doch, besuch doch diesen ... Bummelanten!« rief er plötzlich, nachdem er noch einmal kurz nachgedacht hatte.

Warum traute er sich nicht zu sagen: »Besuch doch H. W. Brits«? Kennt man H. W. Brits? H. W. Brits war der Idiot der Stadt, doch archibald strohalm zweifelte keinen Moment daran, daß man ihn selbst zur Zeit für einen noch viel größeren Idioten hielt. H. W. Brits war offiziell geisteskrank; dergleichen kam öfter vor und war an und für sich nicht besonders merkwürdig. Doch er, archibald strohalm, war nicht geisteskrank und trotzdem verrückt. Das erst war wirklich idiotisch, meschugge, bekloppt!

Seit zehn Jahren wohnte H. W. Brits, den archibald strohalm kürzlich für ein paar Minuten besucht hatte, in einer kleinen Villa in der Allee. Täglich konnte man ihn rückwärts durch die Straßen des Städtchens gehen sehen. Denn er ging rückwärts, einfach rückwärts, ständig, ausnahmslos, als ob dies üblich sei. Im ersten Moment fiel es eigentlich gar nicht auf: Seine Haltung war normal, und er ging sehr sicher, ohne sich umzusehen und ohne jemals irgendwo gegen zu laufen. Doch dann fiel einem plötzlich etwas auf, man sah etwas Merkwürdiges und wußte nicht sogleich, was es war. Dann, ja dann bemerkte man, daß er rückwärts lief, und total verdutzt ließ man es zu sich durchdringen.

Er war ein großer, fünfzigjähriger Mann mit einem scharfgeschnittenen Gesicht; an seinem Nacken war sein

Rücken plötzlich stark gekrümmt. Oft sprach er auf der Straße willkürlich jemanden an und begann, mit hoher Stimme zu argumentieren. Der andere lauschte gehorsam, wobei seine Körperhaltung unzweideutige Ehrfurcht ausdrückte. Manchmal sah man ihn auch rauchend im Vorgarten seines Hauses sitzen; dann wirkte er normal. Die Passanten betrachtete er mit mitleidigem Kopfschütteln – nicht weil sie ihn pflichtbewußt untertänig grüßten, sondern so, als ginge es um etwas völlig anderes: etwas Universell-Katastrophales, an dem auch sie Anteil hatten.

Im Städtchen kannte man seine Geschichte. Aus sehr wohlhabenden Kreisen stammend, verfügte er über ein wahnsinnig großes Vermögen. Damit betrieb er Fabriken und Aktienhandel, und er war ein vollkommener Geschäftsmann und Großindustrieller. Doch als er vierzig war, fing er auf einmal an, merkwürdige Dinge zu tun: seine Fabriken und Aktien ließ er verwahrlosen, während er gleichzeitig anfing, sein Geld für eine allgemein als irrsinnig titulierte Beschäftigung zu verschleudern, für eine Art technische Liebhaberei, deren Kern niemand verstand, weil es keinen Kern gab, den man hätte verstehen können, denn es handelte sich dabei um einen Wahnsinn. H. W. Brits hatte keine Kinder, seine Frau war gestorben, und seine Erben waren einzig ein paar entfernte und alles andere als wohlgelittene Verwandte. Diese Leute, von H. W. Brits *Proleten* genannt, betrieben seine Entmündigung; sie schafften es, daß er für geisteskrank erklärt wurde und einen Vormund bekam. Einer der erbberechtigten Proleten erklärte während des Prozesses mit der Mütze in der Hand, daß die Art und Weise, wie sein Großonkel Hendrik Willem mit seinem Geld umging, ebenso bescheuert sei, wie wenn er sich eine Kanone kaufte und für sein gesamtes Vermögen Kugeln, um diese dann einfach zu verschießen. Und das alles, während sie, mittellos wie sie waren, kaum etwas zu essen hatten! H. W. Brits hatte anschließend über Freiheit, die christliche Zivilisation und die Demokratie gesprochen. Doch da hatte der Erbe ein schmerzliches Hohnlachen ausgestoßen und seine Tochter präsentiert, die weiß und rot war und nicht in ein Sanatorium konnte. H. W. Brits bekam eine großzügige Apanage zugesprochen und lebte seit Ausbruch des Zweiten Weltkriegs an der Allee, wo er sich immer noch dem Wahnsinn widmete, dessen Kern niemand verstand. Seit genau dieser Zeit ging er auch rückwärts. Die Bewohner der Stadt begegneten dem potentiell schwerreichen Mann mit großem Respekt. Sie hatten ihren Kindern verboten, ihn durch Rückwärtslaufen zu verspotten. An einem sonnigen, windigen Tag im April war archibald strohalm ihm zum ersten Mal begegnet. Er spazierte durch den Wald, vornübergebeugt, die Hände auf dem Rücken – alles genau nach Rezept. Plötzlich ging H. W. Brits rückwärts neben ihm her, einen kleinen Schritt weiter vorn, so daß er ihn anschauen konnte.

»Guten Tag«, sagte H. W. Brits mit hohem Ton und einem mitteilsamen Lächeln, ohne in seiner Bewegung innezuhalten. »Endlich treffe ich Sie einmal. So oft schon habe ich Sie gesehen, doch nie sind wir einander begegnet. Ich heiße H. W. Brits.«

»Ich bin strohalm.«

Im Gehen gaben sie einander die Hand und schwiegen eine ganze Weile. Der Anblick des perfekt rückwärts laufenden Mannes schräg gegenüber machte archibald strohalm schwindelig; er verspürte den Drang, ihn zu packen und zu führen. Es war unglaublich, daß er nicht über die vielen Wurzeln, die halb aus dem Boden ragend den Weg kreuzten, stolperte. Mit H. W. Brits' Gesicht geschah dieweil eine ganze Menge. Während archibald strohalm es fortwährend betrachtete, nahm es allmählich einen sinnierenden Ausdruck an, in dem auch ein wenig Erbarmen mitschwang. Dann ging es in Betrübnis über. Archibald strohalm fühlte sich bewacht und überlegte, was er sagen könnte, doch er fand nichts. H. W. Brits' Gesichtsausdruck steigerte sich zu innigem Mitleid. Archibald strohalm begann ein wenig zu schwitzen und wollte, daß der Kerl abhaute. Am Wegesrand entdeckte er einen toten Vogel: flach auf dem Rücken, die Flügel angelegt, getrübte Augen. Als er gleich darauf seine eigene Stimme hörte, erschrak er, als verplappere er sich ...

»Dieses Jahr sterben viele Vögel.«

Was gab es da zu erschrecken? Es war eine Verlegenheitsbemerkung, nicht schlechter als alle anderen, die man bei einer ersten Begegnung zu machen pflegt. Oder war der Grund, daß er sich schon nicht mehr daran erinnern konnte, wie es war, Bekanntschaften zu machen und Gespräche zu führen? Als Brits ihn fragend ansah, deutete er auf das Tier, eine Braunelle.

»Ich seh nichts«, sagte Brits, in die angedeutete Richtung schauend.

»Dort, die Heckenbraunelle.« Archibald strohalm blieb stehen und ging mit seinem Zeigefinger bis kurz an den kleinen Körper heran. »Sehen Sie sie?« Doch nun hatte er das Gefühl, als würde er augenblicklich fürchterliche Kopfschmerzen bekommen.

»Ich sehe nichts«, sagte H. W. Brits und schüttelte den Kopf. »Möglicherweise spielt Ihre Phantasie Ihnen einen Streich.«

Schon gingen sie weiter. Archibald strohalm hatte die Hände in die Taschen gesteckt, um ihr Zittern zu verbergen. Was gab es zu zittern? H. W. Brits war verrückt; er sah gewisse Dinge einfach nicht. In seinem Gesichtsausdruck war wieder das Mitleid aufgetaucht. Und plötzlich hob er langsam an:

»Wissen Sie eigentlich, wie schrecklich es um uns steht?«

Archibald strohalm erbleichte.

»So schrecklich«, präzisierte der andere, »wie Sie es sich nicht einmal in Ihren schlimmsten Träumen vorstellen können! Hierüber später mehr ... Apropos«, sagte er, »Sie gehen doch oft spazieren – wie kommt es, daß ich Sie nie bei der toten Pflanzung sehe?«

Archibald strohalm konnte darauf nicht gleich antworten. Die tote Pflanzung war der fürchterlichste Ort, den er kannte. So hieß ein abgelegenes Waldstück, das er, nachdem er es einmal gesehen hatte, mied wie der Teufel das Weihwasser. Die tote Pflanzung war einige Hektar groß und vom übrigen Wald durch einen breiten Weg getrennt. Im Winter wirkte sie recht unschuldig: endlose Reihen von kleinen, kahlen Bäumen; keine Sträucher, keine Pflanzen. Doch wenn sich im Frühling alles in grüne Blätter kleidete und Blüten trieb, blieb es dort kahl, tot. Die dürren Bäume hatten keinen Anteil am Rhythmus des Lebens; sie waren Leichen; ihre Zweige waren die ausgemergelten Arme verhungerter Kinder. Widerborstig waren sie miteinander zu einem undurchdringlichen Dach verflochten, das einen halben Meter über dem Boden begann. Nur am Boden war zu sehen, daß es Frühling wurde: Seine Farbe wurde dunkler, ein schmutziges Rostbraun, in dem etwas geschah. Moder und Fäulnis erwachten darin. Und wenn dann heiß der Sommer kam, dann war das Ganze nur noch ein einziges Purgatorium. Vom umgebenden Sonnenlicht geblendet, konnte man nicht weiter als ein paar Meter in den rostbraunen Dämmer hineinsehen. Kalte Leichenluft sickerte heraus, der kalte Gestank verwesender Kadaver. Grauenhafte Dinge mußten darin geschehen! Archibald strohalm hatte davorgestanden und hin und her geschaut: vom warmen Grün hinter ihm zum Ort verschimmelnden Blutes; von Schmetterlingen und Honigbienen zur klammkalten Heimstatt des Ekels, wo bildschöne tote Frauen stinkend zertropften. Vorne kamen aus dem weichen Boden, in dem der Abschaum der Natur hauste, große penisartige Schwämme, auf denen Horden der widerlichsten Fliegen krabbelten. Diese Fliegen waren die einzigen Bewohner der Pflanzung; Vögel gab es in dem ganzen Gebiet keine; selbst die Spinnen waren aus ihren filzigen Netzen geflohen. Es waren große, flache Fliegen, grün, grünviolett, rot irisierend, mit weit abgespreizten Beinen. Sie klebten einem im Gesicht, man mußte sie wegwischen, nicht wegschlagen, denn dann schlug man sie auf der Haut zu Brei. In dieser vogellosen Stille, in der der Teufel mit seiner Mutter seine Brut zeugte ... von Angesicht zu Angesicht mit den untersten Regionen des Lebens ... dort hatte archibald strohalm gestanden, gewürgt und gekotzt.

»Wenn es in meiner Macht stünde«, sagte er, »ich würde die Pflanzung niederbrennen und bombardieren, bis kein Körnchen mehr auf dem anderen liegt!«

Das war sein Ernst. Denn er liebte das Tote, Kalte und Unbewegliche: Kristalle, die still sind, rein und leblos; doch das, was vom Leben zum Tod führt, das Vorübergehende, das war durch und durch unrein und abscheulich.

»Verstehe ich recht?« lachte H. W. Brits. »Warum so heftig? Es scheint Ihnen dort nicht zu gefallen. Merkwürdig. Ich fühle mich dort wunderbar. Im Sommer ist es herrlich kühl; und diese Ruhe ... wie wohltuend! Wie können Sie so etwas sagen? Ich krieche oft für ein Stündchen hinein, um mich von meiner anstrengenden Arbeit zu erholen.«

»Sie kriechen *hinein*?« wiederholte archibald strohalm entsetzt. »Sie kriechen über diesen verfluchten Boden?« Einen Augenblick lang war er stehengeblieben, ging nun aber wieder weiter.

»Ach was ›verfluchter Boden‹ ... Warum nicht? Dort wird man zumindest nicht von Ungeziefer belästigt, so wie hier ... und nicht von kleinen Kindern.«

»Aber die Fliegen! Und der Gestank!«

»Finden Sie, daß es hier sehr stinkt? Ich gebe zu, es riecht ein wenig eigenartig, aber was soll's? Und Fliegen gibt es hier ja schließlich auch. Aber ich verstehe Sie: Manchmal hat man das, Widerwillen gegen bestimmte Orte. Wir haben offenbar sehr unterschiedliche Charaktere, mein Lieber.«

Während er weiterging, sah er archibald strohalm mit zusammengekniffenen Augenbrauen an – kräftige Augenbrauen, die wie schwere Fransen an seiner Stirn hingen. Eine Hand hatte er in die Manteltasche gesteckt; in der anderen hielt er eine Zigarettenspitze zwischen den blassen Fingern. Traurig betrachtete er seinen Gefährten und seufzte tief und betrübt ... Plötzlich blieb er stehen und bohrte seinen Blick in archibald strohalms Augen. Langsam und scharf artikulierend sagte er:

»Wissen Sie, daß schreckliche Dinge geschehen? Wissen Sie, daß nicht nur unsere alte christliche Kultur mit ihrer schönen menschlichen Würde, sondern die ganze Welt sich unentrinnbar ihrem Ende nähert? Wissen Sie, daß es *bald* mit uns vorbei ist? Antworten Sie mir! Wissen Sie das?«

Archibald strohalm versuchte, H. W. Brits' fiebrigem Blick zu entkommen.

»Gut möglich ...«, murmelte er.

»Nein, ich verlange eine klare Antwort von Ihnen! Ist Ihnen das alles in seiner ganzen Tragweite bewußt?«

»Was soll ich sagen? Dergleichen hat man schon so oft gedacht.«

»Pfui, was für ein abgedroschenes Argument«, sagte H. W. Brits. »So etwas hätte ich von Ihnen nicht erwartet. Sie sind doch Künstler, oder? Zweifellos sind Sie etwas in der Art. Spüren Sie denn nicht in den Fingerspitzen« – er hielt ihm seine hin –, »daß die Dinge jetzt prinzipiell anders stehen als früher? Damit meine ich nicht einmal die Atombombe: die ist, in Anbetracht der russischen Bar-

barei, ein sehr nützliches Gerät. Ich meine überhaupt. Die Zeit als solche ist beinah erschöpft. Es gibt keine unendliche Menge an Zeit. Die Vorräte gehen zu Ende, sie ist beinah alle. Uns steht nun wirklich und objektiv der Untergang bevor. Spüren Sie das etwa nicht?«

»Das ist ein schwieriges Problem«, sagte archibald strohalm. Er wurde neugierig. »Haben Sie dafür so etwas wie Beweise?«

H. W. Brits richtete sich lächelnd auf.

»Schwarz auf weiß«, sagte er.

»Schwarz auf weiß ... Soso. Genau.« Archibald strohalm nickte und sah nachdenklich zu Boden.

Ebenfalls in Gedanken sah H. W. Brits auf ihn herab; er war annähernd einen Kopf größer. Es sah so aus, als dächte er im stillen über etwas nach. Er nahm eine neue Zigarette und nickte ... Jetzt müsse Herr Strohalm einmal genau zuhören, sagte er. Herr Strohalm sei schließlich ein Gelehrter, ein Intellektueller, vielleicht sogar ein Dichter, und verfüge über konstruktiven wissenschaftlichen Skeptizismus. Mit ihm könne er reden. Er würde vielleicht sogar seinen Einfluß geltend machen, um ihm eine Professur an eine unserer Universitäten zu verschaffen. Den Einfluß seiner Freunde, um genau zu sein; persönlich habe er auf nichts mehr Einfluß, dank der gemeinen Proletenbande. Aber hahaha! Keinen Einfluß! Er und keinen Einfluß mehr haben! Wenn die wüßten, worauf er Einfluß habe! Herr Strohalm solle ihm genau zuhören. Er verspreche sich viel von einem Gedankenaustausch. Er, Strohalm, sei ein prophetischer Mensch, das sehe er schon an dem energischen, inspirierten Bau seiner Stirn. Ob er ihn auf ein Stündchen einladen dürfe? Sie stünden hier am Freiwildgehege; er wohne ganz in der Nähe. Was halte er davon?

»Jetzt gleich?« fragte archibald strohalm.

»Natürlich, warum nicht?« Schließlich könnten sie frei

über ihre Zeit verfügen. »O Gott!« rief er und schlug sich mit der Hand an die Stirn. Was sage er da! Frei über ihre Zeit verfügen ... Gott, welch eine Tragik. Wie tragisch das alles doch sei, wie tragisch ... Soit. Ob er Lust habe? Es werde ihm nicht leid tun. Es würde ein Wendepunkt in seinem Leben werden.

Archibald strohalm willigte ein. Doch während er einwilligte, wußte er auf einmal, daß er seinem größten Feind gegenüberstand. Größer als Ballegoyen, Ouwe Opa, Blaas und wer auch immer. Warum? Er hatte keine Gelegenheit, diesen Gedanken weiterzuverfolgen. H. W. Brits setzte sich sofort rückwärts in Bewegung und ging wieder los.

Er sehe bereits Herrn Strohalms Gesicht vor sich, wenn er in alles eingeweiht worden sei. Wahrscheinlich sei Herr Strohalm Biologe. Er mache bestimmt Experimente mit Taufliegen, Nachtkerzen und weißen und grünen Erbsen. Er züchte, kreuze, führe Mutationen herbei, zöge Bastarde heran. Er mendele. Den ganzen Tag mendele er; tagein, tagaus. Er studiere Darwin, the survival of the fittest, the struggle for life und den origin of species by means of natural selection. Hahaha! Damit brauche er ihm gar nicht erst zu kommen! Darwin, Mendel, der ganze Mist, die konnten doch gucken, wo sie blieben! Wertlos, lauter Blödsinn, das würde er in einer halben Stunde einsehen. Abgesehen davon, daß diese Burschen samt und sonders äußerst nihilistisch seien und nicht davor zurückschreckten, unseren Herrgott wegen seiner Unsichtbarkeit bei passender Gelegenheit als ein »gasförmiges Wirbeltier« zu bezeichnen – abgesehen von derartigen Liederlichkeiten (denn die Religion konnte ihm, im Vertrauen gesagt, gestohlen bleiben) stünden ihre Gesetze außerdem noch auf dem Kopf. Und zwar weil die Zeit als solche, in der sie gültig sein sollten, auf dem Kopf stünde. Buchstäblich: auf dem Kopf. Archibald strohalm erfuhr, auch er, H. W. Brits, sei ein studierter Mann. In aller Aufrichtigkeit: Herr Strohalm könne seine Bücher besser zuklappen, seine Fliegen fliegen lassen, seine Blumen in eine Vase stellen und seine Erbsen aufessen. Er verschwende nur seine Zeit. Damit wolle er sagen ... ja, Zeit.

»Ich bin überhaupt kein Biologe«, sagte archibald strohalm mit Nachdruck.

Nun gut, basta. Wie er wolle. Er gebe ihm nur einen gutgemeinten Rat. Nachher werde er es bestimmt einsehen. Sie seien übrigens fast da; dort sei seine Wohnung.

Sie gingen an einer Reihe von Villen entlang. Die Passanten zogen ihren Hut vor H. W. Brits, der ihnen mit seiner Zigarettenspitze zuwinkte. Verwundert aber hoben manche die Augenbrauen, als sie bemerkten, in welcher Gesellschaft er sich befand. Wie konnte er sich mit einem solchen Idioten wie Strohalm in aller Öffentlichkeit zeigen!

Archibald strohalm kannte diese Häuser. Im Norden des Städtchens hatte der Architekt dieselbe Straße noch einmal gebaut; dort wohnte Ballegoyen, der ihn früher alle Vierteljahre eingeladen hatte. In der Diele, wo eine Ladung Bretter und Stahlrohre auf dem Boden lag, zogen sie ihre Mäntel aus. Der Hausherr tauschte außerdem sein Jackett gegen einen langen Hausmantel aus weinroter Seide, der an der Garderobe hing. Vor archibald strohalm her ging er zu einer Tür, die er mit einem Lächeln öffnete.

»Aufgepaßt!« sagte er und schaltete das Licht ein.

Regungslos blieb archibald strohalm auf der Schwelle stehen. Eine Armlänge vor seiner Nase stand unter gleißenden Glühlampen eine riesige Maschine, die beinah den ganzen abgedunkelten Salon ausfüllte. Ein meterlanger, meterbreiter, meterhoher Wirrwarr aus Kabeln, Stangen, Drähten, Platten, Rohren, Lampen, Kolben, Kugeln und was es sonst noch so auf der Erde gibt. Nämlich auch: Hüte, Schuhe, Steine, Bücher, Äste, Sockenhalter, ein Stuhl, ein

Regenschirm, die alle eine Funktion in der Maschine zu haben schienen. Mit offenem Mund trat er einen Schritt, den einzig möglichen, ins Zimmer, um das Ganze überschauen zu können. Eingerahmt von einem Skelett aus Röhren, war alles miteinander kombiniert, was ein menschliches Hirn sich ausdenken kann, sogar noch etwas mehr. Ein abgetretener alter knöchelhoher Schuh war in eine Röntgenröhre montiert, die Schnürsenkel an Anode und Katode geknotet. Zwei Hosenträger waren mit einem Elektromotor verbunden. Darüber hing ein Foto eines Spiralnebels, das gleichsam als Etikett auf eine Milchflasche geklebt war. Auf einem Waschbrett war mit vier goldenen Fäden eine aus einem Buch gerissene Seite befestigt Es war ein deutscher Text. *Die Zeit ist die formale Bedingung a priori aller Erscheinungen überhaupt*, lautete der unterstrichene Satz, über den sein Blick hinwegglitt. Auf beiden Seiten des Blattes befanden sich kupferne Kugeln, vermutlich, um Funken hindurchschlagen zu lassen. Von diesen Kugeln aus führten Drähte ins Innere der Maschine, die nach allerlei Widerlichkeiten, wie zum Beispiel dem Durchbohren eines Gummikorsetts und eines toten, triefenden Vogels, bei einer Konstruktion aus dreißig Weckern endeten, die durch Zigarettenspitzen miteinander verbunden waren. Ganz links gab es einen großen hölzernen Flaschenzug. Ungefähr in der Mitte des gigantischen Undings, zwischen gläsernen Schränken, stand ein riesiges U-förmiges Glasrohr. Zwischen den offenen Schenkeln hing kopfüber ein Skelett, dessen Schädel in einen Wassereimer getaucht war; die Zähne waren mit Hilfe unzähliger Zahnräder mit wieder anderen überraschenden Funden von H. W. Brits verbunden.

»Ha!« rief dieser, nachdem er archibald strohalm lange genug genüßlich beobachtet hatte. »Da schauen Sie, was. Und das ist noch nicht alles. Hinter dem Haus, im Garten, ist die Maschine mit der Natur verbunden. Unterschiedliche Medien stellen den Kontakt zum Boden, den Sträuchern und den Bäumen her. Die ganze Stadt ist ihre Verlängerung, mein Bester; das ganze Königreich der Niederlande, ja, sogar das ganze Universum mit Ihnen darin, das ist meine Maschine! Ich sehe es Ihnen an: Die Worte bleiben Ihnen in der Kehle stecken, das ist zuviel für Ihr Auffassungsvermögen ...«

H. W. Brits hörte nicht auf zu reden. Erst als archibald strohalm eine Frauenstimme hörte, merkte er, daß er in der Küche war. Eine kleine, bäuerliche Frau hatte ihm im ländlichen Dialekt einen guten Tag gewünscht. Sie war schwarz gekleidet und las an einem properen Tisch in einer Taschenbibel. H. W. Brits zeigte in den mit hohen Bretterzäunen umgebenen Garten, deutete auf die absurden Ingredienzien seines Hirns und hörte nicht auf mit seinen Erklärungen. Archibald strohalm hörte nichts. Es war, als seien seine Ohren verschwunden. Nur den triefenden Vogel sah er permanent vor sich – und in seinem Kopf: ein Schmerz, der Knochen zu zerbrechen schien ...

»... daß die Zeit in die verkehrte Richtung läuft, mein Lieber. Anstatt zu sterben, sich immer mehr zu verjüngen und schließlich im Mutterschoß zu verschwinden, verläuft es jetzt umgekehrt. Statt die Inkremente durch die Analöffnung ...«

Dann wieder im Salon, zwischen Stangen, Hüten und dem Vogel, dem Vogel. Es war, als trete der Schmerz aus seinem Kopf heraus und baue sich wie eine Mauer um ihn herum auf.

»... entdeckt, daß die Lösung auf dem Prinzip der kommunizierenden Röhren beruht, was – aber das nur nebenbei – nichts mit dem menschenentwürdigenden Kommunismus zu tun hat. Von links leite ich die Zeit über den Flaschenzug hinein, und rechts kommt sie hier ...«

Der Salon, das Haus, die Niederlande, Europa, Amerika, alles war Schmerz. Vogelschmerz. Kam jetzt alles auf ihn herab? Schmerzvogel.

»... in einem halben Jahr. Sie werden nichts davon spüren, alles wird sich en bloc ändern. Nur an mir werden Sie es sehen können. Welch eine Bedeutung wird dieser Augenblick für mich haben! Wie werde ich Gott dafür danken, daß ...«

Lebte er noch? Wo war sein Kopf? Jetzt: weggehen oder hier sterben.

»... das drohende Zukunftsgespenst abgewehrt. Und auch die verächtlichen Machenschaften der Proleten werden von ganz allein aus der Welt geschafft werden, wenn die Zeit wieder in die richtige Richtung läuft, die jetzt noch immer ›rückwärts‹ genannt wird!« Erstaunt sah H. W. Brits zu archibald strohalm hinüber. »Was ist? Sie wollen schon gehen? Sie haben noch kein Wort gesagt!«

An der surrealistischen Maschine vorbei zwängte sich archibald strohalm zum Zimmer hinaus. Wie ein Roboter ging er in die Diele.

»Ach, natürlich«, folgte ihm H. W. Brits im Rückwärtsgang, »das ist verständlich. Es wird noch Monate dauern, bis Sie zu sich selbst gekommen sein werden. Hier, Ihr Mantel.« Er öffnete ihm die Tür. »Adieu, Herr Strohalm, ich hoffe, Sie wiederzusehen!« Als archibald strohalm bereits auf der Straße war, rief er noch:

»In einem halben Jahr bin ich fertig! Vergessen Sie das nicht! Adieu!«

Langsam schritt archibald strohalm die Allee hinunter, doch schon bald begann er, schneller zu gehen, vorbei an dem Rotwildgehege hinein in den Wald, und schließlich rannte er zwischen den Bäumen hindurch. Er achtete nicht auf die Vögel, er trat einfach auf sie, ihm war, als treibe er den Schmerz wie eine Meute vor sich her. Dort stand

Abram, aber er rannte an ihm vorüber; dort waren all seine Freunde, die Bäume, die Stümpfe für den Nagel seines Zeigefingers – alles ließ er hinter sich.

Dann gelangte er zur toten Pflanzung, wo jetzt kaum etwas auf die immer anwesende Fäulnis hinwies, und es schien, als schlürfe sie seinen Schmerz gierig in sich hinein. War sie es, die die Vögel tötete? Wild ließ er seinen Blick über die verkümmerten Bäume schweifen, schüttelte plötzlich die Faust und schrie:

»Dreckige Untergangsbrut! Wartet nur! Ich *werde* euch!«

Das war alles, aber es war sehr viel; und nun wußte er, daß er sich nach den Menschen zurücksehnte.

7 Wenn er an seinem Schreibtisch saß, konnte archibald strohalm einen Teil des Platzes überblicken: die Kirche, die Fleischhalle, ein paar Häuser. Der Rest wurde vom unteren Rand des Fensterrahmens verdeckt. Natürlich hatte er eines Nachmittags, nicht lange nach seiner Begegnung mit H.W. Brits, hin und wieder aufschauend, Bernard schon ein paarmal gesehen, der drüben gegen die Kirchenmauer lehnte, den Blick nach oben zu ihm gerichtet. Doch erst nach einer halben Stunde wurde ihm bewußt, daß es *Bernard* war und daß er immer noch dort stand.

Möglicherweise hatte er ihn seit jenem historischen Dezembertag schon Dutzende Male gesehen, aber es war nie zu ihm durchgedrungen, wer der Junge war. Mit einem Schrecken der Fremdheit erkannte er ihn. Plötzlich fühlte er sich mit dem Ursprung von alldem konfrontiert, vor Hunderten von Jahren, an den er nie mehr dachte. Einmal hatte es angefangen! »Der Weg des Lachens« ... sein Versprechen Bernard gegenüber ... die Kasperltheatervorstellung ... Wie ein papierener Vogel schwebte es durch seinen Geist.

Dort stand Bernard. Wartete er auf ihn? Vielleicht wollte der Junge ihn sprechen und traute sich nicht zu klingeln. Archibald strohalm ging mit einem Prickeln in den Füßen nach unten. Er öffnete die Haustür und winkte. Bernard schien zu erschrecken, er machte ein paar Schritte in seine Richtung, sah dann aber plötzlich nach rechts und rief laut:

»Adje! He, Adje!« und rannte zu seinem Freund Adje, den es offensichtlich auf der ganzen Welt nicht gab.

Von da an achtete archibald strohalm auf den Jungen; er ertappte sich dabei, daß er auf seinen kurzen Spaziergängen nach ihm Ausschau hielt. Doch es hatte den Anschein, als meide Bernard ihn. Wenn er ihm auf der Straße begegnete, wechselte der Junge gleich auf die andere Seite. Doch obwohl diese Abweisung öffentlich war, glaubte archibald strohalm nicht, daß Angst und Widerwillen der Grund waren; dafür war die Art, wie er sich leicht verbeugte und seinen Gruß murmelte, zu sehr erfüllt von freudiger Ehrfurcht und frommer Scheu.

Ein paar Wochen später schien die Gelegenheit zu einem Gespräch günstig. Da ging er schon nicht mehr nur spazieren, um seinem Schreibtisch zu entfliehen, sondern auch aus gesundheitlichen Erwägungen. Das erste Mal hatten die Kopfschmerzen ihn bei Brits überfallen. Danach hatte er einige Tage lang nichts gespürt, und dann waren sie plötzlich wieder da, auf dem Höhepunkt seiner Arbeit entflammte ein wildes Feuer in seinem Hirn, das gleich im ersten Moment bereits unerträglich war; zugleich verspürte er in seiner Brust einen erstickenden Druck, als stecke dort ein Luftballon, der aufgeblasen wurde. Vorbei. Er konnte seinen Stift hinlegen, war stundenlang zu nichts mehr fähig. Doch in seinem Kopf rumorte es pausenlos weiter, ohne Unterlaß brachen die Eier hervor, Gedanken und Erkenntnisse chaldäischer Art, die nun nicht aufgeschrieben wurden. Wo blieben sie, wenn sie nicht zu Papier gebracht wurden? Was geschah mit ihnen? Dann überkam ihn etwas Gefährliches, etwas von nie dagewesener Bedrohlichkeit, wenn er dann schwitzend vor Schmerz auf seinem Bett lag. Er spürte diese Gefahr ganz deutlich, und obwohl er nicht wußte, wovor er sich fürchtete, spürte er auch seine Angst ganz deutlich. Doch was konnte er tun?

Später, als Aspirin nicht mehr half, hatte er entdeckt, daß die beste Medizin darin bestand, an der frischen Luft spazierenzugehen. Doch auch zwischen den Bäumen fühlte er die ununterbrochene Bewegung der Eier, die sich nun in gewisser Weise unterirdisch, oder überhimmlisch, vollzog. Er verspürte dann auch nicht mehr den fruchtlosen Drang, sie aufzuschreiben, sie in Worte zu fassen, wie wenn er auf dem Bett lag; doch das Ausbleiben dieses Drangs war nicht beruhigend, sondern noch beängstigender als alles andere. Darin steckte etwas von einem *zu spät*, ein bedrohliches *das ist jetzt nicht mehr nötig* ... Danach fühlte er sich noch einige Stunden erschöpft und malade: so ungefähr wie am letzten Tag seiner Krankheit nach den Ereignissen in der Neujahrsnacht. Die vergeblichen Eier mußten wohl zerbrochen sein. Neue, niemals dieselben, boten sich bereits wieder an, bis ihn erneut der Schmerz übermannte und hinaus auf die Straße trieb ...

Auf dem Rückweg eines solchen Ausflugs sah er Bernard. Als er aus dem Wald kam, spürte er überall in seinem Körper die scheue Nervosität. Das Licht war zu grell für seine Augen, und eine Hupe jagte ihm Schauder über den Rücken. Vor allem die toten Vögel störten ihn, wenn er so verletzlich war. Sie waren jetzt auch in den Straßen zu sehen: dort hing einer an einem Laternenpfahl; ein Stück weiter ragte ein schleimiger Flügelfetzen aus einem Gully. »Das kann sein«, murmelte er leise vor sich hin, »das ist möglich.« Eine Hohltaube lag mitten auf dem Radweg, vier Gehsteigplatten verschmierend. Die Radfahrer kümmerte es nicht und fuhren einfach drüber, und es sah nicht so aus, als würde das Tier dadurch noch platter werden. Er zwang sich, nicht hinzuschauen.

Als er um die Ecke bog, flogen die Türen der Grundschule auf, und die Kinder verteilten sich auf der Straße wie Öl auf Wasser. Sie rannten hintereinander her, spielten

Fußball, rangelten, und das alles verziert mit dem dazu passenden Lärm. Ein paar Jungen hockten auf dem Boden und spielten Murmeln. Sie verteilten ihre Aufmerksamkeit auf das Spiel und einen Jungen, in dem archibald strohalm schon aus der Ferne Bernard erkannte. Gleich als er ihn sah, wußte er, daß er ihn jetzt sprechen wollte, jetzt oder nie, und für Verwunderung über sich selbst war kein Raum. Nicht über die Kasperltheatervorstellung wollte er mit ihm reden; ein ganz normales Gespräch sollte es sein, vertraulich und belehrend; über die Sterne, die Pflanzen ... nein, nicht über die toten Vögel.

Doch nun schien Bernard plötzlich sehr beschäftigt zu sein. Aufgeregt und mit allerlei eckigen Gebärden redete er auf die anderen ein. Diese knieten auf dem Bordstein und rollten ihre Murmeln in Richtung eines rothaarigen Jungen, der, mit dem Rücken gegen eine Wand gelehnt, auf dem Boden saß; zwischen seinen gespreizten Beinen mußte das Ziel, eine Murmel, sein. Gleichzeitig lachten sie Bernard aus, der nicht mitspielte. Immer erregter redete er auf die Jungen ein, bis er auf einmal archibald strohalm sah und schwieg. Die anderen begannen zu kichern. Als archibald strohalm vorbeiging, waren ihre Gesichter regungslos, und sie sahen einander an oder zu Boden. Bernard grüßte verlegen und kratzte sich am Bein. Doch als archibald strohalm um die Ecke gebogen war, hörte er Gejohle:

»Haha! Wenn er selbst vorbeikommt, machst du dir in die Hosen, was?«

Ein paar Meter weiter gab es zwischen zwei Häusern einen schmalen Durchgang; das kleine Tor stand offen. Ehe er es recht wußte, hatte er es hinter sich zugemacht. Links und rechts stiegen blinde Mauern in die Höhe; dahinter Menschen, die ihn nicht sahen, die er nicht sah. Mit beiden Händen eine Wand berührend, stand er da: den

Kopf lauschend in den Nacken gelegt. So deutlich hörte er die Stimmen, daß er meinte, die Gruppe zu sehen.

Kochend vor Wut öffnete Bernard den Mund, schaute jedoch erst um die Ecke: Herr Strohalm war fort; sein Zorn verhinderte, daß er über sein schnelles Verschwinden erstaunt war.

»Herr Strohalm ist viel zu *schlau*, um mitzureden!« schrie er. Die anderen verhöhnten ihn lustlos und spielten weiter Murmeln. »Wartet nur, bis er mit seinem Kasperltheater kommt! Dann werdet ihr schon sehen!«

Hierauf erwiderten sie nichts mehr; zu oft hatten sie es schon gehört. Boele Blaas sagte:

»Ouwe Opa wird ihn von der Polizei verhaften lassen. Dann kommt er ins Gefängnis. Bei Wasser und Brot«, sagte er und lachte laut auf.

Der Rothaarige hatte seine Murmel verloren und stand auf. Ein anderer fragte:

»Sollen wir hiermit mal spielen?« Auf seiner Handfläche präsentierte er den anderen eine riesige Murmel.

»Er wieder. Bestimmt aus zwanzig Meter Entfernung!« Gierig betrachteten sie das gläserne Ding.

»Na gut, dann eben fünfzehn Meter.«

»Einverstanden, Daan, setz dich hin.«

Mit großen Schritten wurde auf dem Bürgersteig die Entfernung vermessen, und die Murmeln begannen auf den Riesen zuzurollen, eine nach der anderen, und Daan hatte alle Hände voll zu tun, sie einzusammeln.

Einige Augenblicke schaute Bernard zu.

»Wißt ihr, was ich mache?« rief er auf einmal. »Ich werde mir bei Herrn Strohalm eine Zaubermurmel holen!«

Sofort war er um die Ecke verschwunden, so schnell, wie sein kindisches Wort ihn trieb. Wie einen Blitz sah archibald strohalm ihn an der rautenförmigen Öffnung der Tür vorbeiflitzen. Erst dadurch fiel ihm dieses Fensterchen auf: Karo-As. Er ging mit seinen Augen ganz dicht an die Öffnung heran. Bernard bog schräg gegenüber in eine Gasse, die diese Straße mit dem Platz verband. Er schaute sich nicht um, denn vielleicht sah ihm ja jemand zur Kontrolle hinterher. Nach zwei Metern blieb er, unsichtbar für einen möglichen Kontrolleur, in der Gasse stehen. Archibald strohalm konnte ihn noch sehen, und was er sah, ließ ihn erbleichen, denn ihm wurde klar, welche Last auf seinen Schultern ruhte.

Bernard holte ein paar Murmeln aus der Hosentasche und suchte sorgfältig eine neue aus, damit die anderen sie nicht wiedererkannten. Auch aus zauberkünstlerischen Erwägungen heraus war Reinheit zwingend geboten. Durch die Gasse hindurch konnte man auf der anderen Seite des Platzes Herrn Strohalms Haus sehen. Bernard wandte sich um, um zu schauen, ob er nicht beobachtet wurde, nahm die Murmel behutsam zwischen Daumen und Zeigefinger, streckte den Arm aus, kniff das linke Auge zusammen und berührte mit der Glaskugel, die plötzlich riesengroß wurde, das Dach von Herrn Strohalms Haus. Anschließend ließ er sie sinken und wischte damit an der Stelle hin und her, wo Herr Strohalm sich jetzt befinden mußte: im Flur oder im Zimmer... Obwohl dies nichts mehr mit der Beschwörung zu tun hatte, stellte er die Spitzen von Zeigefinger und Daumen der anderen Hand aufeinander und schaute durch den so entstandenen Kreis auf Herrn Strohalms Haus: – hierin ist Herr Strohalm und nicht außerhalb. Er machte den Kreis so klein wie möglich, um den großen Mann so genau wie möglich lokalisieren zu können. Schließlich legte er die Finger aufs Auge und starrte mit verzerrtem Gesicht durch die winzige Öffnung; doch dadurch wurde das Blickfeld wieder groß und verschwommen. Außerdem fiel ihm plötzlich ein, daß die Verlängerung des Kegels aus Pupille und Kreis hinter

Herrn Strohalms Haus noch eine entmutigende Unendlichkeit umfaßte, und er rannte durch Gasse und Straße zurück in der Hoffnung, daß noch niemand Daans große Murmel getroffen hatte. Der mögliche Gewinner wäre sicher nicht gewillt, sie gleich wieder aufs Spiel zu setzen.

Archibald strohalm trat einen Schritt zurück, als Bernard vorbeirannte. Mit doppelter Stärke war der Kopfschmerz wiedergekommen. Einen Gedanken ließ der Schmerz noch nicht zu, nur horchen war möglich: Hinter der Ecke stand Bernard mit seiner verhexten Murmel ...

»Laß gucken«, drängelten sie sich um ihn herum, »hast du eine bekommen?« Bernard nickte und sah auf die Nacken, die sich über seine Murmel beugten. »Ach! Das is' 'ne ganz normale Sternchenmurmel!«

»Jaja«, nickte Bernard, »es ist eine ganz normale Sternchenmurmel. Geh mal kurz beiseite.« Sie machten den Weg zu Daantje frei, der ein Stück weiter weg hinter seiner Murmel saß und zusah.

»Kann er?«

»Du darfst näher ran!« rief Boele, schlug aber sofort die Hand vor den Mund und sah schuldbewußt zu Daantje hinüber, weil er dem Angreifer half.

Bernard verschmähte das Angebot und schwenkte zielend seine Murmel hin und her, wobei er dachte – das bin ich, das ist Herr Strohalm ...

»Achtet auf die Sprünge der Zaubermurmel!« rief der Rothaarige.

Es war in der Tat lehrreich, darauf zu achten. In das Lachen hinein flog die Murmel durch die Luft, und das Lachen wurde Gebrüll, als sich sofort zeigte, daß sie vollkommen falsch geworfen worden war, es erstarb jedoch rasch, als die Murmel gegen eine schief stehende Platte prallte, einen Bocksprung machte und genau oben auf Daans Supermurmel landete.

Bernard zwang sich, seine Verblüffung zu unterdrücken. Dies war eine ganz selbstverständliche Sache! Wäre er erstaunt, könnte dieser Erfolg später auf irgendeine Art und Weise rückgängig gemacht werden können.

»So ist er, der Herr Strohalm«, brach er das staunende Schweigen der anderen ...

O Gott! Archibald strohalm faßte sich an den Kopf. Nicht ich! Dein Glaube hat das bewirkt! Er rüttelte an der Türklinke und stolperte hinaus.

»Das zählt nicht!« rief Daan, nahm seine Murmel und stand rasch auf.

Bernard sah ihn kurz an, drehte sich auf den Absätzen um und verzichtete auf einen Kampf, der jetzt seine Position nur schwächen konnte. Während nun eine heftige Diskussion einsetzte, ging er mit großer Selbstverständlichkeit seines Wegs. Auf die Murmel, so groß sie auch war, konnte er um Herrn Strohalm willen verzichten ...

Als archibald strohalm um die Ecke bog, erstarrten sie vor Schreck. Also doch ein Zauberer! Boele, der mit wedelnden Armen hinter Bernard her gespukt hatte, blieb mit offenem Mund stehen; Speichel lief ihm übers Kinn. Daans Faust ballte sich ängstlich um die Murmel in seiner Hosentasche. Darauf achtete archibald strohalm nicht. Bernard verschwand, ohne ihn bemerkt zu haben ... Hatte er, archibald strohalm, *das* ausgelöst? Ein Gespräch mit ihm über Sterne und Pflanzen würde Bernard nicht mehr akzeptieren. Er mußte der sein, der er war; er mußte in der Position bleiben, in die Bernard ihn gesetzt hatte, wenn er nicht alles verlieren wollte.

Er ging durch die Straße und die Gasse zurück, im Kopf den Schmerz und nun überall Vögel. An einer Ecke des Platzes waren sie zu einem anderthalb Meter hohen Haufen geschichtet. Dieses Gelee, das darüberfloß, war das ein Desinfektionsmittel? Er fühlte sich, als habe er tagelang nicht geschlafen. Mit abgewandtem Gesicht passierte er den Vogelberg. Dies war möglich. Er nickte sich selbst zu, erschauderte jedoch. Er würde damit zurechtkommen müssen, bevor er je wieder an Bernard dachte. Das war sehr verkehrt gewesen ... Beim Überqueren der Straße mußte er auf einen pfeifenden Radfahrer warten. Zwischen den Speichen seines Vorderrads klemmte nicht die Fahne des Fußballvereins, sondern ein Vogel mit ausgebreiteten Schwingen. Das konnte sein.

»Auch das ist möglich«, murmelte er. Jetzt begann er zu keuchen.

Zu Hause ließ er Wasser über Nacken und Handgelenke strömen. Mit zusammengebissenen Zähnen zwang er sich, an etwas anderes als seine Arbeit zu denken. Er sortierte die Papiere auf seinem Schreibtisch und zog eine Schublade auf. Zwischen den Bleistiften und Blöcken lag ein großer grauer Vogel mit orangefarbenen Füßen und einem gelben Schnabel, der halb aufstand. Eine Sturmmöwe.

Das war nicht mehr möglich.

8 Abgesehen von den Vögeln, widerfuhr archibald strohalm nach der Begegnung mit Abram wenig. Das einzige, was mit ihm geschah, war, abgesehen von den Vögeln, sein Werk. Eigentlich müßte es hier also vorgestellt werden, doch dafür scheint das hier nicht der richtige Platz zu sein. Insofern das Werk gelang und als Worteier außerhalb von ihm existierte, hatte es mit ihm als Menschen nichts mehr zu tun und gehört deshalb auch nicht hierher; vielleicht ergibt sich irgendwann einmal die Gelegenheit, darüber zu sprechen, dann jedoch auf andere Art und Weise. Zunächst schrieb er eine Anzahl unvollendeter Erzählungen, in denen ausnahmslos ein großes Werk entstand. Eingedenk der Worte von Boris Bronislaw war das natürlich große Scharlatanerie. Doch schon bald mußte er das große Werk *schaffen* – die Eier boten sich an. In den Notizheften auf seinem Schreibtisch, den Vorzimmern des Siebengestirns, hatten sie sich im Laufe der Monate zu Tausenden von dunklen und unzusammenhängenden Notizen angehäuft. Langsam wuchs in ihnen ein Weltbild von nie dagewesenem chaldäischen Charakter. Hier und da konnte man es bereits sehen, doch überall gab es noch große, finstere Flächen, die kaum bereit zu sein schienen, sich von den verstreuten Lichtblitzen erleuchten zu lassen.

Wenn auch nicht für sein gelungenes Werk, so kommt dieser Ort doch in Betracht für die Beschreibung seines *mißlungenen* Werks; hier blieb archibald strohalm als

Mensch beteiligt. Damit ist weniger gemeint, daß man nun mit Darstellungen von Verzweiflungsszenen konfrontiert wird, in denen er weint und sich die Haare ausreißt – gemeint ist etwas anderes. Wenn ein Tischler ein unbrauchbares Möbelstück gemacht hat, wird er in Schluchzen ausbrechen oder seine Frau triezen. Danach aber wird er das elende Möbel in Stücke schlagen und ein besseres in Angriff nehmen. Diese Möglichkeiten gab es für archibald strohalm nicht. In seinem Fall stand ein Mißlingen nicht als unbrauchbares Möbelstück *neben* ihm, sondern ein Mißlingen bedeutete im Gegenteil, daß am Ende nichts neben ihm stand, daß die Eier *in* ihm blieben. Das heißt: Der Mensch archibald strohalm und sein mißlungenes Werk waren synonym – er war es selbst, er war dazu verurteilt, sein mißlungenes Werk in seiner Eigenschaft als Mensch zu sein. Er selbst war das elende Möbelstück. Neu anfangen wäre nur möglich, wenn er sich selbst in Stücke schlug.

Das war mit der Beschreibung seines mißlungenen Werks gemeint, für die dieser Ort in Betracht kommt: Es ist die Beschreibung von archibald strohalms Schicksal als Mensch. Die dunklen Felder im Weltbild, auf denen sein Werk mißlungen war, bekamen in seinem Leben Klarheit. Sollte sein Werk perfekt gelingen, es gäbe nichts zu beschreiben, weil sein Kontakt mit der Außenwelt ebenfalls kein Material liefern würde. Für das Gelingen oder zumindest für das Ermöglichen *dieses* Werks müßte man sich also wünschen, daß in seinem möglichst viel mißlang. Leider mißlang längst nicht alles! Es gab eine einzige Methode, mit der archibald strohalm hätte vermeiden können, das mißlungene Werk in seinem Leben verwirklichen zu müssen: wenn er eine Geschichte schriebe, in der jemandem ein großes Werk mißlang ... Seine mißlungene Philosophie hätte dann immer noch gute Literatur sein können. Gott sei Dank tat er das nicht! Denn dann hätte er nichts mehr zu leben gehabt, was für ihn möglicherweise besser gewesen wäre: für *mich* aber auf gar keinen Fall.

Er tat es nicht, weil er diese Dinge nicht durchschaute. Er hatte allerlei Vermutungen, z. B. daß schreckliche Dinge geschehen würden, wenn er keine Worte für die Eier fand. Darum hatte er dem Wort den Krieg erklärt, unwissend in bezug auf seine Listen und die Skalpe an seinem Gürtel. Doch im Laufe der Zeit wußte er sich gegen seine Attacken und Umzingelungen zu verteidigen. Schließlich griff er, sich wie ein Feldmarschall fühlend, sogar selbst an, weil er hin und wieder das Wort fand, nach dem er suchte. Meistens fand er es nicht. Dann kam es schon mal vor, daß er sich der Länge nach auf den Fußboden legte, mit den Füßen zu trampeln begann und rief: »Seid ihr da? Seid ihr da? Kommt zu mir, wenn ihr da seid, kommt zu mir!« – mitleiderregende Situationen, die ihn daran erinnerten, daß Feldmarschälle nicht trampelnd auf dem Fußboden liegen, es sei denn, sie starben im Kampf ... daß er erst Gefreiter war, allenfalls.

Doch selbst wenn er die Worte fand, kränkte es ihn, daß der ausgedrückte Gedanke tot war, aufgebahrt, eingesargt und beigesetzt. Nicht nur für ihn tot, sondern auch für alle anderen: Niemand würde je ihre lebendige Kraft spüren können, so wie er selbst, als er sie ausdrückte. Ein Leser würde vielleicht überzeugt sein, oder gerührt durch eine so schöne Leiche, aber von einem gleichartigen *Weiterleben* konnte keine Rede sein. Je größer man als Feldherr war, um so endgültiger, überzeugender und schöner war das Gemetzel. Ungeschändet, lebend etwas schaffen, war offenbar nicht möglich, und damit hatte er sich eben abzufinden; denn man würde nicht mehr oder noch nicht verstanden werden, wenn man in der Sprache der Sprachen schrieb: in Zahlen. Mit den Zahlen kann man zählen, doch mit der Sprache *verzählt* man sich immer ... kann man nur *verzählen*. Sich selbst.

Davon jedenfalls war er überzeugt, und mit dieser Kapitulation blieb alles beim alten. Er wählte das kleinere Übel und rang mit Worten, um gewisse schreckliche Dinge zu verhindern, die jetzt nicht mehr so viel zu dieser Sache tun, aber zu jener. Nicht einen Augenblick konnte er sich aus diesem Kampf befreien; ob er nun durch den Wald spazierte, seine Schuhe anzog oder aß. Die Schmerzen in seinem Kopf und in seiner Brust, die ihn während der Arbeit überfielen, nahmen an Heftigkeit zu und kamen in immer kürzeren Abständen; schließlich mehrmals am Tag. Doch als eine Schmerzattacke zum ersten Mal mit einer Vision einherging (kurz nach der Geschichte mit Bernard), da war er erschrocken.

Langsam war er aus der Küche gegangen, wo er Kaffeewasser aufgesetzt hatte, und war die Treppe hinaufgestiegen. In Gedanken blieb er stehen, drehte sich um und setzte sich kurz auf die oberste Stufe. Er stand wieder auf und ging zu der Tür seines Zimmers. Als er die Klinke hinunterdrückte, ergoß sich der Schmerz in ihm, die Tür schwang auf, und er hielt sich auf beiden Seiten an den Türklinken fest, um nicht hinzustürzen. Das Zimmer wurde Schmerz, die Stühle, die Fenster, die Gardinen, alles wurde Schmerz, auch die Luft wurde Schmerz. Holz, Glas, alles war Schmerz in der Gestalt von Holz und Glas. Dann, so wie sich ein Regenbogen vor den Wolken erhebt, erschien eine nackte liegende Frau mit gespreizten Schenkeln, die ihn ansah ... und löste sich wieder auf. Mehr nicht, aber das reichte. Sofort war auch der Schmerz verschwunden; Holz wurde zu Holz, Glas zu Glas. Den Schrecken wie Klötze in den Beinen, stolperte er zu einem Stuhl. Sie hatte er nicht berücksichtigt, sie hatte er nicht berücksichtigen wollen ...

Er hatte sie erkannt, sie entstammte seinem seit siebzehn Jahren wiederkehrenden Traum, in dem er sich die Haare schneiden ließ. Sie war es, die ihm die Haare schnitt. Als er diesen Traum zum ersten Mal geträumt hatte, da war er in stillem Erstaunen erwacht. *Sie war es.* Bei seiner lebenslänglichen Suche hatte er nur Surrogate wie Meta gefunden. Diese hatten sie im Zaum gehalten, so daß sie nur in ehrbarer Form erschien: in einem weißen Friseurmantel, seine Haare schneidend. Doch als er hinging und sich seinem von Bronislaw angemahnten »großen Werk« widmete, da hatte er auch diese Surrogate abgeschafft und zölibatär gelebt. Vielleicht, weil man dies in den Biographien von Heiligen und großen Männern lesen konnte, die in die Einsamkeit gegangen waren. Möglicherweise hatte es aber auch etwas mit dem Gedicht über die Paarung zu tun, das der Maler nicht schreiben, sondern *tun* würde. Archibald strohalm wollte es nicht tun, sondern schreiben; nein, er wollte es nicht einmal schreiben, sondern zum Symbol ein großes Werk ... tun? Nein, beschreiben. Daß er im nachhinein gezwungen wurde, es zu tun, war nicht sein Verdienst. Doch für jemanden, der sich daranmacht, in einem Symbol zu leben, für den fällt das Versymbolisierte weg, und archibald strohalm begab sich auf den Pfad der Mönche. Damit fielen die Fesseln von der Traumfriseuse ab, und sie erschien nackt, ohne weißen Mantel, und sah ihn unzweideutig an.

Danach kehrte sie bei fast allen Schmerzattacken wieder. Dies bedeutete ein großes Glück für archibald strohalm, und mit der Zeit spürte er die Schmerzen kaum noch; er wünschte sich sogar, daß sie bald wiederkehrten: in *ihrer* Begleitung. Von nun an hatte er einen Grund, den Frauen zu entsagen: Lieber das Körperbild dieses Engels mit Schmerzen, als das Körperfleisch Metas mit Lust. Denn es war klar, daß sie, wenn er sich wieder dem Surrogatgenuß zuwandte, auf der Stelle zur Friseuse verkümmern würde. Manchmal kamen die Schmerzen übrigens auch ohne sie, und dann war ihre Intensität bis zur Unerträglichkeit gesteigert, und dann weinte archibald strohalm inmitten von Schmerzholz und Schmerzglas.

Was ist Schmerz? Später, wenn sein Engel dabei war, wurde der Schmerz zur Lust – zur Lust einer besonderen, blutroten Art, neben der die normale nach Himbeerlimonade schmeckt. Auch in seinen Träumen tauchte sie nun auf: ohne Schmerzen und für lange Zeit. Dann summte das ganze Weltall, und in einer gloriosen unverwechselbaren heiligen Sphäre fanden sie einander. Dann stand die Welt in Blüte, dann waren die Berge voller Blütenpracht, dann war die Luft von einem mächtigen Duft erfüllt und eine Rispe stand auf der Sonne!

Erwachend und noch mit dem Traum in seinem Hirn geht er zum Fenster und stößt es auf, öffnet es weit dem Tag entgegen. Er lacht und steckt seinen Kopf in die blaue Schale des Morgens. Dann ist der Tag eine flatternde Fahne für ein Fest, die Welt ein Knabenbuch im offenen Fenster, eine große aufgeschlagene Seite Sonnenlichtabenteuer. Aus seinen Haaren strahlt das Licht, Fingerspitzen spritzen Feuer; auf seinen Ohren sitzen Amseln. Kleine Männchen traben hin und her, auf seine Augen zu und wieder zum aufgestapelten Panorama zurück. Ein Auto fährt das Sonnenlicht über den Platz. Alles schlägt Purzelbäume vor Freude und Glück. Menschen werfen die Ängste und Defizite auf einen Haufen, übergießen ihn mit Benzin und zünden ihn an, so daß die Flammen zu den Sternen springen und dort ein Tänzchen machen. Im Laub wogt ein Sarg mit einem ewigen Drogisten, und mit ohrenbetäubendem Gedonner verkündet er den Kataklysmus des Bürgerphilosophismus, des Sargismus, versinkt aber in der singenden Blechblasmusik eines solchen Morgens, in den der Traum mündet. Irgendwo hinter Häusern, hinter Bäumen liegen abschüssige Flächen voller Vögel. Kugeln träumen von Gebrauchsgegenständen, und Generale a. D. entwerfen den Friedensstaat. Eine Sonnenlichtplatte lehnt sich an eine Wolke. Eine Vogelspitze hämmert kleine hölzerne Kegel durch die Luft; manchmal hohle Scheibchen, dunkelrot. Er ist ins Blut gefallen wie ein armer Tropf. So fächert sich für archibald strohalm der Tag aus den Schüsseln der Nacht auf, wedelnd, sähend mit Bambusfingern durch die Helligkeit ...

Doch auch wenn der Tag auf diese Weise begann, ein paar Stunden später kündigten sich die Gedanken und intuitiven Erkenntnisse wieder an: Dann kamen die rohen Eier wieder. Allmählich wurde ihm klar, daß all das chaldäische Gedankengut nur die *Schale* der Eier war, die er in Worten fing und tötete. Doch wenn das mißlang und sie nicht in Worte gefaßt wurden, dann klappten sie auf und zeigten ihre Innenseite, die nichts mit so etwas wie einem Gedanken zu tun hatte. Es war offenbar möglich, daß ein Engel darin steckte, während zugleich auch nachweislich feststand, daß große Schmerzen daraus hervorkommen konnten. Manchmal meinte er, es gebe zwei Arten von Eiern, gute und schlechte, glaubte jedoch selber nicht daran. Daß der Kern von so etwas Abstraktem wie einem Gedanken oder einer Erkenntnis aus so etwas Konkretem und Persönlichem wie einem Engel oder Schmerz bestand, darüber wunderte er sich nicht.

Das Nicht-in-Worte-fassen-Können eines Eies bedeutete nicht notwendigerweise eine Katastrophe. Zwar war es dann als Gedanke, als Werk, als Weltbild mißlungen, doch in Anbetracht der Tatsache, daß von einem späteren Weiterleben der mißhandelten Eierschale keine Rede sein konnte, war dies an und für sich nicht das Schlimmste. Alles hing davon ab, was innerlich mit dem Ei geschah. Daß er es zu leben bekam, stand fest, doch dies konnte auf zwei Arten geschehen. Die erste Art ist die katastrophale: wenn ein Ei auf dem Boden zerplatzt. Die zweite Art ist die gnädige: wenn das Ei ausgebrütet wird. Über diesen Brutprozeß weiß man nicht viel mehr, als daß es ihn gibt. Es ist eine, den Verstand umgehende, Sublimation von großer Unbegreiflichkeit und Schönheit. Aus einem solchen ausgebrüteten Ei stammte archibald strohalms Engel. Hier zeigte das Scheitern seine andere Seite. Wäre dieses Ei in Worte gefaßt worden, es wäre eine vielleicht wichtige, aber tote Schalenerkenntnis geworden. Er hätte eine Notiz in einem Heft machen können, und das wär's gewesen. Gibt es Gedanken, Einsichten, Weltbilder, die eine derartige Potenz an lebendiger Kraft aufwiegen? Ein paar Menschen hat es gegeben – einen aus Kapilavastu, einen aus Nazareth, Städtchen wie das von archibald strohalm –, die die Möglichkeit sahen, fast alle ihre Eier auszubrüten und in ihren Leben zu verwirklichen; sie schrieben nicht. Es waren keine persönlichen, sondern allgemeine Leben, ebenso allgemein, wie dann ihre Wahrheiten wurden, sofern man sie in Worte gefaßt hat. Sie lebten die Innenseite ihrer Wahrheiten, die in ihrer Person Blut wurden und die später andere, Vergewaltiger, in Worten ausdrückten und anbeteten. Ihr Weg war der Weg des ungeschändeten Ausdrückens, den archibald strohalm nicht kannte. Sie benutzten keine Wörtersprache oder Zahlensprache, sondern Tatensprache. Damit haben sie ihre Jünger nicht nur überzeugt oder gerührt, sie haben sie mit ihrem Lebenswerk gepackt und durch alle Regionen des Weiterlebens mitgenommen.

Archibald strohalm war regelrecht das Gegenteil von ihnen, lehnte sich durch die Unendlichkeit an sie an. Einmal wurde in ihm ein Ei ausgebrütet; ansonsten kam es darauf an, Worte für sie zu finden. Oft genug zerplatzten sie nicht nur unausgebrütet, sondern auch wortlos, und schon war es da, das katastrophale Mißlingen! Dann quoll der Schmerz aus ihnen hervor, und auch die toten Vögel kamen heraus, manchmal zusammen mit glibberigem Eiweiß, manchmal kam auch nur Glibber. Nach der Sturmmöwe in seiner Schreibtischschublade waren sie noch des öfteren in seinem Haus aufgetaucht: im Kohleneimer, auf einem Stuhl, in der Toilette. Auch an die zoologisch zugebilligten Proportionen hielten sie sich nicht mehr. Einmal zog er eine dicke Kornweihe unter seinem Bett hervor, die bestimmt zwei Meter groß war. An einem Flügel schleifte er das Tier durchs Zimmer und die Treppe hinauf, er packte den Fettsack bei den Federn und trug ihn auf den Spitzboden. Am nächsten Tag war der Vogel verschwunden.

Hier konnte unmöglich ein Kind oder ein gemeindeeigener Vogelbeseitiger die Hand im Spiel gehabt haben. Natürlich erwog er auch, zum Psychiater zu gehen, aber das wäre nutzlos gewesen, weil alles aus größeren Tiefen kam, in die so jemand nicht langen kann. Als sein Verstand ihm zu sagen begann, daß all dies keine Wirklichkeit sein konnte, wagte er es auch, die Vögel anzufassen und aufzuheben, wobei er das an manchen Tagen besser ertrug als an anderen (hin und wieder donnerte er mit seinem Kopf auf die Schreibtischplatte). Und manchmal, wenn er einen Vogel in der Hand hatte, sagte er: »Das ist nicht wirklich. Diese Federn, dieser sanfte Körper, es gibt sie nicht. Ich habe nichts in meinen Händen. Die Farben, die ich sehe, die Augen, sie sind nicht da.« Aber nichts wurde dadurch schwächer. Es ermöglichte ihm jedoch, alles zu ertragen. Mit dem Gedanken »Gibt es nicht!« konnte er es von sich fernhalten und sich auf seine Arbeit konzentrieren. Oft, wenn er Tassen oder Zigaretten fallen ließ, merkte er es nur an seinen Händen, daß es all das gab: die Vögel, den Schmerz, die Engel. Und im Spiegel konnte er sie natürlich auch sehen.

Den Glibber aber würde er niemals berühren. Davon mußte er die Finger lassen. Alles konnte glibbern: Bücher, Aschenbecher, Pflanzen ... es gab nichts, was nicht glibbern konnte. Was geschah mit den Dingen, wenn sie glibberten? Sehr wenig; aber genug, um die Aufmerksamkeit auf sich zu lenken. Sie vibrierten; es sah aus, als wären sie von einer heißen Luftschicht umgeben. Eiweiß. Offenbar hatten die kaputten Eier etwas mit den Dingen zu tun, die sie beschmadderten, denn immer war es etwa anderes. Manchmal war die ganze Straße damit verschmutzt; fast alle Türgriffe, eine ganze Reihe von Straßenlaternen und Massen von Pflastersteinen, die er sorgfältig mied. Daß alles ruhig war, kam nie wieder vor. Manchmal sah er sich im Zimmer um, erstaunt über die völlige Stille: nichts vibrierte, nichts glibberte. Aber immer entdeckte er dann irgendwo einen verschleimten Schuh oder eine beschmutzte Streichholzschachtel.

An einem gefährlichen Tag gab er dem Phänomen einen Namen. Müde und gebeugt betrat er abends spät sein Schlafzimmer. Irgendwas stimmte mit dem Fußboden nicht. Glibber im Teppich? Nein, es war stärker, heftiger. Er schaute auf und wich zurück. Der ganze Raum quoll ihm entgegen: Bett, Tisch, Wände, Decke, als ob alles in einem Ofen stünde und schwelte, als ob alles innerlich bereits verwest wäre und nur das betrügerische Äußere noch aufrechterhalten würden. Rückwärts wankte er zum Zimmer hinaus und schlug die Tür zu. Durch sein Entsetzen hindurch erschien dies, mit deutlichen Druckbuchstaben, in seinem Kopf: – *Und alsbald stieg er aus dem Wasser und sah, daß sich der Himmel auftat, und den Geist gleichwie eine Taube herabkommen auf ihn. Und bald trieb ihn der Geist in die Wüste. Und war allda in der Wüste vierzig Tage und ward versucht von dem Satan und war bei den Tieren, und die Engel dieneten ihm.*

»Satan« hieß die glibberige Zersetzung von da an. Der Teufel ist Gottes Rücken. Erst Wochen später fiel ihm auf, daß etwas in diesem Markus-Text fehlte, der so plötzlich vor seinen Augen aufgetaucht war.

Eines Morgens war ein ganzer Wohnblock mit einem Satan verschleimt. Die Häuser trieften und schmolzen wie Kerzenwachs. Arglose Passanten gingen in das Kraftfeld hinein, wurden verschmutzt, kamen aber offensichtlich unversehrt wieder heraus. Eine Stunde lang schaute archibald strohalm sich das von seinem Schreibtisch aus an, in jeder Hand ein Stück des Bleistifts, der zwischen seinen Fingern zerbrochen war. Er sah, wie der Satan sich langsam ausbreitete und die Fleischhalle anfraß, zunächst von unten, um dann langsam hinaufzukriechen. Als er schon meinte, der ganze Platz würde angegriffen werden, da verbleichte, verschwand er plötzlich, wie Lampenlicht, wenn die Sonne aufsteigt. Und er arbeitete weiter.

Fieberhaft suchte er nach Waffen, nach Worten. Obwohl er spürte, daß er nicht endgültig verloren war, solange sein Engel da war, konnte er sich nicht damit zufriedengeben. Zusätzlich zu seinem Kampf mit den frischen Eiern, die ununterbrochen herabfielen, erklärte er auch den Vögeln und dem Höllenglibber den Krieg.

... Wie? Meinte er Wörter für die auf ewig wortlos gewordenen Satane finden zu können? Jedes Ei zieht eine Form an sich heran, doch wenn es bei dem Geplagten keine Wortform findet, fällt es kaputt und kann dann nur noch sein Leben benutzen, um sich zu formen. Hätte es Worte gefunden, es wäre in diesen Worten gestorben, mit diesen Worten. Doch einmal im Leben angekommen, ist die Zeit der Worte endgültig vorbei. Meinte er auch für die toten Vögel noch Worte zu finden? Worte, Formeln, Definitionen wie bei den frischen Eiern? Was ist das für ein Vorhaben? Der Geruch der Verdammung umgibt es! Dem sowieso schon schwer geprüfte Chronisten, der meinte, diesen Helden zu einem recht friedlichen Fluchtpunkt führen zu können, legt sich nun erst recht die Angst aufs Gemüt.

Da sitzt er an seinem Schreibtisch, der Mann, der zu weit gegangen ist – im Kampf mit dem Wort, dem er Paßform für das Gesindel verleihen will. Einen tödlichen Maßanzug für den Teufel, Schlingen für die Vögel! Pleite, impotent war das Wort durch den hemmungslosen Gebrauch von Generationen, glatt und abgewetzt wie alte Münzen oder wie der kristallene Federhalter auf seinem Schreibtisch, ein Erbstück seiner Mutter – der Frau, die immer plötzlich das Handgelenk gegen ihre Stirn geschlagen hatte und dann die Melodie von dem Schiff pfiff, das auf die Klippen lief. Früher einmal funkelnd mit geschliffenen Kanten und Farben, jetzt nur noch zum Schreiben zu gebrauchen. Das Wort war gekreuzigt worden; ein anderes Wort für Schädelstätte: sieben Buchstaben. Es war nur noch Kommunikation, eine Art besseres Fühlhorn. Aber Kreuzigung bedeutet Erlösung, und auf sie folgt üblicherweise nach drei Tagen die Auferstehung, Freunde! Denn gerade die Abstumpfung des Wortes erweist sich als notwendige Voraussetzung für die Erfüllung seiner neuen Aufgabe: keine Erlösung ohne Kreuzigung, Brüder!

An diesem Punkt seiner Überlegungen angekommen, rieb archibald strohalm das kristallene Erbstück kräftig an seinem Ärmel. Danach war es nur scheinbar dasselbe Ding. Bewegte er es in die Nähe von Papierschnipseln, wippten diese auf und ab und blieben wie Schmetterlinge daran haften. Er könnte sich eine Vorrichtung ausdenken, mit welcher der Stab maschinell noch heftiger gerieben würde, so daß er Funken sprühte, brächte man ihn in die Nähe eines Gegenstandes; er könnte sich eine Methode ausdenken, mit welcher der Stab zu einem turmhohen Instrumentarium aus Spulen, Kondensatoren und anderen Sachen ausgebaut würde, so daß lange, schlierenziehende Entladungen von Millionen von Volt entstanden: den Blitz der Blitze würde er aus dem verschlissenen Ding herausholen können... Das mußte mit dem Wort geschehen, wollte es für seinen Zweck brauchbar werden. Er dachte an eine Art von Gedicht, worin ein Wort allmählich Ladung bekäme, im Lauf des Gedichts scheinbar unverändert Kraft sammelte, um sich schließlich schlierenziehend zu entladen und den Leser zu töten. Doch diesen Gedanken verwarf er. (Und zum Glück auch die Idee einer Erzählung, in der ein anderer ihm sein Kreuz abnahm. Nur durch einen Schöpfungsakt konnte er die Vögel und das Teufelsvolk liquidieren.)

Mutlos sagte er zu sich selbst, daß die Worte wie ein alter hartgewordener Schwamm waren, der schon tagelang vor dem Haus im Rinnstein lag. Als alte, verhärtete Schwämme weigerten sie sich, Satane und Vögel aufzunehmen. Garten, Aschenbecher, Kaninchen, Haar, Bein, Herz, Stern, Fleischhalle, Buch... harte Schwämme. Als er kurz darauf Moses ausführte, da sah er, daß ein kleiner Satan im Schwamm steckte. Langsam ging er zum Rand des Bürgersteigs und betrachtete das schleimige Ding.

»Schwamm«, sagte er. Und noch einmal: »Schwamm... Schwamm... Schwamm...« Aber der Satan kam nicht heraus. Dann fing archibald strohalm an, »Schwamm« zu sagen: hoch, tief, rasch, langsam – »Schwamm... Schwamm... Schwamm... Schwamm...« Der Satan mußte hinein ins Wort! »Schwamm...«, sagte archibald strohalm, »Schwamm... Schwamm...« Was geschah da mit dem Wort? Es fing an, sich in seinem Mund zu verändern. »Schwamm... Schwamm...« Er wurde immer erregter; er flüsterte es, schrie es. »Schwamm... Schwamm!« Was war das: *Schwamm*? Buchstaben? »Wammsch... Schmawm!

Schwamm! Schwamm!« Er lachte. Das war kein Wort mehr! Das war etwas vollkommen Verrücktes! Wie Fetzen fiel die Bedeutung davon herab. »Schwamm!« Das Wort war offen! Wurde der Satan kleiner? Beschwörend streckte er die Arme aus, und lauthals lachend beugte er sich über das Ding ... *»Schwamm!«*

Doch in diesem Moment war das kreischende Vergnügen von Frau Blaas vernehmbar, die nach Hause eilte, um von seinem neuesten Auftritt zu berichten. Erschrokken richtete archibald strohalm sich auf. Noch mehr Leute standen um ihn herum, die ihn sprachlos ansahen. Er ging ins Haus, drehte sich jedoch noch kurz nach dem Schwamm um. Er schleimte.

Kurze Zeit später wurde mit ihm Fußball gespielt. Als er für einen Moment stillag, beugte sich Boele Blaas über ihn und sagte: »Schwamm. Schwamm.«

9 Das, was der Mann aus Nazareth lebte und starb, ist dasselbe wie das, was der Welt ihr Dasein verleiht; dasselbe *ovum philosophicum*, das in Worten hätte ausgedrückt werden müssen, plagte archibald strohalm. Die Welt brach in ihm durch: die Welt auf dem Kopf, wie ein zerschmetterndes Himmelsdach. Vollständig kopfüber, mit der Innenseite nach außen ist das, was mit ihm geschah. Neben seiner Arbeit war der Tag nichts als die Anstrengung, das Bewußtsein davon nicht zu seinem tiefsten Denken zuzulassen. Aber manchmal war es plötzlich da. Einmal überkam es ihn auf der Toilette, die Hose brav auf den Schuhen. Da stand es vor seinen Augen, wie ein Berg: sein Werk, jetzt nicht isoliert, sondern unentwirrbar mit ihm selbst verwoben. Ein dunkler Koloß, er selbst in diesen hineingeflochten – Rumpf, Arme und Beine wie ein Skelett im Innern, die Massen zusammenhaltend. Er stand auf. Plötzlich überschaute er den Prozeß, in den er hineingeworfen worden war und von dem er – wohin? – mitgeschleift wurde. Er zog den Gürtel fest, und ängstlich bis in die Hände stolperte er aus dem WC. Er verharrte regungslos. Über die Klinke der Tür zum Arbeitszimmer hing ein prachtvoller Kernbeißer in einem Tumult von Farben. Kurz danach zersplitterte das Schloß, und im Zimmer stieß die aufgetretene Tür ein vollgestapeltes Tischchen um. Jaulend verzog sich Moses blitzschnell in eine Zimmerecke. In der Laibung und auf den Sprossen des Fensterrahmens glibberte ihm ein Satan entgegen; die Papiere auf seinem Schreibtisch, es war, als rie-

fen sie ihm höhnisch zu, er reite auf dem Kosmos wie ein Sandreiter. In der Mitte des Zimmers stand die Vogelscheuche: das Holzkreuz, behangen mit seinen ältesten Kleidern und einem Hut – der Einsame. Und schon stand er dort mit den Händen vor dem Gesicht und weinte, den Hosenschlitz offen, in äußerster Verwundbarkeit.

Jetzt auf die Straße hinauslaufen, die Palisade der Einsamkeit durchbrechen und schreiend verkünden, daß er kämpfte und litt für die Menschheit. Der Bäcker, der Milchmann, Blaas, alle würden sich um ihn versammeln. Das große Werk, das ihn vom Unerträglichen erlösen würde! ... Es wäre erlogen. Immer mehr ging es um ihn selbst, der Rest war Dreingabe. Er hatte gesehen, wie sich der Akzent verschoben hatte, vom Werk zu ihm. Nun sah er es voraus: Einmal würde das Werk wegfallen und nur er selbst übrigbleiben. Doch sogleich schob er ihn beiseite, diesen Gedanken. Alles beiseite schieben zu können! Nicht hier stehen und weinen, sondern zu den Menschen flüchten, nach Amsterdam, zu seiner Wochenendfreundin; der Reihe nach alle Theater besuchen, alle Konzertsäle, alle Bordelle; zu Jutje, um sich pflegen zu lassen ... Sinnlos, sinnlos. Sich selbst würde er mitnehmen, die Eier, die Vögel und die Satane. Einzig sein Engel, der würde dadurch sein Leben verlieren. Ihn hatte er noch, er war sein Halt. Oft erschien er in Augenblicken wie diesem; schwebte in einem Wust von Schmerzlust ins Zimmer und heilte ihn von Fluchtplänen. Nun blieb er fern, und archibald strohalm ertrug das Haus nicht mehr.

Der Frühling lag in der Luft. Sein Mantel war offen, und er spürte den sanften Wind in seinem Haar. Gleich als er im Freien war, hatte er das Gefühl, daß sich alles noch ändern könnte, daß alle Möglichkeiten noch offenstanden. Er, archibald strohalm, er sollte untergehen? Er sah nach oben. Der Himmel war übersät mit kreischenden Vögeln, die aus dem Süden kamen. Guten Tag, Vögel. Lebende Vögel, euch gibt es noch. Scharf hoben sie sich vom Himmel ab. Der Schwarm verschwand; ein paar Nachzügler eilten so schnell sie konnten hinterher. Kurze Zeit später kamen wieder andere, größere Schwärme, in gleichmäßigerem Flug. Es war, als fühlte er sein Blut. Er zog den Mantel aus und warf ihn sich über die Schulter. Mit nach oben gewandtem Gesicht blieb er stehen und schaute hinauf zu den Vögeln. Er mußte lachen, als ihm bewußt wurde, daß sie nichts mit ihm zu tun hatten. Möglicherweise das, dem sie ihre Existenz verdankten, doch sie selbst hatten sich davon gelöst und waren frei; da flogen sie und schlugen mit ihrem Geschrei den Winter in die Flucht.

Er spürte, daß ihn jemand beobachtete. Ein paar Meter entfernt stand eine Dame und starrte auf seinen Bauch. Kurz darauf fuchtelte sie nervös mit den Händen herum und machte errötend rechts schwenk marsch. Archibald strohalm sah an sich hinab und bemerkte, daß seine Hose himmelweit offenstand. Grinsend schlüpfte er rasch in den Mantel, doch als er die Frau um die Ecke biegen sah, ging er bedrückt weiter. Vornübergebeugt, die Hände auf dem Rücken, ging er durch Straßen, in die er sonst nie kam. Er schaute nicht mehr zu den Vögeln und sah erst wieder auf, als er vor Berends Kneipe stand.

Entschlossen ergriff er die Klinke, zog daran und stieß dann die Tür auf. Mit hochgezogenen Augenbrauen ging er hinein. Drinnen sah alles anders aus, denn nun war es Tag; ein paar Gäste saßen am Tresen. Bronislaw war nicht da. Er setzte sich auf denselben Platz wie damals. Er fragte sich, ob es auch derselbe Tisch und dieselben Stühle waren. Aber natürlich waren sie schon hundertmal vertauscht worden: Abends werden in den Kneipen die Stühle aufgestapelt und die Tische umgeschmissen. Berend stand hinter dem Tresen und trocknete Gläser ab.

»Eine alte Klara!« rief archibald strohalm. Er lächelte hoffnungsvoll, hörte aber damit auf, als Berend nicht darauf einging. Forschend sah der Wirt ihn die ganze Zeit an, Glas und Tuch bewegungslos in den Händen.

»Kommt, mein Herr«, sagte er dann, machte jedoch keinerlei Anstalten, ihn zu bedienen. Es war, als könne er gar nicht glauben, wer dort saß oder daß dort überhaupt jemand saß. Dann schenkte er ein Glas ein und brachte es ihm. Mit seiner Schürze wischte er über den Tisch.

»Alles in Ordnung, Berend?« fragte archibald strohalm. Er sah den Seehund nicht an und trank einen Schluck. Es schmeckte ihm nicht, schon seit Monaten hatte er keinen Schnaps mehr getrunken. Er hustete.

»Sind Sie nicht …?« hob Berend an.

»Genau«, sagte archibald strohalm und sah ihm ins Gesicht.

Berend erwiderte seinen Blick und begann seine Ärmel abzurollen. Er hatte das Gefühl, das Licht in seiner Kneipe verändere sich, so als zöge draußen Bewölkung auf.

»Wie geht es Herrn Boris?« fragte er, um das Schweigen zu brechen. »Seit dem Abend mit Ihnen ist er nicht mehr hiergewesen.«

»Ich weiß es nicht, ich weiß es nicht.«

Plötzlich war es da. Ein Wolkenbruch draußen? Die Sonne verschwand hinter dem Horizont.

»Wollen Sie noch etwas dazu haben?«

»Nichts will ich dazu haben, nichts.«

Schwitzend stand archibald strohalm auf und legte Geld auf den Tisch. Als er hinausging, konnte er nur noch nicken.

Aber trotzdem … irgendwie bin ich frei von *allem*, dachte er draußen – von den Vögeln und den Satanen und auch vom Werk. Er ist möglicherweise sehr klein, dieser Punkt, doch es gibt ihn; dort herrscht eine hohle Stille; dort stimme ich mit allen Sterblichen überein, auch mit Berend. Von dort aus kann ich mich sehen, so wie er mich sieht: unwirklich, wie in einer Geschichte. Aber vielleicht besteht ja gerade darin mein Hochmut, in diesem entfremdeten Punkt, auf dem ich außerhalb des vollständigen Lebens stehe ...

Er verfluchte die Sinnlosigkeit dieser Ausschweifungen und ging rasch nach Hause, um sich ans Werk zu machen. Er durfte nur Dinge tun, die getan werden mußten, darüber hinaus durfte er nicht experimentieren. Ein normaler Kontakt zu den Menschen war offensichtlich nicht mehr möglich; es war sinnlos, es noch einmal zu versuchen. Nur durch sein Werk hindurch würde Kontakt vielleicht wieder einmal möglich sein, irgendwann. Sollte er durch vergebliche Versuche der Kontaktaufnahme alles ruinieren? Und wozu Kontakt mit Menschen in ihrer Isoliertheit, während er doch in der Neujahrsnacht einen so viel entscheidenderen Kontakt erlebt hatte?

Wie ein Blinder in sich selbst herumtastend, gelangte er auf den Platz. Als er den Schlüssel in der Hand hatte, stand neben ihm jemand und lachte.

»Na, Herr Strohalm? Wie sieht's aus mit der Vorstellung?«

Verwirrt sah archibald strohalm ihn an. Es war Bernards Vater.

»Vorstellung? Wie meinen Sie das?«

»Sehen Sie, das habe ich mir schon gedacht! Sie haben damals nur einen Witz gemacht.«

»Einen Witz gemacht? Ich?«

»Haha, Sie wissen nicht einmal mehr, wovon ich rede. Mein Sohn aber erinnert sich ganz genau.«

»Ich bin strohalm.« Geistesabwesend ergriff er die dargebotene Hand, doch plötzlich sah er sie sich an.

Heidenberg betrachtete das erschöpfte Gesicht. Das sah anders aus. Wenn er an Strohalm gedacht hatte, dann immer in Verbindung mit seinem Sohn: Lausejungen unter sich. Doch war das Lausejungenwerk, diese ermatteten Gesichtszüge? Auf einmal hatte er das Gefühl, ihn *wiederzuerkennen*, aus tiefer Vergangenheit, als reichte man ihm die Hand aus einer längst vergessenen Zeit.

»Was sagten Sie da über Ihren Sohn?«

»Er ist noch ein Kind, das dürfen Sie nicht vergessen. Er war stolz wie ein Pfau, daß er vor der halben Stadt Mittelpunkt Ihres Widerwillens gegen Herrn Ouwe Opa wurde. Er bewundert sie als ein Genie, hahaha!«

»Sie lachen?« fragte archibald strohalm.

»Ja, ich lache«, sagte Heidenberg mit erstarrtem Gesicht. »Finden Sie das ungebührlich?« Nun hatte er tatsächlich das Gefühl, es sei ungebührlich.

Archibald strohalm sah ihn an und schwieg. Kurz darauf schaute er zu Boden.

»Hm ...«, sagte Heidenberg. »Herr Strohalm, darf ich Sie fragen, womit Sie sich beschäftigen?«

»Ich schreibe.«

»Ah, psychologische Romane«, nickte Bernards Vater.

»Ich betreibe keine Psychologie.«

»Ach, nicht? Aber vielleicht betreibt die Psychologie Sie?« Heidenberg lachte. »Was betreiben Sie denn?«

»Mythologie, eine bewußte Mythologie, das ist etwas völlig anderes.«

»Darüber kann ich mir kein Urteil erlauben, ich bin Zahntechniker. Haben Sie plötzlich entdeckt, daß Sie Talent zum Schreiben haben?«

»Ich schreibe nicht dank eines Talents, sondern ungeachtet seines Fehlens.«

»Das ist kompliziert, Herr Strohalm. Apropos, um noch kurz auf das vorige Thema zurückzukommen, das würde mich schon interessieren ... haben Sie etwas dagegen, wenn ich Ihnen eine Gewissensfrage stelle?«

Gewissensfrage? »Nein.«

»Sind Sie ein Genie?«

»Das stimmt, Herr Nachbar.« Viel weniger und viel mehr.

Heidenberg griff nach seiner Brille mit den nichtgebogenen Bügeln.

»Ja, hat man so was schon gehört! Sie sagen *selbst*, daß Sie ein Genie sind?«

»Wenn ich Sie frage, ob Sie Zahntechniker sind, würden Sie das doch auch zugeben, oder?«

»Ich ... Jaaa«, sagte Heidenberg, »aber das ist auch etwas vollkommen anderes. Mit scheint, ein wirkliches Genie ist im Gegenteil sehr bescheiden.«

»Ein *wirkliches* Genie?«

Er fühlte, wie er die Schuld für alles auf sich nahm.

»Nun ja, ein Genie dann eben.« Verärgert sah Heidenberg ihn an.

»Herr Heidenberg, wissen Sie, was Buddha gleich nach seiner Geburt gesagt hat?«

»Woher soll ich denn das wissen?«

»Ich bin das höchste Wesen der Welt.«

»Ja, hat man so was schon gehört. Das hat er gesagt?«

»Jedes Genie hat immer gewußt, daß es eins war, und wenn es ehrlich war, dann sagte es das auch. Mit Anmaßung oder Arroganz hat diese Selbstsicherheit nichts zu tun. Je weniger Selbstbewußtsein jemand hat, um so arroganter ist er. Ein Genie zeichnet sich gerade durch seinen Mangel an Arroganz aus, außer vielleicht als Panzerung gegen ...« – Herrgott noch mal! Was passierte in der Welt!

Er trat einen Schritt zur Seite, um an Heidenberg vorbeischauen zu können. Auf der anderen Seite des Platzes hing die Leiche eines riesigen Neuntöters über der Kirche.

Der Körper wurde vom Mittelschiff verdeckt, aber sein schieferblauer Hals und Kopf hingen neben dem Turm über das Dach und die Mauern, so daß der Schopf fast den Boden berührte. Ein meterlanger Schnabel ruhte massiv auf den Pflastersteinen. Groß wie ein Wagenrad glänzte über der rosafarbenen Wange das halbgeschlossene Auge in toter Ekstase. Über dem Querschiff hing ein gebrochenes Bein, ein rauher Stamm, die Krallen zu einer mageren Faust verkrampft. Und dann: Ein gigantischer Flügel hatte sich wie eine schwarze Bedrohung über einen ganzen Häuserblock gebreitet. Schornsteine ragten zwischen den Federn hervor, eine Schwungfeder war, gleich einem Baum, in ein Fenster gedrungen. Wie ein weißes Ruderboot lag eine Daunenfeder mitten auf dem Platz, über dem ein schwerer Schatten hing.

»Herr Strohalm!« sagte Herr Heidenberg. Als archibald strohalm nicht antwortete, folgte er seinem bestürzten Blick. »Berührt Sie plötzlich die Architektur der Kirche?« Und als er keine Antwort bekam: »Wirklich, ein wunderbares Beispiel romanischer Baukunst. Sind Sie schon mal drinnen gewesen? Der ganze Fußboden, ein Grabstein neben dem anderen mit oft erstaunlichen Aufschriften.« Nickend stand er eine Weile neben archibald strohalm und betrachtete das Bauwerk. Dann hatte er genug.

»Wir sind von unserem Thema abgekommen, Herr Strohalm. Wir sprachen über Genies, doch ich finde, daß Sie mit Ihrem Buddha sehr hoch greifen. Dann könnte man Jesus auch hinzunehmen. Beschränken Sie sich doch jetzt einmal auf die Philosophen und Künstler. Auf das Wort ›Bescheidenheit‹ verzichte ich und ersetze es durch ›Demut‹.«

Archibald strohalm nickte. Er mußte reden. Mit Heidenberg reden.

»Wie passen das Selbstbewußtsein eines Genies und seine Demut zusammen?« wurde er gefragt.

»Darüber will ich Sie gern belehren, Herr Heidenberg.« Während er sprach, ließ er das Menetekel auf der Kirche nicht aus den Augen. »Große Geister wissen bereits, wozu sie in der Lage sind, bevor sie auch nur irgend etwas geleistet haben. Sie ›hofften‹ oder ›wollten‹ nicht zu einem großen Werk fähig sein, sondern ›wußten‹, daß sie es vollbringen würden; sie waren sich dessen ›sicher‹. Dieses ›Wissen‹, diese ›Gewißheit‹ ist nicht die höchste Form des Wollens oder Hoffens, sondern etwas vollkommen Andersgeartetes. Wenn Sie dieses Gefühl der Gewißheit nicht irgendwie aus eigener Erfahrung kennen, werden Sie es niemals auch nur ansatzweise verstehen. Als moderner Mensch glauben Sie vermutlich an den Willen, doch ich kann so stark wie nur irgend möglich wollen, daß Ihre Aktentasche in der Luft schweben bleibt ... das Ding wird dennoch hinunterfallen, auch wenn ich mein Leben lang das Gegenteil wollte. Und das kommt, weil ich nicht *weiß*, daß sie schweben bleiben wird. Es bleibt immer der Unwille: Sie muß fallen. Denn solange ich mich erinnern kann, lebe ich in einer Welt, in der losgelassene Aktentaschen herunterfallen. Um diesen Unwillen zu eliminieren, muß man sich vollkommen von der Erde gelöst haben, von der Welt, von sich selbst – dann bleibt sie zweifellos schweben. Ein solcher Mensch kann die Naturgesetze durchbrechen, Wunder tun, die Toten erwecken ...«

Er dachte, es ist bewiesen, daß ich nicht mehr in Beziehung zu den anderen treten kann. Unterrichten, das kann ich. Nun schaut er, denkt nach über meine Worte, doch was dahintersteckt, das hört er nicht. Gibt es denn niemanden, der die Rührung des Gedankens kennt? Gedanken kommen nicht weiter als bis zu seinem Verstand; er sieht nicht, daß ich soeben meine Seele offengelegt habe. Kontakt zu den Menschen über meine Gedanken, auch das ist bereits ebenso unmöglich. Wie soll ich ihm je klarmachen, wer ich bin, was ich sehe, was ich weiß? Daß die Kirche nicht eingestürzt ist! Welcher Jäger hat den Neuntöter vom Himmel geholt? Bis in welche Höhe reichte sein Gewehr?

»Interessant, interessant«, sagte Heidenberg, »doch wenn ich mich nicht irre, sind Sie wieder bei den religiösen Genies und den Wundertätern gelandet, während wir eigentlich über andere Genies reden wollten.«

Archibald strohalm sah ihn an und schwieg. Als Heidenberg sich zu wundern begann, sagte er:

»Das ist ein und dasselbe. Durch das ›Wissen‹, das mit einem Losgelöstsein einhergeht, ist jemand also zu allem in der Lage. Der Philosoph und der Künstler sind auch von allem losgelöst. Für ihn sind die Dinge, die Gedanken, die Worte, die Gefühle, kurzum das ganze Leben, *frisch*, so als sehe, denke, spreche oder fühle er sie zum ersten Mal, genau wie ein Kind. Die Erfahrungen eines sehr kleinen Kindes sind, in bewußter Form, die eines Genies. Ich bin davon überzeugt, daß es letztendlich Einfluß auf das Leben und seine Gesetze ausüben kann. Dann werden seine Worte zu Zaubersprüchen. Hier kommt noch etwas ganz anderes hinzu, und ich weiß nicht genau, was. Wenn ich es wüßte …« Er schwieg und schüttelte den Kopf, wobei er eine hilflose Geste machte. Plötzlich schrie er: »Loslassen! Loslassen! Loslassen!«

»Sie schreien, Herr Strohalm«, sagte Heidenberg. »Außerdem sind Sie ganz weiß im Gesicht. Aus diesem ›Wissen‹, von dem Sie immer sprechen, entsteht also das Selbstbewußtsein?«

Archibald strohalm wandte seinen Blick von dem Neuntöter ab, auf den er ihn schreiend gerichtet hatte. Er sah Heidenberg an.

»Die beiden sind identisch. Dieses ›Wissen‹ ist das Geheimnis allen Schaffens, und weil man es nicht erlernen kann, ist es kein Geheimnis. Was jemand ›weiß‹, wessen jemand sich ›sicher‹ ist, das geschieht. Es ist eine Art Hellsichtigkeit. Der Wille ist nichts. Das eckige Kinn ist nichts. Auch gesellschaftliche Leistungen entstehen aus diesem ›Wissen‹. Sie können mit Sicherheit davon ausgehen, daß Hitler und Ford bereits mit siebzehn *wußten*, was sie einmal erreichen würden.«

»Stimmt«, sagte Heidenberg und kratzte sich an der Schläfe.

»Und was den Zusammenhang zwischen Selbstbewußtsein und Demut angeht (ich rede jetzt nicht mehr von Ford und Hitler), da können Sie den hinzunehmen, der von sich sagte, er sei Gottes Sohn. Auf intellektueller Ebene finden Sie diese beiden Eigenschaften in Sokrates vereint. Er behauptete nämlich, der weiseste Mensch zu sein, wobei seine über alle Maßen hochmütige Weisheit aus dem über alle Maßen demütigen Bewußtsein bestand, nichts zu wissen.«

»Sehr schön«, sagte Heidenberg.

Er betrachtete archibald strohalm, und ihm war märchenhaft zumute. Heidenberg hatte eine nette Familie und beschäftigte sich mit Zähnen. Hin und wieder fuhr er mit seiner Frau nach Paris, und er spielte gern Tennis. Und jetzt das. Es war, als sei etwas in ihm angebohrt worden, etwas, wovon er nicht wußte, daß es existierte. Plötzlich war ihm das Gespräch lästig und er sagte:

»Wissen Sie, das alles interessiert mich auch aus väterlichen Überlegungen.«

»Was sagen Sie?«

»Haha! Ich meine, im Hinblick auf meinen Sohn, auf Bernard. Ihn müssen Sie nicht von Ihrer Genialität überzeugen. Er hat Ihre Ankündigung, mit Ouwe Opa um ihn zu wetteifern, sehr ernst genommen. Bis heute ist er tief beeindruckt von der Rede, die Sie damals offenbar gehalten haben. Regelmäßig zitiert er daraus. Ich habe ihm immer wieder gesagt, Sie hätten natürlich nur so dahergeredet, doch es ist unmöglich, ihn von seiner Idee abzubringen. Er sagt, Sie stünden zu Ihrem Wort und trieben keinen Spott mit solchen Dingen.«

»Womit er auch recht hat.«

Heidenberg fummelte an seiner Brille herum.

»Wollen Sie damit wirklich sagen, daß das Ihr Ernst war?«

»Natürlich«, sagte archibald strohalm, und von diesem Augenblick an wußte er, daß es ihm ernst war.

»Nun denn, tun Sie, was Sie nicht lassen können. Ich werde froh sein, wenn es soweit ist. Denn sonst wird meine Familie langsam, aber sicher wahnsinnig werden.«

Ein lautes Lachen, das er selbst mit Erstaunen vernahm, entschlüpfte archibald strohalm. Es war ein unerklärliches Lachen, als habe jemand anders durch ihn hindurch oder um ihn herum gelacht.

»Nein, das ist leider kein Scherz«, sagte Heidenberg. »Schon seit Monaten geht er uns mit Geschichten über Sie auf die Nerven: wie alt Sie sind, ob Sie Kinder haben, wie spät Sie zu Bett gehen und so weiter. Offenbar weiß er jede Menge über Sie. Er sagt, wenn Sie Wasser gelassen haben, spülen Sie die Toilette nicht, stimmt das? Entschuldigung, ich will Ihnen nicht zu nahe treten. Bei den Kindern hier in der Nachbarschaft zieht er umher wie ein Prophet und verkündet Ihr Kommen; einmal hat man ihn schon mit Steinen beworfen, so daß er nun ein vollkommen Ausgestoßener ist. Er selbst hält sich für einen Märtyrer. Ich habe ihm schon hundertmal gesagt, er solle Sie doch besuchen, dann erführe er von Ihnen persönlich, daß Sie nicht daran denken, in die Tat umzusetzen, was Sie seinerzeit aus Wut angekündigt haben. Das wollte er nicht. Er sagte, daß sei Ouwe Opa gegenüber unfair: Auf einmal würden sie es machen. Was, das habe ich nie verstanden. Er spricht von so etwas wie einem ›Weg des Lachens‹. Doch seit jenem Nachmittag ist ihm gerade das Lachen vergangen; sein Lachen ist verschwunden, haha! Auf Wiedersehen, Herr Strohalm. Vielen Dank für Ihre Erläuterungen, ich werde darüber nachdenken. Ach ja, als Sie vorhin lachten, habe ich gesehen, daß einer Ihrer Eckzähne kariös ist. Lassen Sie ihn nicht unbehandelt; jetzt kann man ihn vielleicht noch retten.«

Archibald strohalm sah ihm hinterher. Ihm wurde bewußt, daß dies das zweite Mal war. Das erste Mal hatte er ihm im Winter hinterhergeschaut; damals hatte er Moses im Arm gehabt, und Heidenberg führte den triefenden Bronislaw zu seinem Kamin und Kimono. Er steckte den Schlüssel ins Schloß, doch als Heidenberg ins Haus gegangen war, schaute er wieder zur Kirche. Er spürte in sich die dürre Klarheit einer durchzechten Nacht ohne Schlaf.

Ein Vogel des Jupiter, atemlos zu Boden gestürzt. Das Monster tropfte bereits und begann zu verwesen. Sehr hoch schwärmten Lebende und Unantastbare. Gedanken glitten wie flache Scheiben durch ihn hindurch und verschwanden wieder: – Bernards Lachweg, – Willen und Wissen, – Selbstbewußtsein und Demut ... kein Wissen, kein Bewußtsein von Sicherheit, nur Hoffnung ... eine unerreichbare Welt lebt weiter, mein Herz, und ich, ich bin hochmütig, ja, hochmütig und nicht demutsvoll ...

Und dann, während er den Schlüssel aus dem Schloß der geöffneten Tür zog, da schloß er die Augen vor dem Vogel und bat:

– Schlag
        schlag mich
                schlag mich
                        schlag mich.

10 Es war Frühling, Mai, und die Natur begann zu tanzen. Ein grüner Schleier hing in der Luft und in den Bäumen. Aus der duftenden Erde stießen lauthals lachend die jungen Pflanzen. Auch die Zweige von Erzvater Abram begannen vor sich ausstülpendem Knospengrün zu kichern. Man hätte diese Fruchtbarkeit bei einem so alten Mann nicht mehr für möglich gehalten, und darum war es auch zum Lachen, zum Brüllen, zum Platt-auf-die-Nase-fallen-vor-Lachen. So lachte die ganze Flora, lachte die ganze Natur – abgesehen von einem Baum –, und der Prophet des Lachens ging schweigend und ernst in ihr herum: vornübergebeugt und mit den Händen auf dem Rücken. Manchmal blieb er stehen und schrieb etwas in sein Notizbuch, wie ein Wachtmeister, der Protokolle schreibt. Hin und wieder hielt er auch an, hob Steinchen und Zweige auf und beging das Ritual mit seinem Zeigefinger, um so zu verhindern, daß sein Körper wie Sand zerbröselte. Er vollzog es auch an dem Schild: *Behandelt die Tiere mit Sanftmut – schont die Vögel*. Ebenfalls häufig genug richtete er seinen Blick auf jenen Baum, der nicht mitlachte, weil er von einem Satan befallen war. Es konnte den Anschein haben, als weinte er über sein Los. Die Lepra hatte ihn aufgezehrt. Seine Äste waren alte Schlangen, die zu steif waren, um sich auf den Boden sinken zu lassen. Wie ein großes Geschwür stand er im ausgelassenen Wald. Archibald strohalm mußte immer wieder zu ihm hinüberschauen, ständig spazierte er in seiner Nähe umher und entfernte sich nie so weit, daß er ihn aus dem Auge verlor. Stets sah er ihn noch in der Ferne, wie einen einsamen Aussätzigen.

Er wunderte sich, als auch Moses etwas zu bemerken schien. Gutgelaunt rannte er zu dem Baum hin, schnüffelte einen Augenblick lang und kam dann winselnd und mit eingekniffenem Schwanz wieder zurück. Doch dann fiel archibald strohalm wieder ein, daß Tiere für derartige Dinge ein Gespür haben. Sie spürten bevorstehende Erdbeben Stunden vorher und brachten sich in Sicherheit; behaupteten Spiritisten nicht sogar, daß Katzen die Geister im Zimmer sehen können und ihren Kopf an ihnen reiben? So spürte Moses in dem Baum seinen Satan, der ein Stück von ihm war: eine Idee, die ihre Bestimmung verfehlt hatte. Doch kurz darauf stürmte der Hund wieder hinter einem eiligen Star her, der mit vorgestrecktem Kopf den Weg kreuzte wie ein Büroangestellter, der den Zug um 8.07 Uhr kriegen muß.

»He!« hörte archibald strohalm plötzlich jemanden hinter sich rufen. »Strohalm, der du bist!«

Ein wenig verlegen drehte er sich um. Mit einer entzückenden weißen Leinenjacke und einer Hose mit lebensgefährlicher Bügelfalte bekleidet, kam lachend und gewaltig Boris Bronislaw heran. Er machte große Schritte und schwenkte einen Arm; mit dem anderen zog er eine große Frau hinter sich her, die wegen ihrer Schwangerschaft nicht so schnell gehen konnte und ein Hohlkreuz machte.

»Guten Tag, bester Verwandter!« rief er und klopfte archibald strohalm mit zwei Händen auf die Schultern. »Lebst du noch? Haha! Wie geht's dir, Cousin?« Der Maler war in bester Laune, nur sein Auge zuckte noch wie vor einem halben Jahr. »Hier, das ist meine Frau. Hilde – Strohalm.« Er zeigte hin und her.

»Ich bin strohalm«, sagte dieser unsicher und streckte die Hand aus.

»Angenehm«, sagte Hilde und schüttelte archibald strohalms Hand; sie schüttelte sie auf und nieder, und es war deutlich, daß sie nicht oft Hände schüttelte.

»Bravo!« rief Bronislaw. »Kommt, laßt uns spazierengehen. Oder sollen wir uns dort auf die Bank setzen? Du darfst dich nicht zu sehr anstrengen. Kein Gemecker! Wir gehen nicht spazieren, sondern setzen uns auf die Bank.« Sie nahmen Platz, der Maler zwischen den beiden. »So! Sitzt du gut, Schatz?«

Hilde nickte. Als sie bemerkte, daß er sie ansah, lächelte sie.

»Fein so! Wenn ich Geld hätte«, wandte er sich an archibald strohalm, »würde ich dich zum Kaffee einladen, aber ich habe keins. Ich gebe alles für Windeln und Schnuller aus. Haha!« lachte er und stieß archibald strohalm in die Seite. »Ich habe mich fortgepflanzt, Mensch! Ich habe das Überleben unserer Gattung gesichert! Ich wünschte, ich hätte einen Mäzen, das kannst du mir glauben; aber ich würde es mir selbst verderben. Zu jeden reichen Bonzen, der mir Geld geben will, würde ich sagen, er sei der Mörder all jener Menschen, die vor Armut verrecken, obwohl er noch Geld besitzt. Dann kann er drei Dinge tun: mich zur Tür rausschmeißen, und dann habe ich nichts; all sein Geld den Verreckenden schenken, und dann habe ich auch nichts; gar nichts tun, und dann würde ich auch nichts von ihm annehmen. Ich würde also jedesmal leer ausgehen!« Wieder brach er in Lachen aus. »Also werde ich weiterhin Dekorationen malen, Decken weißeln und Stütze kassieren.«

»Du brauchst dich nicht zu entschuldigen«, sagte archibald strohalm. »Wir sitzen hier wunderbar.«

So stand der Baum dort: das Schlangenhaar der Medusa, jedoch ohne ihr Gesicht.

»Erzähl«, lachte Bronislaw, »warum läufst du hier durch die Gegend?«

»Ich habe … philosophiert.«

»Das höre ich gern! Sein oder Nichtsein, das ist hier die Frage. Aber ich denke, also bin ich! Spendier mir lieber mal eine Zigarette.«

Archibald strohalm holte ein Päckchen hervor; Hilde lehnte dankend ab; er selbst zündete sich auch keine an.

»Weißt du …«, begann Boris Bronislaw und hielt kurz inne, um seine Zigarette anzuzünden, »ein Philosoph, der verwundert erforscht, wie das Weltall funktioniert, der erinnert mich immer an eine Lampe, die sich erstaunt fragt, warum das Zimmer so schön erleuchtet ist. Oder an ein Teelicht, das schimpft, weil überall so ein Zwielicht herrscht und alles voller verdammter Schatten ist, aus denen alle Augenblicke Gespenster hervorspringen … Hilde!« rief er und legte seine Arme um ihren Bauch.

Archibald strohalm zitterte. Nicht wegen der Flamme, die gleich vor seinen Füßen auflodderte: ein brennendes Papierstück, worin Bronislaws brennendes Zündholz weitergeschwelt hatte. Er hatte dem Feuer bereits eine kurze Weile zugesehen, aber der Maler entdeckte es erst jetzt. Geistesabwesend streckte er ein Bein aus und löschte es, wobei die Funken neben seinem Fuß aufstoben. Er hatte Bronislaws Schrecken kaum bemerkt; in sich versunken, rieb er die Sohle seines Schuhs auf dem Boden hin und her. Der Maler saß nicht weiter von ihm entfernt als von seiner Frau, aber dennoch war er weiter entfernt als Andromeda oder der Nebel N.G.C. 4594.

Hilde legte eine Hand auf Bronislaws Arm. Mit zusammengezogenen Augenbrauen betrachtete er das halbverbrannte Papier und die wegrollenden Ascheschuppen.

»Das ist ein guter Vergleich«, sagte archibald strohalm.

»Was?« Der Maler zuckte mit seinem Auge und rieb sich über das Gesicht. Er lächelte kurz zu Hilde hinüber.

»Das mit der Lampe.«

»Lampe? Ach, nicht der Rede wert. Das ist kinderleicht. Jetzt bist du dran, Strohalm. Worüber hast du philosophiert? Übertrumpfe mich, wenn du kannst.«

»Ich will mich nicht lächerlich machen, Bronislaw.« Genau, in diesem Ton mußte ein Gespräch geführt werden.

Der Maler lachte wieder, nur sein Auge kam nicht zur Ruhe.

»Worüber hast du nachgedacht? Ich helfe dir dann schon weiter.«

Archibald strohalm holte eine Bibel aus der Tasche.

»Hierüber.«

»Haha!« lachte Bronislaw, als er das Wort auf dem schwarzen Umschlag las. »Darüber philosophierst du bei diesem Wetter, Cousin?«

»Ist er dein Cousin?« fragte Hilde.

»Nein, das verstehst du nicht. Macht dich das Sitzen nicht müde, Schatz?«

»Nein, Liebster.«

»Was hat denn das Wetter damit zu tun?« fragte archibald strohalm. »Findest du das Buch zu ernst? Es stehen durchaus auch humoristische Dinge darin.«

»*Humor?*« sagte Bronislaw voller Abscheu. »Du verstehst nicht die Bohne von der Natur, Mann! Es ist Frühling. Die Sonne scheint. Piep, piep machen die Vögelchen. Alles bumst drauflos. Humor ist der Herbst. Das ist Geist. Jetzt herrscht der Körper. Schau dir nur die flirtenden Elstern dort an, oder was für Vögel es auch immer sein mögen. Schau dir nur diese komischen Keimlinge an. Schau dir nur den Hund an, wie er springt. Allmächtiger!« rief er. »Ist das nicht das Vieh, das ich aus der Gracht geholt habe? Wie hast du ihn genannt? Bestimmt Boris.«

»Moses.«

Boris Bronislaw legte die Lippen zu einem M aufeinander, um ihm nachzusprechen, betrachtete die Bibel und sah ihn beunruhigt an.

»Moshe!« rief er daraufhin und pfiff. Moses kam herbeigelaufen, und der Maler nahm ihn hinter den Vorderpfoten und hob ihn in die Höhe. »Guten Tag, Hund! Ja, nur ruhig. Wie geht es dir? Hat du ein gutes Leben? Nein, nicht lecken. Schön groß bist du geworden. Habe ich dich aus dem eiskalten Wasser geholt? Hat dein Herrchen dich Moses genannt? Jaja, lauf nur, undankbarer Wicht.«

Moses zappelte wie wild mit seinem Hinterteil. Wieder auf dem Boden angekommen, rannte er, nach Fliegen schnappend, davon.

»Weißt du was, Strohalm: Ich werde dich Isaak nennen, Isaak Ben Strohalm. Und nun gib mir mal diesen Spitzenbestseller, damit du hörst, wie man ihn im Frühjahr lesen muß. Humor ist der Tod, Mann; ich will nichts über den Tod hören. Frühling ist Slapstick. Über alle Stränge schlagen. Junge Tiere schlagen über alle Stränge. Kinder. Viel und laut lachen, das ist der Frühling. Brüllen vor Lachen! So...« Und Boris Bronislaw begann zu lachen, zu brüllen vor Lachen; er legte einen Arm um seine Frau, holte pfeifend Luft und lachte, lachte; wie ein berauschter Gott, so lachte er... Plötzlich hörte er auf und wischte sich das Wasser aus den ruhelosen Augen. »Verrückt«, sagte er, »aber das ist der Frühling. Bei Humor wird nicht gelacht.«

»Multatuli hat gesagt, die Natur sei humoristisch.«

»Bin ich Multatuli, Isaak? Bist du Multatuli? Hör zu. Hier. Genesis drei, Vers eins: ›Die Schlange war listiger als alle Tiere des Feldes.‹ Du auch zuhören, Hilde. Vers drei, Eva sagt zur Schlange: ›Aber von den Früchten des Baumes mitten im Garten hat Gott gesagt: Esset nicht davon, rühret es auch nicht an, daß ihr nicht sterbet!‹ So, aufgepaßt. Dieser Baum der Erkenntnis in der Mitte des Paradieses ist das Symbol des *männlichen Gliedes*.«

»Boris«, sagte Hilde.
»Des Pimmels«, lachte Bronislaw.
»Jesses!« rief Hilde.
»Jesses?« Boris Bronislaws Lachen schallte polternd durch den Wald. »Du bringst mich zum Lachen«, sagte er. »Jetzt aufgepaßt. Die Schlange sagt, Gott lüge, er wolle nicht, daß man von diesem Baum ißt, weil man dann so wird wie er: ›welches Tages ihr davon esset, so werden eure Augen aufgetan, und werdet sein wie Gott und wissen, was gut und böse ist‹. Hier, Vers sechs: ›Und das Weib schauete an, daß von dem Baum gut zu essen wäre und lieblich anzusehen, daß es ein lustiger Baum wäre, weil er klug machte, und nahm von der Frucht und aß und gab ihrem Mann auch davon, und er aß. Da wurden ihrer beiden Augen aufgetan und wurden gewahr, daß sie nackend waren, und flochten Feigenblätter zusammen und machten ihnen Schürze.‹ Merkt ihr es? Den Pimmel – von Adam natürlich, denn sonst war keiner da –, den durfte Eva nicht berühren, geschweige davon essen. Doch sie fand, er sei gut zu essen, lieblich und begehrenswert. Haha! Da aß sie von seiner Frucht, und das bedeutet, daß sie es miteinander trieben. Was ist, Isaak, wirst du etwa rot?«

»Nein«, sagte archibald strohalm, wurde jedoch wirklich rot. »Ich muß niesen«, sagte er. »Hatschi«, machte er, aber es war eine untalentierte Schöpfung.

Der Maler wollte loslachen, doch weil Hilde ihm kräftig in den Arm kniff, unterließ er es.

»Du bist mir ein feiner Psychoanalytiker. Aber das macht nichts, ich werde dich schon noch einweisen. Ein weiterer Beweis für meine Theorie, die ich mir hier aus dem Ärmel schüttele, ist, daß die beiden gleich nach dem bedeutsamen Ereignis merkten, daß sie nackt waren. Sie schämten sich ihrer Geschlechtsorgane. Warum? Weil sie sie *benutzt* hatten.«

»Hör doch endlich mal auf mit deinem Geschwätz«, sagte Hilde.

»Hätte Freuds Frau das auch zu ihrem Mann gesagt?« fragte er archibald strohalm. »Sitzt du gut, Schatz?« wollte er von Hilde wissen.

»Nein!«

»Verdammt schade, du. Wir fahren fort. Kurz und gut, sie werden zum Paradies hinausgeworfen, und Gott sagt zu Eva: ›Ich will dir viel Schmerzen schaffen, wenn du schwanger wirst; du sollst mit Schmerzen Kinder gebären; und dein Wille soll deinem Mann unterworfen sein, und er soll dein Herr sein.‹ Als ob das was Neues wäre. Aber hörst du, wie hier über Schwangerschaft und Kinder gesprochen wird?« Er sah in das Buch. »Eine Sache verstehe ich nicht«, sagte er mißgelaunt. »Was hat das Sterben damit zu tun? Warum müssen sie sterben?«

»Hier kann *ich* weiterhelfen«, sagte archibald strohalm. Boris Bronislaw war ihm mit seiner Ausgelassenheit ein wenig zu stürmisch gewesen, und er hatte das Ganze mit Unbehagen verfolgt. Als der Maler zu seiner Exegese ansetzte, begann er sich wohler zu fühlen. Natürlich war er nicht vor Scham rot geworden, oder doch kaum, sondern vor Aufregung. Baum Abram und Baum der Erkenntnis.

»Als ich elf Jahre alt war«, sagte er, »da hatte ich zum ersten Mal einen Samenerguß, beim Hochklettern am Seil während der Turnstunde. Kataton ließ ich mich hinuntergleiten und dachte: Es gibt einen Himmel, und das ist der Himmel. Später passierte es noch ein paarmal aus Angst, wenn ich zum Beispiel bei einer wichtigen Klassenarbeit nur noch zwei Minuten Zeit hatte, aber noch keine Antwort. Dann passierte es, und ich dachte: Da ist der Himmel wieder. Nun, der Himmel ist es natürlich nicht, wohl aber ein Schatten davon. Als Adam und Eva, wie du sagst, miteinander ins Bett gingen, kamen sie folglich vom Himmel in den Schatten des Himmels; sie waren also (von Gott, wenn du so willst) zum Himmel hinausgeworfen worden. Nicht anschließend zur Strafe, die Tat selbst war die Strafe. Schatten haben eine Dimension weniger.«

»Aber warum mußten sie *sterben*?« Bronislaw zuckte nervös mit dem Auge. Hilde spielte mit Moses. Ihr genügten die Tatsachen in ihrem Körper.

Archibald strohalm zögerte einen Moment. Eier.

»Dafür gibt es Tausende Gründe, aber es ist schwierig, etwas darüber zu sagen, weil die Erzählung selbst bereits ein Schatten ist. Jede Erzählung ist ein Schatten. Ich kann also nur in Schatten sprechen. Du mußt dir also merken, daß alles, was ich sage, nur ein Plan dessen ist, worum es wirklich geht. Über solche Dinge, um die es wirklich geht, schreibe ich gerade – ich versuche es zumindest... Zunächst einmal stand bereits von Anfang an fest, daß Adam und Eva zu dem Stoff zurückkehren sollten, aus dem sie gemacht waren. Hier...« Archibald strohalm suchte mit seinem Finger in der Bibel, die auf Bronislaws Schoß lag. »Hier! ›Im Schweiße deines Angesichts sollst du dein Brot essen, bis daß du wieder zu Erde werdest, dieweil du davon genommen bist.‹ Verstehst du? *Dieweil* er daraus genommen ist. Also nicht wegen des Sündenfalls, wie in Vers drei behauptet wird: ›Ihr sollt nicht davon essen und nicht daran rühren, damit ihr nicht sterbet.‹ Ob sie von dem Baum nun essen oder nicht, Adam und Eva waren aus Erde gemacht, und darum mußten sie wie auch immer zu ihr zurückkehren. Darum stand auch schon von vornherein fest, daß sie Kinder haben würden, denn sonst wäre die Schöpfung sinnlos gewesen; und darum stand auch bereits fest, daß sie von dem Baum essen und miteinander ins Bett gehen würden, daß sie zum Paradies hinausgeworfen und sterben würden. Über solchen Geschichten liegt immer ein seltsamer Geruch des Betrugs, der sich aber am Ende nicht als Betrug erweist, wenn man es schafft, sich vom Spiegelbild zum eigentlichen Bild zu wenden. Ich glaube, ich kann es. Moses, der nicht verrückt ist, benutzt die Inszenierung der Schöpfung von Adam und Eva; und etwas, das einen Anfang hat, muß auch ein Ende haben. Zum Glück, Bronislaw. Ein Anfang ohne Ende ist ein Monstrum. Was das angeht, ist dieses Buch konsequent: Es gab einen ersten Tag, den der Schöpfung, folglich wird es auch einen letzten geben, den des Jüngsten Gerichts. Wer behauptet, die Seele werde bei der Geburt geschaffen, sei anschließend aber unsterblich, der schwafelt. Entweder entstanden und vergänglich oder nicht entstanden und immer schon dagewesen und unvergänglich. Es gibt noch eine andere Möglichkeit, die korrekte, aber darauf will ich jetzt nicht eingehen. Man muß so aufpassen, weißt du, es kann leicht etwas durchsickern ... Sexualität und Tod!« rief archibald strohalm. »Deswegen muß es Tod geben, wo es Geburt, wo es Paarung gibt, Boris. Die Sexualität hat möglicherweise mehr mit dem Tod zu tun als mit dem Leben. Wenn es gelingen würde, ein Mittel für die irdische Unsterblichkeit zu finden, dann würde die Menschheit vermutlich im selben Moment unfruchtbar werden. Und nicht nur unfruchtbar, auch impotent. Scholastisch gesprochen: Dann würde der Himmel verschwinden, in den man nach dem Tod gekommen wäre, und gleichzeitig mit dem Todeshimmel würde auch sein Schatten verschwinden: der Himmel der Sexualität. Wenn ich nicht mehr hier sitze, ist mein Schatten auch nicht mehr hier«, sagte er – und archibald strohalm sah auf seinen Schatten, der vor seinen Füßen den von Boris überlappte, der seinerseits schräg auf die schwangere Silhouette seiner Frau fiel ...

»Zu dieser Schlußfolgerung kannst du übrigens auch auf anderem Weg kommen. Die sexuelle Anziehungskraft ist der Instinkt zur Erhaltung der Gattung. Wenn alle unsterblich sind, *bleibt* die Gattung erhalten, und dann wird der sexuelle Instinkt atrophieren, verschwinden. Auch die Mutterliebe, die auf diesem Instinkt aufbaut, wird verschwinden. Keine Fahne kann ohne Mast wehen. Wenn unerwarteterweise doch einmal ein Kind geboren würde (als Folge atavistischer Handlungen), dann wird man es als eine unerwünschte Ausscheidung betrachten, als ein Häufchen. Die Mutter wird es nicht stillen wollen, und folglich wird es sterben. Ich will es noch deutlicher sagen: Die Natur wird den Instinkt zur Arterhaltung ersetzen durch einen Instinkt zur Beschränkung der menschlichen Gattung, weil die Überbevölkerung sonst alles ersticken würde. Und Mutterliebe wird sich in Mutterhaß verwandeln, ebenso wie jede andere Liebe, deren Fundament sich verändert hat. Die neue Form der Liebe wird der Haß sein.«

»Bitte, hören Sie auf«, sagte Hilde.

»Nein, laß ihn weiterreden.«

»Nur keine Sorge, soweit wird es nicht kommen. Wenn ich hier mit meinen Fingern schnipse, findet im Andromedanebel eine Reaktion statt. Sollte der Mensch tatsächlich eine derartige Verschiebung in den Verhältnissen bewirken, dann würde ebendieser Haß augenblicklich zu Kriegen führen, aus denen dann wiederum der Tod und die Liebe geboren werden könnten.«

Es war still.

Der Mai lag im Wald, lag über dem Gras und gegen die Stämme gelehnt. Es war ein Tag, wie es jedes Jahr nur eine Handvoll gibt. Nur einige Kastanien standen bereits im Laub. Der Satan war weg. Jubelnd über diese wunderbare Genesung, streckte der Baum seine Arme in die Luft. Der Hund lag auf der Seite im Gras, dann und wann auf dem Rücken nach einem kitzelnden Insekt schnappend. Boris Bronislaw dachte an sein Werk, mit dem er nicht weiterkam, und an sein Kind. Hilde dachte an archibald strohalms Vortrag. Archibald strohalm dachte an noch hundert andere Verbindungen, die er überallhin ziehen konnte, die aber leicht durchsickern können, über die aber geschrieben werden wird, wenn es noch nicht zu spät ist.

War er nun zu Menschen in Kontakt getreten? Es sah so aus. Ganz wenig vielleicht nur, aber dennoch war da etwas gewesen. Während des Gesprächs hatte er seinen Blick einige Male auf Bronislaws Hand gerichtet, die auf Hildes Knie ruhte. War die Art und Weise, wie der Maler nun vor sich hin starrte, auch so eine Hand? Dann dachte er an Bernard ... würde sich hinter ihm die Welt öffnen wollen? Die Welt. Menschen, Fahrräder, Krieg, Tassen mit Kaffee, Streit, Hunger, Musik, Kultur ... irgendwo gab es das alles. Er sah es existieren, jeden Tag, vor seinen Augen. Doch wenn er danach greifen wollte, griff er hindurch, so wie ein Gespenst, das auch nur das Seine, das Gespenstische, greifen konnte. Ebenso wie auch die Menschen durch ihn hindurchgriffen und hinter all ihrem Spott sterbensbang vor dem seltsamen Gast waren. In gleicher Fremdheit standen sie sich gegenüber. An ihm wäre es, sie zu durchbrechen: durch die Eier hindurch, nur durch die Eier hindurch war dies möglich und erlaubt.

»Unsere ganzen Erläuterungen stimmen natürlich vorne und hinten nicht«, sagte Boris Bronislaw plötzlich, »doch weil Frühling ist, stimmen sie doch wieder. Das ärgert mich dermaßen!« rief er und schlug das Buch auf seinem Schoß zu. »Ich bin doch nicht blöd und ärgere mich. Was hast du von all dem Gephilosophiere? Ich muß auf einmal an den Burschen in Wien denken. Ich lag dort mit Syphilis im Krankenhaus und hatte Neuvième jour, das ist ein Ausschlag, den man bekommt, wenn man das Salvarsan nicht verträgt. Es muß dann in Kalk aufgelöst werden oder so ähnlich, jedenfalls ist es ziemlich gefährlich, und deshalb war ich zur Beobachtung dort. Das Zeug ist so ...«

»Mußt du unbedingt davon erzählen, Boris?« warf Hilde ein.

»Warum sollte ich nicht darüber reden? Sollte ich mich deswegen etwa schämen? Krebs ist schlimmer, daran stirbt man, das ist doch sehr viel unanständiger. Nun, im Nachbarbett lag ein gescheiterter Selbstmörder und Kantianer – und weißt du, was der sagte? Daß er versucht habe, sich von der Kante zu machen. Haha! Ich finde das zum Totlachen. Er sagte, er habe versucht, sich von der Kante zu machen! Ist das nicht göttlich, Strohalm? Laß uns unsere Gewänder zerreißen, das Haupt scheren, Asche darauf streuen und lieber ein paar Witze erzählen. Kennst du den von den zwei alten Männern?«

»Nein«, sagte archibald strohalm.

»Nun, treffen sich zwei fünfundsiebzigjährige Männer. ›Wie geht es?‹ fragt der eine. ›Tja‹, sagt der andere, ›nur noch alle drei Monate einmal.‹ ›Nein‹, sagt der erste wieder, ›das meine ich nicht. Ich meine: Wie geht es zu Hause?‹ Der andere schüttelt traurig den Kopf. ›Zu Hause geht es gar nicht mehr‹, sagt er.« Der Maler schüttelte sich vor Lachen und schlug archibald strohalm auf die Schulter. »Das meine ich nicht. Ich meine: Wie geht es zu Hause!«

Was bemerkte archibald strohalm jetzt? Daß er ziemlich krumm auf der Bank saß und nickend grinste und kicherte – eierlos. Doch was er sich in dieser Gemütsverfassung unverzüglich bewußtmachte, die nach all den Jahrhunderten wie ein Wüstenfluß durch ihn hindurchströmte, war: daß es hier eine Öffnung gab, einen Weg zum Kontakt ... *der Weg des Lachens*? Er fühlte sich sehr angegriffen. Fügte sich nun alles zusammen? Fingen die Dinge an, sich zu ordnen? War das die Methode – ein Witz – und die Möglichkeit, zu Bernard und der Welt zu kommen, die vor seinem Haus lag und verzweifelt auf ihn wartete und ihn brauchte? Sie schnellten in ihm umher, diese Gedanken, doch er verjagte sie, er wollte die Empfindungen, die er jetzt hatte, nicht mit Gedanken darüber töten.

»Kennst du den mit dem Tausender?« fragte er.

»Keine Ahnung«, sagte der Maler. »Erzähl ruhig.«

»Ein Mann läuft über die Straße und sieht einen Tausender dort liegen. ›Aufheben!‹ hört er mit flötendem Ton. Das ist die Stimme Gottes. Der Kerl hebt den Schein auf. ›Zum Bahnhof!‹ hört er wieder die flötende Stimme. Der Mann geht zum Bahnhof. ›Fahr nach Monte Carlo.‹ Der Mann kauft eine Fahrkarte und fährt nach Monte Carlo. ›Geh zum Casino!‹ Der Mann macht das und geht hinein. ›Setz auf die Acht!‹ hört er die flötende Stimme. Der Mann setzt sein restliches Geld, neunhundert Gulden, auf die Acht. Er gewinnt und bekommt fünfunddreißig mal neunhundert Gulden ausbezahlt. ›Setz auf die Vierzehn!‹ hört er wieder die flötende Stimme. Der Mann setzt alles auf die Vierzehn und gewinnt wieder das Fünfunddreißigfache seines Einsatzes. ›Setz auf die Einundzwanzig!‹ Er tut es, aber es fällt die Vier, und er hat alles verloren. ›Scheiße!‹ sagt die flötende Stimme.«

»Der ist gut!« lachte Boris Bronislaw. »Der ist alt, aber gut! Solche Witze kann man sich endlos anhören. Erzähl ihn noch einmal, Strohalm. Jetzt aber ein bißchen anders.«

»Rutsch mir den Buckel runter!« lachte archibald strohalm.

»Das sind theologische Witze«, dozierte Boris Bronislaw. »Davon kenne ich auch einen. Er ist sehr kurz, und eigentlich ist er gar nicht zum Lachen, aber trotzdem ist er sehr nett. Zwei Gespenster oder zwei Geister. Das eine fragt das andere: ›Glaubst du an ein Leben vor dem Tod?‹ Das ist alles. Der hat was, finde ich. Was ist los?«

Archibald strohalm sah den Maler an und rührte sich nicht.

»Allmächtiger!« sagte er schließlich. »Das ist unglaublich!«

»Ich persönlich glaube mehr an ein Leben nach dem Tod. Du bist dran.«

»Eh... in Ordnung«, stotterte archibald strohalm. »Der von dem Mann, der fürchterlichen Durst hatte. Der Mann...« Seine Worte erstarben, und er starrte vor sich hin.

Glaubst du an ein Leben vor dem Tod? Auch hier war wieder die Umkehrung, die Wechselseitigkeit, die er überall fand und die ihn immer wieder maßlos fesselte; das Hin-und-her-Fließen und Wegfallen aller Fixpunkte, das Verschwimmen von Konturen und Grenzen, Axiomen und Gesetzen, die in tausendjähriger Arbeit festgelegt worden waren. Es war schön, aber gefährlich. Er, archibald strohalm: der Mann, der die neuen Axiome und Gesetze formulieren würde, mit deren Hilfe man allem zu Leibe rücken konnte, ohne im entscheidenden Moment hilflos die Arme in die Höhe strecken zu müssen. Wenn er nur erst einmal das Zentralaxiom gefunden hatte, das alles andere mit Blut versorgen mußte. Er hatte es noch nicht gefunden. Und solange er es noch nicht gefunden hatte, drohten beim Fortfließen und Verschwimmen große Gefahren! Die jähe Angst, wenn man auf einem Stuhl steht, der plötzlich umfällt. Vielleicht war es nur eine elementare kosmische *Bewegung*, die er in seinem Werk festhalten wollte. Aber was ist eine *festgehaltene Bewegung*? *Glaubst du an ein Leben vor dem Tod?* Hier flossen die Antworten in die Frage zurück, hier war eine große Weisheit erreicht worden, die nichts bewies, weil der feste Punkt fehlte. Gab es ihn nicht, diesen Punkt? Bestand er nur in der vertrauensvollen Hingabe, mit der man sich in das Strömende begab? Was es gab oder zumindest gegeben hatte, war der Kontakt mit dem Maler. Kontakt durch einen Witz! *Glaubst du an ein Le-*

ben vor dem Tod? Auch hiermit, mit diesem beängstigenden Schattengottesbeweis, ließ sich möglicherweise ein Kontakt herstellen, dann aber nicht nur mit dem Maler ...

Er sah hoch und bemerkte, daß Bronislaw und Hilde aufstanden.

»Geht ihr?«

»Was dachtest du denn? Du sitzt doch hier rum und schläfst!« Bronislaw klopfte seiner Frau den Schmutz vom Mantel, wobei er es nicht versäumte, ihr auch einen Klaps auf den Hintern zu geben.

»Nimm's mir nicht übel«, sagte archibald strohalm. »Ich mußte an etwas denken.«

Jetzt, im nachhinein, wurde ihm plötzlich bewußt, daß eine Ruhe in seinen Gedanken gewesen war, die er vorher nicht gekannt hatte. Das weckte sein Mißtrauen. In Anbetracht der Eier war ein ruhiger Weg bestimmt nicht der seine. Was hatten sie in der Zwischenzeit gemacht?

»Nein, das akzeptiere ich nicht«, sagte Bronislaw. »Das ist äußerst unhöflich von dir. Hat man dich nicht anständig erzogen?« Er lachte und deutete auf Hildes Bauch. »Weißt du, was da drin ist?«

»Achtzig Prozent Wasser, ein Stück Seife und eine Bombe«, sagte archibald strohalm. Der Schweiß brach ihm aus.

»Was sagen Sie da?« fragte Hilde und hörte auf, ihre Toilette zu ordnen.

»Nichts«, warf Bronislaw rasch dazwischen, »nichts Besonderes! Nur eine ähnliche Geschichte wie mit dem Cousin vorhin. Haha!« lachte er triumphierend. »Unser Paulchen ist darin! Schon seit sechs Monaten! Tschüs, Strohalm, du Symbol, laß es dir gutgehen, Mensch!«

Hände wurden geschüttelt, und als die beiden schon fast zwischen den Bäumen verschwunden waren, da hörte archibald strohalm noch das Lachen von Boris Bronislaw.

Er nahm wieder auf der Bank Platz, wo die Sonne seinen Rücken wärmte, und hatte ihn bereits vergessen.

»Glaubst du an ein Leben vor dem Tod?« sagte er und spähte in den Wald, wo jetzt ein Haufen kleiner Hakengimpel lag, jeder nicht größer als fünf Zentimeter. »Glaubst du an ein Leben vor dem Tod?« artikulierte er mehr mit den Lippen, als daß er es sagte ...

Dann stand er auf, ging nach Hause und schrieb, schmierte, kritzelte anderthalb Monate an einem Theaterstück mit dem Titel: *Glaubst du an ein Leben vor dem Tod?*

Das fragte er sich selbst.

11 Sommer war es. Die Sonne stand singend am Himmel. Die Welt hatte sich in Orgien des Lebens ergossen, in bacchantische Ausgelassenheit. Wie geronnene Lawinen hingen die Blätter am Baum. Und auf archibald strohalms Tisch lag ein Papierstapel, ein Theaterstück: das schlechteste, das in der Literaturgeschichte je geschrieben wurde. Er selbst saß auf einem Stuhl und betrachtete es, ohne es zu berühren. Er war bleich. Schweiß bedeckte seinen Körper: Nicht von der Wärme hervorgerufen, die durch die offenen Fenster ins Zimmer rollte, sondern durch die schneidende Scheußlichkeit des vollendeten Werks. Er trug ein schmutziges Hemd ohne Kragen; offen hing es ihm aus der Hose. Er war ungewaschen, unrasiert, und seine Haare hingen ihm bis in den Nacken. Alle acht Tage kam eine Putzfrau, um sein Haus bewohnbar zu halten, doch in dieses Zimmer hatte er sie seit Wochen nicht mehr hereingelassen, damit er nicht gestört wurde und um ihr seine Launen zu ersparen. Während des Schreibens, während des Sich-mühsam-vorwärts-Quälens wurde er auf eine Art reizbar, wie er sie noch nicht gekannt hatte. Wenn er eine Notiz suchte und sie nicht gleich finden konnte, stampfte er wütend herum. Fünfzehn Stunden am Tag saß er über das Manuskript gebeugt, doch mehr als vielleicht einen halben Satz pro Stunde schrieb er nicht. Manchmal schoß es plötzlich ein paar Minuten lang aus seinem Stift, und den restlichen Tag ging es dann nur stotternd oder gar nicht weiter. Doch sobald er etwas niedergeschrieben hatte, mußte er fort vom Papier, weg, fliehen; dann irrte er ruhelos durch die Zimmer, den Flur und den Garten, um plötzlich zu seinem Schreibtisch zurückzulaufen und wieder etwas hinzukritzeln, fluchend, wenn der Füllfederhalter leer oder das Blatt voll war. Es kam auch vor, daß die Kraft, die von dem Geschriebenen ausging, so stark war, daß sie ihn aus dem Haus trieb, aus der Straße, hinein in den Wald.

Meistens setzte er sich dann kurz an den Fuß seines Freundes Abram. Man konnte deutlich sehen, wie der Wald, der erst hinter ihm mit voller Wucht begann, einen Teil seiner gewaltigen Krone beschattete. An diesen Stellen wanden sich die Zweige fassungslos ineinander, panisch die Sonne suchend. Sie wuchsen ein Stück in die Höhe, knickten abrupt nach unten ab und wuchsen senkrecht in Richtung Erde, um dann wieder abzubiegen und schief in das verworrene Chaos zu gleiten. Es herrschte großes Leid, dort, im Schatten der Söhne, die ihn selbst doch nie überflügeln konnten. Auch die Blätter waren kleiner und fahler; Blütendolden sah archibald strohalm dort keine. Der Ring aus Sträuchern um ihn herum war nun eine beinah undurchdringbare Mauer. Selten sah man an dieser Stelle Frauen neben Kinderwagen sitzen und stricken. Sie wurden von dem bleischweren Schlagschatten abgeschreckt, den Abram selbst auf den Boden warf, in dem er stand, so daß dort immer Dämmerung herrschte. In der Dämmerung war es still: Die Luft bewegte sich dort nicht, und Geräusche mieden den Ort.

Kathedralen – dachte archibald strohalm dann, während eine kurzfristige Ruhe in ihn einkehrte –, Kathedralen sind nach dem Vorbild der Wälder gebaut. Die Bäume sind die Säulen, und die Säulen sind die Seelen. Eine romanische Kirche ist ein Laubwald – massiv und schwer und rund und warm. Gotische Kirchen sind Nadelwälder –

nackt, hoch, kalt, abstrakt. Aber ich selbst, dachte er, ich bin eine heidnische Seele, eine Säule der Barbaren ... das heißt: ein Baum. Dem Rohling ist der Wald der Tempel, und er selbst ist eine Seele, eine Säule, ein Baum darin. Wenn es dort laut ist, fang ich an zu lachen. Je mehr Lärm, um so lauter lache ich. Ich liebe das Unbegrenzte, das nie Endende. Ich liebe Wucherungen: des Verstands, des Gefühls, der Natur. Ich muß sie in strengen Formen gefangenhalten, doch meistens gehen sie ein, so wie in dem Theaterstück, und alles wuchert hinaus in langen Strängen; große Stücke und Ballons treiben hinaus. Das bedeutet Gefahr, ich weiß es; ich selbst wuchere aus mir selbst hinaus. Darum: Schriebe ich nicht, ich wäre vielleicht ein Massenmörder, ein wildgewordener Bürger und Faschist, der Stehlampen mit Frauenbrustleder bespannt, die Brustwarze genau obendrauf, mit einem Druckschalter darunter.

Staub und Spinnweben umgaben ihn in seinem Zimmer. Moses mußte laut jaulen, um etwas zu fressen zu bekommen, und er begann, in Mülleimern nach Eßbarem zu suchen. Die Leute in der Nachbarschaft fingen an, archibald strohalms Namen dazu zu benutzen, um ihre Kinder zur Ordnung zu rufen oder sie ins Bett zu bekommen. »Sei ja artig, du! Sonst hole ich Strohalm!« Dann erstarrten die kleinen Gesichter, und vor den großen Augen erschien das Schreckensbild des Buhmanns, der, verwirrt und Selbstgespräche führend, durch die Straßen und den Wald ging, schluderig gekleidet und manchmal mit den Armen rudernd. Noch grausamere Eltern gingen bei Widerspenstigkeit ihrer Sprößlinge dazu über, die Knirpse am Arm zu packen und sie mit dem Ruf »So! Jetzt bring ich dich zu Strohalm, und der ißt dich auf!« zur Haustür zu schleifen. Plärrend vor Angst ließ sich die Brut dann zu Boden fallen und war folgsam in allem.

Keineswegs folgsam war sein Engel; die junge Dame hatte nun definitiv den Friseurberuf an den Nagel gehängt. Nicht daß sie ihn im Stich gelassen hätte, nein, ihr nackter Körper erschien sogar öfter denn je vor seinem geistigen Auge, aber das genügte ihm nicht mehr. Etwas Unmögliches hatte in seinem Willen sich breitgemacht, etwas, das geeignet war, den Zorn der Götter zu entfesseln. Von *Fleisch* mußte sie werden, so wie die Metas; warmes Fleisch, auf das man die Hand legen konnte; Fleisch, das man riechen konnte, zwei Brüste, zwischen die er seinen Kopf schmiegen konnte, einen Bauch, den er umarmen und an seine Brust drücken konnte. Ein Körper, kurzum, mit dem er hantieren konnte, so wie es in dem ungeschriebenen Gedicht von Boris Bronislaw zu lesen ist. Als ihm klar wurde, daß dies unmöglich war, auf immer unmöglich sein würde, da sah er, wie die Dinge um ihn herum so wurden wie die Blätter, die manchmal im Wald herumlagen: ein graues Gitterwerk von Nerven, tote Spitzen. Aber so sehr sein Verstand über diesen Verfleischungswunsch auch lächeln mochte, in ihm blieb ein vages Bewußtsein, daß es möglich sein mußte. Aber andererseits war ihm klar, daß der Engel im Moment der Fleischwerdung dem Tode anheimfallen würde wie alles Geschaffene. Danach konnte man hinter allem einen Punkt machen.

Es war mißlungen. Dort auf dem Tisch lag sie, seine Arbeit, und sie war schlecht. Daß sie gegen jede handwerkliche Regel verstieß, bedrückte ihn nicht so sehr; auch nicht die Tatsache, daß ihr zu sehr die Verbindung mit der allgemeinen Realität und der Logik fehlte, obwohl dies ein grober Fehler war: Ein Baum, der so kräftig wachsen will, daß er seine Wurzeln aus der Erde reißt, schwebt nicht gen Himmel, sondern fällt um. Viel mehr bedrückte ihn, daß sein Werk kein Witz mehr war. Und nur ein Witz hätte den Kontakt zwischen ihm und der Welt wiederherstellen können, nur das Lachen war in der Lage, die beiden unversöhnlichen Gegensätze miteinander zu vereinen: er und die Welt – der Funke, der die Spannungen neutralisiert. Mit einem gigantischen Witz wollte er in die Welt der Menschen und Kaffeetassen eindringen – als ein lachender Einbrecher wollte er, der fremde Gast, in den Wohnzimmern erscheinen.

Seine einzige Chance hatte er verpaßt, und während der Zeit, die er auf diesen Versuch verwandt hatte, waren noch weitaus wichtigere Dinge mißlungen. Die Eier.

Möglicherweise waren ein paar in dem Theaterstück gelandet, doch deren Zahl war nichts verglichen mit den anderen, für die er keine Zeit gehabt hatte – die Zeit, die er auf die mühsame Komposition und die Formung des Stoffs verwandt hatte, aus dem dennoch weiterhin die bösartigsten Geschwüre hervorwucherten. Anfangs hatte er auch noch an seinem anderen Werk gearbeitet, doch nachdem er damit notgedrungen aufgehört hatte, waren auch die Eier merkwürdigerweise allmählich ausgeblieben. Es wunderte ihn kaum, daß die Satane nun oft aggressiv wurden, so wie an dem Tag, als er durch den Wald spazierte. Am Ende des Wegs, fünfzig Meter entfernt, stand eine Bank. Ein Satan hockte darauf, ruhig und kaum bedrohlich. Aber plötzlich schoß ein klebriger Tentakel über den Weg auf ihn zu, einige Meter lang, der sich langsam und ruckartig wieder zurückzog. Kurz darauf und nachdem er bereits stehengeblieben war, wurde der Weg in seiner ganzen Breite besudelt, und wie eine Sturzflut raste es auf ihn zu, so daß er mit einem Schrei aufs Gras sprang. Als er sich umschaute, sah er, wie der Aussatz heftig weiterrann – an Gabelungen sich über die Seitenwege verteilend, um die Ecken schießend – und zwischen den Bäumen verschwand, und zwar so lange, bis alles ineinander überfloß und der ganze Wald mit einem vibrierenden Netz aus Glibber bedeckt war. Archibald strohalm war gezwungen, auf seiner Insel zu warten, bis der Glibber bereit war zu verschwinden. Arglose Passanten, die bis zu den Knöcheln im Verderben wateten, sahen ihn mißbilligend an, weil er den Weg, ungeachtet der entsprechenden Schilder, verlassen hatte. Doch wenn sie bemerkten, wie er auf ihre Schuhe starrte, kontrollierten sie erschreckt, ob sie auch richtig geputzt waren. Diesmal dauerte es einige Stunden, bis der Satansbrei im Boden versickert war, aber manchmal dauerte es auch noch länger. So hatte sich die Fleischhalle, die wiederholt befallen wurde, einmal drei Tage lang im Zustand der Verwesung befunden.

Archibald strohalm verbrannte das Manuskript. Er stand vor dem Ofen und sah es brennen; farblose Flammen im sengenden Sonnenlicht. Durch die offene Klappe drückte die Glut gegen sein Gesicht. Hinter ihm stand mit gespreizten Armen die Vogelscheuche. Die Türen zum Garten waren geöffnet, und aus dem blauen, umgedrehten See triefte Feuer herab, so daß Licht und Hitze wie eine zitternde Schicht zwischen den Pflanzen lag und die Vögel japsend schwiegen. Es berührte ihn nicht besonders. Nun lief sowieso alles aus dem Ruder. Er hatte sein Verlangen nach menschlichem Kontakt bezwingen müssen. Er war schwach gewesen. Dafür würde er vielleicht schon bald bestraft, schwerer, als es bis jetzt der Fall gewesen war. Er hatte den Stapel, so wie er war, zwischen die brennenden Scheite geworfen. Schnell wurden die Blätter der Reihe nach schwarz und rollten sich: erst das oberste, dann das zweite ... exakt in der Abfolge der Seitenzahlen, fein säuberlich, so wie ein Leser es auch getan hätte. Vor dem Ofen stehend, zog ihm durch den Sinn, daß es – von allem anderen einmal abgesehen – schade um die gute Idee war. Der große, überzeugend verdorbene Handlungsfaden war eine Gruppe von Geistern gewesen, die spaßeshalber von ein paar Menschen herbeigerufen werden. Als sie zum Erschaudern der Lebenden tatsächlich auftauchen, glauben diese nicht an ihre Existenz und halten sie für Halluzinationen. Die Geister ebenso: Nicht an ein Leben vor dem Tod glaubend, halten sie die Lebenden für Wahnvorstellungen. Trotzdem bemühen sie sich, ihr Gegenüber von der eigenen Existenz zu überzeugen, was nicht gelingt, weil die eine Gruppe für die jeweils andere keine Substanz besitzt. Damit sind sie quitt: nichtexistent und auch nicht existent. Aber im Lachen der Zuschauer, ob sie nun Geist oder Mensch sind, vereinigten sich das Geisterhafte und das Menschliche ... und damit archibald strohalm und die Welt.

Das Stück war mißlungen, kein Lachen wäre zu hören gewesen. Nur das Knirschen des Hirns einiger unwilliger Zuschauer, die sich Mühe gaben, den Traktat trotzdem zu verstehen. Das Feuer hatte die letzte Seite gelesen, und nur an manchen Stellen glitt noch eine rötliche Glut hin und her. Archibald strohalm mußte einen Augenblick lang an das brennende Stück Papier vor der Bank im Wald denken, doch da sagte das Feuer:

– Nein, das war nicht gut, das war recht schändlich. Dann und wann gab es auch ein wenig Humor, doch Humor ist der Tod, Mann. Humor ist das Erhabenste, was es gibt, eine Sache einmal ausgenommen. Ich sag nicht, welche. Hör gut zu: War Boris' Witz über die zwei alten Männer, durch den ein kurzer Kontakt zustande gekommen war, etwa Humor?

Archibald strohalm war nun in einer Untergangsstimmung, die sich durch große innere Ruhe auszeichnete. Nun denn, er würde Witze schreiben. Es würde ihm keine Mühe bereiten, die Eier passieren zu lassen, denn sie waren weg; natürlich gab es sie noch – die Vögel und Satane waren ja auch noch da –, doch sie kamen nicht mehr an die Oberfläche, es wäre sowieso sinnlos – unter dem Spiegel seines Bewußtseins drehten sie sich bereits wieder um. Er würde Witze machen, um in Kontakt zu den Karikaturen um ihn herum zu treten, aus denen er hervorgegangen war. Er wollte zurück. Und was war mit seinem Engel, der Fleisch werden sollte? Und meinte er wirklich, die zerplatzenden Eier würden einen Kontakt zulassen?

Selten wird ein Verwirrter mit solcher Ruhe an den Gashahn gedacht haben wie archibald strohalm in diesen Minuten. Die Küche lag nur ein paar Schritte entfernt. Die Fenster schlossen gut, und in einer halben Stunde konnte sein Chaos der Vergangenheit angehören. Regungslos stand er vorm Herd, knallte dann aber mit einem Schlag die Ofenklappe zu.

War er denn total bescheuert

Er zitterte und ließ die Faust aufs Eisen donnern, bis sie blutete. Er stampfte gegen den Herd, drehte sich um und trat gegen einen Stuhl, so daß dieser umkippte. Er schrie, schrie nichts, nur Lärm. Wütend rannte er die Treppe hinauf in sein Arbeitszimmer und wollte sich die Kleider vom Leib reißen, was er nicht tat. Am Schreibtisch zog er mit einer heftigen Bewegung Papier an sich heran und schrieb mit allzu riesigen Großbuchstaben darauf:

GLAUBST DU AN EIN LEBEN VOR DEM TOD?
KASPERLTHEATERVORSTELLUNG
FÜR BERNARD

Für den Jungen, der auf ihn wartete, vergaß er die Welt. Er vergaß die Eier. Und während das tote Federvieh und die Satane um ihn herum an Zahl und Intensität immer weiter zunahmen, während sein Engel immer öfter kommen mußte, damit er es ertrug, schrieb er langsam und stetig den Juni hindurch und in den Juli hinein. Es handelte sich um ein witziges Stück für Bernard: ein Weg des Lachens in das Jenseits. Prähistorische Motive dämmerten in ihm herauf: Ouwe Opa, Theodoor, die Explosion auf dem Platz. Manchmal versuchte er sich daran zu erinnern, wer er früher gewesen war, aber das gelang ihm nicht. In seinem rechten Arm, durch den hindurch die Wörter von seinem Kopf zu seinem Stift strömten, hatte er jetzt nicht mehr die Krämpfe von früher, die ihn oft dazu gezwungen hatten, die Schreibmaschine zu benutzen, die ihm nicht lag. Von den Anstrengungen, die es ihn kostete, durch das Höllenvolk hindurchzugehen, wurden seine Wangen bleich und furchig; und auch von den Besuchen seiner Frau, die ihn auszehrten. Das alles aber ließ er über sich ergehen, als ginge es ihn eigentlich nichts an, als wäre der eigentliche archibald strohalm derjenige, der eine Kasperltheatervorstellung für einen wartenden Jungen schrieb. Gegen Ende des Monats war das Stück fertig. Er las es wieder und wieder, so wie er es immer mit seinen Werken tat. Jedesmal verbesserte er eine Kleinigkeit, und zwar so lange, bis er es Wort für Wort auswendig konnte. Das traf sich, denn sonst hätte er es auswendig lernen müssen.

Während er eine Liste mit Holzpreisen studierte, besuchte ihn Theodoor. Archibald strohalm fiel ein, daß Samstagnachmittag war und daß die allwöchentliche Vorstellung gerade zu Ende gegangen sein mußte. Seit jenem Samstagnachmittag hatte er Ouwe Opa nicht mehr beobachtet. Wozu auch? Er konnte sich nicht einmal mehr vorstellen, daß all das Voreiszeitliche sich auf ebendiesem Platz ereignet hatte, auf dem nun die Satane ihr Recht geltend machten. Es wunderte ihn nicht, Theodoor auf dem Bürgersteig zu erblicken. Hinter ihm drängelte sich eine Gruppe von

Einwohnern der frommen Stadt, die sich die Gelegenheit nicht entgehen lassen wollte, einen kurzen Blick auf den total bekloppten Propheten mit seinen ungeschnittenen Haaren zu werfen. In letzter Zeit sah man ihn auch gar nicht mehr durch den Wald spazieren.

»Guten Tag«, sagte archibald strohalm. »Was starren Sie mich so an?«

Theodoor sah ihn mit offenem Mund von oben bis unten an und schien ihn nicht wiederzuerkennen.

»Pardon? Nichts ... ich ...«

»Womit kann ich dienen?«

Zwei Vogelbeine hingen aus Theodoors Nasenlöchern und baumelten vor seinem Kinn.

»Das würde ich Ihnen gern drinnen erzählen, Herr- äh ...«

»Ich bin strohalm.«

»Strohalm«, wiederholte Theodoor. Er machte ein Gesicht, als hielte er es nicht für möglich. »Genau«, sagte er, »natürlich. Ich wollte mit Ihnen reden. Es ist wichtig.«

»*Verrückter Strooohalm! Verrückter Stroohalm! Verrückter Strooohalm!*«

»Ihr Publikum singt recht aufgeräumt«, nickte archibald strohalm. »Kommen Sie rein.« Im letzten Moment bemerkte er noch, daß Bernard anfing, auf die Johlenden einzuschlagen.

»Schauen Sie«, begann Theodoor zögernd, unbehaglich in einem Sessel sitzend. In der Umkapselung des Zimmers konnte man sehen, wie jungenhaft er eigentlich aussah. Die Vögel mußten in seinem Hirn stecken. »Die Sache ist die ... wie soll ich sagen? Mein Vater, und ich auch ... man könnte auch sagen ... wir ... Ach, Herr Strohalm, könnten Sie sich nicht vielleicht hinsetzen?«

Archibald strohalm ging auf und ab; die Hände auf dem Rücken und vornübergebeugt, wie im Wald. Auf diese

Weise war Theodoor, der sowieso schon blasser war als normal, dazu verurteilt, wie bei einem Tischtennisspiel ständig den Kopf auf seinem Hals hin- und herzudrehen, wobei die Vogelbeine ständig aneinanderschlugen.

»Nein«, sagte archibald strohalm. *Ich bin nervös.* »Drehen Sie sich aber ruhig um, wenn Ihnen das angenehmer ist.«

Dies schien Theodoor ein wenig ungewöhnlich zu finden. Er blieb sitzen, wie er saß, runzelte nur kurz die Stirn und formulierte kopfdrehend, was er zu sagen hatte.

»Schauen Sie, seit langem schon haben wir unsere Kraft in den Dienst einer erhabenen und herrlichen Aufgabe gestellt.«

»Wunderbar.« *Das finde ich wirklich.*

»Wir bemühen uns, den Kindern ein Weltbild zu vermitteln, das für sie die Probleme dieses sublunaren Tränentals löst und sie in die Lage versetzt, mit angemessener Demut den Weg ihres Lebens zu gehen.«

»Sehr löblich. Aber es ist nicht gut, daß Sie diesem Weltbild universelle Wahrheit und Gültigkeit andichten wollen. Sie glauben, alle seien wie Sie, und daß Sie das Ganze beim rechten Ende anpacken. Das ist die Psychologie des kleinen Manns, mein Freund.«

»Herr Strohalm«, sagte Theodoor in einem anderen Ton, »lassen Sie uns nicht drum herum reden ... Diese Ansicht verkündigen wir.«

»So?« Archibald strohalm sah seinen Besucher während des Gehens zum ersten Mal kurz an. »Eine derartige Offenheit hatte ich von Ihnen nicht erwartet« – *aber schließlich sind wir ja auch im stillen Kämmerlein.* »Sie geben also zu, daß Ihnen die Relativität Ihrer Dogmen durchaus bewußt ist. Erstaunlich: Der Papst ist kein Katholik. Und Sie tun das alles zum Wohle der Kinder?«

»In gewisser Weise.«

»In gewisser Weise – soso. Vielleicht auch, um die Knallerbsenfabrik zu decken?«

»Das ist eine Unterstellung!« brauste Theodoor auf.

»So ist es«, sagte archibald strohalm.

Theodoor sah ihn kurz an und lehnte sich dann wieder auf seinem Stuhl zurück, wobei ihm die Vogelbeine aus der Nase baumelten.

»Das ist zu blöd, um darüber zu reden«, sagte er. »Ich bin hier, um Sie, auch im Namen meines Vaters, darum zu bitten, Ihre Pläne, unsere Bemühungen zu behindern, fallenzulassen. Zunächst dachten wir, Ihr Wunsch, uns zu übertrumpfen, sei nur Angeberei. Eigentlich hatten wir die Geschichte bereits wieder vergessen, aber das Verhalten dieses lachlustigen Burschen, dieses Bernard, ließ uns nachdenklich werden. Jeden Samstag sabotiert er unsere Vorführungen, indem er plötzlich laute Schreie ausstößt, die die Atmosphäre verderben, und durch andere Unverschämtheiten. Auch ruft er oft Ihren Namen in einer Weise, die Anarchisten ziemt. Manchmal prügelt er auch auf die Zuschauer ein, so wie Sie es vorhin beobachten konnten. Wahrscheinlich haben Sie ihn mit Süßigkeiten bestochen.« Als archibald strohalm darauf nicht einging, fügte er hinzu: »Wir bitten Sie, die Kinder in Ruhe zu lassen.«

Das lasse ich mir nicht nehmen. Er hatte viel mehr sagen wollen: es konnte keine Rede davon sein, daß den Kindern eine Lösung von Problemen vermittelt wurde, sondern nur schwacher Trost; daß er bezweifelte, daß der Welt mit Demut gedient war; doch er sagte nur dies eine:

»Nein.«

»Sie sind anmaßend!« schrie Theodoor. »Schweigen Sie! Geben Sie Ihre Pläne auf!« Vor jedem »Sie« schlug er mit der flachen Hand auf die Armlehne seines Stuhls.

»Ich werde reden«, sagte archibald strohalm.

Theodoor sprang auf. Es war wirklich unerquicklich, ihn zu betrachten.
»Ist das Ihr letztes Wort?« schrie er. Ein klein wenig Blut, das die Vogelbeine rot färbte, floß ihm aus den Mundwinkeln; er wischte es rasch mit dem Handrücken weg.
»Ja.« *Nein.*
»Dann werden wir die geeigneten Maßnahmen ergreifen! Wir haben immer noch die Macht!«
Wutschnaubend ging er zur Tür und öffnete sie. Ohne sich umzudrehen, blieb er jedoch mit der Klinke in der Hand stehen und hörte archibald strohalm zu, der jetzt nicht mehr umherging und ruhig sagte:
»Vielleicht läßt sich Ihr Auftreten damit erklären, daß Sie fürchten, Ihre Kundschaft zu verlieren. Machen Sie sich keine Sorgen, werter Freund. Sie wird eher größer werden als je zuvor. Wenn man in Paris keine langen Röcke mehr trägt, sieht man sie hier. Die Größe der Wahrheit ist umgekehrt proportional zum Maß ihrer anfänglichen Akzeptanz. Wenn Sie sich umdrehen, dann sehen Sie mich hier stehen, mit der Hand auf der Brust...« – *warum die Hand auf meiner Brust?* –, »und ich sage Ihnen, daß ich meine Aufführung veranstalten werde, auch wenn Sie mich zusammenschlagen. Haben Sie gehört?«
Theodoor warf die Tür hinter sich ins Schloß, öffnete sie sogleich wieder und rief drohend:
»Der Tag wird kommen, an dem Sie sich weinend mit der Hand auf die Brust schlagen und jammern werden: mea culpa! mea culpa! mea *maxima* culpa!« Das rief er und demonstrierte es so heftig mit der eignen Hand, daß er in ein röchelndes Husten ausbrach. Er verschwand. Kurz darauf hörte man die Haustür ins Schloß fallen. Jubelnd wurde er von der Menge empfangen.
Jetzt zeigte sich, daß archibald strohalm nicht annähernd

über die Ruhe verfügte, die Theodoor bei ihm vermutet hatte. Während er sich nicht von der Stelle bewegte, auf der er seine letzten Worte gesprochen hatte, erfaßte sein Gesicht ein Zittern, das allmählich stärker wurde, ein heftiges Vibrieren, das sich über seinen ganzen Körper ausbreitete. Und da stand er, dieser Mann, und bebte, und er mußte sich auf einen Stuhl fallen lassen, um zu verhindern, daß er zu Boden stürzte. Sein Nacken zitterte, seine Knie schlotterten gegeneinander, und erstaunt betrachtete archibald strohalm sich selbst. Vor langer Zeit war ihm dergleichen ein einziges Mal widerfahren, als er als quirliger Knabe Mädchen betastet hatte. Er konnte sich noch so sehr anstrengen, seine Knie stillzuhalten, autonom schlotterten sie weiter.

Doch dann hörten sie plötzlich auf zu zittern, auch sein Hals bebte nicht mehr; alles in ihm war still ... danach wurde die Stille zu einem bodenlosen Grausen – ein Satan auf seinem Körper! Seine Beine, seine Hände und auch sein Gesicht: ein einziger bebender Eiterschleim. So weit es ging, streckte er seine Hände von sich weg und drehte sein Gesicht schräg nach oben über die Schulter. In peristaltischen Zuckungen loderte die Schmerzlust in ihm auf und überblühte alles. Seine Arme verschränkten sich vor seiner Brust, und mit einer Drehbewegung sank er in sich zusammen, bis sich seine Schultern zwischen seinen Knien befanden. Um ihn herum war nun seine Engelfrau, weltengroß. Sie nahm ihn in ihre Unendlichkeit auf, und langsam rutschte er von seinem Stuhl zu Boden, wo er wie ein bebender Ball liegenblieb.

Eine Woche später sahen die Passanten, wie vor archibald strohalms Haus ein Handwagen anhielt, vollgeladen mit Sperrholzplatten, Holzblöcken und Farbeimern. Das Material wurde ins Haus getragen, und die Nachbarn wußten zu berichten, daß es im Schuppen lagerte, der hinten im Garten stand. Dort lebte, aß und arbeitete archibald strohalm die folgenden Wochen, bekleidet mit einem alten Overall und mit einem schimmeligen Hut auf dem Kopf; und wenn er zwischen den quietschenden Federn des alten Sessels saß, sah er im Geist seine Schöpfung bis ins kleinste Detail vor sich; das einzige, was er tun mußte, war, die Luft mit der fehlenden Materie vollbauen. Die Säge kreischte durchs Holz, und ohne auch nur den primitivsten Plan, nur mit Hilfe dieser inneren Anschauung, zimmerte, maß und schraubte er wie ein gotischer Baumeister. Hin und wieder war er dabei ein wenig glücklich. Ein Kantholz hier, ein Balken dort, eine Planke links, ein Brettchen rechts, eine Leiste drum herum – und ein paar Wochen später stand unter dem zerbrochenen Klappfenster ein Kasperltheater.

Dann fing er an, neben sich herzulaufen. Es begann, als er eines Nachmittags, nachdem er die letzten Pinselstriche gemacht hatte, durch den Garten zur Küchentür ging. Auf einmal befand er sich in seinem Bauch. Normalerweise befand er sich in seinen Augen, die war er selbst; der Rest seines Körpers »gehörte ihm«. Je näher ein körperlicher Schmerz bei seinen Augen war, um so stärker störte er ihn. Ein heftiger Schmerz im Bein war ihm lieber als ein leichter im Mund. Bei einem Blinden befindet sich das Ich vielleicht in den Ohren. Doch nun, auf dem Gartenweg, befand sich archibald strohalms Ich plötzlich in seinem Bauch. Es dauerte nicht länger als ein paar Sekunden, doch das reichte, um ihn zu verwundern. Man stelle sich vor: Über deinem Kopf erhebt sich noch ein Körper, in dessen Bauch man sich mit dem eigenen Kopf befindet. Ein Brustkorb ragt empor, ein Hals, und in der Höhe, sehr weit entfernt, irgendwo an der Zimmerdecke, gibt es noch einen Kopf: ein fremder Kopf, der erstaunt und verlassen umherschaut. Man weiß, daß es der eigene Kopf ist, aber man steht ihm ebenso fremd gegenüber wie den eigenen Händen oder, normalerweise, dem eigenen Bauch. Dennoch vermutete archibald strohalm, daß der Kopf dort oben, vor dem er sich klein wie ein Wurm vorkam, noch ein eigenes Bewußtsein hatte. Und wenn die Empfindung länger angedauert hätte, wäre vielleicht ein Gespräch möglich gewesen.

Die zweite Etappe zum Neben-sich-her-Gehen fand in der folgenden Nacht statt. Den ganzen Tag lang war er ruhelos durchs Haus geirrt. Die Farbe mußte trocknen, und er hatte nichts zu tun; auf den Blättern des Weltbilds lag bereits der Staub. Abends konnte er nicht einschlafen. Er legte sich auf die rechte Seite und schloß die Augen. Seine Schulter begann zu schmerzen. Auf die andere Seite. Langsam öffneten sich seine Augen und schweiften durchs Zimmer. Seine Schulter begann zu schmerzen. Wütend drehte er sich auf den Rücken. Langsam kroch, vom Steißbein kommend, ein Nagen seine Wirbelsäule hinauf. Es wurde unerträglich. Dann folgte ein Kunststück: Er schnellte sich in die Höhe und drehte sich mit einem Schwung auf den Bauch. Mit einer irrwitzigen Bewegung zog er die auf dem Boden liegenden Decken über sich. Es überkam ihn ein Gefühl, als würde sein Zwerchfell wie eine gewaschene Serviette ausgewrungen. Mit zusammengepreßten Lippen ließ er seine Knie nach oben wandern, so daß sich sein Unterkörper in die Höhe erhob und er mehr oder weniger auf dem Kopf stand. Der Nacken begann, ihm weh zu tun. Archibald strohalm sprach in hohem Ton ein kurzes, umgedrehtes Gebet, entspannte seine Muskeln und ließ sich auf die linke Seite fallen. Nun versuchte er, von den Folgen ausgehend die Ursache zu finden. Er atmete wie ein Schlafender tief ein und ließ die Luft mit einem kurzen Stoß durch die Nase wieder entweichen. Tatsächlich, es half ...

Nach einer Weile wurde es heller um ihn herum, und er hatte das Gefühl zu erwachen. Er befand sich in einem schmalen, endlosen Raum, dessen Wände wie Perlmutt irisierten; Muscheln und wogende Federn Mondfarben. Er stand auf einer Erhöhung und sprach. Worüber er redete, war nicht klar, aber offenbar fand sein Vortrag große Zustimmung bei den Zuhörern, die wiederholt applaudierten, so daß er warten mußte. Manchmal standen alle plötzlich auf und johlten: »*Hoch lebe Strohalm!*« Er wunderte sich ein wenig über sich selbst, so wie er dort brüllte und mit den Knöcheln aufs Pult pochte. Obwohl er spürte, daß das, was er tat, nicht ganz in Ordnung war – oder vielleicht gerade deswegen –, negierte er immer häufiger den Beifall und den Gesang. Man gab ihm keine Gelegenheit, in den Ruhepausen mehr als ein paar Sätze zu äußern; dann konnte er nur noch einzelne Sätze sagen, einzelne Worte, und am Ende herrschte pausenloser Jubel, nachdem er rhetorisch gefragt hatte: »Wo gibt es einen festen Punkt?« Ein ununterbrochenes Singen, Brüllen, Rasen erfüllte den Saal; die Zuhörerschaft wurde größer und größer, war nicht mehr zu überschauen, wogte und brodelte wie die Brandung zwischen dem Perlmutt. Ruhig ließ er es über sich ergehen. Seine Freude über die Wirkung, die er hatte, war der Trauer über das Schweigen gewichen, zu dem man ihn zwang. Er wurde erstickt von jenen, denen er das Seine gegeben hatte ... Nur gut, daß seine Frau nun neben ihm stand und ihn umarmte! »Mein Liebster, das Feuer wird allmählich abgebrochen, die Luft wird demontiert und das Wasser in Scherben geschlagen; über die Türme senkt sich das Meer hinab, und aus fernen Gläsern strömt blaues Glück ...« Das war wunderbarer Trost, und er küßte sie. Plötzlich fiel sein Blick auf ein Schauspiel, das seitlich ablief. Er sah dort Engelbewaarder, seinen alten Mathematiklehrer vom Realgymnasium, den man an das Koordinatenkreuz geschlagen hatte: die Arme an die Abszissenachse, die Füße an die Ordinatenachse genagelt. Blut floß über die Achsen. Der Oberkörper hing vornüber an den reißenden Händen. So war Engelchen eine gebrochen irrationale Funktion, asymptotisch gegen Unendlich. »Welche Gleichung habe ich?« stöhnte er. »X ... x ...«, aber er kam nicht darauf. »Welche Gleichung habe ich bloß?« Innerlich bewegt, wandte archibald strohalm sich ab. Auf einer Schwelle saß ein Wildschwein, das ihn ansah. Er begann erbärmlich zu weinen, als er bemerkte, daß sie auf dem Kopf in der Luft hing, ihm den Rücken zuwendend, Beine und Arme bewegungslos gespreizt. »Ich habe bereits eine Schildkröte, mein Symbol«, sagte Boris Bronislaw. Er zeigte auf das Meer und fing an zu lachen. In Zügen verschwand er. Das Publikum war ein Orkan im Hochgebirge. Der Raum war rund geworden; er stand mittendrin. Wirbelnd tobte alles durcheinander; es kreischte und knackte, als hielte eine neue geologische Periode Einzug. Er schrie irgend etwas, doch seine Geräusche lösten sich im Tumult auf. Die unerhörte Fruchtbarkeit dieses Sumpfes war ein Zeichen dafür, daß er Unkraut gesät hatte. Dann rollte und schmolz alles zu einem riesigen Kopf in sich zusammen, der unmittelbar vor seinem Gesicht lachte und jubelte. Schlierige Haare klebten am Schädel des Beelzebub, bröckelige Zähne ragten über eine sabbernde, mit Schanker übersäte Unterlippe, die Haut errötete und verblaßte ... »Führer sind Führer«, sagte das Maul. Zu Tode erschreckt lehnte archibald strohalm sich zurück und starrte in die Augen. Der wie die Pest stinkende Atem ließ ihn taumeln. Die Luft, womit der Kopf ihn beweihräucherte, war Gift. Er stürzte. Wußte: Ich sterbe ...

Erwachte. Einen Moment lang verharrte er regungslos in seinem Schweiß. Dann richtete er sich mit einem Ruck auf. Was war mit seinem Zimmer los? Ein Schimmer hing dort: rot und gelb. Das war kein Satan. Traten die Träume nun über ihre Ufer? Rasch schwang er sich aus seinem Bett und sah durch den Spalt zwischen den Vorhängen hinaus in die Augustnacht. Über der schwarzen, mittelalterlichen Silhouette der gegenüberliegenden Kirche stand wie ein Wagenrad der Mond, ein Mond von Blut und Eiter. Er preßte seine Nase gegen die Scheibe. Doch jetzt, da er genauer hinsah, war es nicht länger ein Mond. An der Oberseite wuchs etwas Stumpfes heraus, kurz darauf auch links und rechts: Auswüchse, die sich langsam bewegten. Das war eine Schildkröte. Gemächlich kroch sie über die Wolkenfetzen. Für einen Moment kniff archibald strohalm die Augen fest zu und sah scharf zu dem hinauf, was jetzt wieder ein Mond war. Einen Augenblick später war er ein Schädel, vom Wolkenwasser träge umspült. Plötzlich schwamm ein dicker roter Fisch aus einer der Augenhöhlen, schwebte regungslos und glitt gelassen in die Tiefe. Gleich danach schoß aus dem anderen Auge ein Schwarm silbriger Fischchen hervor, die flitzend in alle Richtungen schwammen. Als er auf den im Dämmerlicht liegenden Platz hinabsah, bemerkte er, daß er zu einer brachliegenden Sandfläche geworden war, auf der Jungen Fußball spielten ... nein, keine Jungen, sondern Teufelchen mit Schwänzen und Bocksfüßen. Johlend rannten sie hinter einem Schädel her und schossen ihn hierhin und dorthin, schlugen Flanken und machten jubelnd Tore – einmal, zweimal, dreimal, hurra! Der Schiedsrichter, ein Versicherungsvertreter mit einem Beil, rannte nervös hin und her. Kurz danach verwandelte sich der Schädel in einen Schwamm und dann in ein Ei. Es dauerte nicht lange, da zerplatzte es jammernd, und dann ging er selbst vorüber. Archibald Strohalm ging vorüber. Er kam aus der Richtung der Kirche und schritt auf einer Art harten Erhöhung über die Sandfläche. Er beachtete das Treiben kaum. Er ging durch die Tür, und bald darauf war er auf der Treppe zu hören. Er trat ins Zimmer, grüßte kaum und stellte sich zu ihm ans Fenster.

Obwohl er Archibald Strohalm am nächsten Tag nicht mehr sah, verschwand das Gefühl, daß er an seiner Seite war, nicht mehr. Ohne jemals wieder Form anzunehmen – nur die Vögel, die Satane und seine Frau taten dies weiterhin –, war es präsent wie ein permanentes Geräusch, das man irgendwann nicht mehr hört, obwohl man es ständig wahrnimmt, was einem erst dann bewußt wird, wenn es verstummt.

Nach dem Theater bastelte er die Puppen. An dem wackeligen Tisch sitzend, bekleidet mit dem Overall und dem schimmeligen Hut, schnitzte er mit Meißeln und Messern an Holzklötzen, bis er die Köpfe und die Hände übrigbehielt, während er mit den Körpern sehr viel schneller fertig war. Ach, wie schnell er die Körper fertig hatte! Währenddessen trocknete die Farbe von Kasperl und Tod, die er in Anlehnung an Ouwe Opa auf das Theater gemalt hatte. Der Erstgenannte lachte. Und zwar dermaßen abscheuerregend ausgelassen, dermaßen unvorstellbar unbändig, daß einem sofort klar war: Noch ein wenig mehr, und er ist definitiv invalide.

Anschließend kroch archibald strohalm in sein Theater und machte sich daran, jeden Tag von morgens bis abends zu proben: Haltung und Position der Puppen, jede Geste, jede Tonlage. Hierzu hatte er einen langen Spiegel aus seinem Kleiderschrank gebrochen und ihn vor der Puppenwelt aufgestellt, so daß er durch Kasperls Augen, zwei kleine Löcher in der Vorderwand, die Bühne sehen konnte. Es berührte ihn seltsam, sein Werk zu sehen; denn einerseits betrachtete er es als etwas Fremdes, während es gleichzeitig ausschließlich sein Werk war, das er sah – er einzig und allein sich selbst sah. Diese Spaltung war nicht neu: archibald strohalm sein und Archibald Strohalm sehen. Trotzdem konnte er sich nicht vorstellen, daß die Puppen, die er im Spiegel sich verbeugen und sich drehen, gestikulieren, auftreten und abgehen sah, *seine* Hände waren, die spielten, daß die hohen und tiefen, schönen und mißtönenden Stimmen, die er hörte, *seine* Stimme war, die sprach. Um sich davon zu überzeugen, mußte er manchmal kurz einen Blick nach oben werfen und sich klarmachen, daß er da gerade sprach. Auch dieses erstaunte Aufschauen war nicht neu. Und manchmal war er sogar nicht einmal mehr in der Lage, aufzuschauen und sich klarzumachen, daß er da sprach, sondern mußte ununterbrochen durch den Kasperl linsen und im Spiegel die Welt beobachten, die die seine und nicht die seine war ...

Den Entschluß, aufzutreten, faßte er sehr unerwartet. Während eines geistesabwesenden Waldspaziergangs, wie er sie nach der Vollendung seines Stücks wieder häufiger unternahm, war er an einen Ort gelangt, der gemieden werden mußte: die tote Pflanzung. Es war ihm ein Rätsel, wie er dort hingekommen war; das war ihm noch nie passiert. Vielleicht hatte der andere, Archibald Strohalm, der neben ihm herging, ihn dorthin geführt. Er wollte sich gerade rasch umdrehen, da nahm sein Blick recht weit mittendrin unter dem dürren, ziegelroten Gesträuch Bewegungen wahr. Beschienen von der glühenden Sonne, wurde ihm kalt. Mit einer Hand beschirmte er die Augen und bückte sich, um unter dem Geäst hindurchschauen zu können, zitternd vor Widerwillen ... H. W. Brits. Auf Knien und Händen kroch er rückwärts über den verfluchten Grund. Archibald strohalm war, als könne er sich nicht mehr aufrichten. Eine violette Fliege saß auf seinem Schuh. Er krallte sich einen Zweig vom Boden und schlug sie herunter. Sie flog nicht weg, sondern krabbelte klebrig über den Boden. Da hob archibald strohalm den Fuß, hob ihn mehr als einen halben Meter in die Höhe, und mit aller ihm zur Verfügung stehen Kraft trat, stampfte er das Tier in Grund und Boden. Er lief fort, rannte durch den Wald zu Abram, an dessen Stamm er sich erschöpft zu Boden fallen ließ.

»Morgen ...«, keuchte er, »morgen passiert es!«

Noch am selben Nachmittag ging die Generalprobe über die Bühne, bei der es in seinem Kopf wie folgt zuging:
 – Schau, ich sehe dort Bewegung. Ich sehe Leben. Ich sehe Gestalten, die gehen und stehen, fragen und antworten, handeln und reagieren, Empfindungen zeigen und Verstand. Gestalten, die so agieren, sind Menschen. Ja, das ist es: Sie sind lebende Menschen mit Bewußtsein. Warum sollten sie, die ich dort sehe, es weniger sein als all die anderen auf der Straße und in den Häusern, die keine einzige Eigenschaft mehr besitzen? Aber dennoch ... aber dennoch ... Ich weiß, daß sie nur dank meiner Hände leben, dank meiner Stimme – dank mir, der ich archibald strohalm bin. Ohne mich gibt es dort kein Leben, keinen Verstand und kein Gefühl, keine Menschen. Denn ich muß meine Hände nur aus ihnen herausziehen, und sie brechen entseelt zusammen, so tot, wie ein Stück Holz und ein paar Stoffetzen nur tot sein können. Dann gibt es nur Leichen, und Bewußtsein ist nirgends zu finden. Wenn ich, archibald strohalm, meine Hände herausziehe. Denn ihr Leben ist mein Leben, ihre Seele ist meine Seele, ihr Bewußtsein ist mein Bewußtsein, ihre Gemütsregungen, Freuden und Ängste, sie gehören mir. Ich bin sie; sie sterben und sterben nicht. Und beunruhigt würden sie leugnen (denn einmal in sie eingetreten, legt die Materie mich in Fesseln, wenn sie mich nicht gleich umbringt), daß in dem Schweinehund dort drüben auch eine Hand strohalms steckt, wie in ihnen selbst. Sie können mich nur mit Hilfe meiner selbst leug-

nen. Nur ich selbst kann mich leugnen. Das weiß nur *ich*: *archibald strohalm*.

Als er diese Dinge gedacht hatte, führte er seine bepuppten Hände an die Lippen und küßte das Holz zärtlich und lange. Dann ließ er sie auf seinen Schoß sinken und neigte das Haupt. Der Schuppen schlief. Draußen wehte und sang und schien der späte Sommer; Herbst hing in der Luft. Der Vogelzug hatte begonnen. Das diffuse, alles durchstrahlende Julilicht war den scharfen Kontrasten zwischen Sonne und Schatten gewichen. Es herrschte etwas Grelles, das herrlich war. Es schien kalt zu sein, obwohl es warm war. Und zwischen den vier engen Wänden seiner Schöpfung fragte archibald strohalm flüsternd:

»Wer bin ich? *Ichs ... ichs ...*«

12 Das Wohnboot von Boris Bronislaw lag auf der anderen Seite des Waldes in einem Kanal, welcher unweit der Stadt in jene Gracht mündete, aus der er vor einem Dreivierteljahr Moses gerettet hatte. Davor erstreckte sich eine große Wiese, und als archibald strohalm aus dem dunklen Wald trat, sah er am Ende der Grasfläche das Boot mit erleuchteten Fenstern liegen – einsam vor dem Hintergrund der Weiden, die am anderen Ufer in der Nacht verschwanden.

Er blieb am Waldrand stehen und erschauderte. Hier herrschte eine andere Stille und eine andere Einsamkeit, als er sie von zwischen den Bäumen her kannte. Es war das Ebene, das Horizontale. Im Wald spürte er Bewußtsein, es ragte empor, genau wie er selbst, er verstand es. Doch hier beschlich ihn dieselbe Trübseligkeit, die ihm auch immer einen so maßlosen Widerwillen gegen die See eingeflößt hatte, dieses graue Plattvieh mit seiner Ebbe und Flut, das Meer, das er nur wertschätzen konnte, wenn der Sturm darüber tobte und es sich aufrichtete.

Rasch ging er durch das feuchte Gras auf die Lichter zu und betrat über eine kurze Laufplanke das Vorderdeck. Um ihn herum glänzte das schwarze Wasser, was ihm unheimlich war; er zwang sich, nicht hinzusehen. Er stieg eine eiserne Treppe hinab und klopfte an eine Tür. In Hemdsärmeln öffnete ihm Boris Bronislaw.

»Tag, Bronislaw«, sagte archibald strohalm. »Ich wollte

mal schauen, wie es dem Baby geht.« Das war schon mal gelogen.

»Pst!« zischte der Maler mit einem Finger auf dem Mund und winkte ihn herein.

»Was ist?« flüsterte archibald strohalm. Auf Zehenspitzen schloß er leise die Tür. Er spürte genau das um sich herum, was er spüren wollte: Kerzen, warmes Licht, Wärme, Musik. »Ist es bereits geboren?«

In einer Ecke des Zimmers saß Hilde, bekleidet mit einem seidenartigen Gewand. Es sah so aus, als säße sie auf der vordersten Kante ihres Stuhls und lehnte sich weit nach hinten, so stark quoll ihr Körper hervor. Archibald strohalm wollte ihr die Hand geben, doch der Maler, der wieder beim Radio Platz genommen hatte, faßte ihn im Vorbeigehen beim Ärmel und gab ihm Zeichen, sich hinzusetzen. Archibald strohalm ließ sich auf einer Couch unter einem der erleuchteten Fensterchen nieder und signalisierte Hilde, die ihm lächelnd zunickte, seine Machtlosigkeit.

Bronislaw öffnete den Mund, um weiter zu lauschen. Das durch eine Reihe von Batterien gespeiste Radio war von seinem Gehäuse befreit, der nackte Apparat zeigte sich in seiner ganzen verdächtigen technischen Fremdheit, aus der eine Symphonie ertönte.

Archibald strohalm sah sich um, und er fühlte, wie er in Wohlbehagen aufging. Auf einer kleinen Kommode standen schmiedeeiserne Kerzenständer mit winkenden Kerzenflämmchen, und einer stand auch auf dem kleinen Tisch neben der leeren Staffelei, der außerdem noch voller Flaschen, Tuben und Vasen war, aus denen in alle Richtungen Pinsel ragten. Dennoch sah alles zu aufgeräumt aus, als daß dort hart gearbeitet werden konnte. An den Wänden standen Gemälde, zu mehreren hintereinander, die Rückseiten nach vorn. Das Zimmer war klein und niedrig, so daß Boris Bronislaw gerade eben nicht mit dem Kopf an die Decke stieß. Die Tür zu einem anderen Raum stand halb offen. An den Wänden hingen einige Zeichnungen, offenbar stammten sie vom Bewohner. Außerdem war da noch die Reproduktion eines frühen Picasso: zwei Akte, ein Mann und eine Frau, einander umarmend, wobei sie das Gesicht in ihren Armen verbargen; die Frau war schwanger. *La joie pure* stand darunter. Hilde nähte, heftete, stickte an blauen und weißen Karikaturen von Kleidern. Bronislaw starrte an die Decke und lauschte. Sein Gesicht war ruhig, sein Auge war ruhig. Archibald strohalm sah sich um und wunderte sich darüber, daß die warme Gemütlichkeit, in der er nun hockte, mitten auf dem Wasser lag: unheimlich, in einsamer Horizontalität. Das hätte er nicht tun sollen.

Im selben Moment stand er wieder am Waldrand. Auf der anderen Seite der Wiese lag der rechteckige Schatten des Wohnboots. Gelbliches Licht kam aus den Fenstern, doch was bedeutete das schon im Vergleich zu der monströsen schwarzen Stille, die darauf von hinten und von oben lastete?

Archibald strohalm runzelte die Stirn und riß dann seine Augen weit auf, um das Labsal des kleinen Raums in sie hineinströmen zu lassen. Er traf auf Hildes Blick, die lächelnd mit einer Handbewegung lange Haare andeutete. Mechanisch tastete er nach den Strähnen hinter seinem Ohr und lächelte ein wenig schief zurück.

Hoch in der Luft schwebte archibald strohalm, schwebte in der Stille. Seine Augen rutschten aus, glitten fort in die Finsternis. Tief unter ihm, auf einer glänzenden Schlange, Schwärze rundum, verloren, lag ein Punkt, ein Boot. Versunken in Bedrohung, ein Glühwürmchen, inmitten der Felder von faulenden Blättern. Archibald strohalm verlor ihn immer wieder aus den Augen und mußte suchen, bis er ihn fand ...

Er rieb sich mit den Händen das Gesicht, während er in seinem Magen spürte, wie er hinabgesogen wurde. Was hatte er? Er konnte nichts dagegen tun, es geschah gegen seinen Willen! Würde die Musik doch bloß aufhören. Er wollte, daß gesprochen wurde. Etwas Brennendes schwebte in seinem Kopf. Wie ein Sonnenstrahl aus einem violetten Gewitterhimmel brach aus dem lebhaften Orchester immer wieder dasselbe Thema hervor. Es versetzte den Maler in Rührung. In einer Ecke stand ein halbfertiges Gemälde. Es war schwer zu definieren, was darauf abgebildet war. Man mußte auch nicht definieren. Archibald strohalm betrachtete die Leinwand und begann, den Schutz des warmen Raums wieder um sich herum zu fühlen. Er drehte sich halb um und zog den Vorhang zu. Auch wand er sich, als er sich zurücklehnte, behaglich in seinen Kleidern hin und her und lächelte dabei zu Hilde hinüber, obwohl sie ihn nicht ansah.

Mit einem Schlag stand er wieder am Waldrand. Die Schwärze lastete nicht mehr auf dem Boot dort drüben. Was war das für ein Boot? Was bedeutete es? Lodernd breitete sich der Raum über ihm aus, immer weiter und höher wölbte er sich, hinauf zu den Planeten, weiter als sie, interstellar, sich in der Unendlichkeit verlierend. Am Waldrand nahm archibald strohalm den Kopf wieder aus dem Nacken und sah zu dem Boot hinüber – ein vergessenes und zurückgelassenes Boot auf dem Grund der Unendlichkeit. Aus einer Reihe von Fenstern fiel Licht, doch eins war dunkel, ein einziges, ungefähr in der Mitte ...

Archibald strohalm drehte sich um; mit unsicherem Arm zog er den Vorhang wieder auf und wünschte sich, das bald viel geredet würde. Doch als sein Blick bei dieser Bewegung kurz hinausfiel, über die Weide, da zitterte die Angst unter seinen Schulterblättern, Tränen standen plötzlich in seinen Augen, ohne daß er weinte, dann drang, ohne daß er weinte, heftiges Schluchzen aus seiner Brust beim Anblick des Mannes, der vor der schwarzen Wand des Waldes stand, der seinen Kopf wieder aus dem Nacken nahm und zum Boot hinübersah.

»Ja ...«, sagte Boris Bronislaw und schaltete das Radio aus. »*Verklärte Freude*: diesen Ausdruck habe ich ständig im Kopf. Wie würdest du ihn umschreiben?«

»*Verklärte Freude*?« wiederholte archibald strohalm gehetzt. »*Verklären* bedeutet verherrlichen; *Jesus wurde verklärt*. Oder es bedeutet von überirdischem Glanz umstrahlt. Glückselig strahlende Freude, könnte man sagen, glückselig strahlende Freude, ja.«

»*Verklärte Freude*«, sagte Boris Bronislaw. Er lächelte, und sein Auge war ruhig. »Hilde? Spürst du noch nichts?«

»Ja, ich ...«

»Wehen?« Er sprang auf und eilte zu ihr.

»Nein, nein, es bewegt sich nur.«

»*Er* bewegt sich, meinst du. Schau!« rief er, deutete mit dem Finger auf seine Seite und betrachtete ihren Bauch. Dieser bewegte sich auf und ab, unregelmäßig, manchmal abrupt, so daß Hilde warten mußte, bevor sie die Nadel in die Kleider stecken konnte. Auch sie sah auf ihren Bauch und lachte in die Runde. Bronislaw stellte den Nähkasten weg und setzte sich auf einen Hocker. Träumerisch starrte er auf ihren Bauch.

»Ähm ...«, begann archibald strohalm, der wollte, daß gesprochen wurde, »bestimmt werden Sie bald niederkommen, nicht wahr?«

»Ich denke, daß es heute oder morgen geboren wird.«

»Und ... fallen Ihnen Geburten leicht?«

»Ach, schon. Beim letzten Mal war ich nur sehr schwach. Das war am Ende des Kriegs, während des Hungerwinters.«

Archibald strohalm nickte. Es war still. Bronislaw verharrte in der einmal eingenommenen Haltung. Leise plätscherte das Wasser gegen den Schiffsrumpf.

»Ja, genau«, sagte archibald strohalm rasch. »War Ihr Mann bei der Geburt dabei? Ich glaube, ich würde dabeisein wollen.«

»Bei meiner Niederkunft?«

»Nein, natürlich nicht. Was sagen Sie da? Ach, ja. Nein, ich meine natürlich, wenn meine Frau niederkäme.«

»Das war nur ein Scherz. Sie sind ein wenig nervös, Herr Strohalm. Nein, Boris war nicht dabei. Er war hinaus aufs Land, um Essen zu besorgen. Als er wiederkam, war es bereits passiert.«

»Ich weiß genau«, sagte Boris Bronislaw langsam, »wie Paulchen dort drinsitzt...« Sanft legte er seine große, geäderte Hand mit der dünnen Haut auf Hildes Bauch. »Er lebt noch nicht von sich aus. Noch lebt er Hildes Leben, wie ihre Hände und Füße auch. Er befindet sich noch *vor* dem Leben und liegt mit angezogenen Beinen, die Ärmchen vor der Brust, als ob er schläft, oder so wie man früher *nach* dem Leben ins Grab gelegt wurde. Da ist doch etwas dran, Strohalm, an deinen tödlichen Geburtstheorien. Aber ich finde das nicht bedrückend; ich finde nichts bedrückend. Dein Schattenhimmel (ich habe noch einmal darüber nachgedacht), die Koitusekstase, ist ein vorgeburtlicher Tod: und Paulchen ist dessen Kristallisation, die Verkörperung, die permanente Fortsetzung. Ja, Paulchen ist eine Projektion des Himmels, fleischgewordene Ekstase. – Paulchen!« rief er leise in Richtung von Hildes Bauch, auf dem seine Hand lag. »Paulchen! Kannst du mich hören, mein Sohn? Irgendwie mußt du mich hören und verstehen können, kleine Pflanze, die du noch bist, denn du bist doch schließlich ein fortgetriebenes und davongeschlängeltes Stück meiner selbst! Du bist doch ebensogut mit mir verbunden wie mit deiner Mutter, auch wenn das nicht zu sehen ist. Von deinem Geist führt eine Nabelschnur zu meinem, der ihn nährt, und darum mußt du mich verstehen können. Wenn ich etwas sage, wirst du denken oder das Gefühl haben oder wie auch immer du das machst, es käme aus dir selbst, so wie du auch meinst, dein Blut sei dein Blut. So liegst du herrlich warm im Gebärvater meines Geistes, vollkommen von ihm umgeben und in ihn eingebettet, so wie du früher schon einmal darin gelegen hast. Nicht mehr lange, und du kommst heraus, und dann fängst du an zu weinen, weil dir kalt wird, und du willst zurück. Aber das geht nicht ... nein, das geht nicht. Ich jedenfalls wüßte nicht, wie das gehen sollte. Strohalm wird es wohl wissen; das paßt zu ihm, daß er solche Dinge weiß, aber wir werden ihn nicht danach fragen, was, Paulchen, denn dann würden wir uns bestimmt wieder erschrecken. Ich selbst weiß es übrigens auch schon: Wenn du groß bist und in eine Frau eindringst, dann gelangst du für ein paar Sekunden zurück in deinen vorgeburtlichen Himmeltod: mit deinem Körper in deine Mutter, mit deinem Geist in mich. Ich bin Gott, Paulchen, und ich will dich außerhalb meines Geistes herumlaufen und leben sehen, losgelöst von mir; dazu habe ich dich zum zweiten Mal geschaffen. Paulchen, kleiner Schattenengel in deinem Schattenhimmel, jeden Augenblick kannst du herauskommen; dann bist du gefallen, mein kleiner Luzifer. Tschüs, Paulchen, kleiner Luzifer, bis später!«

Er beugte sich vor und drückte einen Kuß auf Hildes Bauch, in dem das Kind sich streckte, und Hilde beugte sich vor und gab ihm einen Kuß in den Nacken.

Archibald strohalm sah zu Boden. Seine ganze Haut war feucht. Von der Achsel aus rann ein langsamer, kalter Tropfen an der Seite seiner Brust entlang. Mit dem Oberarm zerdrückte er ihn. Eine riesige Fledermaus hockte über dem Kahn. Mit ihren Füßen stand sie hinter dem Boot im

Wasser und beugte sich mit Körper und Kopf über das Deck. Ihre Regenschirmflügel hatte sie bis zum Waldrand und bis weit jenseits des anderen Kanalufers ausgebreitet. Jeden Moment konnte sie mit ihrer Schnauze durchs Dach brechen, den kleinen Würfel aus Licht und Wärme spalten, woraufhin die Dunkelheit hineinstürzen würde und die Kälte und allerlei flatternde schwarze Flügeltiere.

»Laßt uns über die Jugend sprechen«, sagte Boris Bronislaw und erhob sich. »Warum sollten wir nicht über die Jugend sprechen?«

»Über die Jugend, ja«, sagte archibald strohalm, bevor der Maler zu Ende gesprochen hatte. »Boris Bronislaw!« hob er feierlich an.

»Schämst du dich nicht?«

»Es wird gewaltige Veränderungen geben – überall! Alles wird von Grund auf anders werden! Eine Generation von Propheten wird sich erheben! Und dann kommen Scharen von Genies! Und anschließend eine Flut von Talenten! Die Zeit wird aufbrechen und erblühen!« Archibald strohalm hatte sich aufgerichtet und sank nun wieder in sich zusammen. »Bist du auch meiner Meinung?« fragte er. »Oder bist du nicht meiner Meinung? Wenn du nicht meiner Meinung bist, mußt du es sagen.«

»Natürlich bin ich deiner Meinung. Heute bin ich mit allen einer Meinung. Nachher wird Paulchen geboren, und wie kann da noch jemand unrecht haben? Möchtest du Kaffee?«

»Kaffee? Ja, gern«, sagte archibald strohalm. Während Bronislaw im Nachbarraum verschwand, zündete archibald strohalm sich mit zitternden Händen eine Zigarette an, steckte das Päckchen in die Tasche, holte es wieder hervor und legte es auf die Lehne von Bronislaws Stuhl.

»Eduard!« rief Hilde durch die geöffnete Tür, wobei sie sich zur Seite beugte und auf den Fußboden sah.

»Geh nur«, erklang Bronislaws Stimme, und das Geschirrklappern verstummte für einen Moment. Sein Arm tauchte am Türrahmen auf und setzte eine menschliche Schädeldecke auf den Fußboden. Dicke geknickte Beine und ein Papageienkopf kamen darunter hervor. Einen Moment lang stand sie still, dann begann die Prähistorie loszukrabbeln.

»Haben Sie etwas gesagt?« fragte Hilde.

»Ich? Nein, nichts«, sagte archibald strohalm blaß. Er hatte gemurmelt: »Da ist ja mein Kopf ...«

»Finden Sie ihn nicht hübsch?«

»Doch, sehr hübsch«, sagte archibald strohalm. Dann machte er auch noch »T, t, t« mit der Zunge und schnipste sogar mit den Fingern in Eduards Richtung; doch in seinen Gedanken war er wieder sechzehn Jahre alt, bei einem Ereignis, das er vergessen hatte ...

Er war bei einem Freund in der Provinz Limburg in Ferien, mit dem er Fossilien sammelte. In der Nähe des Ortes hatte man eine Reihe von Klostergräbern freigelegt. Abends schlichen sie sich an den Wächtern vorbei und ließen einen Schädel mitgehen. Zu Hause schauten sie sich das Ding an und bürsteten und kratzten es sauber. Es war braun wie Torf, und an einigen Stellen fing es schon an, bröckelig zu werden: Aber die Stirn und das Gesicht waren noch stabil. Den Unterkiefer hatten sie vergessen. Archibald strohalm, sechzehn Jahre alt, nahm den Schädel in die Hand, betrachtete ihn wehmütig und sagte: »*I knew him, Horatio: a fellow of infinite jest, of most excellent fancy. Where be your gibes now? your gambols? your flashes of merriment?*« Aber dann nahm er seinen schweren Geologenhammer, mit dem er die Fossilien herausschlug, und klopfte damit sanft auf die Stirn des seligen Mönchs. Das ergab einen hohl pochenden Klang, dessen Widerhall er in seinem eigenen Kopf spürte. Er schlug etwas fester, und es wummerte stärker in seinem eigenen Kopf, so daß er leichte Kopfschmerzen davon bekam. Daraufhin hatte etwas Unbeugsames Besitz von ihm ergriffen. Er begann, regelmäßig auf den Schädel zu schlagen, pock, pock, immer stärker, das Geräusch wurde schärfer, schneidender. Er mußte den Daumen in das Loch am Hinterkopf stecken, um zu verhindern, daß er sich den Schädel aus der Hand schlug. Pausenlos hämmerte er weiter, während sein Freund ihm mit starrem Blick zusah. Er steigerte sich zu laut knallenden Schlägen, und ein brüllenden Schmerz begann in seinem Hirn zu rotieren. Das verzerrte Gesicht abgewandt, hackte er mit Gewalt auf die Stirn ein, holte aus und hackte und hackte, bis der Schädel endlich mit einem heulend peitschenden Knall in Stücke zersprang und er zitternd den Hammer, die Trümmer aus den Händen fallen ließ und weinend vor Schmerz und Ekel seine Arme um den Kopf schlang ...

»Was haben Sie? Geht es Ihnen nicht gut?«

»Ich bin leicht angeschlagen«, keuchte er und wischte sich mit dem Taschentuch über die Stirn. »Achten Sie, bitte, einfach nicht darauf.«

»Ich achte sehr wohl darauf. Wenn ich Sie wäre, legte ich mich lieber ins Bett: Sie haben Grippe. Boris, dein Freund ist krank.«

»Ist mein Freund krank?« lachte der Maler, der mit vier Tassen auf einem Tablett ins Zimmer trat. »Was fehlt ihm denn?«

»Nichts Besonderes, aber vielleicht ist es wirklich besser, wenn ich mich ins Bett lege. Entschuldige, daß ich die Stimmung verderbe! Fast scheint es, als wäre ich hergekommen, um krank zu werden und nach Hause zu gehen.«

»Glaub bloß nicht, du könntest unsere Stimmung verderben! Hier, trink, das wird dir guttun.« Er verteilte die

Tassen und zündete sich eine Zigarette aus dem Päckchen an, das er archibald strohalm wiedergab.

»Für wen ist die vierte Tasse?« fragte Hilde.

Er nickte ihr lachend zu.

»Willst du vielleicht kurz an Deck gehen?« fragte er archibald strohalm.

»Nein, neinnein! Es geht mir schon wieder besser!«

»Ich mach mal ein Fenster auf«, sagte Bronislaw und beugte sich nach hinten ..., »es ist stickig hier wegen der Kerzen.«

Archibald strohalm packte seinen Arm.

»Es ist schon wieder vorbei.«

»Wie du meinst.«

Sein Wohlbefinden demonstrierend, stand archibald strohalm auf und begann herumzuschlendern, wobei er beinah auf die Schildkröte trat. Er fühlte, daß die beiden ihn ansahen: der eine besorgt, der andere lächelnd. Dadurch bewegte er sich vergnügter durchs Zimmer, als man hätte annehmen können. Er hatte die Hände in den Hosentaschen und ging federnd um den Tisch herum, machte auf den Zehenspitzen eines Fußes kehrt, sah nach links und rechts, klappte kurz ein Gemälde zurück und zögerte einen Augenblick, als sein Blick in das andere Zimmer fiel: Dort standen zwei Betten mit den Kopfenden aneinander – das hintere war nicht mit Laken bezogen, die Decken lagen einfach so auf der Matratze. Ein rötlicher Wendehals auf dem Kopfkissen. Schüchtern sah er zur Seite und beendete seine Rundreise bei der niedrigen Staffelei in der Ecke.

»Arbeitest du an etwas, Bronislaw?«

»Nein!«

»Warum sagst du das so aus tiefster Seele? Steckst du in einer Sackgasse?«

»Wenn du so willst.«

»Was ist das hier?« Archibald strohalm hatte eines der Bilder genommen, die falsch herum an der Wand standen. Er stellte es auf die Staffelei: eine Straße, in der die Häuser, die Bäume, die Laternenpfähle, die Menschen auf die merkwürdigste Weise krumm waren, verdreht, verzogen. »Kannst du mir sagen, warum du diese Verformungen angebracht hast?« Mit Gewalt zwang er sich, aufmerksam zu sein.

»Ja. Und darum ist es mißlungen.« Widerwillig betrachtete der Maler das Bild. »Meine Hände sagen mir, daß die Form eines sich bewegenden Objekts immer dieselbe bleibt; meine Augen aber sagen mir, daß sie sich ständig ändert. Ich kann ein Buch als Kubus sehen, aber auch als ein Rechteck und auch als ein Parallelogramm, je nachdem, von welcher Seite ich es betrachte. Alle haben bisher dem Zeugnis der Hände geglaubt, aber warum sollten sie mehr die Wahrheit sagen als meine Augen? Ich bin ein Augenmensch. Daraufhin habe ich eine Reihe von Bildern gemacht, auf denen ich, der Betrachter also, mich bewege. Die Maler haben immer stillgesessen, aber ich habe mich einfach einmal bewegt. Ich wollte *die* Zeit und *diese* Zeit hineinlegen. Aber ich konnte diese Bewegung natürlich nur ausdrücken, wenn ich so tat, als säße ich selbst still und die ganze Welt bewegte sich. Daher der Formenverlauf. Ein wenig zerebral – nennt man das nicht so? –, aber sehr modern.«

»Ich verstehe«, sagte archibald strohalm, auf das Bild schauend. »So was habe ich auch schon mal erlebt, wenn ich spazierenging. Aber du vergißt, daß nicht nur die Hände Dauerhaftigkeit in den Dingen finden; auch unser Verstand sagt uns das. Ich denke, so wie hier sehen die Tiere die Welt. Unser Verstand greift bei Bewegungen unaufhörlich korrigierend ein. Der Mensch selbst ist nicht der einzige feste Punkt ... Archibald strohalm zögerte kurz

und hörte sich dies sagen ... dann fügte er mit Kanzelstimme hinzu: »Sonst wird die Welt zu einem Chaos, zu einem egozentrischen Chaos! Nur jemand, der egozentrisch ist, sieht die Welt als Chaos!«
»Jaja, ist schon gut«, lachte Bronislaw.
Unmenschlichkeit ..., dachte archibald strohalm, während er sich hinsetzte, um seinen Kaffee auszutrinken.
»Warum malst du nicht mehr?« fragte er Boris Bronislaw. »Siehst du kein Heil mehr in der Kunst?«
Boris Bronislaw sah lächelnd in eine Kerzenflamme und dachte nach.
»Ein Künstler«, sagte er, »drückt sich nicht in seinem Leben aus, sondern in seinem Werk. In seinem Werk kann er eine unendliche Zahl von Leben leben, im Leben aber kein einziges. Er steht immer nur abseits und schielt zum Leben hinüber, auch wenn er ich weiß nicht was durchmacht. Ein normaler Mensch, du weißt schon, ein normaler Mensch lebt während seines Lebens und ist tot nach seinem Tod. Ein Künstler ist während seines Lebens tot. Darauf kann ich verzichten, Strohalm. Ich will während des Lebens leben, ich bin verliebt in das Leben, ich halte um die Hand des Lebens an ...«
»Ich will *auch* leben!« brüllte archibald strohalm durchs Zimmer. Er war aufgesprungen, sank aber sofort wieder auf seinen Stuhl zurück.
»Was hält dich davon ab?«
Archibald strohalm schüttelte den Kopf und gestikulierte, Anläufe zu Sätzen, die nicht zum Vorschein kamen. Er ließ die Hände sinken, schüttelte aber immer noch den Kopf, als müsse er sich selbst überzeugen.
»Es geht nicht«, flüsterte er leise, fast unhörbar, »es geht nicht ... vielleicht wollte ich das. Ich werde wahnsinnig, Boris«, sagte er plötzlich und sah seinem Gegenüber fest in die Augen. »Ich hätte ich weiß nicht was sein können,

aber ich werde wahnsinnig. Eine einzige Sache muß ich noch tun, und dann werde ich wahnsinnig. Damit werde *ich* dann leben.« Sein Gesicht war jetzt eine Maske: eine Puppe, die ihm ähnlich war. »Weißt du, ein Flugzeug, das schneller fliegt, als seine Konstruktion es erlaubt, so daß die Flügel abbrechen. Das war ich *nicht*. Meine Fähigkeiten waren groß genug, um alles unter Kontrolle zu behalten, aber vielleicht wollte ich das nicht. Eine einzige Sache muß ich noch tun. Dann werde ich wahnsinnig.« Plötzlich saß er kerzengerade und sah den Maler erstaunt an. »Ich bin verflucht, Boris«, sagte er. Dann knickte sein Oberkörper nach vorn auf seine Beine, und sein Rücken zuckte, aber kein Geräusch war zu hören.

»Kopf hoch, Mann!« sagte Boris Bronislaw und klopfte ihm auf die Schulter; Hilde aber saß nach hinten gelehnt auf ihrem Stuhl und war weiß wie das Papier. Als der Maler es bemerkte, stand er auf. »Komm, Strohalm, laß uns ein Stück spazierengehen.«

Archibald strohalms Rücken beruhigte sich. Er blieb noch kurz vornübergebeugt sitzen; dann richtete er sich auf. Nichts regte sich in seinem Gesicht, und keine Träne war zu sehen. Er war ruhig. Stand auf.

»Ich hoffe vor allem«, sagte er zu Hilde und reichte ihr die Hand, »daß Sie Ihr Kind glücklich zur Welt bringen.«

»Sie sollten sich am besten schnell ins Bett legen.«

Archibald strohalm nickte.

»Ja«, sagte er, »ich muß morgen übrigens frisch sein. Morgen gebe ich eine Vorstellung.«

»Eine Vorstellung?«

»Mit meinem Kasperltheater. Auf dem Platz vor meiner Wohnung.«

»Mit Ihrem Kasperltheater? Immer noch wegen des ... dieses Vorfalls damals?«

»Eigentlich schon«, sagte archibald strohalm. Danach verabschiedete er sich; förmlich.

»Kann ich kurz fortgehen?« fragte Bronislaw, während archibald strohalm das Zimmer verließ und die eiserne Treppe hinaufstieg.

»Natürlich. Du hast schon den ganzen Tag drinnen gesessen. – Boris?«

»Schatz?«

»Ich fürchte mich vor ihm, und ich habe Mitleid mit ihm ...«

»Du darfst dich nicht aufregen. Wenn Paulchen nachher kommt, mußt du vollkommen glücklich sein.« Er küßte sie auf die Stirn. »Ich komme gleich wieder«, flüsterte er. »Paß gut auf Paulchen auf.« Küßte sie auf die Nase und ging hinter archibald strohalm her.

Es war finster und naßkalt. Nebelfetzen hingen über der Wiese. Archibald strohalm stand auf dem Deck und schlug den Kragen seines Jacketts hoch und die Revers übereinander; er schaute hinunter, um zu sehen, ob Bronislaw ihm folgte. Mit gleichmäßig stampfendem Motor fuhr ein Frachtschiff vorüber, das zwei Schleppkähne hinter sich herzog; ein kleine Beiboot schaukelte seitwärts nebenher. Als es bereits vorbei war, erreichten die Wellen das Wohnboot, das sich zu wiegen begann. Rasch ging archibald strohalm über die Laufplanke ans Ufer. Unter seinen Füßen schwappte und spritzte das Wasser gegen die Uferbefestigung.

»Du mußt sehr aufpassen«, sagte Boris Bronislaw, gleich als er kam, »daß du dich nicht verzehrst.«

Archibald strohalm antwortete nicht. Sie gingen durch das nasse Gras, und er fühlte wieder die flache Schrecklichkeit, fühlte sich, als würde auch er in die Breite gezogen. Er fürchtete sich davor, und es überkam ihn eine kindhafte Ängstlichkeit, daß er den Maler am liebsten bei der

Hand gefaßt hätte, so wie ein Sohn den Vater. Er fürchtete sich vor Gespenstern, die sich aus dem Gras erheben oder vom Wasser her landeinwärts schweben konnten. Ängstlich schaute er sich um. Ein fauler Fleck am Himmel, Satansbrei zwischen den Sternen.

»Nein, Boris«, sagte er. Und als er sich das so gehorsam sagen hörte, als er sich winzig neben dem Riesen herlaufen sah, da nahm er Boris Bronislaws Hand, die schöne Hand von Boris Bronislaw, die auf Hildes Knie geruht hatte, und drückte sie fest. Der Maler sagte nichts, schaute nicht einmal zur Seite, beantwortete auch den Druck nicht, schüttelte ihn aber auch nicht ab.

Dort gehen sie über das Feld, die beiden. Archibald strohalm schaut nach vorn und sieht den Tempel des Waldes langsam näher kommen. Die Baumkronen sind schwarze Wolken, die die Nase voll hatten und korpulent zu Boden gesunken sind. Sie wachsen beim Näherkommen, bekommen Struktur, und ein paar Stämme schimmern im Dunkeln in die Höhe. Archibald strohalms Gesicht zittert. Dann gehen sie an ein paar Sträuchern vorbei, ein paar kleinen Bäumen, und die Natur erwacht. Sie hebt ihr Haupt aus dem wortlosen Köcher ihres Schlafs, in dem die Träume wie große Löcher standen, und öffnet ihre Augen. Sie richtet sich auf und gähnt; sie streckt sich, stöhnt und steht auf. Archibald strohalm ließ die große Hand los und lachte. Ihm war, als bestünde der Wald aus Geräusch – jedes Blatt, jeder Zweig: ein Geräusch. Jeder Stengel eine Flöte. Die Blätter wie Harfentöne in den Kronen, wie ein Wasserfall von Klängen, wie Kinder, die eine breite Treppe hinunterlaufen. Die Gerüche Oboen, und die Oboen Stahldrähte, haarfeine straff gespannte Stahldrähte. Und auch der Raum zwischen den Bäumen, die Öffnungen im Leben, elegisch singende Töne, auf Cellosaiten gestrichen ... Und dann begann archibald strohalm zu reden – eine

Springflut strömte und ergoß sich über seine Lippen –, Wörter und Sätze beim Weitergehen, die wie eifrige Schulmeister in der Dunkelheit verschwanden:

»Irgendwann einmal wird alles anders sein, Boris, und jetzt geht es bereits los. Dann werden sie zum Kunsthandwerk gehören, all die Geschichtenschreiber, die es dann noch geben wird, und die Geschichtenmaler, all diese Onanisten. Unter ihnen waren Genies und riesige Talente; jede Schattierung dessen, was sie für den Menschen hielten, haben sie ausgeschöpft und verwortet und verwurstet; in alle nur denkbaren Situationen haben sie ihn unzählige Male gebracht. Und jetzt ist es soweit, diese Weide ist abgegrast. Kein Grashalm steht mehr darauf, kein Kleeblatt, keine Blume. Alles wurde porträtiert, in ewiger, toter Schönheit. Jede Facette dessen, was das Leben genannt wird, hat irgendwo einen unvergänglichen und vollendeten Ausdruck gefunden. Und sobald etwas ausgedrückt wurde, ist es tot und muß etwas Neuem Platz machen. Die Künstler sind der Freund Hein des Lebens, Boris, falls du es noch nicht wußtest. Und hinzu kommt, daß dieser ausdrückende Menschentyp selbst ausgedrückt und tot ist und Platz machen muß.«

Sie waren bei dem Ring aus Sträuchern angekommen, der wie eine massive Mauer um Abram herumlag, dessen Firmament sich wie eine erstarrte Atomexplosion vom Himmel abhob. Archibald strohalm zwängte sich durch das Gebüsch, gefolgt von Boris Bronislaw. Unter dem Astgewölbe herrschte eine geräuschlose Finsternis, die sich zur Mitte hin zu einem Steinkohlenschwarz verdichtete. Archibald strohalm, der jede Bodenunebenheit kannte, ging mühelos in Richtung Stamm, während Bronislaw tastende Schritte machte und stolperte, so daß archibald strohalm ihn bei der Schulter fassen mußte.

»Was hast du vor, Strohalm? Willst du mich ermorden?«

»Hörst du die Blätter dort oben rauschen? Das Blätterrauschen dieses Baums sagt die Zukunft voraus, wußtest du das? Hör nur ... Wie klingt das! Nicht besonders ruhig, finde ich; ein wenig unheilverkündend ... Jetzt gehen wir in die Tiefe. Oh, ich propagiere keine Polaritäten, von Geist und Materie oder Körper und Seele, nicht einmal Unterschiede – die gibt es nur scheinbar infolge einer Art Scheelsichtigkeit. Die verschwinden nicht, indem man mit den Polaritäten jongliert, nicht durch ›Synthesen‹, sondern vielmehr durch eine Korrektur der Augen, die man am besten mit einem tüchtigen Schlag darauf vornimmt. Vielleicht rede ich ein wenig verwirrt, doch darum mußt du dich nicht kümmern. Was ich dir sage, ist ein Testament in Todesangst; merk es dir gut und geh gewissenhaft damit um. Jetzt wird der andere Teil des Menschen bearbeitet, der Teil, von dem er kaum etwas weiß und offenbar vorläufig auch nichts wissen will; dasjenige, wohin der Morast seines Geistes hinabsinkt. Aber die Kunstfertigkeit, die diesen Morast zwecks Vernichtung ans Tageslicht baggert (denn Kunst ist Vernichtung, das weißt du), diese Kunst muß zunächst auch Morast sein – obwohl es dann keine Kunst ist –, um dann allmählich zu Basalt erhärten zu können. Doch man sieht den Morast und ruft (aus unbewußtem Ekel vor dem eigenen Morast natürlich): ›Zurück, zurück, dies ist ein Irrweg!‹ Hier ist der Zeitgenosse am Wort. Haha! Wenn ich ihn rufen höre, was er hin und wieder auch tut, dann habe ich immer das Gefühl eines Technikers, der einen Kollegen von vor hundert Jahren liest. Dieses Wort, *zurück*, ist das unsinnigste, das es gibt. Die Zeit ist unwiderruflich, auch wenn man sich die Kehlen heiser schreit. Wer es verwendet, der beweist seine Dummheit und Verderbtheit: Wäre er konsequent, dann dürfte er unter dem Motto ›Irrweg!‹ auch seine Toilette nicht mehr spülen dürfen. Nein, ihr dürft nicht zurück, auch nicht, wenn es möglich wäre; ihr dürft auch nicht stehenbleiben in den Toiletten; ihr müßt durch eure individuellen Morastreservoirs mit ihren Schrecken und ihrer Verzweiflung hindurch und sie hinter euch lassen: Ihr müßt noch tiefer graben – denn auch Basalt ist immer noch kein Diamant. Ich sage ›ihr‹, obwohl ich weiß, daß du nicht mehr mitmachen willst. Aber als Mensch willst du mitmachen, und für den gilt das ebensogut oder besser gesagt: vor allem.«

Sie standen nun an Abrams Stamm und sahen mit weit geöffneten Augen an dem anderen vorbei und durch den anderen hindurch, ohne etwas erkennen zu können.

»Versteh mich recht, wenn ich sage: noch tiefer graben. Du mußt mich vor allen Dingen richtig verstehen, Boris! Das Bewußtsein darf sich nicht in das stürzen, was unbewußt ist, denn es würde ertrinken und umkommen in dem grausigen horizontalen Meer, und ihr würdet im gleichen Augenblick zu bewußtlosen Tieren oder instinkenden Wilden werden. Nein, das darf nicht sein, das darf nicht sein! Hörst du mich rufen? Ich lege großen Nachdruck darauf. Ihr sollt nicht zurück zu den Wilden und Säuglingen, sondern die Welt, in der sie unbewußt leben, muß bei euch bewußt werden. Ihr müßt das, was jetzt noch unbewußt ist, und das ist fast alles, in den Kreis des Bewußtseins aufnehmen und in eure *Gewalt* bringen. Ihr müßt den Hades und den Olymp annektieren, erobern müßt ihr sie mit äußerstem Mut, mit äußerster Ehrlichkeit. Dann erweist sich dasjenige, von dem ihr meintet, es sei der Mensch, nur als eine Verhärtung an seiner Spitze, ein Nagel, eine Warze. Nicht die beschränkten, alten, ausgedrückten, toten Warzenmenschen von früher werden dann Gegenstand der Kunst sein, sondern die Suche nach dem schrankenlosen, neuen, lebenden Menschen: das heißt, nach den Göttern in euch. Ja, gewiß, auch nach den Teufeln, natürlich, dem werdet ihr nicht entgehen. Die ganze Prozedur ist lebensgefährlich, wenn man dort hineingerät und noch nicht bereit dafür ist. Einige Leute aus Indien und aus dem Mittelalter können davon ein Lied singen ...«

Er schwieg einen Moment. Jedes Bewußtsein von Körperlichkeit war in der vollständigen Finsternis verschwunden. Nicht einmal Umrisse waren noch zu erkennen.

»Ich auch«, sagte er. Er tastete nach dem Stamm und lehnte sich gegen die Rinde. »In der Welt, die ihr in euch selbst wiederfinden werdet, lebt alles. Alles steht in Beziehung zueinander, alles durchdringt einander und ist Symbol des anderen. Nichts kann entfernt werden, ohne daß man das Ganze vernichtet, und ohne das Ganze zu vernichten bedeutet: ohne euch selbst zu vernichten. Wenn ich dein Herz aus deinem Körper entferne – welch ein großes Herz würde das sein! –, dann ist dein Körper tot und kein Körper mehr, sondern achtzig Prozent und so weiter; und dann ist dein Herz kein Herz mehr, sondern ein merkwürdiger Dudelsack voll Wein und mit etlichen komischen Stengeln daran. Ich sehe dich nicht, Boris Bronislaw, aber ich weiß, daß du da bist. Das alles meine ich mit ›noch tiefer graben‹. Wenn ihr euch dann, benommen vom Verwesungsgestank und kotzend vom Anblick der Leichenwelt, durch eure individuellen Morastlöcher hindurchgebohrt habt, dann erweist sich das ›Tiefer graben‹ plötzlich als ein ›Höher steigen‹, und ihr begegnet euch alle. Endlich ist jedes Individuum verschwunden. Dann habt ihr am Ende all die verdammten Synthesen, auch die von Gott und Teufel. Dann könnt ihr bei Negation der Ästhetik das Absolut-Schöne erschaffen – das ist: das universellste und intensivste Wiedererkennen. Ich irre mich: Wenn es soweit ist, erschafft ihr nichts mehr, außer euch selbst; ihr werdet es selbst sein, alle. Du bist bereits auf dem Weg. Dann wird Psychologie Philosophie und der Mensch Kosmos – oder umgekehrt. Dann seht ihr, daß die kleine Null

Mensch auch der Unendlichkeitszirkel des Universums ist. Und zum Teil wirst du es noch in dieser herrlichen Zeit erleben ... Aber ich sollte besser aufhören, ich doziere, rede Jargon, und jetzt fange ich auch noch an zu schwärmen. Vergiß lieber alles, was ich gesagt habe.« Wie ein Kubus stürzte die Stille herab. Dann hörte er:

»Tschüs, Mann.« Er spürte eine Hand an seinem Arm. »Ich habe dir zugehört, bestimmt. Jetzt muß ich fort. Ich muß bei Hilde sein, um den Arzt zu holen, wenn es losgeht.«

Geraschel und Schritte. Kurz darauf sah er die riesige Silhouette von Boris Bronislaw vor dem Seufzer von Dämmerlicht, der hier und dort unter das Blätterdach fiel. Archibald strohalm hörte, wie er durch die Sträucher drang.

»Auf Wiedersehen, Bronislaw!« rief er ihm plötzlich laut hinterher. Das Geräusch sauste wie ein Pfannkuchen davon.

»Vielleicht schaue ich morgen mal kurz vorbei!« tönte es zurück.

Archibald strohalm drückte sich vom Stamm ab und ging langsam los. Er hatte jedes Wort seiner Ausführungen vergessen, aber das war ihm gleichgültig. Es war ein Eiergespritze wie früher gewesen. Viele würden nicht mehr kommen. Er schlug den Kragen seines Jacketts zurück; es schien nicht mehr so kalt zu sein. Da stolperte er über etwas. Verwundert hob er die Augenbrauen und bückte sich. Er wußte genau, daß hier nichts lag, worüber man straucheln könnte. In der Hocke sitzend tastete er den naßkalten Sand um sich herum ab, denn wachsen konnte an dieser sonnenlosen Stelle nichts. Er berührte ein Holzstück. Ein Ast? Dafür war es zu glatt. Es war sogar außergewöhnlich glatt. Seine Hand fuhr darüber und gelangte an etwas Kaltes. Einen Moment lang erschrak er, betastete es dann aber genauer. Es war Metall, lief scharf und spitz zu – eine Axt. Er stand auf und zündete sein Feuerzeug an. Klatschend schlug ihm das Licht ins Gesicht. Er hielt die Hand vor die Flamme und mußte warten, bis er etwas erkennen konnte. Ein Stück weiter stand eine Schubkarre mit dicken Taurollen und einem Jutesack. Auch eine Leiter lag dort. Archibald strohalm ging darauf zu und machte das Feuerzeug aus. Er tastete: In dem Sack waren Äxte und Sägen. Es wurden Bäume gefällt. Er wollte weitergehen, doch plötzlich stand er wie angewurzelt da, wobei seine Augen immer größer wurden und seine Lippen auseinander wichen ...

Er drehte sich um und rannte zurück. Mit ausgestreckten Händen stieß er gegen Abrams Stamm, den er eilig abzutasten begann. Er glitt und kratzte mit seinen Fingern über die Rinde, so daß sich Moos unter seinen Nägeln festsetzte. Zitternd befühlte er ihn rundherum, konnte aber nirgends eine Beschädigung finden. Dann holte er wieder sein Feuerzeug hervor und zündete es hinter vorgehaltener Hand an.

In über zwei Meter Höhe klaffte ein glänzender, breiter, eckiger Spalt, der aussah wie ein geöffneter Mund. Die kleine Flamme flackerte in archibald strohalms Hand.

»Abram ...«, flüsterte er mit erhobenem Blick.

Sein Daumen klappte den Deckel über das Licht, und wieder machte sich Dunkelheit breit. Mit kurz angebundenen, wütenden Schritten ging er durch den Wald nach Hause, ins Bett, schlafen.

13 Archibald strohalm erwachte am nächsten Morgen spät; mit geschlossenen Augen blieb er noch kurz liegen. Das war der beste Moment des Tages. Ein wohltuendes Gefühl der Entspannung strömte langsam durch seine Arme und Beine. Das Licht, durch das Blut in seinen Augenlidern gesiebt, war unwirklich und still – eine Farbe, zu der ansonsten nur die untergehende Sonne hin und wieder imstande ist. Dazu gesellte sich an diesem Morgen noch etwas Ungewohntes, das er nicht so recht einordnen konnte. Es erinnerte ihn an das gemütliche Erwachen in ausländischen Dorfgasthöfen. Krach, Lärm, unbekannte Gerüche. Verwundert öffnete er die Augen.

Graues Licht traf ihn. Er verzog kurz das Gesicht, stand mit einem Seufzer auf und wollte zum Fenster schlurfen; doch auf einmal blieb er stehen, denn dies war der Tag. Der Tag war heute! Er bekam Gänsehaut auf den Armen. Viele Gedanken sah er auf sich zukommen, doch es war, als stießen sie auf halbem Weg gegen eine Glasscheibe und könnten nicht weiter. Mit Gesten wollten sie sich verständlich machen und drückten ihre Nasen an dem Hindernis platt, bis sie wie blasse Scheibchen aussahen. Er wurde nicht schlau daraus, sosehr er sich auch anstrengte. Daß es wichtige Gedanken waren, das stand fest, aber es gelang ihm nicht, mit ihnen in Verbindung zu treten. Nirgends ein Vogel, nirgends ein Satan. Es war, als sei niemals etwas mit ihm geschehen, als würde er sich gleich anziehen, um ins Büro der Wohltätigkeitsorganisation zu gehen.

Moses kratzte an der Tür. Archibald strohalm ging und öffnete. Der Hund stand im Flur und wedelte mit dem Schwanz, aber er hielt den Kopf gesenkt und gab winselnde Laute von sich.

»Was ist?« fragte archibald strohalm. Der Hund wedelte heftiger mit dem Schwanz, so daß sich sein Hinterteil mitbewegte, kam aber nicht ins Zimmer. »Was willst du?« Moses winselte und sah ihn flehend an. Er stellte sich auf die Hinterbeine, als wollte er sich an archibald strohalm anlehnen; doch er ließ sich gleich wieder zu Boden fallen und lief winselnd weg. »Idiot!« rief archibald strohalm ihm hinterher und schloß die Tür. Er trat wieder ans Fenster, verschränkte die Arme und legte die Fäuste fröstelnd in seine Achselhöhlen. Den einen Fuß auf den anderen gestellt, sah er hinaus.

Molekulare Betriebsamkeit herrschte auf dem Platz vor dem romanischen Steinhaufen. Einem chaotischen Schema folgend, standen rechteckige, runde, längliche Zelte unter dem fahlen Himmel oder wurden gerade aufgebaut. Große Karussells bildeten natürliche Zentren, kleine Stände, Schießbuden, Krapfenbäckereien standen auf jedem freien Fleck, von der nonchalanten Hand eines Säers hingestreut. Das Riesenrad beherrschte die eine Seite des Platzes, ein Autoskooter die andere. Genau gegenüber der Kirche befand sich ein auffälliges Bauwerk: ein doppelter Kegel, dessen Spitzen aufeinander zu gebogen waren. Und durch dieses bunte, mit wehenden Fahnen verzierte Durcheinander brüllte, zimmerte und johlte der menschliche Faktor. Eltern schritten an arbeitenden Kirmesleuten und probefahrenden Attraktionen vorüber; Kinder rannten in großen Schwärmen durch den riesigen Spielzeugladen. Sie fühlten sich zu Hause in dieser Welt.

Eiei! dachte archibald strohalm – Nationalfeiertag! Er zog seine Hose hoch und fragte sich ruhig, ob er seinen

Auftritt um einen Tag verschieben sollte. Während er sich wusch und anzog, erwog er das Für und Wider, kam jedoch am Ende zu dem Entschluß, sein Vorhaben durchzuführen, ob nun Jahrmarkt war oder nicht. Er hielt dies sogar eher für ein aufmunterndes Zwinkern des ... des Zufalls, in Anbetracht der vielen Zuschauer, die ihm der Jahrmarkt brachte: – es fiel ihm zu.

Während er frühstückte, irrte Moses winselnd durchs Zimmer, sprang auf die Couch und sah aus dem Fenster, nur um einen Moment später nervös wieder hinunterzuspringen. Auch unter der Decke in seinem Korb wollte er nicht bleiben.

»Was ist bloß los mit dir, merkwürdiger Hund?« fragte archibald strohalm ihn immer wieder und sah ihn forschend an. Einmal stand er auf und ging zur Küchentür.

»Natürlich, eine deiner Freundinnen ist läufig«, sagte er kauend und hielt die Tür zum Garten auf. »Lauf, und hol dir deinen Anteil!« Doch Moses war ihm nur bis zur Schwelle gefolgt, sah kurz um die Ecke, schaute uninteressiert nach draußen und zog sich winselnd zurück.

»Entweder – oder«, sagte archibald strohalm. »Ich will dir nichts aufdrängen. Winsele ruhig, renn ungestört umher. Freiheit, Gleichheit, Brüderlichkeit, Moses. Das Wetter ist schlecht, naß und schauerlich. Der Winter kommt früh ... Merkwürdig«, sagte er, während er weiteraß, »ich rede laut. Ich rede laut, Archibald Strohalm.« Er nahm ein halbmondförmiges Zuckerstück. »Na komm, du kleines Zuckerhörnchen, ertrinke und erlöse auf im Kaffee. Auch der Zucker macht es mit innerlicher Gewalt. Zuckerhörnchen, Butterhörnchen, Zieselhörnchen, Rosendörnchen.«

Seine Stimme erfreute ihn.

»Das Wort hält die Menschen zusammen, so wie Omis Wasserglas die Eier, und wegen Wörtern ermorden sie einander. Gewiß, das kann ich sehr gut verstehen. Die Sprache ist das Stärkemehl der Gesellschaft. Im Anfang war das Wort. Die Einheit durch die Sprache ist das Zerrspiegelbild der Einheit der Welt, die hier in mir ist – und umgekehrt natürlich. Wie man es eben betrachtet. Soll ich salbungsvoll sein? Oder soll ich ein bißchen dämonisch tun? Her mit dir, Marmeladenglas, vielleicht bist du das letzte; ich habe kein Geld mehr.«

Archibald strohalm pfiff rasch und leise eine kurze Melodie und schlug sich dabei mit dem Handgelenk gegen die Stirn.

»Die Gesellschaft basiert auf dem Gottstandard, meine Herren: jedenfalls die hier in mir ... die Zerrspiegelgesellschaft auf dem Goldstandard. Für einen Goldbarren von dreißig Kilo bekomme ich nicht einmal ein Glas Marmelade, glaube ich. So wie hier eine Inflation des Geldes ohne Golddeckung sorgfältig vermieden werden muß, so muß dort eine Inflation von Gedanken ohne Gottdeckung vermieden werden. Bei der einen Art von Inflation tritt sonst Bleideckung auf: Das sind Kugeln, das ist Krieg. Bei der anderen Inflation kommt es sonst zur Deckung durch tote Vögel und Satane. Hegel und Marx. Was ist primär, Geist oder Geld? Um diesen Streit zu schlichten, könnten wir einander umbringen, wenn *ich* nicht wüßte, daß von primär oder sekundär überhaupt keine Rede sein kann, sondern von Scheelsichtigkeit.

Wenn ich mich umschaue, meine Herren, dann stelle ich fest, daß eine der am weitesten verbreiteten menschlichen Unarten darin besteht, das Mittel zum Zweck zu machen. Alle Dinge, die die Menschen als Teil ihres Lebens bezeichnen, sind – abgesehen von einer Sache – für die anderen nur ein unbeabsichtigtes Mittel. Selig sind die, die selig sind. Aber es liegt auf der Hand, daß der absolut reine Zweck des Menschen dasjenige ist, was nicht zum Mittel gemacht werden kann.« Bei dem Wort »kann« legte er sein Messer scheppernd auf den Teller und begann abzuräumen. »Bestimmt ist es ein asozialer und dämonischer Standpunkt, den Zweck des Lebens in einer Stellung zu suchen, in der man nicht dienen kann: auf einem undienlichen Standpunkt, also. Nun denn«, sagte archibald strohalm und leckte in der Küche das Messer ab, »dann bin ich eben asozial. Aber: Kuckuck! Archibald strohalms Standpunkte haben keinen Boden. Denn in keiner Position kann ein Mensch mehr dienen, als auf dem von ihm bezweckten – mehr noch: Es ist die Dienstbarkeit selbst. Was ist dieser un-mittelbare Zweck, meine Herren? Wir wissen es nicht. Wir werden es aber gleich aus dem Munde des Meisters selbst erfahren. Ruhe also und Hut ab ...«

Archibald strohalm füllte einen Kessel und stellte ihn auf den Herd. Mit einem Knall schlug die Flamme in das Ofenrohr, brannte aber ganz ruhig beim zweiten Streichholz. Er lehnte sich gegen den Küchentisch und wartete auf das Wasser.

»Die ganze Gesellschaft, meine Herren Geschworenen, besteht aus bezweckten Mitteln; sie beruht darauf und ist nichts anderes. Sie besteht aus be-zweckten Mittelmäßigkeiten und be-mittelten Zweckmäßigkeiten. In der Gesellschaft kann der unmittelbare Lebenszweck des Menschen nicht liegen. Jemand macht es *sich* beispielsweise zum Ziel, die besten Kleider herzustellen, doch Kleider sind nur ein Scheinziel: Für den Autofabrikanten sind sie nur ein Mittel, nicht nackt herumzulaufen. Sein Ziel wiederum, die besten Autos zu bauen, ist für den Lastwagenfahrer nur ein Mittel, Dinge zu transportieren. Das Ziel dieses Mannes aber, der Transport, ist für den Schreiner nur ein Mittel, um ... In der Zwischenzeit vergeht ein ganzer Monat, und wir haben die ganze Gesellschaft abgehandelt. Alles erwies sich als ein be-zwecktes Mittel, bis hin zu Wissenschaft und ... jawohl, auch sie gehört dazu ... Kunst. Durch die Bank aber wird die Schneiderei, die Autoherstellung, der Frachttransport auch für die Schneider, Autohersteller und Lastkraftfahrer selbst nur ein Mittel sein und ihr wahres Ziel: goldgedecktes Geld – obwohl dies allzu offensichtlich nur ein Tauschmittel ist. Es stimmt, auch gottgedeckte Gedanken sind kein Zweck, sondern ein Mittel. Ein Mittel wozu? Die Ohren gespitzt und himmelwärts geschaut! Das einzige unbe-mittelte und un-mittelbare Ziel des Menschen liegt im Streben nach geistiger Vollendung. Hosianna in excelsis! Dies läßt sich im Hinblick auf kein anderes Ziel als Mittel entlarven. Es ist das unmittelbare und letztendliche Ziel. Würden Sie aber das Kuckuck im Hinterkopf behalten, meine Herren. Und jetzt ... Zum Wohl! Es lebe die geistige Vollendung! Hoch lebe die Dämonie!«

Archibald strohalm stand vor dem Küchentürfenster. Jetzt trat er ins Freie und machte ein paar Schritte in den Garten. Es war Herbst – die Jahreszeit, in der Kreuzspinnen ihre Netze spannen.

»Die Dämonie ist ein Harlekin mit Filzhut und Aktentasche«, murmelte er noch, »der ein schwarzes Tuch um sich geschlagen hat und ›Buh!‹ ruft« – dann aber redete er nicht mehr.

Über das Haus hinweg erklang Leierkastengejammer, in das sich Marschmusik und Schreie mischten. Um so stiller war es hier im Garten. Was soll man von so einem Garten sagen, außer daß es still darin ist? Der Boden und die Pflanzen, alles war still und in etwas Nebliges gehüllt; es war nicht neblig, aber das Licht, das vom Himmel herabkam, war neblig. Es sah aus, als habe jemand das Meer hochgehoben und, umgedreht, an das Firmament geklebt. Ein düsteres Meer auf dem Kopf, das rund um den Horizont kreiste und sich über archibald strohalm wölbte wie das Netz eines Entomologen über ein Insekt, das er anschließend betäuben, töten, trocknen und sauber aufgespießt in seine Vitrine stellen wird. Archibald strohalm sah ein paar herumhüpfenden Spatzen hinterher, für die nie Jahrmarkt ist, und plötzlich wunderte er sich über sie. Es wunderte ihn, daß sie dort auf dem Kiesweg herumhüpften, und perplex lauschte er ihrem Tschilpen. Er sah in die Höhe, dort flogen sie auch und verfolgten einander lärmend. Wenn es sich um Archäopteryxe gehandelt hätte, wäre er nicht weniger erstaunt gewesen. Er betrachtete wieder die Spatzen auf dem Weg, und mit prüfendem Blick schauten sie zurück, und es war ihm von A bis Z ein Rätsel, daß diese Tiere am heutigen Tag noch leben durften, daß sie nicht schon längst verboten und ausgerottet waren, aufgrund ihrer bodenlosen Gleichgültigkeit...

Der Wasserkessel pfiff. Er ging hinein und wusch ab. Danach zog er sich den Mantel an, schaute noch kurz auf den winselnden Moses und anschließend auf die ausgestopfte Schleiereule oben auf der Garderobe.

»Offenbar bist du heute wieder der einzige, mein Freund«, sagte er und zog die Tür hinter sich zu.

So wie in den vergangenen und bei der Gemeindeverwaltung aufbewahrten Tagen, war der Platz wieder das Zentrum des Städtchens. Lachende Menschen kamen aus den Straßen, mit orangefarbenen Bändern in den Knopflöchern und rotweißblauen Krawatten um den Hals. Der Zugang zum Kirmesgelände lag genau gegenüber von archibald strohalms Haus, und auch er begab sich dorthin. Aber anstatt den Jahrmarkt zu besuchen, ging er außen, wo es still war, an ihm entlang.

Die Fröhlichkeit wurde von einer langen Mauer abgehalten, die aus den hölzernen oder leinenen Rückseiten der Zelte und Buden bestand. Manchmal war zwischen den zerrissenen Vorhängen ein Mädchen zu sehen, und dann durchströmte ihn ein kurzes, unbestimmtes Prickeln, das er nicht mehr gewohnt war, und er streckte seinen Rücken. Hinter einer Schießbude hörte er die Luftgewehre klatschen und lautes Trommeln und Tschingderassabum, wenn ein Tambour getroffen wurde, oder Klingeln, wenn jemand sein Foto schoß. Auch die schwarzen, öligen Maschinen standen dort mit ihren rasenden Rädern, zitternd und dröhnend. Archibald strohalm ging an einem Wagen vorüber, vor dem ein an der Treppe angebundener, räudiger Schäferhund seine Vorderpfoten leckte; der Hund schnüffelte an seinem Hosenbein und witterte Moses. Durch die schmale Öffnung zwischen einer Losbude und der Geisterbahn gelangte er ins Getümmel.

Bereitwillig ließ er sich im Strom der Menge mittreiben. Er schenkte einem Mann ohne Beine ein paar Münzen, der in einem Wägelchen neben seinem Broterwerb hockte.

»Vielen Dank, mein Herr, ein vollständig selbstgebasteltes Modell der Staatsmine Maurits, bei einem Unfall...«

Der Rummel kam in einer Kakophonie aus Orgeln, Grammophonlautsprechern und schreienden Stimmen allmählich in Schwung. Pausenlos zwängten die Menschen sich durch das Tor aufs Gelände; es wurden auch bereits Knüffe an Individualisten verteilt, die gegen den demokratischen Strom anschwammen. Murrend gaben sie ihre Versuche auf: Gegen eine solche Übermacht konnte man nichts machen, und sich abheben daraus war nur durch Diktatur oder Kreuzestod möglich. Überall wurden Lieder wie die Nationalhymne und *In einen Harung jung und schlank* zum besten gegeben; Burschen und Mädchen, die man sonst nicht sah, gingen umher und riefen sich laut Dinge zu; auch sexuelles Rotwelsch war zu hören und ließ einige Damen und Herren beunruhigt aufschauen. Luftschlangen entrollten sich über den Köpfen, und die Luft wurde vom Gequäke der Tröten, von heulenden Luftballons, vom Knattern der Kracher, von japanischen Böllern, von kreischenden Küchenmädchen, Knallfröschen und anderen Höllendingern in Stücke geschnitten.

Archibald strohalm steckte die Hände in die Hosentaschen und lachte. Er war begeistert und verschenkte Kleingeld. Beim Riesenrad kaufte er eine Karte von dem Mann, der sich unter das Publikum gemischt hatte, und stieg in eine Gondel. Kurz darauf wurde er ein Stück in die Höhe gedreht, so daß die nächste Gondel besetzt werden konnte. Auf diese Weise, mit kurzen Unterbrechungen, versank der Jahrmarkt unter ihm; der Lärm wurde schwächer, geringer, und das Blickfeld wurde größer. Als er in Regenrinnenhöhe war, sah er in seinem Schlafzimmer das ungemachte Bett. Er stieg über die Dachrinnen hinaus und konnte schon weiter schauen, über die Dächer mit Schornsteinen und hier und da einem Taubenschlag hinweg. Er kam an den höchsten Punkt. Unten wimmelte das Leben, doch hier oben sah er Vögel, lebendige, und er spürte, wie wenig sie mit ihm zu tun hatten. Merkwürdig, der Wald, die Wiesen dahinter. Er suchte Boris Bronislaws Boot und fand es. Einen Moment lang dachte er an den vorigen Abend, aber sofort schob sich wieder die Glasscheibe dazwischen. In der Schachtel dort hinten auf dem Wasser wurde vielleicht gerade ein Kind geboren. Eine seltsame Vorstellung, die seinen Blick auf dem häßlichen Klotz haften ließ. In weiter Ferne fuhr ein Zug, und es störte archibald strohalm, daß nicht überall Jahrmarkt war. Er wünschte, daß überall Rummel wäre. Am Horizont sah er Vogelschwärme in den Süden ziehen: schwarze, lebendige Wolken, die über den Rand des Gesichtskreises rollten. Es wurde Zeit, daß sich das Riesenrad weiterdrehte, es war zu still hier oben. Jetzt sah er es: Der Punkt neben dem Wohnboot war ein Auto. Der Arzt war da, und folglich kam dort gerade ein Baby zur Welt. Es war ein merkwürdiger Gedanke, daß solche Ereignisse in so einem Ding stattfanden. Doch nun begann die Erde zu stöhnen...

Sie atmete langsam ein und kam auf ihn zu, schneller, bis sie gleich unter ihm lag; sie atmete aus und versank. Archibald strohalm drehte sich und begann, sich komisch zu fühlen. Er spürte die Übelkeit kaum. Nun war er einen Moment lang hoch in der Luft – Wolken und der davonfahrende Zug... und hinab... Schornsteine, Dächer, Regenrinnen, der Jahrmarkt, Gesichter auf dem Platz – Fenster, Taubenschläge, ein paar Vögel, der Wald, Bronislaw... Er sank wieder nach unten, drehte in den Lärm und die Musik hinein, rotierte weiter zur Stille und zum Horizont... Seine Sinnesorgane begannen zu wirbeln, er fühlte sein Hirn im Schädel, wie es gegen die Decke drückte und dann gegen die Basis... Er wurde krank, merkte es jedoch nicht. Er drehte sich zwischen Himmel und Erde und sang triumphale Themen. Er stand auf und hielt sich an den Eisenstangen fest. Abwechselnd fühlte er, wie er beim Steigen schwer gegen den Boden gedrückt wurde und wie er beim Sinken schwebte. Seine langen Haare, in denen Grau zu sehen war, flatterten im Wind. Er lachte und sagte wirre Dinge. Er sprach von einem Flugzeug, von einem Flugzeugunglück, doch seine Stimme, Augen und Ohren, alles kullerte durcheinander, sein Hirn wogte in seinem Haupt. Wie einen mit Quecksilber getränkten Schwamm fühlte er es in seinem Kopf, aber es war unruhig, es schien, als wollte es raus und abhauen. Die Gesichter dort unten, wie ein Foto blieben sie in seiner Erinnerung haften: ein Mädchen, das einen Jungen umarmte; ein Mann, der sich eine Zigarette anzündete; eine Frau, die einen Hut mit einer grünen Feder darauf trug. Als er das nächste Mal vorbeifuhr, hatte die Szene sich verändert: der Junge sah nach hinten; der Mann war in einem Rauchzug fixiert; die Feder der Frau bog sich in eine andere Richtung.

Drüben, jenseits der Wiesen, entdeckte er ein schlankes Flugzeug, das sich im Gleitflug befand – es machte eine Kurve von einer derart glückseligen Krümmung, daß, wenn die Seele eine Linie wäre, sie diese Form haben müßte. Voreilig verlängerte er diese Linie in schöner Harmonie und Allmählichkeit über das Land, und schätzte, wo der Vogel majestätisch zum Stillstand kommen würde. Aber der Boden war felsig; Zacken und Vertiefungen, Steinbrocken. Das Flugzeug berührte die Erde, federte hoch, fiel wieder hinab und begann zu hüpfen und zu rumpeln. Es wurde aus der Bahn geschleudert, rutschte weg, überschlug sich und brach in Flammen aus.

»*Apotheose zum Tanz!*« rief archibald strohalm und lachte.

Die Leute in den anderen Gondeln und auch die auf dem Boden beobachteten archibald strohalm besorgt. Als er es merkte, winkte er ihnen zu und fing an, das Lied vom ins Klo gefallenen Pastor zu singen. Diesen Scherz quittierte man mit einem beruhigten Lachen, und die Leute stimmten in das Lied mit ein. Das Rad drehte sich und sang in Bruchstücken, wenn die Mägen es zuließen, bis eine Glocke läutete und die Fahrt langsamer wurde. Das Rad kam zum Stillstand; nur der Platz wogte noch. Archibald strohalm setzte sich auf die Bank, fuhr sich durch die Haare und wartete, bis er aussteigen konnte. Das tat er lachend, und er wurde von den Zuschauern freudestrahlend empfangen. Als sie nicht aufhörten, ihn anzustarren, winkte er liebenswürdig in die Runde, was erneute Fröhlichkeit nach sich zog. Manche verbeugten sich tief, andere sahen ihn besorgt an, doch im allgemeinen war man freundlich gestimmt. Es war Jahrmarkt.

Das Gedränge wurde immer größer, und man konnte nur noch schlurfende kleine Schritte machen. Hier und da standen hilflose Eltern und brüllten »Pietje!« oder »Fietje!« –

und in diese Rufe stimmten Chöre der Handwerksschule begeistert mit ein. Nun waren auch Papphüte und -nasen zu sehen. Manche trugen auch regelrechte Karnevalsmasken, häßliche Visagen menschlichen Abschaums, und liefen damit herum, als kämen sie geradewegs vom ostafrikanischen Stamm der Boangaos oder vom westeuropäischen der Holländer. Archibald strohalm sagte zu sich selbst, er dürfe nicht zynisch sein, denn es sei gut, daß sie es machten; besser, als wenn es verboten wäre, um die frei werdenden Kräfte darauf zu verwenden, einen anderen Stamm auszurotten. Es wird wohl bald wieder verboten werden, dachte er, dann bräuchten sie keine Masken mehr aufzusetzen, um mit derartigen Visagen rumzurennen. Ihr wißt nicht, ging es ihm durch den Sinn, was für Visagen in euch stecken! Und in mir, dachte er, und dann hörte er hinter sich jemanden seinen Namen nennen. Er erschrak und drehte sich schnell um.

Es war Victor, der ihm grinsend die Hand entgegenstreckte. Seine Augen waren zu klein für den großen Kopf, in dem sie sich befanden. Es waren Lammaugen, mit denen er in die Gegend sah, aber manchmal war sein Blick scharf und listig, und in solchen Momenten zog er denjenigen, den er ansah, in Gedanken aus und ermordete ihn. Das wußte man, obwohl er nie darüber sprach. Seit archibald strohalm ihm seinen letzten Brief diktiert hatte, in dem es um die immer seniler werdende Frau Z. Spijkervet gegangen war, war er größer und männlicher geworden, breiter, lebenserfahrener, wie es schien. Er ging mit großen, langsamen Schritten, bei denen er immer seinen Oberkörper nach vorne bewegte.

»Welch eine Überraschung, Strohalm! Haaie?« (*How are you?*)

»Gut, sehr gut, très bien. Und du? Wie geht es dir?«

»Alles im Lot, Mann! Ich komme gerade eben aus den Staaten wieder. Ich bin jetzt im Handel.«

»Bist du nicht mehr bei der Wohltätigkeitsorganisation?«
»Haha, shut up! Ausgerechnet bei diesem Scheißladen. Ich hab ein paar Wochen nach dir die Kurve gekratzt. Dann und wann habe ich noch für dich Partei ergriffen, weißt du das? Ich war für dich, Heiblok war gegen dich. Ballegoyen sagte jedem, du seiest ein Narr: ›Unser früherer Sekretär erwies sich im letzten Moment als Hanswurst‹, sagte er jedem, und dabei machte er mit den Armen eine Geste, aus der die Gnadenlosigkeit des Schicksals hervorging. Ich glaube, daß er eigentlich große Angst vor dir hatte. Ich habe ihn übrigens vorhin noch gesehen. Dein Nachfolger ist ein pensionierter Freund von ihm, den er vom Militär her kennt. Ich hatte ständig Ärger mit ihm, und als ich dann eines Tages sagte, daß früher die Mörder am Kreuz hingen, heute aber die Kreuze an Mördern, da wurde ich rausgeschmissen. Jetzt mache ich in Kunstgeschichte. Wär das nichts für dich? Acht Bände. Umfaßt alle bildenden Künste, Baukunst, Innenarchitektur, was du nur willst. Für nur unglaubliche siebzig Gulden. Du kannst es in wöchentlichen Raten von zwei Gulden fünfzig oder mehr abbezahlen. Wenn du heute die erste Rate zahlst, bekommst du schon Freitag die ersten beiden Bände geliefert. Du kannst auch ...«

»Aus allerlei Gründen«, unterbrach ihn archibald strohalm, »hasse ich bereits Versicherungsvertreter; wenn du nun also auch noch damit anfängst, muß ich weggehen.« Er dachte: Früher sagtest du immer *Herr* Strohalm. Es war ein kichernder Gedanke. Er dachte auch: Vielleicht bist du der letzte, mit dem ich rede.

»Ich sehe schon, du kaufst nichts. Der Dualismus steckt schon drin. Es gibt dualistische und monistische Verkäufer. Die dualistischen tragen ordentliche Anzüge und Krawattennadeln. Sie argumentieren und wollen überzeugen: Argument – Gegenargument. Ich bin ein Monist. Ich jubele den Leuten ohne Argumente Kunstgeschichten unter. Neulich wurde mir eine Frau Sowieso empfohlen; ich wußte, daß sie mit Vornamen Aleida hieß. ›Ist Aleida zu Hause?‹ rief ich unten an der Treppe. Ich stellte mich vor und sagte, ich solle schöne Grüße von Jaap bestellen; das war der Bursche, der mir den Tip gegeben hatte. ›Von Jaap? Ach, so was! Wie geht es Jaap? Dieser Jaap!‹ Am Ende kaufte sie mir zwei Exemplare ab: eins für sich selbst und eins als kleines Geschenk. Außerdem blieb ich zum Essen, ich ging mit ihr ins Bett, und bevor ich das Haus verließ, nähte sie mir auch noch einen Knopf an den Mantel. Siehst du, das sind so die Vorteile des Monismus. Wenn du die Technik einmal raushast, dann hast du's geschafft. Du mußt im Gespräch vor allem viel lachen und das Zimmer ausfüllen. Am besten behältst du den Hut auf. Manchmal kann es nützlich sein, die Füße auf den Tisch zu legen. Und dann mußt du reden und reden, Scherze machen und über Jaap lachen, hin und her gehen und Zigaretten aus der Schachtel holen. Das ganze Leben hängt von der Persönlichkeit ab, Strohalm. Die Dualisten haben keine Persönlichkeit, und darum sterben sie auch allmählich aus. Kleinlich stehen sie mit ihrem ordentlichen Hemd in der Ecke, und beflissen präsentieren sie ihre Argumente und ihre einstudierte Tadellosigkeit. That's no good, Sir. Das sind die Menschen der schönen Form. Ist Bergen-Belsen schöne Form? Oder Korea? Die Monisten sind die großen Persönlichkeiten. Ich habe Studien über die Persönlichkeit angestellt, und wenn nicht nächstes Jahr der Krieg ausbräche, dann würde ich die Welt mit einem Lehrbuch darüber beglücken.«

Archibald strohalm sah ihn von der Seite an und schwieg. Victor sah zu ihm herüber; nach einem Moment wandte er den Blick ab und lachte kurz mit schiefem Mund.

»Wie findest du meinen Dufflecoat?« fragte er. Es war ein monistischer Vertretermantel: kurz und weit, aus

dickem, beigefarbenem Stoff; auf dem Rücken hing eine spitze Kapuze, wie bei den Mönchen.
»Ein hübscher Mantel«, sagte archibald strohalm.
»Nicht wahr? Hier, willst du auch eine Zigarette? Eigentlich ist er ein bißchen zu warm für heute, aber ich habe einfach den erstbesten von der Garderobe geschnappt, als ich aus dem Haus geflitzt bin. Dort hockte meine Mutter und schaute mit einem Gesicht wie zwei Wochen Regenwetter auf meinen Vater, der die ganze Zeit nur in der Nase bohrt. Das ist das heilige Sakrament der Ehe. Wußtest du, daß die Ehe für heilig erklärt wurde, Strohalm? Da soll man sich nicht bepissen! Das ist ein hervorragender Mantel, solide wie Hartfaserplatten, fühl nur. Man kann so was in den Ramschläden kaufen, wo Armeevorräte an den Mann gebracht werden. Je mehr wir uns dem Jahr 1953 nähern, um so mehr solcher Läden gibt es; der Krempel muß weg sein, bevor der nächste Krieg anfängt. Dann können die Textilfabrikanten wieder neue Sachen für die Soldaten herstellen, damit sie darin sterben. Sonst würden sie nichts verdienen, verstehst du? Man kann doch nicht immer nur Krankenhäuser bauen und mit den Steuern die Preise drücken, oder? Das wäre gar zu verrückt. Ich habe einen Onkel, der Bauunternehmer ist. Während des Kriegs baute er Bunker für die Deutschen, nach der Befreiung riß er sie für die Niederländer wieder ein. Jetzt wartet er darauf, daß die Amerikaner ihn damit beauftragen, sie wiederzuerrichten. Der hat's raus. Krieg bedeutet Hochkonjunktur, Strohalm, jedoch nicht für Kunstgeschichten, glaube ich. Wie dem auch sei, mich interessiert das nicht. Ich werde Unterricht im Bildhauen nehmen, ich hab Talent, weißt du; früher habe ich viel mit Seifenstücken modelliert. Nach dem nächsten Krieg kann ich dann am Höhenflug unserer Bildhauerkunst teilhaben und Heldenskulpturen machen. Vielleicht sind ja Bildhauer die wahren Kriegstreiber – ein

ganz neuer Gesichtspunkt. Siehst du den Kerl dort, der mit dem kleinen Mädchen an der Hand? Vielleicht krepiert er als Held im Kampf für den Frieden, und ich kann anschließend tausend Mäuse mit seinem Brustbild verdienen. Es gibt vielerlei Möglichkeiten. Ich kann zum Beispiel auch ein Heim gründen, in dem ich das Töchterchen nach seinem Tod pflege, das bis dahin durch irgendeine radioaktive Strahlung erblindet sein wird. Aber das lasse ich doch lieber bleiben. Weißt du, wozu ich Lust habe? Ich würde gern hundert Fotos von Kriegsversehrten sammeln, die schlimmsten Verletzungen, die es gibt, in Nahaufnahme. Daraus mache ich einen Bildband, im Format fünfzig mal dreißig, und werfe ihn in alle Briefkästen der Welt. Auf der ersten Seite drucke ich ein paar Leitsprüche über Kultur, Freiheit und Gerechtigkeit ab und unter jedes Foto drei Zeilen aus einem Hugenottenpsalm. Die kenn ich gut, denn ich war auf einem christlichen Gymnasium. Der neunzehnte wäre nicht schlecht. Kennst du den? Das ist ein herrlicher Psalm; der Autor heißt Louis Bourgeois, wohlgemerkt. Auf dem ersten Foto ist das halbe Gesicht eines Mannes zu sehen; die andere Hälfte wurde von einer Granate weggesprengt. Doch er hat überlebt. Blutunterlaufen schaut ein Auge hervor. Unter dem Foto steht:

Der Himmel zahllos Heer
erzählt von Gottes Ehr
und großer Wundertat.

Auf dem zweiten Foto sieht man einen ungefähr sechzehnjährigen Jungen, den man wegen Spionage an den Füßen aufgehängt hat. Die Augen sind aus den Höhlen getreten, aus seinem Mund trieft irgendwas Ekliges, der ganze Kopf ist geschwollen. Darunter steht zu lesen:

*Das Firmament voll Pracht
rühmt seiner Hände Macht,
die es bereitet hat.*

Das nächste Bild ... das ... dort, siehst du ...« Doch nun konnte er nicht mehr weitersprechen. Ein Geräusch kam aus seiner Kehle, Schluchzen oder Lachen, ganz wie man wollte. Seine Augenlider waren feucht, und sein Kopf zitterte. Unsicher sah er archibald strohalm an, schaute dann wieder vor sich hin und dann erneut in archibald strohalms Augen. Schon wieder dieses Geräusch.

»Sei mir nicht böse«, sagte er mit einer Stimme, die er nicht mehr unter Kontrolle hatte, »es ... ich bin vollkommen fix und fertig ... Es ist warm hier, was? Findest du nicht?« Er schluchzte und machte eine hilflose Geste mit der Hand. Er lachte auch. Dann zog er sich die Kapuze über den Kopf, bis tief über die Augen. Darunter weinte er.

Archibald strohalm stützte ihn mit dem Arm und schwieg. Schwieg auch seine Seele? Er dachte an gestern, als er Hand in Hand mit Boris Bronislaw über die Ebene gegangen war. Langsam durchquerten die beiden den Nationalfeiertag. Es gab Damen und Herren, die sie mißbilligend ansahen, aber es schien, als kämen sie zu der Schlußfolgerung, daß hier ein Blinder geführt wurde (der Junge mit der Kapuze ein Blinder), und sagten nichts. Nur Ballegoyen, der mit seiner Familie vorbeikam, blieb stocksteif stehen. Er streckte einen Finger aus, um auf die beiden zu deuten, doch die darauf verwandte Kraft war zu gering, und das Ding blieb auf halbem Weg, Richtung Boden zeigend, in der Luft hängen. Inmitten seiner Nachfahren schaute der Vorsitzende der Wohltätigkeitsorganisation seinen ehemaligen Angestellten noch lange Zeit hinterher.

»Ich glaube«, sagte Victor und schob seine Mütze in den Nacken, »ich hab nicht mehr alle Tassen im Schrank.«

»Wer nicht mehr alle Tassen im Schrank hat«, meinte archibald strohalm, »der hat dafür oft etwas anderes.«

»Hm ...« Victor dachte nach. »Unsere Kultur«, begann er langsam, »ich meine: Unsere Kultur ... Ach, Quatsch«, sagte er, als käme er zu sich. Er lachte. »Wir haben uns geirrt. Wir haben uns einfach in ihr geirrt. Irren ist menschlich. Der eine irrt sich in der Weinmarke, der andere in seiner Frau, und wir alle haben uns in der Kultur geirrt. Es kommt schon mal vor, daß man – wenn man mit nur einem Auge hinaussieht – einen großen Vogel am Himmel entdeckt; doch wenn man dann das andere Auge öffnet, zeigt sich, daß es nur eine Fliege auf der Fensterscheibe ist. Die Kultur ist eine Fliege auf der Fensterscheibe. Unser anderes Auge hat sich geöffnet. Wir meinten, sie wäre ein großer Vogel, doch nun zeigt sich, sie ist nur eine Fliege auf der Fensterscheibe. Ein Irrtum. Wir haben nur mit einem Auge hingesehen. Hervorragend! Wieder ein wenig weiser geworden.«

»Hast du gesehen«, fragte ihn archibald strohalm verwirrt, »wer gerade vorbeigekommen ist? Ballegoyen.«

»Ich hatte ihn schon vorher gesehen. Hast du ihn gegrüßt?«

»Ich hab so getan, als sehe ich ihn nicht.«

»Klasse! Zur Hölle mit ihm. Zeig, was hast du dort an deiner Hand? Warte kurz ...«

Er ging rasch auf eine kreisförmige Gruppe von Leuten zu, die etwas betrachteten, was in ihrer Mitte auf dem Boden lag. Die Mütze eines Polizisten war zu sehen. Archibald strohalm trat ein wenig zur Seite, um den Menschenstrom nicht zu behindern, und wartete. Er hatte den Eindruck, daß es Victor nicht im mindesten interessierte, was dort geschah, daß es ihm nur darum ging, sich die Augen trocken zu wischen. Archibald strohalm dachte: Ich habe einen weinenden Mann in den Arm genommen.

Als Victor nach wenigen Augenblicken zurückkam, hing die Kapuze wieder auf seinem Rücken; seine Augen waren klein und rot, aber trocken. Kichernd und irgendwie prustend kam er bei archibald strohalm an.
»Was war los?«
»Nichts Besonderes; keine Ahnung, warum ich so lachen muß. Das kommt aber öfter vor. Manchmal, wenn ich höre, daß irgendein Bekannter von mir gestorben ist, fange ich an zu lachen. Und wenn ich jemand anderem davon berichte, was ich gern tue, fange ich wieder an, ob ich will oder nicht. Vielleicht mache ich das aus einer Art von Triumphgefühl heraus, weil ich selbst nicht tot bin – was weiß ich. Nichts Besonderes, eine Frau lag auf der Straße, ohnmächtig oder so. Ein Kind stand daneben und weinte. Ich mußte auf einmal lachen, als ich die Frau dort auf dem Pflaster liegen sah. Alles kann mitunter lächerlich und bescheuert sein.«
»Aber dann«, fuhr archibald strohalm mit schneidender Stimme fort, »dann macht es plötzlich: *Tick!* – und es wichtig geworden. Auch, äh ... auch diese Frau ...« Er blieb stehen und sah zu der Menschenansammlung zurück. Er zögerte, und es schien, als wolle er zurückgehen.
»Da hast du recht«, sagte Victor, der ihn verwundert beobachtete, »aber dieses *Tick!*, das kenne ich nicht.«
»Was war das für eine Frau?« Archibald strohalm stellte diese Frage, als ginge es ihn persönlich an, als könne es sich um eine Verwandte handeln.
»Eine ganz normale Frau. Warum?«
Archibald strohalm schaute sich noch einmal kurz um. Dann ging er weiter und schüttelte den Kopf.
»Nur so«, sagte er. Schweigend sah er zu Boden. Plötzlich begann er zu lachen. Er sah Victor ausgelassen an und gab ihm einen Knuff in die Seite. Mit dem Daumen zeigte er über die Schulter nach hinten und wollte etwas sagen,

hielt aber inne, als habe er es sich anders überlegt. Statt dessen warf er den Kopf in den Nacken und lachte lauter. Es war ein offenes, weites Lachen mit vielleicht ein wenig Unsicherheit darin, aber doch fröhlich. Möglicherweise hatte er noch nie fröhlich gelacht. Jetzt tat er es. Das Leben! jubelte etwas in ihm; er liebte das Leben! »*Tick!*« rief er. »*Tick!*«

»Tickst du nicht sauber?« fragte Victor.

»Manchmal hat man einfach Lust, einen wilden Kasatschok zu tanzen, Mann, zur Musik einer Balalaika!« Lachend stand er still, verschränkte die Arme soweit wie möglich vor seiner Brust, ging in die Knie und fing in einem zackigen Rhythmus an zu singen, während er gleichzeitig seine Beine abwechselnd nach vorne schleuderte.

»Hossa!« rief man um ihn herum. »Gib Gas, Alter! He! He! He!« Burschen klatschten im Takt, ein paar Mädchen kreischten laut vor Vergnügen, sie kippten gegeneinander, beugten sich vor und zurück und lachten sich fast tot.

»Er wird keck, der Alte!«

»Gebt ihm etwas Kampfer!«

Archibald strohalm lachte und keuchte. Von einem Bein aufs andere springend, versuchte er weiterzusingen, doch Atemnot hackte das Lied in Stücke. Kurze Zeit später begann er zu husten und tanzte jetzt nur noch im Rhythmus des Klatschens. Seine Beine wurden steif; plötzlich ruderte er mit den Armen und kippte um.

»Hau bloß ab!« schimpfte ein Mann, der einen Schlag von archibald strohalms Arm abbekommen hatte. Wütend ging er auf ihn zu, bekam aber nicht die Gelegenheit, ihn zu verprügeln. Der Jahrmarkt war für Bösartigkeiten nicht geeignet.

»He! Bist du mit dem linken Bein zuerst aufgestanden?« sprang er ihm zur Seite. Und: »Wenn du dich prügeln willst, dann komm her! Gegen den alten Mann traust du dich, was? Na? Oder hast du Schiß? Los! Komm doch! Dann werde ich dir mal schnell eine Abreibung verpassen!«

»Willst du unbedingt eins auf die Fresse haben?« erwiderte der Bösartige, vergaß den auf der Straße sitzenden archibald strohalm und ging drohend auf seinen Herausforderer zu.

»Haha! Und wen holst du dir dafür zu Hilfe, Miesepeter?«

»Wenn du noch einmal das Maul aufmachst, schlag ich dich krankenhausreif!«

»Hahaha! Däumling auf dem Kriegspfad!«

Schallendes Lachen brach aus. Archibald strohalms Verteidiger, ein junger Bursche, stand breitbeinig in dem Gelächter, lachte mit und fühlte sich so stark wie zehn Männer. Der Bösartige betrachtete die Menschenfront, murmelte »Bagage« und zog unter lautem Johlen ab.

Archibald strohalm hatte man vergessen. Mit widerspenstigen Gelenken ging er neben Victor her.

»Es ist traurig, daß ich von den Beinen kippe, wenn ich tanzen will«, sagte er. »Nie wieder werde ich tanzen, das ist klar. Hast du gehört, wie sie mich nannten? Einen alten Mann. Findest du auch, daß ich ein alter Mann bin?«

»Überhaupt nicht! Du hast einen noch jungen Geist.«

»Ich danke dir, mein Freund. Möchtest du nun eine Zigarette von mir? Es ist traurig. Ich glaube, daß sie in durch von der Visite über den Siebenläufer gekommen sind. Haha! In zwei von Sisyphos' Tüchern so hoch hoch über zwischenzeitlich archibald strohalm versunken in Brombeersträuchern Zink verquerer Sumpfler.«

»*Strohalm!*« rief Victor, blieb stehen und schüttelte ihn an seinem Oberarm hin und her.

»Was ist?«

»Du delirierst! Du redest irr!«
»Ich? Was habe ich denn gesagt?«
»Was weiß ich, was du gesagt hast! Du mußt ins Bett!«
Archibald strohalm zuckte lächelnd die Achseln.
»Ich fühle mich gut. Ich kann mich an nichts erinnern. Irrst du dich auch nicht?«
»Zum Teufel, nein! Du sagtest wirres Zeugs! Vielleicht hat dich das Tanzen zu sehr aufgeregt. Du …«
Er stockte. Das Lächeln, mit dem archibald strohalm ihm zugehört hatte, verschwand so plötzlich, als wäre es mit einer Fliegenklatsche aus seinem Gesicht geschlagen worden; danach sah er ihn noch wie vorher an, doch jetzt hatte sein Antlitz die Fahlheit eines Kellertiers, das im Licht zugrunde geht. Victor war nicht in der Lage, weiterzusprechen. Ein Kloß in seinem Hals. Dieses Gesicht: in seinem Bildband, fünfzig mal dreißig. Dann kehrten das Lächeln und das Blut allmählich wieder. Archibald strohalm wandte seinen Blick ab und drehte sich um zu einem Mann ohne Ohren, der vor seinem Zelt auf der Bretterbühne stand und brüllte.
Der Golf von Biscaya! Hier war der Golf von Biscaya! Niemals zuvor hatte man dergleichen erlebt, hier durfte man nicht vorübergehen. Hier konnte man durch heulende Stürme schippern und sich im fürchterlichsten Gewitter aufhalten! Jawohl, hier konnte man Schiffbruch erleiden und dennoch mit dem Leben davonkommen! Der berüchtigte Golf von Biscaya! 1892, 1908 und 1927 – das waren die Jahre, in denen sich die schrecklichsten Katastrophen ereignet hatten, bei denen Hunderte im Golf von Biscaya verschwanden! Hier durfte man nicht vorübergehen, einige Plätze waren für diese Reise noch frei! Hereinspaziert!
»Sollen wir reingehen?« Er murmelte es beinah unhörbar.

Victor besaß eine große Bereitschaft zu vielen Dingen, aber jetzt hob er das Handgelenk mit seiner Armbanduhr, ohne sie jedoch anzuschauen; er betrachtete nur archibald strohalm, der ihn abwartend ansah, als wäre er nicht soeben auf dem Meeresgrund gewesen.

»Nein«, sagte er, schaffte es aber nicht einmal, den Kopf zu schütteln, »nein ... Ich ... ich muß noch etwas erledigen. Ich bin schon spät dran.« Unverwandt ruhte sein Blick auf archibald strohalm, der sich nicht anmerken ließ, daß er Victors Schrecken und Nervosität sah. »Ich muß gehen. Ich würde ... Viel Spaß!« Er drehte sich um und war sofort im Gedränge verschwunden.

Während archibald strohalm in der Schlange stand, die sich an der Kasse gebildet hatte, war ihm, als steckte er in einem Harnisch. Vor und hinter sich spürte er Menschen, undeutlich durch das Eisen hindurch. Soeben hatte er etwas gesehen, doch davon war nur noch eine grasbewachsene Böschung übrig, in der weiße Larven herumkrochen. Er legte fünfundzwanzig Cent hin und bekam eine Karte. Er konnte kein Dankeswort murmeln. Er mußte seine Kiefermuskeln anspannen, alle Muskeln seines Körpers mußte er wie Stöcke angespannt halten – überall lauerte eine bodenlose Angst und wartete darauf, sich über ihn zu ergießen. Mit steifen Knien, die er kaum knickte, ging er durch einen kurzen, schmutzigen Gang zum Golf von Biscaya.

Er, archibald strohalm, wollte sich mit einem *Meer* amüsieren? In der Tat, es war ein Meer, dieser Golf; aber kein horizontales ... sondern ein senkrecht stehendes. Es war ein gutes Meer. Am Ende des Gangs gelangte er in einen länglichen, mattschwarz gestrichenen Raum, an dessen Wänden zwei vollbesetzte Bänke standen. Während das Licht erlosch, entdeckte er gerade eben noch einen freien Platz, und tastend suchte er den Weg dorthin.

Die Finsternis war vollständig, was zufriedenes Lachen hervorrief. Eine Maschine war zu hören, und mit sanftem Wiegen begann die Fahrt. Nebelhörner dröhnten gedämpft und unheilverkündend. Die Dunkelheit eröffnete der Phantasie alle Möglichkeiten. Auch unser eigenes Schiff heult nun aus seinem Angsthorn. Das ist durchaus angebracht, das Wetter ist schwer, der Seegang nimmt zu. Manchmal hebt sich der Kahn sogar kurz aus den Wellen. Doch keine Angst bei der Besatzung. Im Gegenteil: Verdächtiges Kichern erklang. Es wurde viel gelacht. Archibald strohalm wurde warm, und er öffnete den Kragenknopf. Der andere, der am Waldrand gestanden und den in den Nacken geworfenen Kopf erhoben hatte, war jetzt auch hier. Einmal hatte er ihn zur toten Pflanzung mitgenommen. Ein Mann, gefährlich genug, um sich vor ihm zu fürchten. Und auf einmal, in einem unteilbaren Moment, fühlte archibald strohalm, daß der Harnisch von ihm abfiel und daß in ihm zur Revolution geblasen wurde, daß in seinem Innersten getrommelt wurde und daß ein Aufstand drohte! Doch er war von vornherein gescheitert, niedergeschlagen, und jemand sagte: »Hier gibt es keine Berufung. Nächster Fall.« Er hatte nur einen Augenblick lang tief Atem geholt.

Die See war jetzt wirklich rauh; das Boot wurde nach links und rechts geworfen, stieg aus der Wasserwand auf und glitt taumelnd hinab. Ausgelassen stießen die Leute gegeneinander. Eine kreischende Frau fiel halb über seinen Schoß, und er wollte sie behutsam aufrichten, da wurde er selbst in die Arme eines andern geschleudert, der ihn sofort wegschubste. Er schwenkte einen Arm und spürte eine Hand, die auf einer Brust herumtastete. So ging das hier also zu. Es war zum Lachen. Und plötzlich lachte er. Alle lachten und schrien. Irgendwo war auch Würgen zu hören. Archibald strohalm lachte laut im Dunkeln und dachte an Paulchen, der jetzt aus dem Dunkeln zum Vorschein kam. Idiot! Haha! Das wollüstige Kreischen nahm kein Ende; dazwischen ertönte männliches Poltern, das nach Zigarren klang. In der Dunkelheit löst sich die Haut auf, und alles fließt hinaus. Wo auf der Welt waren sie? Eine Ohrfeige erschallte, und die rasselnde Stimme des Beleidigtseins folgte sogleich, wurde aber vom maßlosen Lachen der Passagiere übertönt. Ein paar Plätze weiter hörte man Stöhnen. Das Meer war eine Orgie, die Luft wurde fettig ...

Dann stimmte plötzlich etwas mit der Maschine nicht, oder vielleicht gehörte es auch dazu: Sturzseen wirbelten das Schiff um seine eigene Achse, drückten es unter Wasser, woraufhin es wie ein Korken in die Höhe sprang. Mit lautem Brüllen wurden alle von den Bänken gekippt und rollten auf dem Fußboden übereinander, rutschten vor und zurück – Schiffbruch! 1950! Umgeben von Armen, Beinen und Geschrei, wurde archibald strohalm mit den anderen Bürgern der Stadt vermischt, verquirlt, Rührei, Püree wurde aus ihnen gemacht; inmitten von Kleidern und Fleisch, einmal oben, einmal unten, dann wieder mittendrin, zuckte er wild vor Lachen ... »*Unio mystica!*« rief er und meinte, in Stücke zu brechen vor lauter Lachen; sein Bauch verkrampfte, pfeifend holte er Luft. Er fühlte harte Köpfe und weiche Hintern. Das Lachen glitt allmählich ins Wahnsinnige ab, so wie einige ostasiatische Vögel in hohen Baumkronen lachen. Hier und da schrie jemand auf vor Schmerz. Schuhe stießen gegen sein Schienbein, wiederholt und mit Absicht, und er selbst ergriff Haare, zog daran und lachte hemmungslos. Von Orkanen gepeitscht, tobte das Schiff über alle Meere und Ozeane. Archibald strohalm kullerte aus dem Gemenge, und in dem Augenblick lachte er nicht mehr.

Es war gefährlich hier, und er mußte zusehen, daß er verschwand! An diesem Ort drohte mehr Unheil als im

Bombenregen! Verschwitzt und verschmutzt lag er seitlich auf dem Boden und zitterte am ganzen Körper. Wo auf der Welt war er? Wie lautete der Name? Durch das Schwanken des Boots gelangte er von selbst in eine stehende Position, einen Moment lang verharrte er mit gespreizten Armen und weit aufgerissenen Augen in der Dunkelheit ... wurde wieder nach vorne geschleudert und landete halb auf etwas Weichem. Es war eine Frau, und er fühlte, wie sie ihn mit Armen und Beinen umschlang, und sie küßte ihn mit ihrem Mund, mit ihren Brüsten und mit ihrem ganzen Körper, so daß archibald strohalm aufstöhnte, erschlaffte und sie dann auch küßte und mit ihr tat, was er konnte. Das war kolossal, was da geschah. Dort geschahen elementare Dinge – so elementar wie ein Stein, der fällt. Er dachte an nichts mehr, er spürte nur eins noch: Wärme, Wärme, alles versank in Wärme ... Dies währte Jahrhunderte.

Da leuchtete ein Angstpunkt auf: Das Licht konnte angehen, und er würde sie sehen! Er riß sich los.

»Danke«, keuchte er, »danke, danke, danke, danke.« Er löste ihre Hände, die sich in seine Kleider gekrallt hatten, richtete sich auf und floh. An der Bank Halt suchend, über Leiber stolpernd und auf eine Hand tretend, bewegte er sich zur Tür. Breitbeinig stand er davor und donnerte mit beiden Fäusten dagegen. Trotz der Panik in seinem Hirn wußte er: Ich darf sie nicht sehen, ich darf sie nicht sehen, unter gar keinen Umständen darf ich sie sehen! Das dachte er ununterbrochen. Die Bewegungen des Schiffs verlangsamten sich rasch, es schaukelte noch ein wenig, und dann lag es still. Das Licht ging an. Er hörte nicht, was hinter ihm passierte, krampfhaft preßte er sein Gesicht in die Ecke und dachte: Ich darf sie nicht sehen, es wäre eine Katastrophe, wenn ich sie sähe.

Die Tür öffnete sich, und an dem Ohrlosen vorbei stürzte er hinaus. Er schaute ihm nicht ins Gesicht und wußte folglich auch nicht, ob es einen Unfall gegeben hatte oder ob alles normal verlaufen war. Er rannte über die Bretterbühne und die Stufen hinab, drängelte sich zwischen den Menschen hindurch, arbeitete mit den Ellbogen und spürte die Stöße gegen seine Schultern und in seinen Rücken nicht. Er wußte nur, daß er diesen Ort verlassen mußte, egal wohin, Hauptsache weg!

»He, Alter, du könntest dich auch mal wieder staubsaugen lassen!«

»Los, gib ihm fünfundzwanzig Cent für den Friseur!«

»Ich werde mich hüten, die versäuft der sowieso nur.«

»Mensch, das ist der Spinner, der auf dem Riesenrad gesungen hat!«

> »*Ist das dein Liebster,*
> *der Schweinepriester?*
> *Ist das dein Schatz,*
> *dieser Pojatz*
> *und Hosenmatz?*«

Er hörte den Gesang nicht, hörte, sah nichts. Fassungslos ließ er sich vom Strom der Menge mitreißen. Er würde gern laufen, rennen, immer weiter, ohne anzuhalten, aber das war unmöglich. Verwirrt starrte er auf die Rücken der Menschen, die vor ihm hergingen, und murmelte pausenlos: »Das war eine große Liebe!« – und: »Sie war's.«

Minutenlang ließ er sich treiben, ohne zu wissen, daß er einen Körper hatte und wo dieser sich befand.

14 Als archibald strohalm langsam wieder zu sich kam, bemerkte er, daß er noch immer auf dem Rummel war. Er steuerte seitwärts aus dem Gedränge. In einem Winkel des Geländes konnte er normal gehen. Dort standen leere Kisten herum, auf denen alte Männlein saßen, die sich vornüber auf ihre Spazierstöcke stützten und das Fest beobachteten. Eine schwarze Reihe, vom Leben an den Rand gespült, das sie lächelnd und manchmal grollend beäugten, in der kurzen Frist, die ihnen noch blieb, bevor sie im Gully verschwanden. Er bemerkte die Männlein kaum und setzte sich zwischen sie, ohne auf ihr Murren zu reagieren. Die Hände schlaff zwischen den Knien, starrte er aufs Pflaster. Nur einen Zeigefinger hob er dann und wann mit den Worten: »Das war eine große Liebe! Das war eine sehr große Liebe!«

»Jaja...«, krächzte eines der alten Männlein neben ihm, »die habe ich auch erlebt. Es war ... laß mich mal nachdenken ... das war anno neunzig. Oder einundneunzig? Nein, neunzig. Einundneunzig war ich beim Militär. Das war auch eine große Liebe, Mann. Das war *meine* große Liebe. Vor sechzig Jahren. Ich bin schon achtzig, mußt du wissen. Ja, wirklich, schon achtzig! Sollte man nicht meinen, was?« Als archibald strohalm nicht antwortete, nickte er. »Das glaubt mir fast keiner. Aber es stimmt. Du glaubst mir doch sicher?«

»Du wolltest von deiner großen Liebe erzählen«, erinnerte ihn ein zweites altes Männlein, das an der anderen

Seite des Achtzigjährigen saß. Es beugte sich vor und wandte sich an archibald strohalm. »Nehmen Sie es ihm nicht übel, er ist schon so alt.« Er lächelte und deutete mit dem Kopf auf seinen Nachbarn.
»Sei bloß still, du«, schimpfte der andere. »Du bist doch selber auch alt.«
»Erst dreiundsiebzig.«
»Hihi. Tja, als ich dreiundsiebzig war, sah ich besser aus als du!«
Der Angesprochene sah ihn an und lächelte archibald strohalm, der nicht wußte, ob er zuhörte oder nicht, verschwörerisch zu. Zwei weitere alte Männlein kamen hinzu, und das Murmeln ging hin und her. Alle alten Männlein auf der Welt kennen einander. Wenn wir alte Männlein sind, werden wir uns auch alle kennen.
»Ich war Briefträger in Den Haag, mußt du wissen«, begann der Alte wieder. »Eines Abends mußte ich in der Laan van Meerdervoort eine Sendung abgeben. Ich klingelte... Ich klingelte zweimal, daran erinnere ich mich noch. Dann öffnete ein Mädchen die Tür, ein kleines blondes Mädchen von achtzehn Jahren, dachte ich damals, aber sie war bereits...« – Jetzt sah archibald strohalm sich selbst. Es war, als würden wie in einer billigen Revue stets andersfarbige Scheinwerfer auf ihn gerichtet. Vorhin – war das geschehen? Konnte es geschehen sein? Eine Leere ergriff von ihm Besitz, von der er dennoch wußte, daß sie minutenlang währte. Danach überkam ihn wieder eine Leere, doch zwischen beiden gab es einen Moment, in dem er sich selbst sah: Scherben, die man in eine Ecke gekehrt hatte. Er sah es ohne Schrecken oder Schmerz. Er sah es, und dann kam die Leere wieder. Es war nun nicht mehr notwendig, die Muskeln anzuspannen. Es gab Punkte in ihm, an denen er bereits schlief. Aber sein Engel? Hinter ihm lag ein Leben wie eine aufgebrochene Straße. Rot.

Grün. Blau. – »... von gewußt. War deine Liebe denn auch so groß?« Der Alte hielt den Stock ruhig, mit dem er beim Erzählen seiner Geschichte den Sand zwischen den Steinen weggekratzt hatte.

Archibald strohalm sah ihn an.

»Ganz anders. Die Zeiten haben sich geändert.«

»Jaja, hihi, ich muß dich im Auge behalten! Du bist ein Schalk, glaube ich. Piks, piks«, sagte er und bohrte archibald strohalm seinen krummen Zeigefinger in die Seite.

Archibald strohalm stand auf und entdeckte Flecken von Erbrochenem auf seinem Ärmel. Langsam entfernte er sich von den Kisten.

»He!« rief das Männlein ihm hinterher. »Gehst du schon wieder?« Und als er keine Antwort bekam: »Flegel! Schürzenjäger!«

Der Jahrmarkt begrub archibald strohalm unter seinen Fluten, mit farbigen Bällen an Gummibändern beworfen, kehrte er in das Gedrängel zurück. Einem Knallfrosch, der im Zickzack über den Boden knatterte, mußte er mit Sprüngen ausweichen. Er hatte das Ding nicht gesehen und sprang, weil die andern um ihn herum sprangen. Der Knallfrosch war erloschen, aber dennoch sprang er noch einmal – das war ein schöner Sprung! Wieder sprang er, hoppla, so daß er über alle Köpfe hinwegschauen konnte. Nun hatte sein Engel sich vom Boden erhoben. War die Frau Fleisch geworden? Er zog die Augenbrauen zusammen und wollte nicht an sie denken. Vielleicht würde sie dann wieder zu ihm zurückkehren. Sie war das letzte, was er hatte. Ja? Hatte er sie noch? Er spürte das Brennen der Säure in seinem Magen. Es war, als könnte die Welt nun jeden Augenblick von einer großen, wütenden Hand gepackt und in Fetzen gerissen werden. Er schaute zum Karussell hinüber, zwang sich, die herumwirbelnden, mit Kindern beladenen Tiere zu betrachten. Er sah genau hin, und es war klar, daß diese Dinge auf einem anderen Planeten passierten oder daß er sich auf einem anderen Planeten befand. Kinder, die sich lachend auf Tieren im Kreis drehten... ein Mann mit einer Tröte in der Mitte... Ihm stockte der Atem, und er spürte, daß er ins Wanken geriet.

»Vergessen Sie den kommenden Weltuntergang nicht!« Eine Frau mit scharfen, sorgenvollen Gesichtszügen hielt ihm eine Zeitschrift in Zellophanpapier vor die Nase. Sie trug eine wollene Kappe, und unter ihrem Rock schaute eine Trainingshose hervor. »Sind Sie bereit zu sterben, mein Herr?«

»Das interessiert sowieso niemanden.«

»Doch, mein Herr, wir interessieren uns sehr wohl dafür«, beteuerte sie mit Angst und Unheil in der Stimme; es steckte jedoch auch sehr viel Routine in der Angst und dem Unheil. »Noch gibt es Rettung!«

Er sah sie erneut an.

»Es gibt keine Berufung«, sagte er und ging weiter.

Mühsam bahnte die Frau sich neben ihm einen Weg durch das Gewühl.

»Schauen Sie, wie sie sich amüsieren, mein Herr. Sie ahnen nichts. Alle könnten sie noch gerettet werden, alle. In der kommenden Ära wird es nie mehr regnen...« Sie blieb im Gedränge zurück. »Jerusalem...« Ein Mädchen schoß zwischen ihnen hindurch, und gleich danach rannte ein Junge hinterher. Archibald strohalm wurde zur Seite gedrängt, die Frau verlor ihn aus dem Blick.

War das sein Engel gewesen? Inwieweit war jede Frau sein Engel? Konnte sie ihm zu einer Berufung verhelfen? War sie selbst diese Berufung? Natürlich war sie das: Wer sonst, was sonst konnte es anders sein? Alles hing davon ab, daß er sie nicht zu nah an sich heranzog, daß er sie nicht tötete. Jetzt, da sie möglicherweise Fleisch geworden war, war alles noch viel gefährlicher, viel verletzlicher als früher ... Seine Gedanken waren Gedanken des Halbschlafs. Er hätte sie auch nicht denken können. Irgendwie war das alles schon unsinnig geworden. Früher hatte er viele düsterere und unzusammenhängendere Notizen über den Sinn der Dinge gemacht. Jetzt fühlte er, wie alles, er selbst vor allem, Richtung Unsinn versank. Er schaute sich um. Hier war er bereits ein paarmal entlanggekommen, mit Victor und auch allein. Er spürte, daß seine Augen nicht mehr vollständig geöffnet waren. Mit einem Finger berührte er die Lider: Das obere berührte das untere mit den Wimpern.

»Es ist soweit, amice!«

Als er H. W. Brits neben sich bemerkte, schäumte er plötzlich vor Wut, die so heftig war, daß er ihn auf der Stelle hätte verprügeln können.

»Was ist soweit?« schnauzte er.

»Die Maschine, mein Bester!« lachte H. W. Brits. »Die Maschine in meinem Salon, das neue Delphi, der Nabel von Raum und Zeit! Schauen Sie«, sagte er und hob ein Glas mit Zuckerstangen in die Höhe, »das letzte Teil, das noch fehlte. Ich habe es an einer Bude geschossen, rückwärts über die Schulter. Das nenne ich Glück. Nun bin ich auf dem Heimweg, um die Zuckerstangen an den Dynamo anzuschließen. Sie werden Zeuge historischer Ereignisse sein!«

»Idiot!« schrie archibald strohalm. *Was geschieht mit mir?* »Wahnsinniger Idiot! Du gehörst ins Irrenhaus!«

H. W. Brits blieb stehen und sah archibald strohalm sprachlos an; seine Lippen zitterten. Tränen traten ihm in die Augen und flossen langsam über seine Wangen. Starr schaute er archibald strohalm an, während sich Angst in ihm breitmachte.

»Tränen«, flüsterte H. W. Brits und deutete mit bebendem Finger auf seine Wangen. »Nachher, wenn alles wieder in Ordnung ist, werden sie zurückfließen, in meine Augen. Alle Tränen ... Du Schuft«, murmelte er, »Schuft ...« Rückwärts ging er fort und verschwand mit seinen Zukkerstangen zwischen den Menschen.

Bleich sah archibald strohalm ihm nach; die sich um ihn drängelnde Menge zwang ihn weiterzugehen. Ihm war, als würde er von zahllosen Fäden gezogen. Wohin? Was hing dort in der Luft? Ein schemenhafter Körper war kopfüber in den Wolken zu sehen. Er schaute hinauf; sein Herz geriet aus dem Takt und pochte unregelmäßig gegen die Rippen. Meer aus Wolken ... Wolkenmeer ... große Seejungfrau über dem Jahrmarkt schwebend ... süße Gefahr ... Stand er auf einem Berggipfel? Alles war verkehrt herum ... oben unten ... unten oben ... Kopfüber baumelte er an der Spitze eines umgekehrten Bergdachs, baumelte über einer Meeresschale, von kleinen Kräften noch gehalten ... Bodenlose Tiefe des Wassers ... des Wassers ... Er, dort hing er, hing, er hing ... Meer ... Wasser ... komm doch ... laß dich ruhig los ... ich liege lang ausgestreckt vor dir ... in mir ist es ein süßes Ertrinken ...

Alle Kräfte, die es in dem gottverlassenen archibald strohalm noch gab, mußten sich zusammenballen, um ein Weltall umzudrehen, geradezurücken. Gerade? Der Jahrmarkt erhob sich, Menschen um seinen Körper herum, von dem er nicht spürte, wie er transpirierte.

Für einen Moment hatte er das Gefühl, eine feuchte Umhüllung seinen Körper vollständig und berühre ihn überall. Krampfhaft ging er weiter, wie jemand, der Bauchschmerzen hat, der endlich eine Haltung gefunden hat, in der die Schmerzen erträglich sind. In großem Bogen ging er um ein merkwürdiges Bauwerk herum, ein doppelter Kegel, dessen Spitzen aufeinander zu gebogen waren, ein riesiger Halbmond. Ausweichend und mit kleinen Schritten drängelte er sich durch die ausgelassen tanzenden Jahrmarktsbesucher zum Eingang, gegenüber dem Kirchenportal. Zwischen den beiden sich näher kommenden Spitzen befand sich die Kasse. Er legte seine letzte Fünfundzwanzig-Cent-Münze auf die Theke und betrachtete den Kopf des Kassierers. Die linke Hälfte war bis weit hinab mit dichten, negerartigen Locken bewachsen, die andere Hälfte war kahl wie eine Billardkugel. Es handelte sich nicht um eine unregelmäßig um sich greifende Erkrankung der Haare: Die Trennlinie verlief, wie mit einem Lineal gezogen, von der Stirn über den Scheitel zum Hinterkopf und zerschnitt den Schädel in zwei gleich große Hälften.

»Rechtsrum«, sagte der Mann.

»Linksrum meinen Sie!« sagte archibald strohalm und wies mit seinem Zeigefinger rasch auf den andern.

»Auf Weisen steht die Todesstrafe ...« – ein Schrecken fuhr in archibald strohalm, so heftig, daß sein Finger in der Luft zitterte; er wollte seinen Arm wegziehen, ließ ihn aber, wo er war. Das war eine Wahrheit, die da ausgesprochen wurde. Er, archibald strohalm, wußte das. Er hat gewiesen, auf Unbeweisbarkeiten. »... und für mich ist die Tür rechts.«

Archibald strohalm ließ den Arm sacken und nickte, als brächte er mit sich selbst etwas ins reine.

»Es ist sinister«, murmelte er, möglicherweise sogar mit einem unbestimmten Lächeln, während er den Nagel seines Zeigefingers kräftig gegen den Rand des Kassentischs drückte. Und er wußte, daß diesmal er es war, der eine Wahrheit aussprach.

Drinnen war niemand zu sehen. Diejenigen, die vor ihm in der Schlange gestanden hatten, waren hinter einer Biegung verschwunden; ihr Lachen schallte metallisch durch das Gebäude – ein Geräusch, das ihn einen Augenblick lang an die Jahre erinnerte, als er noch in Staubsaugerrohre brummte, flüsterte, pfiff und muhte. Er sah nur einen archibald strohalm herumstehen. Dort stand er in einem Spiegel und betrachtete sich selbst; links war rechts und rechts war links; nur oben und unten waren dort, wo sie immer waren. Und kurz, für einen Moment, blitzte etwas in ihm auf: – Wo war er? Dort oder hier? Sofort war es wieder verschwunden; etwas Leeres und Ungewisses blieb in ihm zurück. Langsam ging er weiter. Plötzlich stand eine Mißgeburt vor ihm; ein Liliputaner mit mißgebildeten Beinchen, einem kurzen breiten Schädel, mit einem Anzug bekleidet. Archibald strohalm betrachtete ihn mit scharfem Widerwillen. Er bewegte einen Arm; das Wesen bewegte einen Arm. Nichts in ihm war in der Lage, zu lachen. Im nächsten Spiegel war er zu einem Stengel gedehnt, mit Stelzenbeinen und einem Hals wie ein Schwan; lange Haare faserten an einem Spitzkopf herab.

»Das«, sagte archibald strohalm leise, »ist unstatthaft.«

War er das? Das wurde mit ihm gemacht. Konnte er das sein? Er stand hier. Was ist das, hier? Dort? Nein, hier! Er selbst war proportioniert, der andere nicht. Mit Daumen und Zeigefinger nahm er an seiner Nase Maß und verglich es mit Stirn, Mund und Ohren. Der andere tat dasselbe, mit magisch sich reckenden und schrumpfenden Fingern, und auch bei ihm stimmten die Größenverhältnisse. Archibald strohalm ließ seine Hand sacken und preßte die Lippen aufeinander, was dem anderen ein verzerrtes Grinsen entlockte.

Diese beiden Spiegel waren noch nachsichtig und harmlos im Vergleich mit den nächsten, die ein Irrenhaus mit lauter archibald strohalmen ausspieen. Machtlos mußte er es geschehen lassen und mit ansehen, wie er durch alle Grade der Mißbildung geschleift wurde. Irgendwo auf der Welt mußten tote Flecken von Verstandesbestürzung hängen. Hier wurden seine Arme halbiert, sein Körper nach hinten geklappt, seine Beine zu einem X nach innen gebogen. Boris Bronislaw würde sich hier als normal gebauten Mann sehen können. In einem anderen Spiegel rollte er zusammen wie ein Herbstblatt, sein Kopf wurde zu den Schuhspitzen gezogen, die wie bei arabischen Pantoffeln nach oben gebogen waren – gezirkelt wurde er. Gepeinigt wurde er, seitwärts krummgebogene Finger tropften wie Sirup aus seinen Handflächen. Sein Gesicht wurde geschmolzen, wie ein Marshmallow zerfloß es zu einem formlosen Klumpen, aus dem Augen wie Eier hervorquollen und jeden Moment auf den Boden fallen konnten. Der Schmerz in seinem Körper erstreckte sich vom Scheitel bis zur Fußsohle. Janus war ein Folterknecht. Welches Recht hatte er, ihn in Stücke zu reißen, all diese arglosen Jahrmarktsbesucher zu zerfetzen, zu zerbrechen, zu strecken und zu verprügeln? Wer war Janus? Was hing dort in der Luft? Zum Heulen war das Elend hier, von Angesicht zu Angesicht mit diesen grauenerregenden Deformationen. Janus, was ist in dich gefahren!

Archibald strohalm war nicht mehr er selbst, obwohl in ihm kaum Aufregung war: Es schien, als vertrieben die Spiegel ihn langsam aus sich selbst. Immer noch war er in sich selbst geblieben, hatte den anderen als einen *anderen* wahrgenommen. Die sich windenden Menschen gingen um ihn herum und hatten keine Zeit, ihm Aufmerksamkeit zu schenken. Sie weinten vor Lachen. Er hatte das Gefühl, als habe man seine Schädeldecke in die Höhe gehoben; sein Gehirn, von einer dünnen Haut überzogen, war dem Licht ungeschützt ausgeliefert. Dies eine wußte er: daß er sie haßte, diese scheele, in Bilder und Zerrbilder geteilte Welt. Am liebsten würde er all das von sich abwerfen, diese Welt und alles, was dazugehört, inklusive ihrer Himmel; vollkommen, vollgekommen irgendwo anders wollte er sein. Er wußte noch, was es war, wovon er genug hatte. Es war archibald strohalm, vor dem er bis weit in eine andere Welt davonlaufen wollte. Jemand anders wollte er sein: ein Bauer, eine alte Jungfer, ein Prokurist ...

Dann stand er vor einem Spiegel, in dem nichts Erkennbares mehr von ihm übrigblieb. Die Verhöhnung eines Menschen stand dort, jämmerlich verlassen in seiner Vernichtung. Das war er selbst, und ein großes Erbarmen überkam ihn. Jetzt konnte er einen Schritt zur Seite treten, und dann sah er den geschlagenen Mann nicht mehr. Aber er würde auch zur Seite gehen, hinaus aus dem Halbmond auf den Platz, hinter alle Spiegel, immer würde er neben ihm hergehen, unsichtbar, und niemals würde er ihn wieder vergessen können. Nun war archibald strohalm der dritte, der an diesem Tag weinte. Nun weinten alle in dem doppelten Kegel. Wie eine Schaufensterpuppe stand er vor dem Spiegel. Er durfte ihn in seiner Verkümmerung nie wieder allein lassen, jetzt, da er ihn gefunden hatte: Das wäre die reinste Unmenschlichkeit. Mehr noch: Bei ihm sein, das wollte er, denn das war es, was er brauchte – ganz nah bei ihm. Sich kaum noch seiner selbst bewußt, ganz und gar nicht mehr, so stand er da – minutenlang, viel oder wenig, im Angesicht seines Chaos.

Zu sich selbst zurück fand er draußen, als er bewegungslos auf der Rückseite des Halbmonds auf dem Platz stand, die Augen auf das gerippte Metall gerichtet. War dies ein Wunder? Langsam setzte er sich in Bewegung, starr vor sich hin sehend. Menschen kreuzten seinen Weg, doch er bemerkte sie nicht. Maschinenhaft ging er weiter. Kinderstimmen spannten Sternengirlanden durch die Luft. Jedes Zelt umgab eine Kugel aus Musik; wo sie einander durchschnitten, ragten Flächen aus chaotischen Geräuschinterferenzen körnig empor.

Kurze Zeit später stand er vor dem Eingang der Kirche. Die vom Alter schwarz gewordene Holztür stand einen

Spaltbreit offen. Er drückte sie auf und trat in den kühlen Raum. Mit dem Rücken schloß er hinter sich die knarrende Tür.

Finster und still erstreckte der Körper sich vor ihm. Selbstbewußt wurzelten die Säulen in den Grabplatten. Ein unregelmäßiges Ticken war hörbar, und er begab sich tiefer in die Stille. Durch den Seitengang ging ein Pater, niedergeschlagen und hinkend, zwischen den Pfeilern verschwindend und erscheinend. Er stützte sich auf einen Stock; in der anderen Hand trug er sein Brevier und las darin. Er bemerkte den Besucher und nickte ihm feierlich zu; wohlwollend sprach er auch seinen Gruß. Archibald strohalm sah ihn nicht. Langsam, die Arme vor der Brust verschränkt, durchschritt er auf dem Mittelgang die verlassenen Sphären. Regelmäßig unregelmäßig bewegten sich die Schritte des Paters von einer Ecke zur nächsten. Das jubelnde Amüsement auf dem Platz schien nicht nur räumlich, sondern auch zeitlich unerreichbar weit weg zu sein. Mit dem Gefühl unzeitiger Raumlosigkeit näherte archibald strohalm sich dem Schnittpunkt von Quer- und Mittelschiff.

Seltsam! Er ging Richtung Kanzel, die seitlich an einem Pfeiler klebte. Warum ging er zur Kanzel? Warum öffnete er die niedrige Pforte und stieg die kurze Treppe hinauf? Er öffnete die niedrige Pforte und stieg die kurze Treppe hinauf. Oben angekommen, zog er umständlich sein Taschentuch hervor und putzte sich so laut die Nase, daß es in allen Nischen zu hören war. Der Pater sah kurz zu archibald strohalm auf und schaute dann wieder in sein Buch, blieb wie angenagelt stehen, wobei er in starrem Erstaunen zur Kanzel hinaufsah.

»Meine Freunde«, hallte es unter dem gewölbten, holzverkleideten Schalldeckel hervor durch den leeren Raum. »Urteilt nicht hochmütig über seine Herrschaft! Ihr seid links! Darum, Freunde, ist sein *Recht*, seine *Rechtschaffenheit*, sein *Rechtsprinzip* in euren Augen sinister! Achtet genau auf dieses Wort«, rief archibald strohalm und schüttelte den erhobenen Zeigefinger drohend gen Himmel, »– *sinister!* Und nun sprecht mir alle nach: – Amen!«

»Schande!« rief der Pater und klappte mit einem Schlag sein Buch zu. Mit langen und kurzen Schritten, beide jedoch gleich energisch, marschierte er auf die Kanzel zu. Wie ein Mann, der vorhat, entschlossen aufzutreten, riß er das Türchen auf, klopfte unerbittlich mit seinem Stock auf die Grabplatte von Aaltje Pott, auf der er stand, und befahl: »Augenblicklich runter da! *Augenblicklich*, sage ich!«

Mit starrem Gesicht kam archibald strohalm die Treppe herab.

»Mein Herr!« hob der Pater an, während er hinter archibald strohalm das Türchen zumachte und sich rasch vor ihm aufbaute. »Jetzt werden Sie mir diese Blasphemie erklären, und zwar augenblicklich! Oder sind Sie etwa nur ein Lausebengel? In diesem Haus macht man keine Scherze. Warum haben Sie auf diese Weise die ... Was sagen Sie?« Forschend sah er archibald strohalm an, der sich halb umgedreht hatte, zu Boden sah und murmelte:

> »*Hier ruht Aaltje Pott.*
> *Bewahr mich, lieber Gott,*
> *So wie ich dich bewahrte,*
> *Wenn du wärst Aaltje Pott*
> *Und ich der liebe Gott.*«

»Es ist schon besonders bemerkenswert«, bemerkte der Kanoniker nickend, »daß Sie diese Grabinschrift gerade in diesem Augenblick entdecken.« Archibald strohalm nickte ebenfalls. »Ihre traurige Profanität steht der Ihren in nichts nach. Sie befindet sich hier gegen meinen Willen, genauso wie Sie, doch man möchte sie als historische Kuriosität erhalten. Das ist bei Ihnen nicht der Fall, mein Herr!«

Archibald strohalm sah den Pater einen Augenblick an, sagte »Auf Wiedersehen« und ging fort.

»Nein, so einfach kommen Sie mir nicht davon!« rief der Geistliche, und klickediklick folgte er ihm. Doch als er neben ihm war und das lächelnde Gesicht sah, da verkniff er sich seine Worte, verlangsamte den Schritt und blieb schließlich, dem Lausebengel unsicher nachschauend, stehen.

Obwohl man sich selbst nicht als historische Kuriosität bewahrt wissen will, war es nun leicht und still in archibald strohalm, so wie beim Erwachen an diesem Morgen. Erneut hatte der Revuescheinwerfer das Glas gewechselt. Musik durchzog ihn: eine präludierende Orgel, die fortwährend ein Thema ohne Wiederholungen und Ende weiterspann. Die Töne tollten hintereinanderher, holten einander ein, fielen übereinanderher, während schwere Bässe in Reih und Glied darunter hindurchmarschierten und ätherische Schwingungen darüber schwebten. Es war ein Organist mit vier Händen, der dort spielte. Aber das Präludium leitete nichts ein, wenn die Stille nichts ist. Denn als archibald strohalm die knarrende Tür öffnete und auf den Platz hinaustrat, da schien es still zu sein, obwohl die Musik nun intensiver anwesend war als zuvor: wie die unhörbar Musik der Planeten, summend auf ihrer Bahn – die Musik, die so stark und unaufhörlich alles durchdringt, daß man dagegen abgestumpft ist und sie nicht mehr hört, außer in manchen, seltenen Momenten, die archibald strohalm erlebte.

Es nieselte auf eine heftige Weise, so als würden tausend tote Friseure im Himmel ihre Zerstäuber leeren. Ein grauer Vorhang sank auf die Köpfe der Menschen herab, doch ließen sie sich dadurch den Spaß nicht verderben. Ihre Zahl nahm eher noch zu. Archibald strohalm legte den Kopf in den Nacken und spürte die winzigen Tröpfchen, aber er wurde nicht naß. Es war eine langsam herabsinkende Wolke. Als er nach vorne schaute, bemerkte er, daß er die Kirche mitgenommen hatte. Sie hing an ihm fest. Er stülpte sie über die feiernde Menge, und es war Jahrmarkt in der Kirche. Zwischen den Buden wurzelten die Säulen, die das Dach trugen, Menschen hopsten auf den Grabplatten herum, schreiende Kinder rannten in Schwärmen durch den Chorumgang, alte Männlein hockten abseits und schauten sich alles an. Das Riesenrad stand in der einen Hälfte des Querschiffs, der Halbmond in der anderen. Dort wo sonst der Hochaltar war, stand jetzt der Golf von Biscaya. Beim Eingang drehte sich ein Karussell, singende Menschen auf Tieren rotierten um einen Mann mit einer Tröte, Drehorgeln schwengelten, Grammophone schepperten, Stimmen brüllten gegeneinander an. Der Jahrmarkt war in vollem Gange. Der Rausch im Dienste der Gottheit, die Trunkenheit im Angesicht des Herrn!

Das Bild verschwand. Die Säulen lösten sich auf, Mauern und Dach verloren ihre Form, vermischten sich mit dem Regen ... An einem Mangel an Lebensfreude ist dieser Gott dahingesiecht.

Archibald strohalm arbeitete sich aus dem Menschenbrei heraus. Über den leeren Bürgersteig am Rande des Platzes ging er an den verwitterten Häusern vorbei rasch nach Hause. Er ging, als wolle er kurz etwas holen, das er vergessen hatte – einen Regenschirm, einen Brief, der in den Kasten geworfen werden mußte, ein Kasperltheater. Dergleichen verursacht wenig Aufregung; man geht zurück, nimmt es und geht wieder.

Genauso ging er, doch blieb er wie vom Donner gerührt stehen, als er seinen Engel sah. Sie stand, ihm den Rücken zukehrend, auf der Straße und beugte sich zu seinem Fenster vor. Mit der einen Hand tickte sie gegen die Scheibe, die andere hielt sie an die Stirn, um das Spiegeln des Glases zu verhindern. Archibald strohalm stand ein paar Meter von ihr entfernt und rührte sich nicht. Plötzlich hörte sie auf zu ticken, bewegte sich einen Moment nicht und drehte sich dann mit einem Ruck um. Regelrecht in die Augen schaute sie ihm. In ihm veränderte sich nichts; keine Bewegung. Ihre Augen hingen wie von Sinnen an seinen Augen, glitten über ihn, kehrten zu seinen Augen zurück. Entsetzen zitterte durch ihre Hände. Sie rannte auf ihn zu, die Arme nach vorne gestreckt, den Kopf schräg und ein wenig nach hinten geneigt. Kurz vor ihm blieb sie stehen, wagte es nicht, den Mann zu berühren; Tränen. Die vierte, heute.

»Ist das halbe Jahr vorbei?« fragte er.

Jutje begann, rasch zu nicken; es sah so aus, als wollte sie nie wieder aufhören.

»Ganz genau«, flüsterte sie, »ganz genau …« Sie legte die Lippen aufeinander, um zu fragen, um danach zu fragen; als er es sah, begann er zu zittern. Er nahm ihren Arm und zog sie fort, fort von seinem Haus.

»Du bist zu früh«, sagte er, fast unhörbar. »Zwei Stunden zu früh. Du mußt gehen … jetzt … sofort. In zwei Stunden mußt du wiederkommen. O Gott, versprich mir, daß du wiederkommst! Kommst du wieder? Sag's mir!« Er legte eine Hand über die andere, die zur Faust geballt war, und hielt sie vor seine Brust; Angst wie ein Vogel.

»Du gehst von hier fort«, schluchzte Jutje. »Du bleibst hier nicht wohnen; du kommst zu uns, ich werde für dich sorgen …«

Archibald strohalm wankte.

»Ich werde alles tun, was du sagst. Aber du darfst den Jahrmarkt nicht betreten, hörst du, unter gar keinen Umständen. Geh solange in den Wald und komme dann wieder hierher zurück.«

Jutje trocknete ihre Augen mit einem Handschuh und ging sofort los, den Blick auf das Pflaster gerichtet. Unsicher schaute archibald strohalm ihr nach, während sein Körper hin und her schwankte, so daß es aussah, als wolle er ihr folgen, überlege es sich aber jedesmal anders. Als sie, ohne sich umzusehen, hinter der nächsten Ecke verschwunden war, stolperte archibald strohalm ins Haus; er vergaß die Tür hinter sich abzuschließen. Vom Gang aus sah er ins Zimmer und bemerkte, daß Moses unter die Decken in seinem Körbchen gekrochen war, von wo nun ein leises Winseln ertönte. Von Moses war nichts zu sehen. Mit den Armen rudernd ging archibald strohalm durch die Küche, stieß erst gegen den Tisch und dann gegen die Anrichte auf der gegenüberliegenden Seite. Er gelangte in den naß glänzenden Garten, an dessen Ende der Schuppen triefte. Zweimal rannte er mit dem Gesicht in ein Spinnennetz. Erschöpft ließ er sich in den quietschenden Sessel vor dem Kasperltheater fallen. Seine Ellbogen lagen auf seinen Schenkeln, seine Hände hingen herab, die Handflächen nach vorn.

Jetzt würde etwas geschehen. Er spürte in seinem ganzen Körper, daß etwas geschehen würde: eine ängstliche Spannung erfüllte ihn, so wie man sie nachts empfindet, wenn man im Bett liegt und ein Bomber übers Haus hinwegdröhnt. So stark er dies auch empfand, sowenig wußte er, was es sein könnte, und er fragte es sich auch nicht. Das einzige, was er wollte, war: unter Decken in einem Bett schlafen. In seinem Kopf steckten nun bleischwere Dinge. Mühsam erhob er sich und machte ein paar Schritte zu dem Wägelchen hin, das er aus ein paar Brettern und zwei Rädern gebaut hatte, um darauf das Kasperltheater zu transportieren. Ein Schwindelgefühl überkam ihn, das augenblicklich wieder verschwand. Mit einem Fuß schob er das Wägelchen in die Mitte des Schuppens, während seine

Arme schlaff an seinem Körper herabhingen. Er bückte sich keuchend, um es zu inspizieren, doch seine Arme machten keinerlei Anstalten dazu; schlaff hingen sie Richtung Boden und verweigerten den Dienst. Nachdenklich richtete er sich auf und schaute mit zusammengekniffenen Augen vor sich hin, in sich selbst suchend. Erneut ein Schwindelgefühl, jedoch so kurz, daß er sofort zweifelte, ob es wirklich existiert hatte. Er bückte sich zum Wägelchen hinab. Die Arme bewegten sich wie Lote in ihren Gelenken und zeigten weiterhin senkrecht zur Erde, als wäre es dort zu finden. In dieser gebückten Haltung verharrte er einige Sekunden, während der Atem in seiner Brust zu jagen begann. Etwas erschien: braun, etwas Großes, der Stuhl Gottes ...

Da stand er und schrie, leise und dünn, ein Schrei, der wie ein Seil aus seiner Kehle gezogen wurde. Über seine Beine stolpernd, stürzte er zum Tisch, wo er auf die Knie fiel. Die Arme in Schulterhöhe, grapschte er nach Bleistift und Papier, setzte die Spitze darauf, drückte ... Dann wurde er grau wie der Himmel, der nun über der Welt hing, wie das Meer; seine Augen verschwanden hinter den Lidern, die sich nicht schlossen, der Kopf fiel ihm in den Nacken. Der Bleistift glitt ihm aus der Hand, und er packte den Tisch am anderen Ende der Platte und zog sich empor. Mit einem tödlich verzerrten Gesicht zog er sich langsam auf den Tisch, bis er der Länge nach darauf lag: bis sein Kopf auf der anderen Seite vor Schmerzen jammernd herabhing und die Tränen über die Stirn in seine Haare liefen.

15 Eine Minute später stand archibald strohalm aufrecht auf der anderen Seite des Tischs. Riese stand er im Schuppen, eine Säule, mit am Körper herabhängenden Armen. Langsam schaute er sich um, wobei er den Kopf ständig bewegte, als wäre sein Hemdkragen zu eng. Entsetzt über sich selbst, hatte er keinerlei Ähnlichkeit mehr mit sich; nun war er in andere Aggregatzustände aufgestiegen.

Dennoch sah er sich selbst dort noch stehen – auch jetzt noch. Bruchstücke von Sätzen kamen über seine Lippen. Über das Zerbrechen der Erde sprach er und über das Verdorren von Blütenknospen. Über eine tintenschwarze Tiefe, so tief, daß ein hinabgeworfener Stein, ein Wort, den Boden nicht erreichen würde, bevor Erde zerbricht und Knospe verdorrt. Er weinte, regungslos. Langsam leerte sich durch die Augen die Perlenkette seiner gebrochenen Seele. Und im Zimmer unter der Decke erhob Moses sein leises und unterdrücktes Weinen – o wehklagendes Elend in diesem ansteigenden Jammern! Er sprang aus seinem Körbchen, reckte sein Maul in die Höhe, den Hals mehr als senkrecht nach hinten gestreckt, und jaulte immer lauter seinen dünnen, gedrehten Ton gegen die Natur, winselte das Erbarmen vom Himmel herab. Wie von der Tarantel gestochen, rannte er weinerlich bellend zum Zimmer hinaus, durch die Küche hindurch in den Garten, wo archibald strohalm aus dem Schuppen trat. Unentdeckt blieb der Hund einen Augenblick stehen, die Ohren im Nacken und mit Zittern in seinem Schwanz, wie ein Lamm, das am Euter trinkt. Gleich darauf war er weg: davongejagt durch Pflanzen und über Hecken.

Das Meerwasser reinigte archibald strohalms Gesicht und trocknete heiß und beißend, während er durch den Garten ging wie ein Schauspieler, der einen Irren darstellt. Daß er dort geht wie eine Säule aus Salz und Asche. Die Steppe seines halbgeöffneten Munds. Er sah die fortziehenden Vögel nicht. In bedrohlichem Bogen zogen sie über die Stadt und stellten einen Turm aus Geschrei in die Luft, kreischende Zinnenkränze, Rufe nach Ägypten. Die Ekliptik neigte sich, Rotdrosseln und Krammetsvögel, sie verließen ihre Nester, zuckten über diesen Garten, verschwanden, neue kamen. Er sprach über das Licht des Lachens, das er mit der Tintenschwärze dieser Tiefe im Gleichgewicht halten mußte, und die Zunge in seinem Mund, sie verschrumpelte wie ein toter Fisch. Er murmelte vor sich hin, war dann aber plötzlich verständlich mit kernigen Befehlen:

»Geh hin, und fang und fessele das Heer der Höllentiere, den Leu, den mächt'gen Drachen, die gegen unsere Banner also wüten, reinige die Luft von dem verfluchten Schmutz, und schlag mit Kraft in Fesseln ihre Glieder ...«

Im Zimmer angekommen, begann er, um den Tisch herumzugehen: das verrückt gewordene Männlein im Wetterhäuschen. Er hörte nicht mehr auf zu reden, seine Stimme brach, doch flüsternd fuhr er fort.

»Entzünd den Schwefelpfuhl im Mittelpunkt der Erde und strafe Luzifer, der so viel Grauen schuf, im ewig'n Flammenfeuer, in dem zugleich des Eises Kälte herrscht ...«

Jetzt lachte er nicht mehr. Nun ist die Distanz, die das Lachen ist, in diesem Wahnsinnigwerden aufgehoben. In der Einzahl wird nicht gelacht. In diesem Aufschluß ist es offenbart. Dieser Ernst, der die Bäume zum Bluten bringt, ragt wie eine schwarze Diagonale durch ihn hindurch. Immer noch sieht er sich selbst; und so wahr alles auch ist, er schauspielert: nicht aus sich heraus, sondern aus *mir* heraus. Alle Dinge befinden sich hinter vergitterten Fenstern. Sträucher, Schornstein, Stuhl, Vase – arme Gefangene. Der Herbst ist mit Glasstreifen beklebt; die Strebepfeiler seines persönlichen Memorandums, an die er gelehnt stand, sind zusammengebrochen. Sparbuch, Postgirokonto, Paß, Oberhemd, Socken, Policen der Feuer- und Einbruchvers., die letzte Straßenbahn fährt um, Himmelfahrt, Pfingsten, Zerstörung d. Tempels, der Geburtstag von Prinz Bernhard, großer Versöhnungstag und alle zukünftigen christl. Feiertage und Kurse fremdländischer Währungen zur inländischen Verrechnung unter Vorbehalt zwischenzeitlicher Änderungen. Und auch der infulierte Abt der Titulatur fällt durch ihn hindurch; schau, wie alle Mitglieder der Provinzialstaaten und alle unverheirateten adligen Damen, alle stellvertretenden Beamten, alle Sekretäre des Rates der Kuratoren, alle Konteradmirale und Rittmeister, alle Nonnen, Oberrabbiner und Bürgermeister großer Städte, alle Hochehrwürdigen und Hochwohlgeborenen auf den Händen durch das Laub seiner Maße und Gewichte gehen: ach, echte Seemeilen, Amsterdamer Faden, Yards, Eßlöffel und Last. Hundredweight (cwt), 0,0648 g. 30¼ sq pls, myr.m², Gills, Barrels, Anna Rudolf Cornelis Hendrik Issak Bernard Anna Lodewijk Dirk – Queraushöhlung, Fahrbahnverengung!

Rasch und ausdauernd geht er um den Tisch herum; alles dreht sich. Er nimmt die Schere vom Kaminsims, und während er weitergeht und weiterspricht, macht er sich daran, seine Haare zu schneiden, schneidet seitlich, schneidet obendrauf und hinten, steckt die Scherenspitzen überall hinein und schneidet wild drauflos, bis die Strähnen um den Tisch herum liegen und unter seinen Füßen aufwirbeln.

Die Mauern der Kirche sind nach außen geklappt. *Qlippoth*. Die Käfige des Zoos in seinem Nachtasyl wurden dem Erdboden gleichgemacht – armer Bleistift, armes Papier. Als unbestimmte Objekte hat er euch mit Hilfsverben im Passiv bestimmt und hat euch Initialwörter auf den Ärmel geheftet; er hat Determinativpronomen hinzugefügt; er wollte euch mit dem absoluten Superlativ umzäunen und mit verstohlenen Komposita treffen; er hat euch mit der Bedingungsform verfolgt und begründende zusammengesetzte Hauptsätze auf euch losgelassen; er hat euch aneinandergereihte Konjunktionen zu Füßen gelegt und ist euch mit umgekehrter Wortfolge entgegengegangen; doch auch das Pronomen ist relativ geworden. In seinen Augen seid ihr aus den Wörtern gesprungen, aus den Wörtern in seine Ohren, in seinen Mund, aus den Wörtern in seine Hände, ihr seid über die Wörter hinweg in sein Herz gesprungen. Er selbst ist in einen neuen Namen gefallen – als fleischverwordenes Wort.

Jetzt blieb er stehen, ließ die Schere aus der Hand gleiten und schrie wie ein verbrennendes Tier:

»Wo ist ein fester Punkt?«

Er war wohlwollend gestimmt; ein Akkord. Sein Schrei, der die Nachbarn aufschauen ließ, nahm Form an. Kristallisierte; durchlief die Elemente – wurde aus Feuer Luft, aus Luft Wasser, aus Wasser Erde ... und sie lag auf einem Diwan: – eine Frau, lang ausgestreckt in blonder Nacktheit. Er richtete nur seinen Blick auf sie, bewegte sich nicht.

»Ja!« flüsterte er, bis in sein tiefstes Inneres bebend, so daß alle Menschen es spüren mußten. Ununterbrochen flüsterte er »Ja!«. Bis sich das Wort befreite, selbständiges Leben erwarb, wie ein Komet durch die Sphären zu streifen begann und alles in *Ja* und *Nein* geteilt war. »Ja!« flüsterte er. »Du bist Ja, und ich bin Nein. Du bist mein Schrei, mein Hoheslied!« Er kniete vor ihr nieder und wollte sie vorsichtig berühren. Doch seine Hand blieb über ihr schweben. Er beschwor sie und flüsterte leise und behutsam:

»Du bist die Glut des dunklen Lichts und ein Hauch der Gefahr. Der Schlaf von offenen Händen in der Nacht. Du bist das Jammern eines Schlagschattens, der Spaten in der Erde. Du bist eine unterirdische Grabkammer, das flehende Grundwasser, das Blühen vergeblichen Blutes gegen frühere Vergebungen. Gärten des Wohlbehagens, höfisches Verbeugen der Terrassen. Du bist mein weggeworfenes Brot, – kleine Hunde, – Finger der Liebe, – einsames Kinderspielzeug. Du bist das Winken der Handflächen. Du bist das Stehen auf meinen Füßen hinter den Sternen und das Strecken durch den Tod. Du bist die Fontäne aus Licht in den Häuten dieses Innengrün. Mein Halo, zur 8 verzerrt, über den Horizont taumelnd, pünktlich zu diesem Ende ...«

Von der Kehle bis zu den Knien glühend, stand er auf, um sich auf sie zu legen.

Ruhig lag er auf dem Diwan, das Gesicht in den Kissen. Das geschundene Haupt. Das schwere Pochen des Blutes – er hatte sie in Worte gefaßt; müde – nun war auch das vorüber; in einem dunklen Rhythmus – das tote Herz einer alten Welt.

Bild:
Aus dem dunklen Boden bohrt sich ein Keim nach oben, wächst stoßweise, und mit langsamem Schwanken der Spitze drängt er unaufhaltsam in die Höhe zur Sonne, an seinem Fuß verhärtend, Triebe seitwärts in den Raum schiebend. Ein Baum entsteht. Mit Titanenkraft erobert er die Atmosphäre, spritzt in uferloser Fruchtbarkeit Äste, Zweige und Blätter um sich herum, stülpt sich nach außen, entfaltet sein Wesen. Alt und satt beendet er dann sein

Streben; er ist an die Grenze des ihm Möglichen gestoßen. Breitbeinig steht er da, in hoher Majestät: ein Erzvater ... Hundert Mann und ein Hauptmann nähern sich; sie haben Äxte, Seile und eine Leiter bei sich. Klettern hinauf, befestigen die Seile und fangen hoch oben am Stamm an. Eine tiefe Kerbe vorn, eine kleine hinten. Ungerührt steht der Koloß mit durchschlagenem Körper, lediglich von einem dünnen Pfahl noch aufrecht gehalten. Seine Blätterhände hängen beschäftigungslos herab. Mit bedeutungsvollen Rufen warnen die Männer die Schaulustigen, von denen es viele gibt, und fassen die Seile. Sie ziehen, los, anpacken, hau ruck! Der Baum schwingt elastisch hin und her – hin – her ... Etwas beginnt zu knacken. Ein Gewitter bricht im Holz los, Donnern erklingt hoch und scharf, tiefe Detonationen durchzittern die Luft, und der untere Teil des Stamms wirft sich nach links und nach rechts, bebt und schüttelt sich in Todesangst. Dann bricht sein Rückgrat, mit einem heulenden Riesenschwenk fällt er um und stürzt horizontal herab. Mit zersplitternder Krone knallt er vor den Leuten auf den Boden, die bei diesem Anblick jubeln und johlen. Die Männer lassen die Seile los. Sie machen diese Arbeit seit Jahren. Sie langweilt sie nie. Sie lachen.

Die Menschen, die eine Gasse in der feiernden Menge bildeten, um archibald mit seinem Puppentheater hindurchzulassen, verstummten. Ihre Münder, die lachten und riefen, schlossen sich langsam. Sie machten Platz, als sie ihn sahen, viel Platz, und starrten regungslos auf den Mann, der, ein Kasperltheater vor sich her schiebend, vorbeikam. Nur die Kinder johlten noch, doch auch sie wurden, auf die Blicke und befehlenden Gesten ihrer Eltern hin, still. Die Luftschlangen, Papphüte und -nasen schmückten die Schweigenden auf eine irrsinnige Weise. Zwei Menschenreihen weiter wußte man von nichts, und dort sprudelte das Vergnügen in Fontänen weiter. Die sich allmählich weiterspleißende Gasse war ein Wal, der nichts durchließ. Auch hinter archibald blieb sie noch kurz geöffnet, um sich erst nach einigen Sekunden murmelnd zu schließen. So ging archibald mit seinem Kasperltheater durch die Menge.

Mit Frau und Kind war auch Herr Blaas anwesend. Er hatte eine gelbe Mütze mit grünen Bommeln auf dem Kopf. Archibald kam mit seinem mißhandelten Haar an ihm vorbei und nahm auch ihn in seinen murmelnden Kielsog. Doch Herr Blaas verzichtete aufs Murmeln, stellte sich auf die Zehen und sah archibald hinterher. Im ersten Moment hatte er seiner Frau und seinem Kind gegenüber höhnische Bemerkungen über archibalds Idiotenfrisur machen wollen, doch vieles in der still schiebenden Person hielt ihn davon ab; was es war, wußte er nicht. Er kniff Boele sogar gebieterisch in den Arm, als dieser etwas über die immer größer werdende Zahl der Vögel sagen wollte.

Vornübergebeugt und klein ging archibald hinter seinem Kasperltheater her. Seine Augen lagen tiefer in den Höhlen, und seine Nase war spitzer; seine Hände waren länger und seine Stirn eckiger. Er selbst in einem Ruderboot auf einem See. Ein riesiger See, das Boot trieb unmerklich dahin, und er lag mehr darin, als daß er saß. Auch wenn er sich hätte bewegen wollen, er konnte nicht. In der Temperatur, die dort herrschte, war er zu einem Klotz gefroren. So niedrig war sie, so niedrig, daß es sie nicht gab. Es gab keine Temperatur, ebensowenig wie zwischen den Sternen. Er war nicht kalt. Er war die Kälte selbst, in höchsteigener Person. Auch still war es dort; Bewegung war nicht zu erkennen. Nur ein Vogel mit etwas im Schnabel flog immer wieder darüber hinweg. Ansonsten war dort nur die Sonne, die in einer Orgie von Farben Vorbereitungen traf, sich zu ertränken. Allerdings blitzte am östlichen Horizont dann und wann etwas auf – etwas Punktförmiges, das in die Breite auslief. Er sah und hörte kaum, er dachte nicht. Stille war in seinem Kopf, Stille in Armen und Beinen, Stille war in seiner Brust. Stille lag in der Luft und über dem Wasser. Auch die Sonne und der Vogel gingen in Stille. Der See erstreckte sich in Stille über die Erde, rundum, überall. Die Erde selbst war Stille ... Es war das Ende der Dinge – das Ende, der Anfang, die Mitte und alles zusammen und nichts. Das ist, was Stille ist und Kälte.

Darin bückte er sich und zog den Karren unter dem Kasperltheater weg. Ein paar Burschen, die dienstfertig vorgetreten waren, halfen ihm. Er nickte abwesend und ging mit trägen Schritten um sein Bauwerk herum; von hinten kroch er hinein. Der Holzgeruch umfing ihn, und er blieb einen Moment in der Hocke sitzen, nachdem er hinter sich den Vorhang, der den Eingang verschloß, in Falten gelegt hatte. Es herrschte ein samtenes Dämmern. Nur hier und dort schien ein wenig Licht durch die Ritzen im Holz; über ihm ließen die kleinen Theatervorhänge einen schwachen Schimmer durch. Er betrachtete seine Hand und drehte sie im Kreis, so daß sie zu einer grau glänzenden Scheibe in der Luft wurde. Mit leisem Stöhnen in der Kehle stand er auf und setzte sich vorsichtig auf die schmale Bank, die er an die Rückwand genagelt hatte. Er lehnte den Kopf an das Sperrholz, hob die Brauen und schloß die Augen.

Draußen vor dem Theater hatte sich eine Menge versammelt, die Flüche in Richtung der verwitterten Kirche im Hintergrund ausstieß. Nach archibalds Verschwinden begann man allmählich wieder sich zu unterhalten, als sei nun ein Verbot aufgehoben. Wer und was der Mann sei?

Man wandte den Kopf nach links und nach rechts. Doch bestimmt kein normaler Jahrmarktsbudenbesitzer! Manche, darunter vor allem Kinder, wußten Auskunft zu geben. Auch Herr Blaas setzte unter seinem kegelförmigen Hut die Leute in Kenntnis.

»Oh, ein merkwürdiger Patron«, sagte er, gereizt ob seiner Haltung vorhin. »Ein Bewohner der Stadt. Tatsächlich aber ein äußerst unheilvolles Individuum.« Und während er sich vertraulich zu den Fragern hinüberbeugte: »Er verkehrt in sehr verdächtiger Gesellschaft. O lala! Man muß sich vor ihm hüten. Es würde mich nicht wundern, wenn er sich mit Marxismus, Proletariat und solchen Sachen abgeben würde. Sie verstehen schon.« Er nickte ernst und vielsagend. Und als die anderen durch ihre Zähne pfiffen, nickte er nochmals sehr ernst und sehr vielsagend und legte einen Finger auf seinen Mund. Die Zuhörer machten ein beruhigendes Gesicht und betrachteten nachdenklich das Kasperltheater mit dem gemalten Kasperl und dem Tod darauf.

»Das ist unser Nachbar«, sagte Boele zu einer Dame. »Ich wohne in Nummer 53, dort, neben unserer Kirche. Er hat Ouwe Opa beschimpft und über seinen Bart gelacht, und Onkel Theodoor sagt immer, daß Lachen gotteslästerlich ist.«

»Stimmt das, mein Junge? Ach, Gnädigste«, sagte sie zu Boeles Mutter gewandt, »was für ein merkwürdiger Mann muß das sein.«

Boele sah wieder hoch zu den Vogelschwärmen, die kreischend über den Jahrmarkt hinwegflogen.

»Ein merkwürdiger Mann?« wiederholte Frau Blaas. »Er ist der Stadttrottel!«

»Stimmt das? Tja, ich wohne nicht hier, ich komme aus Haarlem, ich bin für ein paar Tage bei meiner Cousine, deren Mann hier bei der Polizei ist. Er heißt Andree, ein so netter Mann, er ist Wachtmeister bei der Polizei und hat jetzt gerade Dienst; eigentlich paßt er gar nicht so recht zur Polizei, er kann keiner Fliege was zuleide tun; nun ja, einer Fliege vielleicht schon, hihihi, mein Mann macht in Eisenwaren, aber sie bekam plötzlich solche Zahnschmerzen, daß sie losgegangen ist, um ihn ziehen zu lassen, und da bin ich dann eben schnell mal zum Jahrmarkt gegangen, ist er *wirklich* verrückt?«

»Denken Sie nur: Er hat eine Stellung mit Rentenanspruch aufgegeben, um über diesen Kasperltheaterkrimskrams nachzudenken. Jetzt frage ich Sie! Und den guten Ouwe Opa hat er ins Gesicht geschlagen.«

»Unglaublich!«

»Und so was will die Menschen bekehren. Stellen Sie sich bloß vor. In *unserer* Familie gibt es solche Dinge nicht.«

»Wirklich, mein Herr, stimmt es, was Ihre Frau da sagt?«

»Ein sehr unheilvolles Individuum«, sagte Herr Blaas. »Extrem links orientiert. Wahrscheinlich ein Kommunist.«

Mit einem spitzen Schrei schlug die Dame ihre Hand vor den Mund und wich einen Schritt zurück, wobei sie einem schäbigen Männlein auf den Fuß trat. Zufrieden nickte Herr Blaas ernst und vielsagend.

»Es wird Zeit, daß etwas passiert«, sagte er.

Das Publikum vor dem Theater wogte unzufrieden, und die Stimmen erhoben sich zu einem konfusen Murren, das sich hier und dort bereits verärgert zusammenballte. Die Minuten verstrichen, und des Wartens müde begannen manche, sich aus der Menge hinauszudrängen, um sich woanders besser zu amüsieren. Die Dagebliebenen waren jene, die archibald kannten; persönlich oder vom Hörensagen. Ballegoyen war zu sehen, jetzt auch in Begleitung von Fräulein Heiblok. Mutter Ballegoyen blieb mit den

Kindern ehrfürchtig im Hintergrund, um die Gespräche, die geführt wurden, nicht zu stören und um den Eindruck zu vermeiden, sie lausche.

»Unser ehemaliger Sekretär, Fräulein Heiblok«, nickte Ballegoyen unheilverkündend. »Er ist dem Untergang entgegengeeilt.«

»Das wundert mich nicht; er war immer schon irgendwie komisch.«

»Dies ist eine Bemerkung, die ich nicht ohne weiteres unterschreiben würde. Ich meinte, in ihm einen pflichtbewußten Sekretär von unkomplizierter Wesensart zu haben, obwohl er tatsächlich durchaus etwas Drolliges besaß. Ungeachtet meiner militärischen Erfahrungen, denen ich ja doch eine recht gute Menschenkenntnis verdanke, muß ich zugeben, daß ich mich in ihm geirrt habe.«

»Es ist ihm zu Kopfe gestiegen.«

»Zu Kopfe? Ach ja, zu Kopfe. Dorthinein ist es ihm gestiegen. Er hat auch daran herumgeschnippelt; haben Sie seine Frisur gesehen? Apropos: Haben Sie den Scheck für Haus Halewijn noch an Herrn Sietsma zur Bearbeitung weitergegeben? Ich verlasse mich darauf.«

»Wissen Sie, wer dort drüben steht, Herr Ballegoyen?«

»Dschingis Khan.«

»Dschingis Khan?«

»Wer dumm fragt, bekommt eine dumme Antwort, Fräulein Heiblok. Woher soll ich in Gottes Namen wissen, wer dort drüben in der Menge steht? Nun, wer steht dort?«

»Victor.«

»Ich verachte ihn. Auch er ist ein vom Weg Abgekommener. Entgleiste Menschheit, Fräulein Heiblok! Ich habe ihn vorhin schon gesehen, in Gesellschaft von Strohalm. Dieser Hanswurst hatte einen Arm um ihn gelegt. Victor hat sich die Kapuze über den Kopf gezogen, als ich vorbeiging: so sehr schämte er sich vor mir. Ein beklagenswertes Duo. Dennoch bin ich fest entschlossen, bis zum Ende zu bleiben, auch wenn es noch so bitter wird. Außerdem denke ich, das Ganze ist als abschreckendes Beispiel pädagogisch wertvoll für meine Kinder. Ermahnend werde ich ihnen vorhalten: Seht, ein Mann, er war der Sekretär eures Vaters, nun spielt er in einer Hanswurstiade.«

»Es ist Zeit, daß er anfängt; die Leute werden unruhig.«

Die Gruppe der Wartenden wurde immer kleiner. Manche begannen umherzuspazieren, sich hier und dort umschauend, doch immer ein Auge auf das Kasperltheater gerichtet, das regungslos dastand, mit geschlossenen Vorhängen. Was machte er bloß in diesem Holzkasten, allein? Das fragte sich Bernard, oben auf seinem Laternenpfahl; fragte es auch seinen Vater, der seinen Fuß festhielt.

»Woher soll ich das wissen, mein Junge? Ich will dich nur warnen: Erwarte nicht zuviel von dem Ganzen ... Obwohl«, fuhr er fort, mehr zu sich selbst, »vielleicht kann man von ihm alles erwarten. Irgendwie muß er ja doch wohl ein großer Mann sein. Es kann fast nicht anders sein, als daß er Kontakt mit Dingen hat, die ich nicht kenne«, murmelte er, nun ganz zu sich selbst, so daß Bernard ihn nicht mehr verstand; und der Rest spielte sich nur in seinem Denken ab: – und wovor es mich schaudert. Es sind sehr ferne Dinge ... Ich habe das Gefühl, daß dies alles nicht im Heute geschieht – obwohl ich nicht einmal weiß, was geschieht –, nicht im Jahre 1950, sondern weit entfernt, im Mittelalter, und noch weiter weg: bei den alten Ägyptern – irgendwann einmal, vor sehr langer Zeit, in einem fernen Land ... Und doch sind wir hier in Europa, im Jahr 1950, ganz zweifellos. Was ist dann dieses Ferne, das ich spüre, von wo aus ich chaotische Dinge geschehen fühle, die mich mir selbst entfremden, so daß ich auf eine Art und Weise zu denken vermag, die ich nicht von mir kenne? Was würde er selbst sagen, wenn ich ihn danach fragte? Im selben Moment wußte es Heidenberg: – Ich will Ihnen darüber gerne Auskunft geben, Herr Heidenberg. Man fühlt, ganz unbewußt, bei sich selbst und bei anderen bestimmte Dinge, universelle Weisheit zum Beispiel. Das wirft man hinaus in die Zeit: Je tiefer im Unbewußten, um so weiter zurück wirft man es in der Zeit – und dann sagt man: Die Ägypter besaßen universelle Weisheit. Und wenn man um sich herum Dinge geschehen sieht, die in solchen tiefliegenden Schichten ihren Ursprung haben, dann fühlt man sich augenblicklich in der Zeit zurückversetzt. Bei den tiefsten Dingen hat man das Gefühl, im *Gott schuf Himmel und Erde* zu stehen. Verstehen Sie das, wie Sie wollen.

Heidenberg würde sich nicht wundern, wenn ihm nun plötzlich Tränen in die Augen träten. Eine Rührung durchströmte ihn, die eben nicht bis an die Oberfläche drang, sondern die kommen und ihn mitnehmen durfte, überallhin. Er stand neben dem Laternenpfahl, zu Füßen seines Sohnes, und wußte das, war aber trotzdem nicht dort. Es gab Verbindungen zwischen ihm und dem Mann im Kasperltheater und, über ihn, mit den Dingen in der Tiefe: das Proletariat der Seele. Er wußte nun wie sein Sohn, daß archibald schon zu Lebzeiten zu einer großen Legende geworden war.

Oben auf seiner Laterne zitterte Bernard. Es war ein altmodischer Laternenpfahl mit einem eisernen Kelch in der Mitte, auf dem er stehen konnte. Er hielt sich an den Vorsprüngen fest, die in den Zeiten des Gaslichts für die Leiter bestimmt waren. Bleich spähte er zum Kasperltheater hinüber, das den Mann umgab, der für ihn zu einer so düsteren Größe geworden war. Er wußte selbst nicht, was er erwartete. Jenseitsglauben? Es war unmöglich, so dachte er in etwa, daß dieser große Mann sich zu der Gruppe der Pastoren, Pfarrer, Ouwe Opas, Parteifunktionäre und

Schulmeister gesellen würde; das ließ sein Format nicht zu. Bernard dachte nicht in Begriffen wie »Format«, doch darauf lief es letztendlich hinaus. Etwas vollkommen anderes war zu erwarten, etwas, das all dies weit überflügelte. Kein Mensch wußte, was und wie. Dies waren historische Augenblicke, so wie damals mit Luther auf dem Reichstag zu Worms, 1521. Er und Herr Strohalm, zusammen hatte man sie verspottet, unverstanden waren sie und allein. Nachher, wenn alles vorbei war, würde er zu ihm hingehen und ihm ewige Gefolgschaft schwören und ihm von der Einsamkeit erzählen, die er um seinetwillen ertragen hatte. Vielleicht würde der große Mann dann einen Arm um seine Schultern legen, und nebeneinander würden sie sich auf eine Bank setzen und die Menschen belächeln. Anschließend mieteten sie ein Flugzeug und flogen zusammen fort in ein Land, wo es keine Hornochsen gab: nur Strohalme, die ausschließlich Bernards zu Söhnen hatten. Dann und wann, einmal im Jahr, würde er zu einem kurzen Besuch wiederkommen. Der Flughafen Schiphol würde schwarz vor Menschen sein, die alle zu jubeln begannen, wenn er auf der Treppe seines Düsenjets erschien. Filmaufnahmen wurden gemacht, und in einem brandneuen Cadillac führe er durch die Stadt, mit einem hellen Anzug bekleidet, ohne jemanden anzusehen.

Plötzlich verschwanden seine Gedanken und Visionen. Wie lange das nur dauerte! Was machte er die ganze Zeit dort drinnen? Nun fingen die Leute sogar schon an zu rufen. Die Vögel, die in riesigen Schwärmen über sie hinwegflogen, störten ihn. Er wollte, daß sein Vater sein Bein losließ. Warum hielt er ihn fest? Er würde bestimmt nicht fallen. Die Hand irritierte ihn, und vorsichtig, als geschehe es gedankenlos, begann er sich loszumachen ...

Die Unruhe war nun allgemein. Die Gespräche waren verstummt, und die Gesichter hatten sich dem Kasperltheater zugewandt; auch diejenigen, die wartend umhergeschlendert waren, hatten sich wieder eingefunden. Die »Hallo!«- und »Anfangen!«-Rufe unterstützten und verstärkten sich gegenseitig und flossen ineinander über, bis plötzlich jemand »Los, Strohalm!« rief: Victor. Dieser Ruf erfüllte offenbar ein Bedürfnis; sofort nahm man ihn auf und rief gemeinsam diesen Namen, in geschlossenem Chor.

Im Dämmerlicht zwischen den Wänden des Kasperltheaters ereigneten sich entscheidende Dinge. Noch war die letzte Stille nicht eingekehrt – die würde erst später kommen, ganz allmählich, würde vielleicht erst nach Jahren vollkommen sein, um dann anzudauern, bis sein Körper starb. Immer wieder verspürte er plötzlichen Schmerz, durchaus erträglich, aber dennoch bereits Schmerz – spitze, breit auslaufende Blitze, welche die Vögel und den See und die Sonne und auch die Stille vertrieben. Einiges drohte. Hin und wieder verzog er das Gesicht, weil der Schmerz langsam heftiger wurde. Neben ihm, in einem sorgfältig ausgesägten Regal, hingen die Puppen mit seelenlosen Körpern und umgeknickten Köpfen. Er nahm den Tod, steckte Daumen und Mittelfinger seiner rechten Hand in die Arme, den Zeigefinger in den Kopf und zog das weiße Leibchen faltenlos bis hinauf zu seiner Achsel. Die linke Hand schob er in den Hanswurst.

»Bonjour«, sagte der Tod. Archibald nickte im Namen von Hanswurst, der sich verbeugte. »Hier prinzipiell Mensch Mensch so wahr Narkose auf Kopf.«

»Früher war normaler Hut«, sagte Hanswurst.

»Nun ist auch ihr weg«, sagte der Tod.

Archibald nickte. Hanswurst lag bereits auf seinen Knien, und der Tod hatte sich an ihn selbst gewandt.

»Hab Schmerz«, sagte er und verzog den Mund. »Wird großer prinzipieller Lärm sich erheben.«

»Ah, Mitleid mit dir, haha! Was hätte sonst gewollt?«
»Leben«, murmelte archibald.
»Lügt!« rief der Tod *außer sich* und wedelte mit den Armen. »Lügt das selbst denkt, daß wollte leben! Ekelte vor Leben. Suchte Schlaf überall. Nie anders gewollt als das. Früher Teufelsporträts an Wand gehängt, schrieb an Essay über Teufel. Bist fertig mit Studien. Jetzt hast alles zusammen. Ist sinister.«
»Sinister«, sagte archibald und richtete sich auf, »ist ein lateinisches Wort und bedeutet *links*.«
»Pfui, kotz davon. Nachdrückliche Symbolik ist nicht zu ertragen.«
»Die des Lebens auch nicht«, sagte archibald und zeigte in das Gesicht des Tods.
»Wie sieht Leben denn?«
»So wie ...« – und mit aller Kraft zwang er sich, Pronomen zu verwenden – »*du mein* Werk siehst.«
»Haha! Sieht Leben nicht! Lügt wieder! Dort im Regal Wesen, die hast gemacht und zu mehr Leben fähig als, Archimedes.«
»Lüge«, keuchte archibald. »Zuerst war nicht Schlafwille, sondern erst danach ... Schlafzwang ...« Stöhnend sank er in sich zusammen; sein Körper begann auf dem Bänkchen konvulsivisch zu zucken. Die Muskeln in seinem Gesicht hatten sich ausgeklinkt, so daß es schlaff vor seinem Schädel herabhing, wie ein Lappen, den man wegnehmen und auf die Wäscheleine hängen kann.

Feuer! Flammen schlagen aus den Fenstern und züngeln an der Mauer entlang in die Höhe, wo ihre Spitzen in sich drehende, schwarze Rauchwolken übergehen. Auf der Straße rennen Menschen hilflos durcheinander, setzen ihre Hände wie Trichter an den Mund und rufen Ratschläge hinauf. Ein Kind wird aus einem Fenster geworfen; langsam rotierend, saust es hinab, stürzt durch ein zerreißendes Laken und zerplatzt auf dem Pflaster. Die Menschen erstarren, machen sich jedoch kreischend aus dem Staub, als die sterblichen Überreste zum Leben erwachen, zu zittern beginnen, zu fließen und sich fortzubewegen, eine glänzende Spur zurücklassend. Im Blut lacht ein großer Mund von links nach rechts, und mit überschwenglichem Vergnügen gleitet der Satan über die Straße ...

»Und was jetzt lächerliche Engelfrau angeht –«

»Gott verdamme mich«, heulte archibald, »Gott verdamme mich, wenn ich noch länger zuhöre! Ich ... i ... ch ...«

Verschwunden sind die Wände des Kasperltheaters, und in einem Kreis um ihn herum stehen die Seinen: Anna, Rudolf, Cornelis, Hendrik, Issak, Bernard, Anna, Lodewijk und Dirk. Damit ist er selbst weg. Die acht, die in grüne, mit Blättern und Tieren bestickte Overalls gekleidet sind, schauen einander an. »Wo ist archibald? Hast du archibald gesehen?« Mit Fäusten gehen sie aufeinander los, reißen sich die Kleider vom Leib, und es bleiben nur zahlreiche Reste übrig ... In Wellen von Schmerz liegt er mit Scheherazade in ihrem Blut und umklammert sie mit Armen und Beinen. Sie erzählt ihm das Märchen seines Lebens und schneidet sein Haar, doch schon steht er aufrecht im Bett und tötet sie, so daß kräftige Pfleger vom Waldessaum ausrücken und ihn horizontal an die Wand nageln. »Jutje!« ruft er, doch sie ist beim Dozenten des allerprivatesten Kämmerleins, der nur pissen und scheißen kann ... Hier unten, zwischen den Algen, ist es dunkel und still. Fische gleiten ohne Hast zwischen den Pflanzen umher; halb im Sand wühlen sich Krabben einen Weg ... Wieder ist alles leer, doch der Tod spricht nicht mehr. Neben dem Hanswurst liegt er vornüber auf dem anderen Bein. Kurz darauf kommen die zerplatzenden Eier und die Schildkröten wieder, die Versicherungsvertreter, Beerdigungsunternehmer, der zersplitternde Mönchsschädel und das Leben, in das er auf dem Riesenrad hinein- und wieder hinausdreht. Alle Gesetze werden jetzt der Beliebigkeit preisgegeben. Noch immer gibt es Punkte des Willens in ihm, die gewisse Linien aus dem Chaos hervorheben können, vielleicht noch monatelang, aber sie werden verschwinden. Nun gibt es keine Stöcke oder Steine mehr, keine Schornsteine oder Chinesen, die ohne Bezug zu ihm existieren. Die Welt ist ein Haufen düsterer und unzusammenhängender Anmerkungen in den sieben Notizbüchern des Lebens, die jetzt in Schnipsel gerissen und wie amerikanische Telefonbücher über die Helden des Tages ausgestreut werden. Die örtlichen Telefonbücher aller Länder befinden sich darunter und auch *meine Telefonnummer* und die Telefonnummern von Euch, die Ihr dies lest: Hendrik, Anna, Cornelis, Dirk, Rudolf! Und nun seid Ihr dran, denkt Euch einfach aus, was vor seinen Augen geschieht! Beschreibt Euch selbst, Euer Haus, Eure Träume! Er hat die Hände wieder in die Höhe gehoben, und die Puppen tanzen durch alles hindurch, was Ihr ihm antun könnt. Nur los, zu bunt könnt Ihr es gar nicht treiben, alles ist in Ordnung. Ich kann nicht mehr, bis hierhin habe ich es ausgehalten, aber keine Zeile mehr. Er versteht nun nichts mehr, Ihr übernehmt meine Aufgabe – und jetzt, archibald, streck deinen rechten Arm wieder in die Höhe, nun kann *ich endlich! endlich! zu dir sprechen.*

Hier stehe ich: die Hauptperson. Etwas von mir ist in dir verrückt geworden. Etwas, das in mir verrückt geworden war, habe ich in dich hineingekotzt. Vielleicht war es noch nicht verrückt, als ich damit anfing, vielleicht hatte es gerade erst angefangen, verrückt zu werden: Ich wußte damals nichts davon. Aber vielleicht hat mein Selbsterhaltungstrieb es gewittert und gerade noch rechtzeitig ausgeschieden. Und in dir wucherte mein Verderben autonom weiter, bis du zu dem Wrack wurdest, das du jetzt bist, und dem ich nun einen Tritt versetze, als wärest du Ungeziefer. Und ich verpasse dir noch einen Tritt, und noch einen, in die Leisten, in die Nieren, in die Augen, weil du mich wieder befällst, weil du wieder in mich hineinzuwachsen drohst!

Plötzlich bin ich von einem feierlichen Gefühl erfüllt. Ich komme mir vor wie ein Scharfrichter, der das Urteil über den größten Feind des Staates spricht. Ich bin von grenzenloser Erleichterung erfüllt, weil ich weiß, daß das Schlimmste nun plötzlich hinter mir liegt. Deine Verhaftung, deine Vernehmung, deine Verurteilung ... dies ist ein historischer Wendepunkt. Dies ist ein Wunder. Alle Hoffnung hatte ich fahrenlassen und war verzweifelt, weil ich deine Nähe spürte. Jetzt, mit diesem letzten Tritt, habe ich mich gerettet. Mit dir habe ich mich erst einmal gerettet. Eigentlich war ich schon ein wenig tot. Nun tut sich vor mir das Leben auf.

Was habe ich gewagt? Ist das gestattet? Auch ein Vater darf in Notwehr die Hand gegen seinen Sohn erheben. Ich habe um dich geweint; gerade gestern war ich deinetwegen krank. Den größten Teil deiner abscheulichen Geschichte (ich urteile!) habe ich in Gedanken geschrieben. In Atempausen brachte ich davon soviel wie möglich zu Papier. Ein Bücherregal hätte ich über dich vollschreiben können, doch dafür hatte ich keine Zeit, keine Kraft und keine Lust. Ich dachte zehn Seiten pro Minute. Ich bin kein Schriftsteller, denn ich fand dich weniger wichtig als mich selbst.

Ob es möglich sein wird, dich gleich allein zu lassen? Du hast mich geheilt, darum liebe ich dich. So ist das mit der Liebe. Vor allem aber bist du über diese Bestimmung hinausgewachsen, du bist über alles hinausgewachsen: sogar über deine eigene Psychologie – und ganz bestimmt über meine. Es ist mir vollkommen unmöglich geworden, dich zu erfassen, ebensowenig, wie du dich selbst erfaßt. Ich habe nur in begrenztem Maße ein Anrecht auf dich und Macht über dich: nicht mehr als jeder andere.

Du gehst jetzt durch den Wahnsinn hindurch, in meinem Namen. Du hockst in einem Kasten, in dem es nach Holz riecht, doch um deine Taille rotieren Feuerringe, in meinem Namen. Das ganze unentwirrbare Chaos von uns allen steht dir gegenüber und bedrängt dich unerbittlich, in meinem Namen. Wie ein Kind wirst du in deinem Wahnsinn heranwachsen, in meinem Namen. Du hast mein Kreuz auf deine Schultern genommen, mein kleiner Erlöser. Ich werde dort reüssieren, wo du versagen mußtest.

Ich bin gerührt. Oft hatte ich den Eindruck, daß nicht ich dich, sondern du mich gemacht hast. Natürlich ist beides wahr. Vielleicht war ich es ja, der dich zur toten Pflanzung gebracht hat und gestern abend vom Waldrand aus zu dir hinübergesehen hat ... der immer neben dir herging wie ein unaufhörliches Geräusch. Und all das auch umgekehrt. Mir ist, als säße ich nun auf deinen Schultern (schau ruhig erstaunt hinauf) und drückte dich allmählich in den Boden, so daß nur ich noch zu sehen bin – oder auch: nur du noch. Wir sind zusammen ein Schizophrener.

Ehe ich dich nun loslasse und aus sicherer Entfernung deine letzten Handlungen in diesem Prozeß registriere, nur das noch: – Vor langer Zeit hast du Bronislaw gegenüber von einer Geschichte gesprochen, die du schreiben wolltest, in der ein Mann dabei ist, eine Geschichte zu schreiben. Dies und die Antwort von Bronislaw, das war schwindelerregend von euch beiden, auch wenn Eigenlob stinkt.

Hör, Papphüte und Pappnasen rufen nach dir. Man erwartet noch etwas von dir. Mach daraus, was du kannst. Lebe wohl! Es wird kein Abschied für immer sein. In gewisser Weise werde ich dich wiedersehen, das weiß ich bereits jetzt. Noch ist dies kein natürliches Ende. Alles wird dann, Gott sei Dank, anders sein als jetzt. Ich werde dich nicht treten müssen, doch dafür mußten wir zunächst hier hindurchgehen. Vielleicht werden wir einander weinend in die Arme fallen ...

Auf seinen Händen tanzten die Puppen im Kasperltheater, das zu einer Welt geworden war, durch die Visionen. Wie Schläge fielen die Rufe in die Szenen, in denen Blut floß und sich alles paarte, was sich nicht paaren durfte:
»*Stro! halm! Stro! halm! halm!*« – und noch einmal »*Stro! halm!*« – und immer weiter, in immer strafferem Rhythmus. Wie Holzblöcke, die aufeinandergestapelt werden; es war, als errichteten sie ein Bauwerk, ein Holzgestell, dessen Zweck noch im dunkeln lag. Es konnte ein Denkmal werden, aber auch ein Scheiterhaufen. Man kann nicht sagen, daß Feindschaft in ihrer Komposition lag. Tatsächlich waren die Herren Blaas und Ballegoyen die einzigen boshaften Elemente in der Menge. Sie hatten einen Grund für ihr Mißfallen, denn mit einem kränkenden Lächeln hatte archibald strohalm den einen einmal mit Planeten und allem drum dran weggedreht; und bei dem anderen hatte er ungehörige Ausbrüche hervorgerufen. Und überhaupt: Wer nimmt schon die Außergewöhnlichkeit eines Bewohners der eigenen Stadt einfach so hin? Möglicherweise lag sogar eine gewisse Ehrlichkeit in dem Gerufe – so etwas wie: »Los, nun rück schon raus mit dem Ergebnis deines Weggehens aus unserer Mitte; dann werden wir unser Urteil fällen.« Das Rufen wurde munter absolviert; je reiner und disziplinierter es klang, um so munterer waren die Rufe. Schließlich schien die Menge vergessen zu haben, weshalb sie eigentlich rief; nach dem bewährten Rezept wurde das Mittel Zweck, und sie hakten sich unter, stellten sich im Kreis hin und hüpften im Takt auf und ab ... »*Stro! halm! Stro! halm! Stro! halm!*«

Das war der Moment, in dem archibald mit seinen Ellbogen den Vorhang beiseite schob, so daß der Tod und Hanswurst für das Publikum sichtbar wurden und unaufhörlich weitertanzten.

16 Morgens gegen zehn begann Hilde über Schmerzen in Bauch und Rücken zu klagen, die aber sehr rasch wieder verschwanden; doch da war Boris Bronislaw auch bereits weg: Wie ein Idiot raste er mit dem Fahrrad zum Arzt. Keuchend und schimpfend kam er nach zwanzig Minuten zurück – die Schmerzen waren inzwischen auch zurückgekommen –, und Hilde hörte ihn draußen schon brüllen, der Arzt sei ein dreckiger Schweinehund und verdammter Mörder.

»Weißt du, was er gesagt hat? ›Das hat keine Eile; in anderthalb Stunden schaue ich vorbei‹! Dieser Lackaffe mit seiner Pluderhose! Wie geht es dir jetzt? Ich fahr gleich wieder los und hole einen anderen Arzt.«

Doch Hilde gelang es, ihn zu beruhigen. Der Arzt wisse schon, was er tue. Es könne noch Stunden dauern. Beim vorigen Mal hatten die Schmerzen nachts angefangen, und erst am nächsten Nachmittag sei Paulchen zur Welt gekommen.

»Paulchen«, sagte Boris Bronislaw und setzte sich neben ihrem Stuhl auf den Boden.

Er dachte an sein Chef d'œuvre, das nun bald geboren werden würde. Es befand sich einen halben Meter von ihm entfernt. Sie waren zu dritt im Zimmer. Er würde Gärtner werden müssen, oder Matrose. Dann und wann wechselten sie ein paar Worte. Er beobachtete sie unaufhörlich, doch erst Stunden später kehrten die Schmerzen zurück. Er kniete sich zu ihren Füßen hin und legte die Arme um ihren Leib.

»Er kommt wieder, Hilde«, flüsterte er. »Freust du dich? Hab keine Angst ...«

Kurz darauf gab sie ihm einen Kuß. Nichts in ihr hatte Angst. Nur vor ihm fürchtete sie sich. Er ging vor den Fenstern auf und ab und grummelte, es sei fünf nach halb zwölf, zwanzig vor zwölf – wieder hatte Hilde Wehen –, Viertel vor zwölf, zehn vor zwölf, und wo dieser Stümper nur bleibe. Kurz darauf hielt ein Auto beim Boot. Polternd rannte Bronislaw zur Tür, um den Arzt hineinzulassen.

So jung der Arzt auch sein mochte, die Allüre, mit der er auftrat, ließ nichts zu wünschen übrig. Die Brille machte sein Lächeln noch freundlicher. Ganz gemütlich spazierte er durch das Schiff und sprach über die Vor- und Nachteile von Wohnbooten.

»Wie oft hatten Sie bereits Wehen?« fragte er plötzlich.

»Viermal.«

»Regelmäßig?«

»Zunächst im Abstand von einer Viertelstunde, danach dauerte es eine Stunde. Vor ungefähr zehn Minuten hatte ich die letzte.«

»Sie müssen sich jetzt hinlegen. Gleich werden bestimmt noch mehr Wehen kommen. Würden Sie ihr kurz helfen?« bat er Boris Bronislaw. »Und stellen Sie gleich einen Kessel mit Wasser auf den Herd.«

Der Maler tat, was von ihm verlangt wurde. Als er wieder aus dem Schlafzimmer kam, knöpfte der Arzt gerade seinen weißen Kittel zu. Mit den weißen Sportsocken unter seinen jetzt unsichtbaren Kniebundhosen sah er aus wie ein Lebensmittelverkäufer.

»Doktor«, hob Bronislaw an, »Sie glauben doch nicht, daß ...«

»Jeden Tag, mein lieber Herr Bronislaw, werden zweihunderttausend Kinder geboren. Wußten Sie das?«

Herr Bronislaw wußte es nicht und blieb stehen, während der Mediziner mit seiner Tasche ins Schlafzimmer ging, wo Hilde gerade wieder Wehen hatte. Er sah auf die Uhr und setzte sich auf den Bettrand. Als sie sich wieder entspannt hatte, fühlte er ihren Puls.

»Wir sind zu kultiviert«, sagte er währenddessen. »Ein Affe macht keinen Mucks, er spürt kaum etwas – sie spürt kaum etwas. Bitte die Zunge herausstrecken ... Prima.« Er begann in seinem Koffer zu wühlen.

»Ist alles in Ordnung?« fragte Bronislaw.

»Ja, wunderbar.« Er krempelte ihren Ärmel auf, legte die Manschette des Blutdruckmeßgeräts um ihren Arm und begann zu pumpen.

»Und?« fragte der Maler, als der Arzt fertig war.

»Sie fragen zuviel«, sagte der Doktor. »Könnten Sie das Wasser in eine Schüssel gießen?«

Wütend sah Bronislaw ihn an, doch seine Nervosität war zu groß, als daß sie Aufruhr zugelassen hätte, und so goß er das Wasser in die Spülschüssel. Bei der folgenden Wehe packte der Arzt den Inhalt seiner Tasche auf ein Tischchen, das er ans Bett heranzog; die Blumenvase stellte er auf den Fußboden. Mit dem leeren Kessel noch in der Hand, sah Boris Bronislaw zu, wie der Arzt mit dem Stethoskop über Hildes Brust streunte und anschließend für ein paar Augenblicke auch über ihren Bauch.

»Stimmt irgendwas nicht?«

Dezidiert nahm der Arzt das Stethoskop aus den Ohren.

»Würden Sie bitte kurz mitkommen«, sagte er, stand auf und ging ins benachbarte Zimmer. »Jetzt hören Sie mir einmal zu«, sagte er dort. »Entweder gehen Sie, oder ich gehe. Das kann ich absolut nicht haben, verstehen Sie das denn nicht?«

»Mal langsam«, sagte Boris Bronislaw, »was bildest du dir überhaupt ein, du verkrachter Student?«

»Verkrachter Student?« sagte der Arzt verdutzt.

»Du mußt auf das hören, was Doktor Haverkamp sagt«, intervenierte Hilde im anderen Zimmer.

Mit ein paar Schritten stand der Maler an ihrem Bett.

»Er will, daß ich weggeh!«

»Wenn du still bist, brauchst du nicht wegzugehen, nicht wahr, Doktor?«

»Nein, natürlich nicht.« Er machte sich daran, das Bett zu kontrollieren, und zog das Laken ein wenig straffer. »Haben Sie eine Gummiunterlage?«

Schweigend reichte ihm Bronislaw das Gewünschte.

»Könnten Sie mir kurz helfen? Auf der anderen Seite.«

Gemeinsam hoben sie Hildes schweren Unterleib hoch und legten das Tuch darunter; Bronislaws Hände zitterten dabei. Haverkamp nahm Seife und Nagelbürste vom Tisch und wusch seine Hände, wobei er beruhigend auf die beiden einredete.

»Es geht wieder los!« rief Hilde.

Sie stöhnte und warf den Kopf auf dem Kissen hin und her. Haverkamp nickte lächelnd zu Boris Bronislaw hinüber, der nun rasch an der Seite des Betts war, um ihr Unsinn ins Ohr zu flüstern. Wenige Minuten später stand Haverkamp mit aufgekrempelten Ärmeln und Gummihandschuhen neben ihm.

»Entschuldigung, darf ich mal kurz ran? Ziehen Sie bitte die Beine an, und die Knie spreizen.« Er befeuchtete einen Wattebausch und machte Anstalten, das Ganze zu reinigen. Doch er ließ seine Hand wieder sinken und schaute genauer hin. »Hatten Sie beim vorigen Mal eine Ruptur?«

»Eine Ruptur? Ach ja, stimmt. Das habe ich vergessen, Ihnen zu sagen.«

Ängstlich sah Bronislaw den Arzt an. Er stand am Kopfende des Betts. Eine Ruptur? Was war das? Aber er traute sich nicht, danach zu fragen.

»Hm«, brummte Haverkamp. »Wir werden sehen. Vielleicht hält der Damm. Ich werde ihn stützen.« Tatsächlich aber hielt er es für ausgeschlossen, daß die alte Narbe, die zeigte, wo bei der vorigen Geburt der Riß verlaufen war, heil bleiben würde. Wahrscheinlich würde es eine heftige, aber ungefährliche Blutung geben. Als er erneut mit der Watte ans Werk gehen wollte, kündigte sich eine neue Wehe an, die heftiger als die vorige zu sein schien. »Sehr gut«, sagte Haverkamp, »die Wehen kommen nun bereits schön regelmäßig. Und da sind ja auch schon die Vorzeichen.« Mit dem Wattebausch entfernte er das Blut und den Schleim, er bat Bronislaw um einen Eimer und warf die Watte hinein. Von einer Wehe unterbrochen, bei der Hilde sich stöhnend an den Bauch faßte, touchierte er mit Zeige- und Mittelfinger.

Boris Bronislaw schwitzte. Er wußte nicht mehr, wohin mit seinen großen Händen. Auf einmal verspürte er Lust zu malen. Es schien, als habe Hilde ihn vergessen, denn sie sah ihn nicht mehr an. Es war doch gut, daß Paulchen geboren wurde, dachte er plötzlich. Augenblicklich war er wütend auf sich und schob den Gedanken beiseite, wodurch er sich noch mehr in den Vordergrund drängte.

Bei der nächsten Wehe platzte die Fruchtblase. Haverkamp kontrollierte den Puls und tastete mit seiner sauberen linken Hand den Bauch ab.

»Es scheint, als würden sie jetzt schwächer«, sagte Hilde, als sich wieder eine Wehe ankündigte.

»Alles verläuft so, wie es muß. Jetzt dauert es nicht mehr lange.«

Boris Bronislaw hockte am Kopfende des Betts, und abgesehen von seiner Angst, beherrschte ihn nun auch das quälende Gefühl, überflüssig zu sein. Außerdem machte der unerträgliche Gedanke von vorhin Platz für etwas anderes – nicht für einen Gedanken, sondern für ein Wort:

Syphilis. Aber es bekam nur ein einziges Mal die Gelegenheit, sich zu zeigen, so intolerabel war es.

Die Wehen kamen wieder. Er wollte Hildes Arm festhalten, ihren Hals, zog aber seine Hände immer wieder zurück und legte sie schließlich nebeneinander auf das Laken, während er Hilde bis zum Äußersten gespannt beobachtete. Mit kurzen Zwischenpausen kam ein Keuchen hinten aus ihrer Kehle.

»Nein, Sie dürfen noch nicht pressen«, sagte Haverkamp. »Stöhnen, tief stöhnen.«

Die Augen geschlossen, den Kopf steif haltend, begann Hilde zu stöhnen. Ihre Finger krallten sich in der Matratze fest. In ihrem Innern spürte sie, wie tief das sich bewegende Kind bereits lag. Von sich aus spreizte sie ihre Beine weiter. Es war, als schaute sie in sich hinein und sähe das Kind liegen. Es wollte heraus, wollte einen Kopfsprung in die Welt machen, ob sie das nun gut fand oder nicht; aus eigenem Antrieb. Auch ohne Hilfe würde es sie jeden Augenblick verlassen. Durch alle Schmerzen hindurch verspürte sie so etwas wie Lust, die sie vom letzten Mal noch kannte. Bronislaw legte eine Hand auf ihre. Haverkamp schob ihre Fersen bis an ihre Pobacken und touchierte wieder.

»Ja«, nickte er. »Er steht ordentlich auf dem Kopf.« Er zog die schmutzigen Handschuhe aus und legte ein Tuch über seine Hand. »Ja«, sagte er und stützte sie mit seiner Linken, »und jetzt pressen.« Er mußte sich nicht wiederholen. Hilde sog ihre Lungen voll Luft, klemmte die Lippen aufeinander und begann, gegen das Kind zu drücken, erneut holte sie Luft, und ächzend preßte sie mit aller Kraft ...

Als Haverkamp sagte: »Jetzt kann ich die Härchen schon sehen«, da stand Boris Bronislaw aufrecht hinter dem Bett, die Finger am offenen Kragen seines Hemds, das er sich offenbar vom Leib reißen wollte. Halb vornübergebeugt sah er mit starrem Blick über Hildes Körper, über die große Wölbung hinweg zu der Stelle, wo jetzt gleich das Kind zu sehen sein mußte. Die Öffnung selbst war für ihn verborgen, und er war nicht in der Lage, um das Bett herumzugehen. So verharrte er zehn Sekunden, zwanzig, eine halbe Minute, wobei seine Hände, ohne ihre Position zu verändern, das Hemd langsam losließen – und er schaute, was dort zu sehen war ...

Dann drehte er sich um und rannte durchs Zimmer, trat auf eine Farbtube, so daß der Inhalt wie eine verzweifelte Schlange hervorschoß, sprang die eiserne Treppe hinauf, packte sein Fahrrad, das auf dem Vordeck stand, und rannte damit über den Laufsteg. Mit einem Schwung saß er auf dem Sattel und fuhr wie ein Rasender durch das feuchte Gras. Vornübergebeugt, die weißknöcheligen Hände um das Steuer gekrallt, jagte er in einen Waldweg hinein und flitzte zwischen den Bäumen hindurch. *Kaputt!* dachte er jedesmal, wenn sich sein rechter Fuß nach unten bewegte, – *kaputt! – kaputt! – kaputt! – kaputt!*

Kurz bevor er die Allee erreichte, stieß sein Vorderrad gegen eine Wurzel, wurde nach oben geschleudert, knallte wieder auf den Boden und verlor pfeifend Luft. Mit schlenkerndem Reifen holperte er auf der Felge weiter, seine Anstrengung verdoppelnd. Die Allee war menschenleer, alle waren auf dem Jahrmarkt. In der Ferne sah er die Vögel kreisen. Er sah auch H.W. Brits, der sich hastig in Richtung Stadt bewegte; doch seine Verzweiflung war so groß, daß ihm nicht auffiel, wie der Mann ging: vorwärts, seiner Nase hinterher.

Auf dem Jahrmarkt, wo er ein paar Minuten später mit schlotterndem Vorderrad ankam, schaute man wohlwollend den tanzenden Puppen zu. Hier und da war leises Lachen zu hören über die tollen Sprünge, mit denen Tod und Hanswurst umeinander herumhüpften. Als der Maler ankam, schwand die Gutmütigkeit. Mit einem lauten Schlag warf er sein Rad neben dem Kasperltheater auf die Erde und kroch von hinten in den Holzkasten. In einer derartigen Verfassung hatte man ihn noch nie gesehen. Bestimmt hatte er gerade jemanden vergewaltigt oder Schulden gemacht. Was würde nun passieren? Das war sehr unangenehm. Strohalm hätte ihn aus dem Ganzen heraushalten sollen. Es sah so aus, als wollten sie die Vorstellung zusammen machen und als habe der Maler sich verspätet. Nun gut, wenn etwas Anständiges dabei herauskam, dann war alles vergeben. Was nun? Gab es nicht genug Puppen? Was sollten die beiden nackten Hände auf der Bühne? Neben dem Tod und dem Hanswurst war dies zweifellos ein Fall von Exhibitionismus!

Boris Bronislaws Hände mit der dünnen Haut und den zartrosafarbenen Fingernägeln tanzten wie reine Seelen, körperlos, umeinander herum und zwischen den Puppen hindurch. Doch die fließende Eleganz, die ihren Bewegungen für kurze Zeit eigen gewesen war, verschwand nur allzubald. Wie wütende Kater standen sie einander einen Moment lang gegenüber, die Finger angespannt aufeinander gerichtet, doch sie erschlafften und wandten sich mutlos ab. Nach ein paar Sekunden griffen sie sich wieder zitternd und verschlungen an, wie zwei Ringer, die sich gegenseitig umklammern. Es schien, als seien sie Gegenspieler ohne Bewußtsein ihres gemeinsamen Ursprungs. Bis sie auf einmal, nackt bis zu den Ellbogen, in die Höhe schossen, die Handflächen flehend gen Himmel gerichtet: Da war deutlich, wie sehr sie unterhalb des Gesichtsfeldes in demselben Zerrissenen verankert waren. Sie ragten auch einmal nebeneinander empor, die Handflächen dem verwunderten Publikum zugewandt und die Finger weit gespreizt, wie eine große Anklage. Dann wieder bildeten sie merkwürdige, bedeutungsvolle Symbole: die geballte Faust neben dem abwärts gerichteten Daumen; oder sie standen sekundenlang bewegungslos nebeneinander, die eine Hand horizontal mit fest zusammengepreßten Fingern, die andere daneben, den kleinen Finger und den Zeigefinger in die Höhe gestreckt, was sehr rätselhaft und furchterregend aussah.

»Jetzt reicht es«, bemerkte Herr Blaas; und die Dame aus Haarlem sagte:

»Mir wird schlecht davon.«

»Nichts als Wichtigtuerei«, sagte Frau Blaas.

Mit einem Strohhut auf seinen langen weißen Haaren stand jedoch Ouwe Opa im Hintergrund, dessen Kommen mit einem rasch weitergesagten »Ouwe Opa ist auch da« im Publikum bekannt gemacht worden war. Neben ihm stand Theodoor mit einer neuen grauen Mütze. Bevor Theodoor sich auf eine Meinung festlegte, wollte er sehen, wie sein Vater auf das Theater der neuen Kollegen reagierte; in dessen Gesichtsausdruck war nichts, das auf Spott oder Verachtung hindeutete; aber auch nicht das geringste Zeichen der Anerkennung. Ruhig beobachtete Theodoor, was sonst noch geschah. Im Kasperltheater wurde jetzt gesprochen. Ouwe Opa ging einen Schritt nach vorn und legte eine Hand hinters Ohr. Das Geräusch war sehr schwach; es war deutlich, daß hier nur allzusehr eine weittragende Stimme fehlte.

Möglicherweise hatten die beiden in dem Kasten bereits miteinander gesprochen; sicher ist das nicht. Nun erklang archibalds Stimme dumpf und zerstückelt aus der Welt unter den Tanzenden. Der Tod war verschwunden und auch eine der nackten Hände.

»Wenn über Tisch zieht erhob es sich. Immer höher kam dann ist dort ist es.« Man hörte ihn keuchen. »Da ist da war es.« Einen Moment lang war es ruhig. »Ja«, sagte er laut, als gebe er eine Antwort, »ja erst Kopf ja und dann dann? Ja glitt zurück und wieder nach draußen gepreßt. Genauso *wir. Du ich*.«

Ein von dem Maler verursachtes Geräusch war zu hören, und die nackte Hand hielt sich an der Balustrade fest. Doch man machte sich schon nicht mehr bewußt, daß es eine Hand war. Es war ein fremdartiges, bis dahin unbekanntes, lebendes Wesen, dessen Psychologie man aber bereits zu verstehen begann. Gemessen am Menschlichen, war es eine von großer Unmöglichkeit, doch warum sollte man sie daran messen?

Im Kasperltheater Gemurmel; dann wieder die zerfallene Stimme archibalds:

»Dann ja bis Schultern draußen. Naß und ja? Voll Blut ja! Ja! Ja! Große Fäulnis. Ausscheidung im Kopf. Vollständig zum Vorschein erbrochen und brannte alles ab. Ja? Rücken? Blutbahn zur Hölle Luzifer!«

Die Hand verschwand. Der Hanswurst blieb stehen, mit gespreizten Armen:

»Schlieren Topfrand der Welt. Jetzt Umhüllungen weg und Gestalt und Satansschreck. Häuser wegfaulende Lungen jeder Stein ein Krebsauge.«

»Das geht entschieden zu weit!«

Ballegoyen rief es lauthals und stocherte mit seinem Zeigefinger in Richtung des Kasperltheaters. Er wandte sich an das Publikum:

»Bürger dieser Stadt! Duldet das nicht länger! Das widerspricht allen Normen des guten Geschmacks und der Schicklichkeit! Es befinden sich *Kinder* unter uns!«

Er hatte noch mehr sagen wollen und tat das auch, doch in der nun aufkommenden Unruhe war davon nichts mehr zu verstehen. »Bereitet dem Ganzen ein Ende!« wurde gebrüllt, und man rief auch nach der Polizei.

»Unsere guten Sitten werden verletzt! Das ist unanständig!«

»Ruhe, wir wollen uns amüsieren!«

»Einsperren müßte man euch!«

»Verschont uns mit eurem Dreck!«

Eine Stimme rief: »Laßt ihn doch schwatzen, diesen Operettenkapitän!« – man meinte jedoch diesen Ruf falsch verstanden zu haben. Doch gerade als ein paar besonders Eifrige, vom Durcheinander ermutigt, tatsächlich eingreifen wollten, tauchte in der Geschichte ein neues Element auf.

Hupend bog ein Auto auf den Platz und hielt zwischen Kirche und Kasperltheater. Ohne den Motor auszuschalten, sprang der Arzt im weißen Kittel und in Sportstrümpfen heraus. Als man ihn erkannte, wurde es ruhig. Die Schreie und das Gebimmel des Jahrmarkts traten in den Vordergrund, und viele hörten erst jetzt die Vögel. Der Arzt klopfte gegen das Kasperltheater; doch plötzlich schien er wütend zu werden, und er hämmerte mit der Faust auf das Sperrholz.

»Komm da raus! Sofort!«

Bronislaw wand seinen Körper heraus und stellte sich vor ihm hin. Stand da wie ein Junge, der auf eine Strafarbeit wartet: ein wenig vornübergebeugt, mit schlaff herabhängenden Armen. Der Arzt sah kurz zum Publikum und redete dann leise, aber heftig auf den Maler ein; leider war davon nichts zu verstehen. Wohl aber registrierte man zustimmend, daß der Arzt auf seine Stirn zeigte. Der Maler schüttelte apathisch den Kopf. Der Arzt begann zu gestikulieren, und nun sah Bronislaw ihn an. Auf einmal, als wachte er auf, faßte er ihn bei der Schulter, mit aufgerissenen Augen und sprechendem Mund. Mit einer Faust schlug sich der Arzt auf die eigene Brust. »Aber wenn ich es dir doch *sage*!« war zu hören. Der Maler wankte, man meinte zu sehen, daß er weinte. Der andere packte ihn und schob ihn in den Wagen. Mit einem Knall warf er die Tür hinter ihm zu und ging lachend um das Auto herum. Er setzte sich ans Steuer, gab Gas und verschwand in einem Bogen hinter der Kirche.

Die Stille ging in fragendes Murmeln über. Die Kinder, denen langweilig wurde, zeigten einander die Zugvögel, die jetzt sehr niedrig flogen. Durch das Gezwitscher hindurch war das unermüdliche Schlagen der Flügel zu hören.

Victor fragte sich, was dort wohl vor sich ging. Er war gekommen, als das Kasperltheater bereits stand; er hatte die Leute um sich herum erzählen hören, daß Strohalm darin sei. Trotz seiner Erinnerung an Strohalms Entlassung vor neun Monaten hatte er es erst geglaubt, als er vorhin seine Stimme hörte, die so sehr aus dem Grab zu kommen schien, daß er den Schrecken noch jetzt spürte: Es war derselbe Schrecken wie vor ein paar Stunden vor dem Golf von Biscaya. Etwas Unerhörtes mußte mit Strohalm geschehen sein. Kletterte man sonst todkrank in ein Kasperltheater? Außerdem hatte sich soeben gezeigt, daß es nicht ganz gefahrlos war. Victor zog die Hände aus den Taschen, zu jedem Kampf bereit, fest entschlossen, ihm bis zum Schluß zur Seite zu stehen.

»Aha!« rief Herr Blaas unter seiner grünbommeligen Mütze. »Der ist auf dem Weg ins Irrenhaus! Das war Nummer eins!«

Wo es eine Nummer eins gab, mußte es auch eine Nummer zwei geben. Aber der unterschwellige Vorschlag, auch mit diesem zweiten ähnlich kurzen Prozeß zu machen, stieß auf wenig Gehör. Dieser war schließlich, wie auch immer, aus ihnen hervorgegangen; er war zwar aus ihrer Mitte getreten, konnte sich jedoch noch als ein nur zeitweilig Verirrter erweisen. Mit Boris Bronislaw verhielt es sich vollkommen anders. Er war ein vollständig Fremder, ein Eindringling. Er war ein Feind, der sich nie würde anpassen können oder wollen. Er war unheilbar. Es war gut, daß man ihn aus dem Verkehr gezogen hatte. Vor allem die Herren hatten mit einer gewissen Befriedigung beobachtet, wie er weggeführt wurde. Eine Männlichkeit derartigen Ausmaßes mußte verboten werden. Aber Strohalm ... ach, Strohalm. Man mußte ihm eine Chance geben. Möglicherweise hatte nur die schlechte Gesellschaft des anderen ihn so verdorben. Jetzt, in dem Wissen, daß jener unschädlich gemacht worden war, würde er sich vielleicht aus der fremdländischen Tyrannei befreien können, so wie Wilhelm von Oranien, und seinen guten Kern offenbaren.

»Ich rufe zu weiteren Aktionen auf!« brüllte Ballegoyen. »Gerade *dieser* Hanswurst hat sich schmählich benommen!«

Ach ja, so ist das, wir ändern unsere Meinung. Warum eigentlich Nachsicht? Hatte er etwa Nachsicht walten lassen? Hatte einfach seinen Launen nachgegeben und allerorts Anstoß erregt. Wozu so viele Umstände machen? Wer nicht hören will, muß fühlen! Doch in dem Moment, als die Eifrigen wieder zum Angriff übergingen, rief Bernard von seinem Laternenpfahl herab:

»Nein, nein! Aufhören! Jetzt geht es doch erst los! Das ist nicht fair! Es handelt sich hier um eine Wette mit Ouwe Opa! Fragen Sie ihn doch!«

Er deutete nach hinten, und alle sahen sich nach Ouwe Opa um. Theodoor wollte aufbrausen, doch sein Vater packte ihn beim Arm. Einen kurzen Moment wartete er noch: Dann nickte er ernst. Das war ein Befehl. Achselzuckend drehte Ballegoyen sich um und sandte einen einvernehmlichen Blick zu Blaas hinüber, aus dem seine Verachtung über die lächerliche Autorität des alten Mannes sprach – ein Blick, der Herrn Blaas diesmal nicht fand. Demütig wandte man sich dem Kasperltheater zu.

Dort hatte man in der Zwischenzeit möglicherweise etwas verpaßt. Lauter Tumult war zu hören, Gerumse, Geknatter, brechendes Holz, Metall, das auf Metall schlug. Kurze Zeit später kam der Hanswurst aus den Kulissen; auf seinem Rücken schleppte er eine Holzplanke, die einen halben Meter lang war. Fragend wandte er sich an den Tod, der mit einem Holzklotz im Hintergrund stand. Schweigend machte dieser mit seinem Kopf eine Geste, die offenbar sofort verstanden wurde. Der Hanswurst ließ das Brett von seinem Rücken gleiten und versuchte es diagonal in die Bühnenumrandung zu klemmen, was ihm schließlich auch gelang. Feierlich trat der Tod vor und legte den Klotz unten auf das Brett. Wieder eine Geste, und er zog sich in den Hintergrund zurück, von wo aus er zusah. Der Hanswurst ging zu dem Klotz, befühlte ihn und machte sich daran, ihn nach oben zu schieben. Je höher er kam, um so schwieriger schien es zu sein: Er stemmte sich gegen den Klotz, beugte sich vor und drückte ... nur zentimeterweise kam er noch vorwärts; beide Hände am Klotz, streckte er seinen gesamten Körper. Doch als er fast oben war, da bemerkten einige, daß der Tod eine kleine Bewegung machte; der Gegendruck war nicht mehr auszuhalten. Der Hanswurst sprang beiseite, und der Klotz rutschte hinab. Fragend sah er zum Tod hinüber. Dieser machte die Geste von vorhin, dann noch einmal, und verschwand. Das Ganze wiederholte sich wieder und wieder und hörte nicht mehr auf.

Es wäre vielleicht besser für Bernard gewesen, wenn sein Vater ihn noch festgehalten hätte, denn die Gefahr war groß, daß er gleich von seinem Pfahl herunterfiel. Mit zwei Händen klammerte er sich ans Eisen und schien entschlossen, die Laterne zu verbiegen. Das war der Anfang, nun mußte es bald kommen! Heidenbergs Nägel gruben sich in die Handflächen. Jedesmal, wenn der Klotz fast oben war, beugte sein Körper sich immer weiter nach links, um so auf magische Weise behilflich zu sein. Ebenso erging es Victor, und er spürte etwas in seinen Knien, wenn der Klotz im letzten Moment doch immer wieder nach unten rutschte. Aber auch die Haltung von Blaas, Ballegoyen und all den anderen hatte sich verändert. Wider Willen gefesselt, starrten sie auf das Schauspiel, und niemand bemerkte den weißen Vogelkot, mit dem viele nun schon beschmutzt waren. Nur Ouwe Opa stand dort unverändert in seinem stillen Ernst.

Dann tauchte plötzlich der Kasperl auf. Vom Hanswurst unbemerkt, beobachtete er dessen hoffnungslose Bemühungen. Nachdem er drei-, viermal Zeuge der Vergeblichkeit von seiner Schufterei geworden war, konnte man nun seine dunkle Stimme vernehmen:

>»Hier feuchtkalte Flügel gleiten
gegen die Wände der Nacht,
rumpflose Flügel
pferdlose Zügel
bildlose Liebe,
wo sind die Pferdvogelbilder
Vogelpferdebilder
Bildpferdevögel
Pferdbildervögel
Bildvogelpferde
Vogelpferdbilder
wo sind Augen Sisyphos?«*

Weil dies offenbar Poesie sein soll, darf dem Zitat die angemessene Typographie nicht vorenthalten werden. Die Monotonie, mit der diese Stimme das Schweigen durchbrach – oder besser gesagt: auf höherem Niveau aufrechterhielt –, verfehlte nicht ihre Wirkung auf Bernard, Victor und Heidenberg. Aber der größte Teil des Publikums war nur wenig beeindruckt. Was war das nun schon wieder? Bildvogelpferde? Die *Wände* der Nacht? Wurde man hier am Ende etwa doch zum Narren gehalten? Haargenau auf das Folgende achten!

Nach einigen Augenblicken, als das Holzstück wieder nach unten gerutscht war und erneut zwei schwarze Vögel über den Zuschauern kreisten, fuhr der Kasperl mit immer finsterer Stimme fort:

>»*Sich tastend plagen durch Äonen,*
>*was hab verbrochen?*
>*Hier liegt das Leben*
>*zu Boden*
>*geschlagen,*
>*hast den Tod entblößt,*
>*du hast dich allzusehr vergrößert!*«

Letzteres sagte er mit plötzlichem Nachdruck, und sogleich strömte es aus seinem Mund: »Ares der Städteverwüster Menschenschlächter Blutvergießer mußte mit Atombombenwerfern Düsenjägern Panzerfäusten kommen, um ihn wieder zu befreien, ja, Sisyphos von Korinth, ja, er mußte wohl.« Und dann:

>»*Jetzt wirst du büßen bis ins Mark,*
>*büßen wirst du, elender Zwerg,*
>*an diesem Klotz und diesem Berg,*
>*bis ins Mark der Zeit,*
>*bis zum Punkt der Ewigkeit,*
>*wo die Wurzel*
>*aus der Liebe*
>*herausgerissen wird*
>*und notiert in flehentlichen Diagrammen*
>*vor dem Blaudruck der Sterne.*«

»Das war doch nicht schlecht«, sagte die Dame aus Haarlem zu Frau Blaas. »Zwerg – Berg, Zeit – Ewigkeit: das reimt sich.«

»Ich meinte, etwas politisch Suspektes herauszuhören«, bemerkte Herr Blaas. »Er soll mal ja aufpassen, was er sagt.«

»Wenn er meint«, sagte Ballegoyen verächtlich zu seiner Mitarbeiterin, die die Beratung machte, »das sei Lyrik, dann liegt er aber ziemlich falsch. Er könnte ruhig einmal den Sprachgebrauch und die Rhythmik von Constantijn Huygens studieren. Ebenso ärgerlich ist die Art und Weise, mit der er Raubbau an der griechischen Mythologie betreibt und diese durch den Dreck zieht, um seinen bestürzenden Mangel an eigenem Erfindungsgeist zu verhüllen. Homer hat er wahrscheinlich nicht einmal in der Hand gehabt. Kai mèn Sisufon eiseidon, krater' alge' echonta, Fräulein Heiblok!«

Bernard begann sich unsicher zu fühlen. Von Zeit zu Zeit sah er hilflos zu seinem Vater hinüber, der seine Augen nicht von dem immer wieder aufs neue sich bemühenden Hanswurst abwandte. Bernard verstand nichts mehr. Er verstand zwar die Wörter, aber er konnte sie mit nichts in Zusammenhang bringen. War dies der Weg des Lachens? Mußte er jetzt loslachen, damit Ouwe Opa besiegt war? Was bedeutete das alles? Von besiegt konnte keine Rede sein, nicht einmal von einer Niederlage, nur von ganz und gar *nichts*. Denn schließlich war dies alles überhaupt nichts! Oder eben gerade doch? Wenn sein Vater ihm bloß helfen würde. Er sah nach unten. Selten hatte er ihn so gesehen. Es war deutlich, daß er viel verstand, vielleicht sogar alles. Doch Bernard wagte nicht, ihn zu stören, und er tröstete sich mit dem Gedanken, daß es offenbar doch etwas zu verstehen gab. Wo kamen bloß all die Vögel her? Millionenmilliarden waren es. Und wie viele Menschen hier jetzt herumstanden! Boele starrte stumm vor sich hin, so wie immer. Konnte es sein, daß er sich nun auf einmal ein wenig langweilte? Jetzt, an diesem Tag? Was war das dort in der Ferne, dieses Geknalle? Zack, da schlug jemand mit einem Hammer, irgend etwas schoß an einer Leiste empor und verursachte eine laute Explosion. Das war der Hautden-Lukas.

> *»Der Mondfisch deiner Einsamkeit*
> *schwimmt träg und feierlich*
> *im Aquarium*
> *deiner Seele,*
>
> *die Tauben deiner Ungehorsamkeit*
> *ersticken die Weinpressenbacken*
> *die Trauben der Geduld*
> *in der Zeit.«*

Victor seufzte tief und lehnte sich an die Rückseite einer Jahrmarktsbude. Seine Verwunderung über die Ereignisse war gewichen, ebenso wie seine Kampfbereitschaft. Einzig ein wortloses Gefühl der Zustimmung beherrschte ihn, ein Einverständnis mit dem, was dort geschah und gesagt wurde. Wie einen sanften Wind ließ er die Worte über sich hinwegwehen, worauf sie zu Theodoor kamen, dessen Blicke zwischen Kasperltheater und seinem Vater hin und her wanderten, wobei Groll gegen beide in ihm aufkam.

Pausenlos nahm Hanswurst seine Strafe mit dem mitleidlosen Klotz auf sich, während der Kasperl plötzlich immer tiefer sackte. Erfolgte jetzt endlich die Wende? Nahezu unverständlich erklang es aus der Tiefe:

> *»Worte verwehen aus meinem Mund*
> *und geraten in Streit wie Tiere*

*beim Anblick dieses Mannes
er verhaftete den Tod
und führte ihn als Gefangenen fort
das Parallelogramm
der Kräfte in seinem Hinterkopf
wurde ihm geraubt
und wie Karoas auf den Tisch gelegt.«*

Gleich nach dem letzten Wort kam Unruhe unter den Zuschauern auf. Plötzlich schienen alle zugleich von dem Ganzen genug zu haben. Wie lange sollte das noch dauern? Mußte man es sich gefallen lassen, daß man öffentlich auf die Schippe genommen wird? Was war das für ein unsinniges Theater. Eine Puppe, die ein Stück Holz hin und her schob, und eine zweite, die dabei wirre Reden in einem Ton hielt, als habe sie nun endlich die letzten Geheimnisse ergründet! Ouwe Opa? Was Ouwe Opa? Nichts Ouwe Opa! Es gab Grenzen. Ein ganz gewöhnlicher Idiot war hier am Wort! Und nun hatte die Geduld bald ein Ende. Schaut, verdammt, jetzt *stellte* er sich auch noch hin!

Archibald – (welch eine Fremdheit auf einmal in diesem Namen lag) – stand aufrecht in seinem Puppentheater. Mit zitterndem Kopf, von vielen kaum wiedererkannt, starrte er den Hanswurst auf seiner Hand an, der weiterhin unverändert seine Last schob. Mit vor Entsetzen weit aufgerissenen Augen folgte er der Puppe, als sehe er nun zum ersten Mal, was er da tat.

Das Murmeln verstärkte sich zu einem wütenden Stimmengewirr. Großer Ekel erfaßte die Menschen beim Anblick dieses Kopfs. Weniger, weil dieser Kopf so übel zugerichtet war, sondern vielmehr, weil er im Bühnenraum zu sehen war, wo sich Puppen zu befinden hatten, Puppen, ausschließlich Puppen und keine lebendigen Gesichter. Boris' Hände hatte man noch akzeptiert; sie waren in gewissem Sinne Gespenster, Geister, die sich aus dem Jenseits verirrt hatten ... aber der Kopf des Puppenspielers? Wenn die Puppenspieler sich nun herausnahmen, durch ihre Welten hindurchzubrechen, dann konnte die Zeit nicht mehr fern sein, daß Gott selbst durch seine Welt hindurchbrach!

»Glaubst du«, rief archibald in die rasch größer werdende Unruhe hinein, ohne seinen Blick vom Hanswurst abzuwenden – doch im folgenden brach seine Stimme bei jedem Wort weiter in sich zusammen, »daß es sinnlos ist was du tust Aiolos' Sohn ob du wohl weißt daß es sinnlos was du tust was du tust sinnlos immer wieder und sinnlos sinnlos wenn du tust sinnlos was tust du sonnlis lonnsis tun wir innslos und solsinn ist was du tust Sisyphos du tust was ist was du tust ist ...«

Das war das Ende. Wie eine Platte erhob sich das Geschrei aus der Menge.

»Prügelt ihn raus aus dem Kasten!«

»Polizei! Polizei!«

Hochrot und die Fäuste schwingend rannte Ballegoyen hin und her, die Schultern voller Vogeldreck.

»Hiermit hat er uns beleidigt! Hiermit hat er uns beschimpft! Hiermit hat er uns verletzt!«

Wie ein massenhaft brüllender Klotz schoben sich die Zuschauer vorwärts. Ein Pflasterstein flog durch die Luft, knallte aber zu weit unten gegen das Sperrholz. Einen Augenblick lang hatte archibald sich erschöpft gegen die Balustrade gelehnt, richtete sich aber sofort wieder auf. Er schaute mit ängstlichem Blick: nicht auf die Menschen, sondern über sie hinweg, nach links, nach rechts und wohl auch auf sie selbst. Sie waren Teil des Zerfalls geworden, der sich in seinem Blick entfaltete – Szenen des Tods und des Entsetzens, die jetzt niemand mehr sehen kann, nur er selbst. Er schrie, ein Kinderschrei, und schlang die Arme um sein Gesicht – Arme, auf denen immer noch die Pup-

pen steckten: Hanswurst und der Tod. Kurz darauf redete er wieder: zusammengekrümmt, viele Wörter hintereinander, die den Tumult noch größer machten. Die ganz vorne Stehenden begannen, gegen das Kasperltheater zu treten.
Weinend stand Heidenberg am Fuß des Laternenpfahls. »Ich versteh alles, ich versteh alles«, flüsterte er, wußte jedoch, daß seine Rührung allmählich zur Farce wurde.

Ein letzter Vogelschwarm sauste knapp über die Köpfe der Jahrmarktsbesucher hinweg. Konnten sie sich dem Zwang der Bilder in archibalds Augen nicht mehr entziehen? Dutzende taumelten fügellahm aus dem Verband heraus und stürzten tot in die Menschenmenge. Die Kinder bückten sich, und da hielten sie die Tiere bereits im Arm, streichelten die Federn und legten die Schnäbel an ihre Nasenflügel.

Die Menge tobte vor Wut. Die Vordersten packten das Kasperltheater und brachten es ins Wanken. Ouwe Opa schaute regungslos zu, ohne ein Wort zu sagen. Doch Theodoor rannte überall herum:

»Das hätten wir euch vorher sagen können! Das hätten wir euch vorher sagen können!«

»Polizei!« kreischte Frau Blaas. »Wo bleibt die Polizei?!«

Bernard sprang herunter und rannte weg. Vielleicht, um irgendwo zu weinen, vielleicht auch, um beim Haut-den-Lukas zuzusehen. Auch Victor ging weg von der Jahrmarktsbude. Möglicherweise, um Brits, der mit einem Polizisten näher kam, einen Schlag ins Gesicht zu verpassen; möglicherweise, um eine Kunstgeschichte zu verkaufen.

Wie alle anderen ging Brits neben dem Polizisten her und zeigte ihm den Schuldigen. Der Polizist nickte und begann sich einen Weg durch die Menschenmenge zu bahnen.

»Andree!« rief die Dame aus Haarlem erfreut. »Recht so! Hau drauf, Andree! – Das ist mein Schwager«, nickte sie begeistert nach links und nach rechts.

Archibald sah ihn nicht kommen. Er fiel gegen die Rückseite seines Kasperltheaters, an dem gerüttelt und geschoben wurde, und stürzte dann mit dem Oberkörper vorne heraus. Als dies geschah, verpaßte Andree ihm mit dem Gummiknüppel kreuzweise zwei knallende Schläge – zack, zack – ins Gesicht. Ausgelassener Jubel hallte über den Jahrmarkt. Doch alles verharrte sofort in Schweigen und Regungslosigkeit, als archibald mit einem rutschenden Geräusch in sein Kasperltheater sackte, in die Unterwelt, und die Augen starrten auf die leere Bühne, die wie ein unerreichbarer Lichtklumpen über seinem Kopf hing ...

Einen Augenblick lang sah er ihn noch – dann drehte sich die lodernde Welt langsam nach unten und zerbrach. Das Firmament zerriß wie ein alter Sack und entlud sich. Rußwolken, die wie Hyazinthen dufteten, kamen herab. Dort hindurch schwirrte Tiefseegetier: Seepferdchen, Planktonquallen, Radiolarien wie Krönchen indischer Prinzessinnen. Hausgroße Schlackestücke sanken nach unten, wundersam bewachsen mit Moos und Orchideen. Weinranken wanden sich wuchernd um das, was von der Erde noch übrig war, und weiße Kühe standen still und träumend neben einem neugeborenen Kind.

Haarlem, Februar – Juni '49, Mai – Juli '51

Nachschrift 1957

Was ist aber das den Medicum reut?
Nichts!
Denn es hat seinen Tag vollbracht mit dem Arcanis
und hat in Gott und der Natur gelebt als ein gewal-
tiger Meister des irdischen Lichts

schrieb Paracelsus – und ich?
Am Abend des 30. Juni 1908 standen die Augenzeugen sprachlos an den nordwärts gelegenen Fenstern: Tageslicht schien vom Himmel herab. Es war elf Uhr. Hunde legten den Kopf auf den Rand ihres Körbchens und starrten in den Raum. Gelehrte schlugen ihre Bücher zu und schauten auf ihre Hände; in den Betten schauten ihre Frauen mit tränennassen Augen an die Zimmerdecke. Es war die Nacht der schmelzenden Messer. Eine Mutter war drei Monate alt; an der Wand tickte Athanasius Kirchers Orologium Phantasticum.

Wenn du wie ein Ei
Eine von den Stunden verlassene Uhr
Auf deinen Knien zerbrichst
Wird es deine Mutter sein
Das Bildnis

: Gerardo Diego. Um eins wurde es noch heller. Die Menschen verließen ihre Häuser und spazierten durch die Straßen, standen auf den Wiesen, kletterten auf die Deiche und

standen im Licht. Der Himmel leuchtete. Sie zeigten sich gegenseitig einen Stein, den sie noch erkennen konnten, schauten in ihre Notizbücher und konnten lesen, und sie spürten, daß sie an etwas teilhatten, wovon sie nicht wußten, was es war. Sie spürten ihren Körper und ihren Tod; Arm in Arm betrachteten sie einen Baum.

Annähernd zweitausend Quadratkilometer Sibirien wurden in dieser Nacht verwüstet, eine Million Tonnen Stein aus der Tiefe von Raum und Zeit schlugen in die Taiga ein, und 1921 fand eine Expedition lediglich die Krater, die weggesprengten Wälder, die zerstörten Hütten der Tungusen und ihre umherirrenden Herden.

Denn das Buch ist ein verschlossener Schrank, und der Schlüssel liegt im Schrank.

Vier spätere Expeditionen fanden ebenfalls nichts.

(Der Kritiker ist ein Jude, der meint, es gebe wirklich eine jüdische Weltverschwörung, welche die Zivilisation vernichten will, und der daran teilnehmen will; verzweifelt ist er auf der Suche nach dieser Verschwörung und publiziert seine absurde Entdeckung in antisemitischen literarischen Rubriken.)

Der Stein ist ein Teil der Erde geworden – aber die helle Nacht bleibt für immer in der Erinnerung der Menschen. Das ist das Kunstwerk. Doch manchmal erscheint das Licht nicht, und der Gast aus der schwarzen Vergangenheit zwischen den Sternen bricht in ägyptischer Finsternis in die Welt ein. Nur einige verirrte Touristen stehen am Bosumtwisee in den Urwäldern von Oberguinea, vor dem Krater im Canyon Diablo in Arizona.

Dort spukt es; die Haut blättert ab in einer definitiv tödlichen Kernpsychologie.

Santpoort, Winter

Harry Mulisch
im Carl Hanser Verlag

Die Entdeckung des Himmels
Roman
Aus dem Niederländischen
von Martina den Hertog-Vogt
800 Seiten. 1993

Ein philosophischer Roman, aber einer, der, wenn es darauf ankommt, frei ist von jeglicher Gedankenblässe, ein geistreicher Schmöker. Unzweifelsfrei ist, daß Mulisch sich (spätestens) jetzt in die erste Reihe der großen europäischen Erzähler geschrieben hat.
Hermann Wallmann, *Süddeutsche Zeitung*

Das sexuelle Bollwerk
Sinn und Wahnsinn von Wilhelm Reich
Aus dem Niederländischen
von Gregor Seferens
200 Seiten. 1997

Wer in fernen Studientagen einmal Reichianer war, findet Reichs jugendlich grobe Adaption der Psychoanalyse und seine dramatische Politisierung der Sexualität so wundersam gespiegelt und erläutert wie sonst nirgends. Mulisch erspart es dem älteren Leser, sich seiner Jugendtorheiten zu schämen, und erlaubt es dem jungen von heute, das unbezweifelbare Genie, das Reich war, auch in seiner wahnsinnigen Lächerlichkeit zu respektieren.
Katharina Rutschky, *Frankfurter Rundschau*

Eine Perle unter den neuen Wilhelm-Reich-Büchern, brillant geschrieben von dem niederländischen Autor Harry Mulisch, wunderbar flüssig übersetzt von Gregor Seferens. *Das sexuelle Bollwerk* präsentiert die äußerst scharfsinnige und trotz der Tragik des Themas witzig-ironische Analyse von Reichs Leben. Eine Analyse, die auch dann lesenswert ist, wenn man von Reich und der Psychoanalyse wenig weiß.
René Freund, *Wiener Zeitung*

Die Prozedur
Roman
Aus dem Niederländischen
von Gregor Seferens
272 Seiten. 1999

In Harry Mulischs genialem, actionreichem Roman geht es auf ausgeklügelten Umwegen um Schöpfung und Tod. Mit zum Teil penibel ausgefeilten, unzähligen Querverbindungen – zu Kafkas *Prozeß*, Thoman Manns *Tod in Venedig*, nicht zuletzt zu Max Frischs *Homo Faber* und Ovids *Pygmalion* – hält dieser Autor den faszinierten Leser in Atem. Raffiniert streut er Gedankenfetzen, Andeutungen und Theoreme, führt schicksalsträchtige Figuren ein und läßt sie scheinbar wieder fallen, lenkt die Aufmerksamkeit auf Nebenkriegsschauplätze, um sie dann um so intensiver auf das eigentliche, das spannende Herzstück zu richten. Dabei quillt er über vor originellen Ideen. Eine intellektuell anspruchsvolle und zugleich emotionsgeladene Lektüre.
Inge Zenker-Baltes, *Weser Kurier/Bremer Nachrichten*

Das Theater, der Brief und die Wahrheit
Ein Widerspruch
Aus dem Niederländischen
von Gregor Seferens
108 Seiten. 2000

Das Theater, der Brief und die Wahrheit ist ein Zwitter von seltener Art: ein Glanzstück essayistischer Gelegenheitsprosa und zugleich ein klassisches Meisterwerk.
Alexander Honold, *Frankfurter Allgemeine Zeitung*

Wer das schmale Mulisch-Bändchen in einem Atemzug durchgelesen und danach aufgewühlt beiseite gelegt hat, vermeint von ganz fern den lachenden Autor zu hören, der über seiner perfekten Versuchsanordnung zum Thema Dichtung und Wahrheit zufrieden den Vorhang fallen läßt.
Michael Mönninger, *Berliner Zeitung*

Siegfried
Eine schwarze Idylle
Aus dem Niederländischen
von Gregor Seferens
192 Seiten. 2001

Ohne falsche Nähe und unkritische Zuneigung, boshaft und detailliert, beschreibt Mulisch dieses große Geheimnis Hitlers. Seine Souveränität zeigt sich darin, wie er die verschiedenen Traditionen mischt, wie sein Alter Ego die Nibelungensage, den Tristan-und-Isolde-Mythos, Schopenhauer und Heidegger mengt und stets die Balance wahrt. Auf wunderliche Weise ist das Mulisch-Werk eine bemerkenswerte Arbeit – und spannend ist es außerdem.
Siggi Weidemann, *Süddeutsche Zeitung*

Harry Mulischs neues Buch verknüpft auf erzähltechnisch meisterhafte Weise einen geschichtsphilosophischen Diskurs mit einer Art Homestory aus des Führers Wochenend-Quartier in Bayern.
Dirk Fuhrig, *Financial Times Deutschland*